WAGNIS MIT DEM EISHOCKEYSPIELER

EISIGE ROMANTIK AUF DEM SPIELFELD

WILLOW FOX

SLOWBURN
PUBLISHING

Wagnis mit dem Eishockeyspieler

Eisige Romantik auf dem Spielfeld – Buch 2

Von Willow Fox

Veröffentlicht von Slow Burn Publishing

Cover Design by GetCovers

© 2023

VI

übersetzt von Daniel T.

Ich hatte nicht vor, mit einem Eishockeyspieler auszugehen. Es hat sich einfach so ergeben.

Zumindest erzähle ich das allen. Außer, dass ich es vielleicht doch geplant habe. Vielleicht war es kein Zufall ...

Jasper Greyson ist heiß, kokett und der Inbegriff von Ärger.

Aber er ist tabu. Er ist der Schwager meiner Schwester, oder zumindest wird er es bald sein, was uns irgendwie zur Familie macht.

Ich sollte mich so weit wie möglich von ihm entfernen, aber ich mag es, mit ihm zusammen zu sein, ihm auf dem Eis zuzusehen und mit ihm und den Jungs etwas trinken zu gehen.

Ja, ich bin absichtlich aufgetaucht, als ich wusste, dass er in der Bar sein würde, weil er es in den sozialen Medien gepostet hatte. Ich habe ihn gestalkt.

Ich sage mir immer wieder, dass es eine harmlose Schwärmerei ist. Gefühle müssen nicht ausgelebt werden.

Wir sind Freunde. Ich bin mir nicht sicher, ob er mich jemals als etwas anderes sehen wird. Das ist das Hauptproblem. Ich wurde in die Friendzone verfrachtet.

Das zweite Problem: Mein Wohnkomplex hat Feuer gefangen, und ich habe keine Versicherung. Ich kann nirgendwo anders hin.

Und als Jasper das herausfindet, besteht er darauf, dass ich bei ihm im Gästezimmer übernachte. Meinen Schwarm online zu stalken, ist eine Sache. Mit ihm zu leben, ist etwas ganz anderes.

Diese heiße Eishockey-Romanze enthält keinen Betrug und keinen Cliffhanger. Die Charaktere aus *„Schwindel mit dem Milliardär"* kommen darin vor, können aber auch als eigenständige Geschichte gelesen werden. Happy End garantiert.

EINS
AMBER

NORMALERWEISE BIN ICH KEIN MÄDCHEN, das einen Mann zu einem Date einlädt. Ich habe Schmetterlinge in meinem Bauch, und ich rutsche nervös auf dem Barhocker hin und her. Die Frage ist, ob er mich versetzen wird.

Ich habe heute Abend mit Tripp ein Date, seinen Nachnamen kenne ich nicht. Das ist wahrscheinlich auch das Beste. Ich suche nicht nach einer Verkuppelung, so etwas habe ich noch nie gemacht. Ich bin eine Königin darin, alles langsam anzugehen, was aber nicht heißt, dass ich mich nicht auch schnell verlieben kann.

Ich habe die Dating-Websites durchforstet, aber ich spreche mit niemandem online. Als ich vor ein paar Wochen bei *Steele Concierge Medical* vorbeischaute, um meine Freundin Charlotte abzuholen, die beim Schlittschuhlaufen ausgerutscht war und sich den Knöchel verstaucht hatte, lief ich direkt in Mr. *Handsome* alias Tripp hinein.

Ich stolperte, und stieß mit dem Fuß gegen seine Brust. Und ich stellte mir vor, dass seine Brust atemberaubend war. Er hatte auf jeden Fall ein Sixpack, und die Brille mit den dunklen Rändern ließ ihn noch aufregender aussehen.

Wann bin ich so verdammt geil geworden, dass ich anfange, Männer um ein Date zu bitten? Nicht, dass etwas falsch daran wäre, wenn eine Frau den ersten Schritt macht. Das ist nicht meine Art, und ich fühle mich unwohl, wenn ich allein an der Bar auf ihn warte.

Ich hole mein Handy aus der Handtasche und schreibe Charlotte eine SMS.

Heiße Verabredung heute Abend mit Tripp, dem Krankenpfleger aus dem Krankenhaus.

Charlotte und ich haben uns letzten Sommer auf einer Party an der *NYU* kennengelernt. Wir haben vereinbart, wenn wir mit einem Fremden ausgehen, dass wir uns mit ihm an einem öffentlichen Ort treffen. Wir wollten uns auch gegenseitig die Details mitteilen, nur für den Fall, dass er sich als Entführer entpuppt und einen von uns in seinen Kofferraum wirft.

Charlotte schaut etwas zu viel True Crime, wahre Kriminalfälle, und ich glaube, es färbt langsam auf mich ab.

Einzelheiten und eine SMS, wenn du nach Hause kommst.

Ich beiße mir auf die Zunge und bin versucht, ihr mit einem „Ja, Mama" zu antworten, aber ich lasse es lieber bleiben.

Natürlich schreibe ich, und stecke mein Handy in meine Handtasche. Ich möchte bei unserem Date nicht nur auf mein Handy starren und mich mehr für meine SMS interessieren als für den Mann, mit dem ich mich gerade unterhalte.

Ich bestelle einen Long Island Eistee, und der Barkeeper will meinen Ausweis sehen. Ich hole meinen gefälschten Ausweis aus der Brieftasche und schiebe ihn über die Theke.

Er schaut ihn sich kurz an, bevor er ihn mir zurückgibt.

In ein paar Monaten werde ich einundzwanzig, aber den gefälschten Ausweis benutze ich schon seit über einem Jahr. In der Bar ist es schon sehr laut. Die Eingangstür schwingt auf und eine Gruppe von Jungs, stürmt fröhlich und voller Elan herein.

Einer von ihnen lehnt sich über die Bar und bittet den Barkeeper, den Fernsehkanal zu wechseln, auf dem Bildschirm läuft eine Sportzusammenfassung. Ich schaue vom Bildschirm zu den Jungs, und ich schwöre, der mit den dunklen Haaren und dem süßen Lächeln ist derselbe Typ wie auf dem Bildschirm.

Auf dem Bildschirm läuft ein Interview nach einem Eishockeyspiel. Der Name am unteren Rand des Bildschirms lautet *Jasper Greyson*.

Er ist es definitiv, es sei denn, er hat einen Zwillingsbruder oder ein Double.

Ich kann nicht anders, ich muss ihn anstarren. Als er das bemerkt, schenkt er mir ein freundliches Lächeln. Er steht am Tresen und bestellt für seinen Tisch Getränke, dann schlendert er, ohne ein Wort, davon.

Wenigstens habe ich ein Lächeln bekommen.

Nicht, dass er mich interessieren würde.

Ich warte auf Tripp und versuche, nicht auf die Uhr zu schauen, aber er ist definitiv ein paar Minuten zu spät.

Er erwähnte nicht, ob er heute arbeiten muss, es ist aber möglich, dass er noch im Krankenhaus festsitzt. Er ist Krankenpfleger in der Notaufnahme, und es ist nicht ungewöhnlich, dass er eine

Doppelschicht arbeiten muss. Zumindest rede ich mir das ein, da er zu spät ist.

Ich nippe an meinem Getränk und schaue immer wieder zur Tür.

In diesem Moment kommt Tripp herein und sieht verdammt sexy aus. Ich atme leise aus, meine Hände zittern vor Nervosität.

Ich bin noch Jungfrau und völlig unerfahren mit Männern, ich wurde auch noch nie geküsst. Aber das heißt nicht, dass ich noch nie Dates hatte. Ich lasse mir einfach etwas Zeit. Ich möchte mich nicht in etwas stürzen, für das ich noch nicht bereit bin. Offen gesagt, alle Jungs in der High School und am College waren sehr unreif.

Ich nehme noch einen Schluck von dem Long Island Eistee und tue mein Bestes, um die Schmetterlinge zu beruhigen, die mir im Magen Übelkeit bereiten.

Ich bin mir nicht sicher, warum mich Tripp, nervös macht. Vielleicht liegt es auch daran, dass er ein paar Jahre älter ist als ich. Außerdem ist er heiß. Wenn ich ihn ein paar Minuten anstarre, werde ich in den nächsten Monaten von den Fantasien leben können.

„Hi, Amber", sagt er und umarmt mich freundlich.

Er ist groß und riecht gut. Ich versuche, ihn nicht zu lange zu umarmen. Ich möchte nicht anhänglich wirken. „Hallo", sage ich und zwinge mich zu einem Lächeln. Mein Magen knurrt, und ich deute auf den Platz neben mir an der Bar.

Tripp schnappt sich den Hocker, winkt den Barkeeper heran und bestellt einen Wodka.

Ich kann mir nicht vorstellen, Wodka pur zu trinken, aber ich versuche, mir nichts anmerken zu lassen.

„Warst du heute auf Arbeit?", frage ich. Was ich eigentlich wissen möchte, ist, ob er heute einen schlechten Tag hatte? Ist das der Grund, warum er sich direkt an die harten Sachen macht?

Tripp schüttelt den Kopf. „Diese Woche hatte ich frei. Ab morgen bin ich für die nächsten zwei Wochen im Dienst."

„Oh, wow." Ich bin überrascht von seinem Dienstplan. „Das Krankenhaus lässt dich vierzehn Tage am Stück arbeiten?"

„Ich mag die Überstunden. Sie halten mich auf Trab, und die Bezahlung ist auch gut", sagt er.

Ich nehme noch einen Schluck von meinem Getränk. Gutaussehend. Abgehakt. Workaholic. Rote Flagge. Aber er ist erwachsen, und ich bin noch auf dem College. Vielleicht ist es so, wenn man aus der Schule kommt? Man schuftet sich zu Tode. Das klingt nicht nach Spaß.

Das ist zumindest ein rotes Tuch, das ich sehen kann. Und der Wodka könnte auch eines sein. Ich bin mir nicht sicher. Es ist noch zu früh, um das zu sagen.

„Was ist mit dir? Gehst du noch zur Schule?" fragt Tripp.

Ich werde rot und nicke. „Ja, ich studiere Mikrobiologie. Ich habe noch ein Jahr bis zum Abschluss."

„Was hast du damit vor?", fragt er.

„Ich hoffe, dass ich eine Stelle in einem Krankenhaus oder einem Universitätslabor bekomme", sage ich.

„Sag mir Bescheid, wenn du deinen Abschluss hast. Vielleicht kann ich dir dann helfen." Tripp kippt den Wodka hinunter und bestellt noch einen.

„Danke. Wie gefällt dir die Arbeit bei *Steele Concierge*?" frage ich. Es handelt sich um ein privat geführtes und finanziertes medizinisches Zentrum im Herzen von Downtown New York City. Charlotte kommt aus einer reichen Familie, und als sie sich den Knöchel verletzte, ließ sie sich vom Taxifahrer dorthin bringen, wo es keine langen Wartezeiten in der Notaufnahme gibt.

„Die Sechzehn-Stunden-Tage sind etwas brutal. Die Krankenschwestern, du glaubst gar nicht, was manche von ihnen anstellen."

„Was meinst du?", frage ich.

„Die Oberschwester wurde im Treppenhaus mit einem Beutel Fentanyl erwischt und war bewusstlos. Wir dachten eine Minute lang, dass sie eine Überdosis genommen hat."

„Ach du meine Güte. Wurde sie gefeuert?" Ich kann mir nicht vorstellen, dass jemand nach so einer Tortur seinen Job behalten darf.

„Sie haben sie zu einem dreißig tägigen Entzug gezwungen. Sie arbeitet wieder und war jetzt etwa ein Jahr lang clean ..."

„Wieso hat sie ihre Lizenz nicht verloren?" Mich durchfährt ein Schock.

Tripp zuckt mit den Schultern. „Der Aufsichtsrat kann nicht viel tun, denn das Krankenhaus ist das Äquivalent eines Drogendealers. Wenn man sie zwingt, den Patienten Drogen zu geben, ist es so, als wäre es zur freien Verfügung und führe sie in Versuchung."

Ich bin völlig sprachlos und starre ihn an, als würde die Welt plötzlich absolut keinen Sinn mehr ergeben.

„Aber sie hat Fentanyl aus dem Krankenhaus gestohlen."

„Sie war nicht die Einzige, die Fentanyl verwendete. Drei, nein, vier andere Krankenschwestern waren daran beteiligt. Sie stahlen alle etwas und teilten es unter sich auf. Super einfach, nach dem Covid, wenn die Inhalatoren für einen Asthmaanfall im selben Schrank wie die Narkotika liegen. Eine Krankenschwester schließt den Schrank auf, holt, was sie braucht, und macht sich nicht die Mühe, ihn abzuschließen."

„Das ist verrückt." Ich kann nicht begreifen, wie akzeptabel das alles sein soll oder wie wahr es ist. Aber er sieht nicht so aus, als würde er lügen. Er sieht gestresst aus, hat dunkle Ringe unter den Augen und trommelt mit den Fingern auf den Tresen.

Tripp zuckt mit den Schultern, als wäre er nicht sehr überrascht. Er hatte sich damit abgefunden, als wäre das ein ganz normaler Tag im Krankenhaus. Er trinkt seinen zweiten Wodka aus und bestellt einen dritten.

Vielleicht betäubt er sich nur.

„Ich meine, ich verstehe das. Ich arbeite

sechzehn Stunden am Tag. Ich musste die Ärzte nach Methamphetamin fragen."

Ich starre ihn an und bin schockiert, worauf das hinausläuft. Denn mein Verstand sagt mir bereits, dass es nichts Gutes sein kann.

„Du weißt doch, was Methamphetamine sind?"

Ich bin nicht erst seit gestern auf der Welt, aber mein Wissen über Drogen ist begrenzt. Ich habe noch nie mehr als ein paar Marihuana-Esswaren konsumiert. Ich starre ihn nur an, zu schockiert, um zu antworten, und er spricht weiter.

„Meth-Salze? Ja, das würde ich mir vom Arzt geben lassen, wenn ich eine sechzehn stündige Schicht arbeiten oder danach nach Hause fahren müsste."

Ich glaube, meine Kinnlade hat gerade den Boden berührt. Ich kippe den Long Island Eistee hinter. Ich gestikuliere dem Barkeeper kurz zu, denn das Gespräch hat eine Wendung genommen, mit der ich nicht gerechnet habe.

Alle warmen, prickelnden Gefühle, die ich gegenüber Tripp hatte, sind eiskalt geworden.

Einfach ausgelöscht.

Ich sollte meinen Arsch aus der Bar schwingen und gehen, solange ich noch nüchtern genug bin, um selbst nach Hause zu fahren. Nicht, dass ich technisch gesehen nüchtern genug bin, um legal zu fahren, da ich zwanzig bin, aber egal.

Gelächter und abklatschen lenken meine Aufmerksamkeit kurz von Tripp ab.

Ich riskiere einen weiteren Blick auf die lautstarke Gruppe im Hintergrund und könnte wetten, dass es die *Ice Dragons* sind, die nach einem Sieg etwas trinken. Sie sind eines der NHL-Teams von New York. Ich weiß nicht viel über das Team, aber aus dem kurzen Beitrag in den Nachrichten erkenne ich ein paar Gesichter.

Der Mann, der den Barkeeper gebeten hatte, den Kanal zu wechseln und eine Runde für seine Kumpels spendierte, Jasper Greyson, nimmt Blickkontakt mit mir auf.

Zumindest glaube ich, dass er das tut. Vielleicht starrt er an mir vorbei auf den Fernsehschirm, aber ich würde gerne glauben, dass ich seine Aufmerksamkeit erregt habe. Ich wünschte, es gäbe ein geheimes Signal, das ich ihm geben könnte, damit er kommt und mich rettet.

Ein Mädchen darf doch träumen, oder?

Tripp redet, und ich bin dankbar, als mein zweiter Long Island Eistee kommt, denn er hilft mir, meine Sinne und die Tatsache, dass mein Interesse an ihm schwindet, zu betäuben. Okay, es ist weg, aber mir fällt kein Weg ein, mich zu entschuldigen und wegzulaufen.

Ich bin zu nett.

Zu freundlich.

Er glaubt offensichtlich, dass ich interessiert bin, denn er legt seine Hand auf meinen Oberschenkel.

Meine Augen weiten sich, und ich nehme seine Hand weg und lege sie wieder auf sein Bein. Tripp redet weiter, und ich bin mir nicht sicher, ob er mein Desinteresse überhaupt bemerkt hat. Er schwafelt jetzt davon, wie er den örtlichen Skatepark verwüstet hat, wie er nachts sein Werkzeug herausgeholt und den Metallzaun niedergerissen hat, weil er der Meinung war, dass er nicht geschlossen werden sollte.

„Kinder sollten einen Platz zum Skaten haben", sagt Tripp.

Ich schaue ihn grinsend an. „Meine beste Freundin, Charlotte, arbeitet für den Parkbezirk", sage ich.

Seine Augen weiten sich. „Du musst versprechen, ihr nichts zu sagen."

Ich gebe kein solches Versprechen. Ich starre ihn nur an, als wäre er der größte Idiot der Welt, der mir gerade seine Sünden beichtet. Obwohl er keine Reue für das hat, was er getan hat.

Ich frage ihn nicht, ob er auf Meth war, als er beschloss, den Metallzaun um den Skatepark abzureißen. Es ist mir ehrlich gesagt egal.

„Ich glaube, ich sollte gehen", sage ich und nehme endlich allen Mut zusammen, meinen Hintern aus der Bar zu bewegen, bevor er denkt, dass er Glück haben wird, weil dieser Kerl offensichtlich die Schilder nicht lesen kann.

Tripp legt seine Hand auf meinen Arm und zieht mich zurück auf den Hocker. „Es ist erst eine Stunde her. Die Nacht ist noch jung", sagt er.

Er stellt sich hin und hindert mich daran, aufzustehen. Hinter mir ist die Bar und auf der gegenüberliegenden Seite steht eine kleine Gruppe, die mich daran hindert, durch die Menge zu gehen.

„Wir lernen uns gerade erst kennen", sagt Tripp.

„Ja, Tripp, das wird nicht klappen." Ich versuche, so direkt und nett wie möglich zu sein. Seine Augen sind geweitet, und ich weiß nicht, ob das daran liegt, dass er gerade auf Meth ist, oder ob das Licht in der Bar daran schuld ist.

„Die Chemie zwischen uns stimmt. Es muss nichts Ernstes sein. Hattest du schon mal eine Affäre?", fragt Tripp.

„Moment mal. Ich muss auf die Damentoilette", sage ich und nehme meine Handtasche mit. Er lässt mich passieren, während ich in den hinteren Teil der Bar gehe.

Es muss hier einen Ausgang geben.

Ich eile den Flur entlang, vorbei an den Toiletten, zum Hinterausgang. Auf dem Schild an der Tür steht „Notausgang". Ja, es ist ein Notfall, aber wenn er bewaffnet ist und einen Alarm hat, bin ich mir nicht sicher, ob sie das wirklich meinen. Ich war noch nie ein großer Rebell.

Meine Hände zittern, und ich bleibe im Flur in der Nähe der Toilette stehen und versuche, einen anderen Weg aus der Bar zu finden, ohne gesehen zu werden. Wenn ich gehen will, muss ich direkt an Tripp vorbei.

Jasper Greyson geht in die Richtung der Herrentoilette.

„Ich brauche ...", flüstere ich mit zittriger Stimme und versuche, ihn in die Enge zu treiben.

„Wollen Sie ein Autogramm?", fragt er mit einem warmen Lächeln und neigt den Kopf zu mir. Er runzelt seine Stirn, je länger er mich anstarrt. „Geht es Ihnen gut?", fragt er und macht einen zaghaften Schritt nach vorn, eine Hand greift nach meinem Arm.

Mir bleibt der Atem im Hals stecken, seine Sorge ist überwältigend. „Ich brauche Hilfe."

Er nickt langsam und blickt an mir vorbei. „Schlechtes Date?", fragt er.

Er hat keine Ahnung, was ein *schlechtes Date* im Moment ist. „Der Typ, mit dem ich zusammen bin, hat anscheinend Meth genommen. Ich versuche, hier rauszukommen, aber meine Kreditkarte ist beim Barkeeper, und der Hinterausgang ist ein Notausgang. Ich drehe hier durch", sage ich.

„Ich kann Ihre Kreditkarte bei Pamela an der Bar abholen. Soll ich Sie zu Ihrem Auto begleiten?"

Ich zögere.

„Ich verspreche, dass ich Abstand halte, und meine Hände bei mir behalten werde. Ich möchte nur sichergehen, dass er Ihnen nicht zu Ihrem Auto folgt."

„Danke, das wäre großartig", sage ich.

„Bleiben Sie kurz hier", sagt Jasper. Er eilt zur Bar und stellt sich ein paar Meter von Tripp entfernt hin. Er beugt sich vor und spricht mit der Barkeeperin. Es sieht intim aus; jeder andere könnte denken, dass er flirtet, aber sie blickt an ihm vorbei zu mir und nickt mir zu.

Eine Minute später kommt Jasper den Flur entlang und reicht mir meine Kreditkarte. „Ehrlich gesagt, hätte der Junkie für eure Drinks bezahlen sollen."

Ich stecke die Karte zurück in meine Handtasche und nehme meine Schlüssel. „Danke", sage ich, und meine Stimme gewinnt ein klein wenig an Selbstvertrauen.

„Kommen Sie, ich bringe Sie zu Ihrem Auto." Er bleibt an meiner rechten Seite, geht dicht an mir vorbei, berührt mich aber nicht, er versucht mich vor Tripp zu schützen.

In dem Moment, in dem ich den Gang verlasse und wieder in der Bar bin, werde ich von Tripp beobachtet. Er steht auf und kommt auf Jasper und mich zu.

„Was machst du da?", fragt Tripp und starrt Jasper an. Nicht ein einziges Mal begegnet er meinem Blick.

„Lass sie in Ruhe", sagt Jasper. „Sie ist nicht an dir interessiert."

Tripp schnaubt leise vor sich hin. „Und du glaubst, sie will dich? Komm schon, Püppchen, ich bringe dich nach Hause, wenn du da hinwillst." Tripp greift nach meinem Arm, aber Jasper hält ihn auf, bevor er mich auch nur berühren kann, und zieht den Arm des Mannes hinter seinen Rücken.

„Lass die Finger von ihr und halte dich verdammt noch mal fern", knurrt Jasper und stößt ihn in die Bar, sodass Tripp ein paar Meter nach hinten stolpert.

Tripp schnaubt und schiebt seinen Hintern wieder auf den Hocker. „Ihr Sportler seid alle gleich."

Jasper ignoriert ihn. Seine ganze Aufmerksamkeit gilt mir. Diese Hingabe lässt meinen Magen umkippen. „Wo ist dein Auto?", fragt er.

„Ich parke an der Seite ", sage ich und mache eine Geste nach rechts. Wahrscheinlich könnte ich jetzt selbst zu meinem Fahrzeug gehen, aber es sind ein paar Leute draußen, und es ist dunkel. Der Parkplatz ist nicht sehr gut beleuchtet.

„Komm schon", sagt er und geht mit mir nach draußen. Er öffnet mir die Tür der Bar, während ich in die Dunkelheit trete.

Jasper bringt mich zu meinem ramponierten, zweitürigen Auto. „Ich weiß, es sieht nicht besonders gut aus, aber es ist verlässlich", sage ich.

Er sagt kein Wort, auch wenn er meinen Wagen beurteilt, sagt er nichts dazu. „Weiß dieser Meth-Kopf, wo du wohnst?", fragt er.

Ich schüttle den Kopf. „Nein." Ich drücke den Entriegelungsknopf am Auto, greife nach dem Türgriff und reiße ihn auf. „Danke."

„Ich habe deinen Namen nicht verstanden", sagt Jasper.

„Das liegt daran, dass ich ihn dir nicht gesagt habe", sage ich.

Er beobachtet, wie ich ins Auto steige und die Tür schließe. Ich schließe sie ab, bevor ich den Wagen starte, und er geht einen Schritt zurück, um sich zu vergewissern, dass ich sicher bin. Ich fahre gerade rückwärts aus der Parklücke, als er wieder in Richtung Bar geht.

Ich hoffe, dass Tripp ihm nicht noch mehr Ärger macht.

Aber ich kann mir keine Sorgen um Jasper Greyson machen, und ich bin mir ziemlich sicher, dass er auf sich selbst aufpassen kann, weil er ein Eishockeyspieler ist.

Als ich den Parkplatz verlasse, wähle ich Charlotte an, weil ich mein ganzes Drama bei ihr abladen muss.

ZWEI

JASPER

SECHS MONATE SPÄTER...

„Nicht, dass ich es dir ausreden will, aber bist du sicher, dass du zu einer solchen Verpflichtung bereit bist?", frage ich meinen älteren Bruder. Er ist zwar nur drei Jahre älter, aber ich schwöre, manchmal ist es, als lägen Jahrzehnte zwischen uns.

Er hat seinen Scheiß auf die Reihe bekommen. Nicht, dass er eine Wahl gehabt hätte, mit einer sechsjährigen Tochter und einer NHL-Karriere, die auf dem Spiel stand. Er hat es zu etwas gebracht, indem er seine Hälfte der Lebensversicherung unserer Eltern investierte, als diese starben.

Kyler hat sich immer um mich gekümmert. Ich bin nicht eifersüchtig auf ihn, sondern nur auf das, was er mit seiner neuen Freundin hat, was komplizierter ist als eine kitschige Seifenoper.

Ich freue mich für sie, meistens jedenfalls.

Ich vermisse es, mit Kyler zusammen zu sein, und ich sehe ihn fast nie nach einem Spiel, wenn wir etwas trinken gehen oder etwas unternehmen. Er verbringt seine freie Zeit immer mit seiner Tochter und seiner Verlobten. Obwohl die Sache mit der Verlobten nur ein Teil der Nummer mit der falschen Freundin war.

Kompliziert.

Ich versuche immer noch, die ganze Sache in meinem Kopf zu verarbeiten.

„Ich bin in Em verliebt", sagt mein Bruder.

Ich freue mich für ihn. Es ist offensichtlich, dass er seit Monaten Gefühle für sie hat, aber ich konnte nicht sagen, ob sie echt sind oder ob es mehr aus Lust ist. Es ist schon eine Weile her, dass er Sex hatte. Er hat ein Kind. Kyler kann nicht jede beliebige Frau mit nach Hause bringen und sie ficken, wenn er will, ohne, dass Bristol tausend Fragen stellt. Und dieses Mädchen kann reden.

„Ja, aber ist das genug? Ich meine, sie ist süß und, soweit ich das beurteilen kann, großartig mit deinem Kind, aber versteht ihr euch auch?", frage ich und deute mit meinen Händen auf seinen Schwanz in ihrer Vagina.

Er schlägt mir auf den Kopf.

„Ich erzähle dir nichts über unser Sexleben", sagt Kyler.

Ich werfe meine Hände in die Luft. „Gut. Dein Pech, wenn du sie heiratest und feststellst, dass sie prüde ist."

„Glaub mir, sie ist nicht prüde", scherzt Kyler. „Du hast doch gesehen, wie sie mir einen runtergeholt hat, als ich die Jungs zu Besuch hatte."

Ich lache. Das ist nun schon fast ein Jahr her. „Ja, ich glaube schon", sage ich. „Hätte nie gedacht, dass ich das mal bei euch zu Hause mitbekomme. Noah, er vögelt jede Tussi, die er in die Finger kriegt, aber seit du ein Kind hast, bist du vorsichtig geworden. Hast du Angst, dass du noch einen Balg zeugst?", scherze ich

Er schlägt mir erneut auf den Hinterkopf. „Achte auf deinen Tonfall. Wir sind mit Em's Schwester beim Juwelier verabredet."

„Sie hat eine Schwester?" Ich hatte sie einmal gefragt, ob sie Geschwister hat. Sie hatte erwähnt, dass ihre Schwester auf Muschis steht, aber ich bin mir nicht sicher, ob sie mir damit nicht sagen wollte, dass ich mich selbst ficken soll. Das war eine sehr emotionale Sache.

„Ja, Amber Ryan. Sie trifft sich mit uns bei *Tiffanys*."

„Natürlich tut sie das", sage ich. Warum sollte ich auch denken, dass er irgendwo anders einen Verlobungsring kaufen würde? „Du weißt doch, dass es Em egal ist, wo du den Ring kaufst, oder? Sie heiratet dich nicht wegen deines Geldes."

Ich kenne Emerson vielleicht nicht so gut, aber ich hatte noch nie das Gefühl, dass sie eine Goldgräberin ist. Ich habe normalerweise eine ziemlich gute Menschenkenntnis.

„Ich weiß, aber ich möchte sie überraschen, und nach dem falschen Antrag in der Hockey-Arena schulde ich ihr einen richtigen Antrag."

Ich klopfe Kyler auf die Schulter. „Nun, hoffentlich sagt sie ja."

Kylers Kiefer spannt sich an. „Glaubst du, dass sie es nicht tun wird?"

Ich habe meinen älteren Bruder wirklich noch nie besorgt gesehen. Normalerweise hat er seinen Angelegenheiten voll im Griff, und wenn nicht, versteckt er es ziemlich gut vor dem Rest der Welt.

Wir gehen zum Eingang des Gebäudes, und dort steht eine hübsche Brünette mit roten Strähnchen im Haar. Ich versuche, sie nicht anzustarren, aber ich erkenne sie. Als ich sie das letzte Mal sah, war sie komplett brünett, und ihre Wangen waren rot.

Sie ist das Mädchen aus der Bar – diese süße, junge Brünette, die mich gebeten hat, sie zu retten. Genauer gesagt, hatte sie mich um Hilfe gebeten.

Ich bezweifle, dass sie sich an mich erinnert.

Die Brünette winkt kurz und lächelt. Sie zieht ihre Jacke enger um sich. Die Luft ist kühl an diesem Morgen. „Hi, ich bin Amber", sagt sie.

„Danke, dass du dich mit uns triffst, Amber. Ich bin Kyler, und das ist mein Bruder Jasper."

Erkennt sie mich wieder?

„Es ist schön, dich kennenzulernen", sagt Amber, und ich vermute, dass sie sich nicht an mich erinnert. Ich schätze, ich habe keinen bleibenden Eindruck hinterlassen.

„Ebenfalls", sage ich und halte ihr meine Hand hin, um mich vorzustellen. Sie nimmt meine Hand und schüttelt sie, und ich halte ihre Hand einen Moment länger als nötig fest, um zu sehen, ob sie sich an irgendetwas erinnert.

Sie lächelt, lässt meine Hand los und greift nach dem Türgriff. „Wollen wir hineingehen?", fragt sie.

Amber tritt als Erste ein, und ich bin mir hundertprozentig sicher, dass es sich um dasselbe

Mädchen handelt, das ich vor Monaten bei ihrem Date aus der Hölle gerettet habe. Ich bin neugierig, was sie seitdem gemacht hat, ob dieser Meth-Kopf sie weiterhin belästigt hat und ich habe noch eine Reihe von anderen Fragen.

„Jasper, hörst du mir überhaupt zu?", fragt Kyler.

„Offensichtlich nicht", sagt Amber und grinst.

Ich räuspere mich. „Tut mir leid, ihr habt meine ungeteilte Aufmerksamkeit", sage ich.

Kyler sieht sich Ringe an und ist an Ambers Meinung interessiert, was ihrer Schwester gefallen würde, vor allem, was den Stil und den Schnitt angeht. Er lässt sich von Amber bei der Größenbestimmung helfen, und abgesehen davon, dass er weiß, dass sie schlanke Finger hat, ist er sich bei ihrer Ringgröße nicht wirklich sicher. Offenbar hat sie keine billigen Ringe zu Hause, die er sich ausleihen könnte, um ihre Größe zu bestimmen.

Ich schaue mich im Laden um, und die ausgefallensten Ringe werden herausgeholt, damit Kyler sie bewundern und auswählen kann, ohne dass sie hinter dem Glas verschlossen sind.

Das Preisschild haut mich fast um, als ich höre, wie der Juwelier Kyler den Wert des Rings nennt.

„Meine Schwester war noch nie ein Fan von

auffälligen Dingen", sagt Amber, „aber ich glaube, es könnte ihr gefallen."

„Meinst du?", wiederholt Kyler, und Schweiß glänzt auf seiner Stirn. Er holt ein Taschentuch aus seiner Tasche und tupft sich die Stirn ab. „Bruder, ich brauche deine Meinung."

Ich gehe zu ihm und werfe einen Blick auf den Ring, den Kyler für Emerson ausgesucht hat. Er hat einen riesigen Stein und kostet eindeutig ein Vermögen, aber Geld war für meinen älteren Bruder noch nie ein Thema. Er ist ein Milliardär und spielt in der NHL.

Als NHL-Ehefrau erwartet man Aufsehen.

„Ich finde ihn großartig", sage ich und füge hinzu, „für euch beide." Ich habe wirklich keine große Meinung zu Verlobungsringen. Ich bin sicher, deshalb hat er Amber mitgenommen. Ich bin nur zur moralischen Unterstützung da.

Kyler gluckst leise vor sich hin. „Du würdest nie einen kaufen, stimmt's?"

Ich grinse. „Ja, du kennst mich zu gut."

„Während ich hier fertig werde, könntest du aus dem Laden die Straße runter drei Kaffees holen?", fragt Kyler.

Amber steht auf. „Meine Arbeit hier ist getan. Ich werde mich dir anschließen", sagt sie.

„Ich grinse, das wäre schön." Wir verlassen Kyler, der noch mit dem Juwelier verhandelt, und den Ring bezahlen möchte. Ich öffne die Tür und gehe mit Amber an meiner Seite in die kühle Herbstluft.

„Du und dein Bruder, ihr spielt also beide für die *Ice Dragons*?", fragt Amber.

„Das tun wir", sage ich. „Ich nehme an, Emerson hat es dir erzählt."

Ein Lächeln ziert ihr Gesicht. Es ist niedlich, ihre Wangen röten sich, aber daran könnte die kalte Luft schuld sein. „Sie spricht oft von Eishockey. Als Kinder haben wir es nie gesehen, aber in letzter Zeit habe ich mich für den Sport begeistert."

„Spielst du?", frage ich. Wir stehen am Zebrastreifen und warten darauf, dass die Ampel umschaltet.

Sie hüpft von einem Fuß auf den anderen, um sich warmzuhalten. Ihr schwarzer Wollmantel ist zugeknöpft und reicht ihr bis zur Hälfte der Oberschenkel. Sie schiebt ihre Hände in die Taschen und holt ein Paar lila Handschuhe hervor, die sie anzieht, während wir darauf warten, die Straße zu überqueren.

Ich muss nicht zu fragen, ob ihr kalt ist. Wir können unseren Atem sehen, und sie zittert neben mir. Ich hole meine Wintermütze aus der Tasche und setze sie ihr auf den Kopf.

„Was machst du da?"

„Ich helfe dir, dich aufzuwärmen", sage ich. Emerson wird mich umbringen, wenn sich ihre kleine Schwester erkältet, besonders vor der Hochzeit. Nicht dass ich wüsste, wann Em und Kyler heiraten werden. Er hat ihr noch keinen offiziellen Antrag gemacht.

Ich meine, offiziell hat er es auf dem Eis während eines Spiels getan, aber es war nicht echt. Sie haben so getan, als wären sie verliebt, und irgendwo zwischen dem Vortäuschen und der gemeinsamen Zeit haben sie sich verliebt.

„Danke", sagt Amber, und diesmal bin ich sicher, dass sie rot wird. „Die Ampel ", sagt sie, und wir schlendern nebeneinanderher, während wir die Straße überqueren und einen weiteren Block hinunter zum Café gehen.

Ich öffne ihr die Tür und lasse sie in das Café hinein, wo es warm ist. Wir bestellen drei frische Kaffee, und als unsere Bestellung fertig ist, nimmt sie ihr Getränk, ein Glas Wasser und geht zur Tür.

„Wohin gehst du?", frage ich und bremse sie aus. Ich trage meinen Kaffee und den meines Bruders.

Sie zeigt mit ihrer behandschuhten Hand auf die Tür. „Zurück in den Laden."

„Kyler wird uns finden, und ich glaube nicht, dass sie Getränke in ihrem Laden schätzen würden."

Amber presst ihre Lippen aufeinander. „Du hast recht." Sie lenkt ein und folgt mir zu einem freien Tisch in der Ecke. Bevor sie sich setzt, stellt sie ihren Kaffee auf den Tisch, zieht ihre Handschuhe und die Wintermütze aus und gibt mir meine schwarze Mütze zurück.

„Danke."

Sie fährt sich mit der Hand durch ihr unordentliches Haar. Amber sieht absolut bezaubernd aus, als hätte sie nach einer wilden Nacht eine unordentliche Frisur, aber ich behalte diesen Gedanken für mich.

Ich bin kurz davor, ihr zu sagen, dass sie die Mütze behalten soll, aber es ist kalt, und nachdem sich unsere Wege heute Morgentrennen werden, möchte ich es vielleicht wiederhaben. Ich hatte vor, ein wenig auf der Eisbahn zu üben und da ziehe ich es vor, schön und warm zu sein.

„Also, dein Bruder und meine Schwester", sagt Amber und nippt an ihrem Kaffee. Sie trägt einen hellblauen Schal, der zu ihren Augen passt, und einen cremefarbenen Wollpullover, der ihr bis zu den Knien reicht.

„Hast du Kyler zum ersten Mal getroffen?", frage ich.

„Ja", sagt sie lachend. „Ehrlich gesagt dachte ich, meine Schwester würde mich ihm vorstellen, bevor er anrief, um mich zu bitten, mit ihm einen Ring für Emerson zu kaufen."

Ich schmunzle. Mein Bruder hält sich nie an die Regeln. „Das war mutig, und du hast ja gesagt."

„Ich wollte ihn vor der Hochzeit kennenlernen."

Ich kann mir ein Lachen nicht verkneifen. „Es gibt andere Möglichkeiten, das zu tun, zum Beispiel gemeinsam zu Abend zu essen."

Amber zuckt mit den Schultern. „Das macht mehr Spaß als ein lahmarschiges Abendessen, bei dem sich alle von ihrer besten Seite zeigen. Auf diese Weise lerne ich ihn und seinen Bruder kennen." Sie verschränkt ihre Hände auf dem Tisch und starrt mich an. „Also, raus mit der Sprache. Du bist sein Bruder. Was ist los mit ihm?"

Sie grinst, und ich lehne mich lachend zurück und schaue an die Decke. Das könnte eine sehr lange Liste werden. „Abgesehen davon, dass er stur ist und mir auf die Nerven geht?", frage ich.

„Sind nicht alle Geschwister so? Was noch? Ich will die pikanten Details."

„Ehrlich gesagt ist er ein toller Kerl, und nachdem, was ich gesehen habe, machen die beiden sich gegenseitig glücklich."

Sie taucht die Finger in ihren Wasserbecher und schnippt mir ins Gesicht.

„Wofür war das denn?" Ich lache und wische mir die nassen Tropfen von den Wangen.

DREI
AMBER

ICH HABE ihn wie ein Kind mit Wasser bespritzt, weil ich beim Flirten wirklich schlecht bin. Er schnappt sich ein paar Servietten vom Tisch und wischt die Wasserreste weg. Er sieht mich finster an, aber es liegt ein Hauch von Lächeln auf seinem Gesicht.

„Sei froh, dass dein Bruder nicht mich heiratet. Dann wären wir eine Familie."

„Wir sind so etwas wie eine Familie", scherzt Jasper.

Das Lächeln verschwindet aus meinem Gesicht. „Richtig." Ich nippe an meinem heißen Kaffee und ziehe eine Grimasse, als ich mir den Gaumen verbrenne.

„Hast du jemals wieder etwas von diesem

schlechten Date gehört? Wie war sein Name?", fragt Jasper.

Er erinnert sich an mich. „Tripp, und nein, ich habe dafür gesorgt, dass seine Telefonnummer gesperrt ist."

„Gute Wahl", sagt er.

„Ja, obwohl ich mich nie wieder mit einem Krankenpfleger treffen werde. Aber wenigstens habe ich keine private Mitgliedschaft im Concierge Medical Center, wo er arbeitet."

Jasper grinst. „Wenn das der Fall wäre, müssten wir umziehen, weil wir dich nicht mit einem Krankenwagen in das Krankenhaus bringen können, in dem er arbeitet."

Ich zucke zusammen. Das ist ein gutes Argument. „Vielleicht verabrede ich mich außerhalb meiner Postleitzahl."

Jasper nickt. „Keine schlechte Idee. Dann triffst du ihn nicht mehr im Supermarkt. Das kann verdammt unangenehm sein, besonders wenn sie verheiratet sind oder Kinder haben."

Er hat mein Interesse geweckt. „Sprichst du aus Erfahrung?" Das muss er, denn es klingt einfach viel zu konkret, um etwas anderes zu sein.

Jasper nimmt einen Schluck von seinem Kaffee

und ignoriert meine Frage. „Das Zeug ist gut. Kommst du oft hierher?"

„Du meinst ins Café?" Ich schaue ihn lachend an. „Du hängst zu viel mit den Jungs rum, wenn du das als Anmachspruch für die Mädels benutzt."

Er kichert, und in diesem Moment betritt Kyler das Café. Als er uns bemerkt, nickt er uns zu, während er sich nähert.

„Es war keine Anmache. Ich war neugierig", sagt Jasper.

Kyler schnappt sich den leeren Stuhl neben uns und zieht ihn zurück, um sich zu setzen.

„Kein Ring?", frage ich, ohne eine Tasche in seiner Hand zu sehen. Als wir gingen, wollte er gerade seine schwarze *American Express*-Karte aushändigen, um ihn zu kaufen.

„Er wird gerade ausgemessen. Ich werde ihn heute noch bekommen."

Ich schaue auf meine Uhr. Der Vormittag hat Spaß gemacht, aber heute Nachmittag habe ich Unterricht, den ich nicht verpassen darf. „Ich sollte gehen", sage ich und stehe auf.

„Gib mir dein Handy. Wenn du jemals in der Klemme steckst und mich brauchst, um dir bei einem weiteren schlechten Date zu helfen, schreib mir einfach eine SMS."

„Das ist nicht nötig", sage ich und fummle an meinem Handy herum.

Jasper streckt seine Hand aus, und ich reiche ihm mein Handy.

Kyler beobachtet den Austausch zwischen uns, sagt aber nichts. Ich bin mir sicher, dass er, sobald ich gehe, seinen Bruder darüber ausquetschen wird. Hoffentlich erfährt Emerson nichts davon, denn sie weiß nicht, dass ich einen gefälschten Ausweis habe. Wenn sie herausfindet, dass ich in einer Bar war und ein schlechtes Date hatte und Jasper mir geholfen hat, bin ich so was von am Arsch.

„Ich habe mir selbst eine SMS geschickt", sagt Jasper. „Speichere mich als Kontakt."

Ich schaue auf mein Handy und füge Jasper als Kontakt hinzu. „Ich muss jetzt wirklich los. Es war nett, dich kennenzulernen, Kyler, und es war schön, mit dir zu plaudern, Jasper." Ich schnappe mir meinen Kaffee und eile in die Kälte hinaus.

„Du hast Jasper Greyson gesehen?" Charlottes Mund fällt fast auf den Boden. „Also persönlich?"

Ich zeige ihr die SMS auf meinem Handy. „Er hat mir seine Nummer gegeben."

Sie strampelt mit den Beinen und quiekt, während sie auf dem Bett in meiner Wohnung liegt. „Oh mein Gott! Du musst ihn anrufen."

„Das kann ich nicht tun." Ich sperre schnell mein Handy-Display, damit Charlotte mich nicht in Verlegenheit bringen kann. Wir sind beste Freundinnen, aber das Mädchen hat mehr Mut als ich jemals haben werde.

„Wir sollten zu einem seiner Eishockeyspiele gehen."

„Was?" Meine Augen weiten sich, und ich atme scharf ein. „Meine Schwester wird dort sein."

„Sie ist die Verlobte eines der Spieler, richtig?", fragt Charlotte. Sie schiebt die roten Strähnen aus ihren Augen und steckt ihr Haar zu einem Dutt zusammen, ohne in den Spiegel zusehen.

Es ist nicht so, dass ich das nicht könnte, aber es ist beeindruckend, wie sie es schafft, dass das Chaos sexy aussieht. Das Mädchen ist eine Zehn, umwerfend und witzig. Ich weiß nicht, warum sie keinen Freund hat. Sie möchte sich nicht festlegen, während sie noch zur Schule geht und Vollzeit arbeitet. Ich weiß nicht, wie sie beides schafft. Ich habe mit Teilzeitarbeit und Schule zu kämpfen.

„Ja, sie ist mit Kyler Greyson zusammen", sage ich.

„Ich habe das in den Nachrichten gesehen. Es war super romantisch, ihr auf dem Eis einen Heiratsantrag zu machen. Ich hoffe, ich finde einen Mann, der nur halb so süß ist."

„Du und ich", sage ich lachend. Ich kann ihr nicht sagen, dass alles nur vorgetäuscht war. Meine Schwester würde mich umbringen, obwohl ich Emerson nicht sehr oft sehe, habe ich immer noch großen Respekt vor ihr. Ich bin sicher, dass sie weiß, was sie tut.

Ich meine, Kyler macht einen Antrag, nur nicht im Rampenlicht.

„Und, wirst du Jasper eine SMS schicken?", fragt Charlotte.

„Auf keinen Fall!" Der Gedanke daran lässt meinen Magen verkrampfen als hätte ich verdorbene Milch getrunken. Er ist süß, aber ich habe es nicht so mit Dates und Männern. Ich bin viel zu ängstlich, und nach dem letzten Date mit Tripp habe ich genug von Männern.

„Dann ist es abgemacht. Wir müssen zu einem Heimspiel der *Ice Dragons* gehen."

Ich jammere vor mich hin. „Und was ist, wenn ich meine Schwester treffe?"

„Das wirst du nicht, und wenn doch?", fragt Charlotte achselzuckend. „Du darfst nicht zu einem Eishockeyspiel gehen, weil ihr das Stadion gehört?"

„Nein, das ist es natürlich nicht."

Charlotte wartet darauf, dass ich etwas dazu sage.

„Sie darf nichts von Jasper wissen!" Ich lasse mich wieder neben Charlotte aufs Bett fallen. „Sie würde ausflippen, wenn sie von Tripp wüsste, den Drogen, der Tatsache, dass ich in eine Bar gegangen bin, dem gefälschten Ausweis, die Liste ist endlos", sage ich.

„Wie auch immer, lebe ein bisschen." Charlotte setzt sich auf, ergreift meine Arme und zieht mich mit sich aus dem Bett. Sie schnappt sich ihr Handy und schaut noch einmal nach dem Datum für das nächste Heimspiel. „Zwei Karten für Freitagabend. Keine Ausreden." Sie starrt mich an.

„Gut, nimm einfach die billigsten Plätze ", sage ich.

Sie lacht. „Ja, klar. Wir bekommen Plätze in der ersten Reihe hinter der Glasscheibe, damit du Jasper während des Spiels zuwinken und ihm Küsse zuwerfen kannst."

„Vielleicht muss ich dich tatsächlich töten", murmle ich. Ich bete, dass sie einen Scherz macht. Sie kann sich das eigentlich nicht leisten, aber sie neigt dazu, die Kreditkarte ihres Vaters zu benutzen, der es nicht merkt oder sich nicht darum kümmert, was sie kauft.

Es ist Freitag, und ich ziehe ein Greyson-Trikot an. Um ehrlich zu sein, bin ich mir nicht sicher, ob es die Nummer von Jasper oder von seinem älteren Bruder Kyler ist. Ich habe die Verkäuferin gefragt, aber die hatte nicht die geringste Ahnung, und im Laden hatte ich keinen Internetempfang. Das Internet stürzte ständig ab, als ich versuchte, Charlotte eine SMS zu schreiben, aber die kam erst an, als ich den Laden verließ.

Ich habe überlegt, beide zu kaufen und eines zurückzugeben, aber das bedeutet, dass ich das Geld im Voraus bezahlen muss, und wenn ich Charlotte die Eishockeykarte bezahle, bin ich schon über meinem Budget für den Monat.

Ich könnte zusätzliche Schichten im *Mad Tea Shop* arbeiten, aber ich habe erst in letzter Minute um einen freien Freitag gebeten, und bei meinem Mindestlohn wird es eine Weile dauern, bis ich die Kosten für ein Trikot und eine Eishockeykarte decken kann.

Nachdem ich mit dem Unterricht fertig bin, ziehe ich mich für das Spiel an, und gehe zu Charlottes Wohnung. Ich muss nicht einmal nach oben gehen, weil sie draußen auf der untersten Stufe auf mich wartet und mit einem ihrer Nachbarn spricht.

Und mit reden meine ich flirten. Sie zwirbelt ihre roten Locken und lacht über etwas, das er sagt. Ich bezweifle, dass es so lustig ist.

„Ich muss los", sagt sie und winkt ihm kurz zu, bevor sie meinen Arm ergreift und mit mir zur U-Bahn schlendert.

„Wer war das?", frage ich und versuche, nicht über meine Schulter zu schauen, um zu sehen, ob er uns beobachtet.

„Nur Kingsley, mein direkter Nachbar", sagt sie.

„Hat Kingsley einen Vornamen?"

Charlotte blickt mich an. „Das fragst du? Von allen Fragen, die man sich ausdenken kann, fragst du, ob er einen Vornamen hat?" Sie lockert ihren Griff und wirft einen Blick über ihre Schulter auf ihn.

Sie ist interessiert, aber sie scheint auf Zeit zu spielen. Das Spiel, bei dem man schwer zu kriegen ist und einfach unerreichbar bleibt, was ich bei Charlotte nie ganz verstanden habe. Denn ich habe sie schon mit Jungs gesehen, sie ist definitiv nicht so schwer zu kriegen.

„Was hätte ich fragen sollen?"

„Zu spät", sagt sie und lacht. „Komm schon." Sie ergreift meine Hand und wir eilen die Treppe zur U-Bahn hinunter. Unten fährt ein Zug ein – ich höre das Rumpeln, als er zum Stehen kommt -, aber das bedeutet nicht, dass es unser Zug ist.

Aber ich folge ihr trotzdem, denn ich folge immer Charlottes Beispiel. Manchmal denke ich, dass wir völlig gegensätzlich sind, aber wir ergänzen uns trotzdem.

Wenn ich leise bin, ist sie laut.

Wenn ich auf einer Party schüchtern bin, hat sie die Beharrlichkeit, mich aus meinem Schneckenhaus herauszuholen und mich unter die Leute zu bringen.

Manchmal frage ich mich, was ich ihr biete, und dann erinnere ich mich, dass ich sie davor bewahre, in ihren Kursen durchzufallen. Wenn ich sie nicht daran erinnern würde, dass wir nach Hause gehen müssen, um zu schlafen, wäre sie die ganze Nacht wach und würde jede Nacht Party machen.

Aber ich liebe das Mädchen wie eine Schwester.

Ich habe zwar eine Schwester, Emerson, aber manchmal habe ich das Gefühl, dass uns zwei Welten trennen. Sie hat mir nicht einmal gesagt, dass sie mit einem Eishockeyspieler zusammen ist!

Ich habe erst in den Nachrichten davon erfahren, dass sie sich verlobt hat.

Es stellte sich heraus, dass die gesamte Eishalle schon vor mir davon erfahren hatte.

Ich bin darüber etwas verbittert, aber ich liebe Emerson. Ehrlich gesagt mag ich sie manchmal nicht so sehr. Das liegt wahrscheinlich daran, dass wir uns nicht mehr so oft sehen. Sie ging nach Quantico, um FBI-Agentin zu werden. Sie hat dort alle Prüfungen mit Leichtigkeit bestanden. Ich erinnere mich daran, weil ich einen Witz gemacht habe, dass ich ihr einen Drink spendiere, und sie hat mich gefragt, wie das möglich sein kann, da ich noch minderjährig bin.

Ich habe nicht, den gefälschten Ausweis zu erwähnt, denn wenn sie eine Bundesbeamtin ist, möchte ich nicht, dass sie meinen Getränkepass beschlagnahmt.

Irgendwie, durch ihre Tätigkeit als Bundesagentin, ist sie jetzt mit einem Hockeyspieler zusammen, und ich weiß nicht einmal, wo sie arbeitet. Die Zeitung brachte einen Artikel über sie und Kyler Greyson und erwähnte nicht ein einziges Mal, dass sie für die Behörde arbeitet. Es wurde nur erwähnt, dass sie Auftragsarbeiten macht. Ich weiß nicht, was das bedeutet.

Ich habe es aufgegeben, Emerson Fragen zu stellen, weil sie nicht die auskunftsfreudigste ist, und als ich anrief, um nach ihrer Verlobung zu fragen, hat sie einfach aufgelegt.

Wir haben spät in der Nacht ein wenig darüber gesprochen, aber seitdem haben wir nicht mehr telefoniert. Typisch Emerson, sie ist mit ihrem eigenen Leben beschäftigt.

Ich bin sicher, dass ich auch daran schuld bin. Es ist nicht so, dass ich sie anrufe, um am Wochenende mit ihr abzuhängen. Wir haben uns nicht entfremdet; wir sind einfach nur sehr verschieden. Eines Tages werden sich unsere Wege wieder kreuzen, und alles wird wieder in Ordnung sein, aber heute ist nicht der Tag dafür.

Charlotte zieht mich durch die Drehkreuze hinunter zum Bahnsteig, als sich ein Zug, der zufällig unserer ist, nähert.

„Hast du die Karten?", frage ich und meine damit die Eishockeykarten.

„In meinem Telefon. Heutzutage ist alles digital, Dummerchen", sagt Charlotte und lacht. Sie ergreift meine Hand, als sich die Menschenmassen in Bewegung setzten, um in den Zug einzusteigen. Sie möchte sichergehen, dass wir nicht getrennt werden, zumal sie mein Eishockeyticket hat.

„Du hast kein Trikot bekommen", sage ich und gestikuliere auf ihr Ensemble. Sie trägt einen dunkelgrünen Pullover und schwarze Leggings. Das Mädchen kann jedes Outfit tragen und sieht einfach klasse aus. Sie hat einfach die Figur, um alles anzuziehen zu können.

Ich hatte in dieser Hinsicht nicht so viel Glück, aber dafür gibt es ja gepolsterte BHs. Ich hatte gehofft, dass ich in der Highschool aus ihnen herauswachsen würde, aber jetzt bin ich im zweiten Semester am College und sie geben mir immer noch die volle Oberweite, die ich habe.

Sie lässt meine Hand los und greift nach der Metallstange, an der sie sich festhält, als der Zug sich in Bewegung setzt. Es gibt keine freien Sitzplätze, und wir sind nur eine Handvoll Haltestellen von der neuen Eishalle entfernt, die für die *Ice Dragons* gebaut wurde.

„Ich kann mir im Stadion ein Trikot kaufen", sagt Charlotte. Sie wirft einen Blick auf den Rücken von meinem. „Welchen Greyson unterstützt du denn?" Sie grinst und schaut zu mir rüber.

„Ich weiß es nicht."

„Du hast nicht nachgesehen?" Ihre Augen weiten sich, sie ist überrascht, dass ich ihr zwar eine SMS geschickt habe, aber nicht nachgeschaut habe, was sie auf meine Frage geantwortet hat.

Ich ziehe eine Grimasse. „Na ja, ich meine, ich hatte das Trikot schon gekauft. Wenn ich falschliege, will ich es ehrlich gesagt nicht wissen."

Sie wirft den Kopf zurück und lacht, während sie sich mit der Hand an der Metallstange festhält, die sie aufrecht hält, während der Zug vorwärts ruckelt und von einer Seite zur anderen schwankt.

Mein Magen flattert. Ich bin die Königin der Ängste. Charlotte hat es geschafft, meinen nächsten Anfall auszulösen. Ich danke dir. „Soll ich nachsehen?", frage ich und krame in meiner kleinen Handtasche, in der sich mein Handy, meine Kreditkarte, mein Zugticket und ein paar Dollar in bar befinden.

„Nein." Charlotte schüttelt den Kopf. „Wie du gesagt hast, du trägst es schon. Jetzt ist es etwas zu spät dafür."

„Aber wenn ich mich irre, könntest du das richtige Trikot kaufen, und wir könnten es tauschen?"

Sie schnaubt. „Auf keinen Fall! Ich kaufe heute Abend ein T-Shirt für die *Island Bruisers*."

„Was?" Ich kann es nicht glauben. „Du willst das

andere Team unterstützen?" Ist die verrückt? Ich dachte, wir wären Freunde.

„Gegner. Ich sage dir, wenn du die *Ice Dragons* anfeuerst, muss ich die *Island Bruisers* unterstützen. So ist das mit dieser Freundschaft."

Ich denke, dass das keine Rolle spielt. Es ist nicht so, dass Jasper uns bei dem Spiel sehen wird. Wir werden in der Menge untergehen.

Wir kommen am Stadion an, gehen durch die Sicherheitskontrolle und Charlotte schleppt mich in den Laden, wo Trikots verkauft werden. Sie kauft sich das billigste *Island Bruisers*-Trikot, das sie finden kann, das Mädchen hat zwar die Kreditkarte ihres Vaters, aber sie will vermeiden, dass er die hohe Rechnung am Ende des Monats bemerkt.

Sie flüstert dem Verkäufer etwas zu, er lächelt und nickt. Ich bemerke, dass er zwei Trikots abrechnet. Was zum Teufel?

„Diese Trikots gibt es zum Nulltarif", sagt er und reicht mir ein identisches *Island Bruisers*-Trikot.

Ich zwinge mich zu einem Lächeln und murmle: „Danke." Ich starre Charlotte an. Bei einem professionellen Eishockeyspiel ist ein Trikot auf keinen Fall kostenlos.

„Brauchen Sie eine Tasche?", fragt er.

„Nein, wir werden sie anziehen." Sie zieht sich ihr Trikot über den Kopf.

Denkt sie, ich falle auf ihr kleines Spielchen herein? „Im Ernst, die müssen sie wohl verschenken, weil sie keiner will", sage ich und schiebe ihr das *Island Bruisers*-Trikot zurück.

„Wir beide sollten das *Bruisers*-Trikot tragen", grinst Charlotte.

„Warum?"

„Ich wette um die Karten für das Spiel, dass Jasper dich bemerkt, wenn du das *Bruisers*-Trikot trägst."

Ich verschränke die Arme vor der Brust und beiße mir auf die Unterlippe. „Das ist eine schreckliche Wette. Wenn ich verliere, kann ich mir nicht beide Tickets leisten, Char. Ich kann mir kaum das Ticket und das Trikot leisten, für das ich bezahlt habe, und du hast mir gerade dieses gekauft."

Sie rollt mit den Augen. „Zieh das *Bruisers*-Trikot an, und ich übernehme die Kosten für dein Ticket."

„Das ist verrückt!"

Charlotte lächelt und zuckt unschuldig mit den Schultern. „Ich verdiene mehr als du. Ich habe es auf Daddys Kreditkarte gesetzt, also ist alles in Ordnung."

„Das hättest du nicht tun sollen, ich werde dir

das Ticket bezahlen. Sag mir, was es kostet, und ich schicke dir das Geld per Venmo."

„Zieh das Trikot an", sagt sie und zeigt auf das blaue Trikot in meinen Händen.

Ich stöhne leise vor mich hin. „Er wird mich umbringen."

„Das ist der Punkt. Ich möchte, dass er dich bemerkt."

Mein Magen flattert und ich zucke zusammen, als ich das Trikot, über das der *Ice Dragons* ziehe, dass ich bereits trage.

Wir zeigen unsere Eintrittskarten vor und werden in die erste Reihe geführt, wo wir direkt hinter der Glasscheibe Platz nehmen.

„Heilige Scheiße, Mädchen, das mit den Plätzen in der ersten Reihe war, kein Scherz." Ich bin schockiert. Ich dachte nicht, dass wir in der ersten Reihe sitzen, was für mich in Ordnung gewesen wäre.

Ich sitze mich hin, und wippe unruhig mit meinen Füßen.

Was ist, wenn Jasper sieht, dass ich das *Island Bruisers*-Trikot trage?

Er wird mich sehen.

Charlotte ergreift meine Hand. „Würdest du dich beruhigen? Du machst mich nervös."

Ich lache. Ich schwöre, das Mädchen weiß nicht einmal, was nervös bedeutet. Sie ist immer ruhig und gefasst. Vielleicht beschreibt „ruhig" Charlotte nicht, aber sie scheint immer alles im Griff zu haben. Ich habe noch nie bemerkt, dass sie unsicher oder ängstlich wirkt.

Ich krame mein Handy aus der Handtasche und bin überrascht, dass ich einen guten Empfang habe. Ich mache ein paar Fotos von uns beiden in unseren *Island Bruisers*-Trikots und poste sie auf Instagram.

Charlotte ist mit ihrem eigenen Telefon abgelenkt, und ich tippe Jasper Greyson ein und finde sein Instagram-Profil.

Es ist nicht das erste Mal, dass ich ihn online beobachtet habe. Ich meine, es ist nur eine harmlose Schwärmerei. Nachdem er mich vor dem schrecklichen Date mit Tripp gerettet hat, habe ich natürlich an Jasper gedacht.

Aber ich sollte es gut sein lassen. Er wird der Schwager meiner Schwester sein. Damit sind wir so etwas wie eine Familie.

Aber er ist heiß und, soweit ich das beurteilen kann, alleinstehend.

Ich blättere durch die aktuellen Bilder, die ihn und seine Jungs zeigen. Es gibt sogar ein Bild von ihm und seiner Nichte Bristol, das ist süß. Sie stehen beide in Schlittschuhen auf dem Eis.

Das neuste Bild vor ein paar Minuten gemacht, zeigt ihn ohne Hemd in der Umkleidekabine. Es hat bereits über tausend Likes. Er hat einen guten Körperbau, und das weiß er auch.

Jasper Greyson ist nicht schüchtern, schon gar nicht, wenn es um seinen Körper geht.

Der Mann hat wahrscheinlich keine Ängste. Er ist ein Glückspilz. Ich beiße mir auf die Zunge. Ich sollte mir sein Profil nicht ansehen, aber ich kann nicht anders.

Er hat tonnenweise Follower, aber er folgt nur weniger als hundert Konten. Ich bezweifle, dass er mir folgen wird, aber ich folge seinem Konto und drücke den Herz-Button neben seinem Foto.

Es ist unwahrscheinlich, dass er mich überhaupt bemerkt.

„Stalkst du deinen Freund?", fragt Charlotte und wirft einen Blick über meine Schulter.

„Nein", sage ich und wende mich von seinem Profil ab.

„Lügnerin." Sie lacht und verspottet mich. „Du musst dafür sorgen, dass er dich bemerkt. Im Moment bist du nur ein weiteres Mädchen in einer langen Reihe von Frauen, die ihn wollen. Du musst herausstechen."

„Und das *Bruisers*-Trikot zu tragen, wird das bewirken?" Ich bin nicht unbedingt mit ihren Methoden einverstanden, aber wenn es dazu beiträgt, dass er mich bemerkt, ist es vielleicht gar kein so schlechter Plan.

„Lass uns noch ein Foto machen", sagt Charlotte. „Gib mir dein Handy."

Ich reiche ihr mein Handy. Sie hat lange Arme und schafft es, ein Selfie von uns beiden in unseren *Island Bruisers*-Trikots zu machen. Wir lächeln und machen dumme Grimassen. Ich nehme an, dass wir es mit den anderen Fotos auf Instagram posten werden.

„Mach es zu deinem Profilbild", sagt Charlotte.

„Was?" Sie hat den Verstand verloren. Wenn ich das mache, halten mich alle für einen *Island Bruisers*-Fan. Mir ist das egal, aber meine Schwester wird es sehen und mich wahrscheinlich verstoßen, da ihr Verlobter ein Ice Dragon ist.

„Na ja, oder ich schicke ihm das Foto. Du hast seine Handynummer", sagt sie frech.

„Ich hätte dir nie sagen dürfen, dass er mir seine Nummer gegeben hat."

„Profilbild oder SMS." Charlotte wartet darauf,

dass ich eine Entscheidung treffe. Sie hat immer darüber gemeckert, wie unentschlossen ich bin. Im Moment scheinen beide Optionen schrecklich zu sein.

„Gut." Ich ändere mein Profilbild. Es ist unwahrscheinlich, dass er überhaupt merkt, dass ich seinem Konto folge oder sein letztes Bild geliked habe. Das ist die sicherere Option.

Endlich beginnt das Spiel, und ich habe keine Ahnung, was passiert, außer dass die *Ice Dragons* in Gold und Schwarz auflaufen. Beide Teams kämpfen um den Puck, der über das Eis gleitet.

Die *Ice Dragons* haben die Kontrolle, aber nicht lange, als die *Island Bruisers* den Puck erobern. Es geht hin und her, und es ist ein ständiger Kampf zwischen beiden Teams, mit wenig Torchancen.

Beide Mannschaften versuchen, ein Tor zu erzielen, aber die Torhüter scheinen den Puck hervorragend abzuwehren.

Jasper fährt an der Scheibe vorbei, sein Fokus liegt auf dem Puck, den er versucht, dem anderen Team abzunehmen.

„Los, Jasper!" Ich schreie, obwohl ich nicht glaube, dass er mich wirklich hören kann. Die Menge ist laut, und der andere Lärm übertönt mich.

Charlotte stößt mich mit dem Ellbogen. „Du

trägst ein *Bruisers*-Trikot. Du musst das andere Team anfeuern."

„Das war nicht Teil der Abmachung." Ich schaue Charlotte böse an.

„Das hätte ich mir denken können", sagt sie mit einem Grinsen.

Ich verdrehe die Augen und stehe auf, als er sich dem Glas nähert. Jasper kämpft gegen einen anderen Spieler aus dem Team der *Island Bruisers*, Storm. Er kämpft mit seinem Hockeyschläger um den Puck, als Storm mit seinem Schläger nach oben schlägt und Jasper im Gesicht trifft.

Das war alles, was Jasper brauchte, um Storm gegen das Glas zudrücken. Er flucht, und sie schlagen sich direkt vor meinen Augen.

Ich stehe da und beobachte schockiert den Austausch.

Kyler ist sofort zur Stelle, und statt Jasper von dem Spieler der *Island Bruisers* wegzuziehen, tut er das Gleiche. Es sind nicht zwei gegen einen. Es ist ein ganzes Team, das prügelnd, kämpft, und ich verstehe plötzlich, wenn man sagt, dass bei einem Eishockeyspiel eine Schlägerei ausbricht, denn, heilige Scheiße, nicht einmal der Schiedsrichter hat die Kontrolle.

Es wird geflucht und geschlagen, Männer

werden gegen die Scheibe gedrückt, und irgendwo zwischen den Schlägen und den Gewaltandrohungen begegnet Jasper meinem Blick.

„Du unterstützt sie?" Seine Kinnlade fällt herunter, und er landet ein paar weitere Schläge auf Storms Brust. Storm steht nicht einfach da und lässt es über sich ergehen. Er stößt Jasper gegen das Glas, mit dem Rücken zu mir, und reißt Jaspers Helm herunter.

„Jasper!", schreie ich.

Der Schiedsrichter gewinnt die Kontrolle, und Jasper Greyson und Knox Storm werden auf die Strafbank geschickt. Jasper bückt sich und greift nach seinem Helm, aber er dreht sich nicht um. Er sieht mich nicht an. Ich frage mich, ob es die beste Idee war, auf Charlotte zu hören.

VIER
JASPER

„WAS ZUM TEUFEL WAR DAS?", fragt Kyler, als ich nach einer Zeit auf der Strafbank endlich auf die Bank verwiesen werde.

Ich hatte nicht mein bestes Spiel, und die Tatsache, dass Emersons kleine Schwester Amber auf der Tribüne sitzt und ein *Island Bruisers*-Trikot trägt, macht mich wütend.

Was zum Teufel habe ich ihr getan?

Okay, es ist wahrscheinlich nicht persönlich. Aber verdammt noch mal, sie sah so erregt aus, als sie sah, wie mir die Scheiße aus dem Leib geprügelt wurde.

Wir werden eine Familie.

„Die Schwester deiner Freundin hat Plätze in der ersten Reihe", murmle ich.

Kyler wirft einen Blick hinter uns auf die privaten Plätze, die für die Freunde und Familien der Spieler reserviert sind. „Ich sehe Amber nicht."

„Sie sitzt nicht dort", schimpfe ich. „Sie hat ein verdammtes *Bruisers*-Trikot an."

„Autsch", sagt Kyler und grinst. „Vielleicht muss ich sie bei Em verpetzen." Er lässt die Nachricht wie Wasser an sich abperlen, als ob es nicht seltsam oder verletzend wäre.

Verdammt, es störte ihn sogar, als Emerson mit *seinem Island Bruisers*-Trikot kam, auf dem lächerliche Zeichnungen zu sehen waren, die die Jungs ihm als „Fick dich selbst"-Geschenk gegeben hatten.

„Wo ist sie?" Kyler blickt sich auf der Tribüne um.

Ich nicke in Richtung des Torwarts und versuche, so diskret wie möglich zu sein. „Erste Reihe, wo ich mit Knox aneinandergeraten bin."

„Was zum Teufel war das zwischen dir und Storm?", fragt Kyler.

„Alter Scheiß", sage ich, weil ich mich nicht mit meinem älteren Bruder streiten will. Es gibt einige Dinge, die er aus der Vergangenheit nicht weiß, aus der Zeit, als ich dreizehn war. Ich habe nicht vor, diesen Scheiß wieder auszugraben.

„Wegen eines Mädchens?", rät Kyler.

„Sehe ich so aus, als würde ich mich mit jemandem treffen?" Ich starre meinen Bruder an, damit er den Mund hält.

„Was willst du wegen Amber unternehmen?", fragt mein Bruder.

Ich atme schwer aus. „Woher soll ich das wissen? Wirf ihr eines meiner Trikots zu, damit sie es über dieses Monstrum ziehen kann."

„Ich fordere dich heraus", sagt Kyler mit einem verruchten Grinsen und einem Glitzern in den Augen.

Ich habe noch nie wegen einer Mutprobe gekniffen. Ich werde auch jetzt nicht damit anfangen.

Ein paar Minuten vor Ende des ersten Drittels darf ich wieder aufs Eis und ich versuche, mich auf das Spiel zu konzentrieren. Aber jedes Mal, wenn ich den Puck habe und in der Nähe von Amber bin, schaue ich zu ihr hoch und kann den Blick nicht abwenden.

Das kostet mich den Puck und möglicherweise einen Punkt.

Ich bin abgelenkt.

Sie ist die größte Ablenkung, ich sollte ihr sagen, dass sie nach der Pause nicht zurückkommen, soll, weil sie in *diesem* scheußlichen Outfit meinen Glücksbringer ruiniert. Aber wenn sie ein Fan der *Island Bruisers* ist, dann wird sie noch hartnäckiger sein, um sicherzustellen, dass wir verlieren.

Die Uhr läuft ab, und kaum ist das erste Drittel vorbei, laufe ich zu der Scheibe hinüber, an der sie sitzt.

Amber steht auf und schenkt mir ein nervöses Lächeln. „Hey", sagt sie.

Sie sollte nervös sein, denn ich habe sie dabei erwischt, als sie die gegnerische Mannschaft unterstützte.

Ich nehme meinen Helm ab und ziehe mein Trikot aus. „Du siehst lächerlich aus. Zieh das an", sage ich und werfe es Amber über die Glasscheibe zu.

Amber starrt mich an, fängt aber mein Trikot auf. Gut, denn ich möchte nicht, dass es jemand anderes in die Finger bekommt.

Sie ist entweder sprachlos oder entsetzt über meinen Vorschlag.

Ihre Freundin, die neben ihr sitzt, zuckt mit den Schultern und grinst. „Und wenn wir nein sagen?"

„Wir?" Wer zum Teufel ist dieses Mädchen? Sie tragen beide *Island Bruisers*-Trikots in einem Meer von *Ice Dragons*-Fans um sie herum. Sie müssen Freundinnen sein.

Einfach wunderbar.

War es Ambers Idee oder die ihrer Freundin, die *Island Bruisers* zu unterstützen?

„Zieh mein verdammtes Trikot an, Amber."

„Sie ist nicht deine Freundin", sagt die Rothaarige und lächelt.

„Sie kann für sich selbst sprechen", sage ich und schaue in Ambers blaue Augen.

Sie holt tief Luft, und ihre Wangen sind rot. Ich kann nicht sagen, ob sie wütend oder nervös ist. Ich kenne Amber nicht gut genug, um sie einschätzen zu können. Ich überlege, ob ich sie in die *Blue Line* einladen soll, unsere örtliche Kneipe, in die das Team nach einem Spiel geht, um zu entspannen. Ich überlege es mir aber anders.

Wir laden keine Fans der gegnerischen Mannschaft ein, und wenn sie ein Fan der *Island Bruisers* ist, möchte ich sie nicht dabeihaben. Nicht nach dem Streit, in den ich während des Spiels mit Storm geraten bin.

Die Stimmung unter den Spielern ist immer noch angespannt, und ich möchte nicht, dass Amber uns das Leben schwer macht, wenn wir eigentlich feiern wollen. Das setzt aber voraus, dass wir gewinnen. Das Spiel ist noch nicht vorbei, und es steht unentschieden.

„Jasper!", ruft Noah mir zu, damit ich vom Eis komme. Der Rest des Teams hat sich schon zur Pause in die Umkleidekabine begeben und wartet auf meinen Hintern. Trainer Malone hält immer eine kurze Ansprache, ein paar Einblicke in das, was er von der anderen Mannschaft sieht, und manchmal auch ein paar aufmunternde Worte oder eine Standpauke, je nach Spielstand.

„Wenn ich zur nächsten Runde rauskomme, erwarte ich, dass du *mein* Trikot trägst."

Ich laufe los und gehe mit den Jungs in die Umkleidekabine.

„Du hast dein letztes Hemd verloren", sagt der Trainer, als ich zu meinem Spind gehe. Ich schnappe mir ein anderes Trikot und ziehe es über meine Polster, meinen Helm lasse ich auf der Bank liegen.

„Er ist in ein Mädchen auf der Tribüne verknallt", sagt Noah.

Ich grummele vor mich hin. „Es ist keine Schwärmerei." Ich bin nicht verknallt. Wenn ich ein Mädchen mag, treibe ich es mit ihr.

Mein Schwerpunkt ist meine Eishockeykarriere, nicht die Frauen.

Vor allem keine Mädchen, die Fans der *Island Bruisers* sind. Bei jedem anderen Team könnte ich vielleicht darüber hinwegsehen.

„Du schenkst also jedem Mädchen, das du auf der Tribüne siehst und das gegnerische Team unterstützt, dein Trikot?", fragt Noah.

„Er hilft mir nur", sagt Kyler. Er hat sein Trikot ausgezogen und wischt sich mit einem sauberen Handtuch ab. Einige der Jungs duschen zwischen den Pausen, um sich abzukühlen. „Sie ist Em's kleine Schwester."

Noah sagt nichts, aber sein Blick sagt mir, dass er mich besser kennt als mein eigener Bruder.

„Kyler hat recht", sage ich und greife seine Argumentation auf. „Ich möchte nicht, dass mein älterer Bruder in den Medien schlecht dasteht. Ich meine, was ist, wenn sie herausfinden, dass Em's kleine Schwester bei dem Spiel ein *Bruisers*-Trikot trägt? Das wäre furchtbar für das Team und für sein Liebesleben."

Kyler wirft sein schweißnasses Handtuch nach mir, aber ich fange es auf, bevor es mich im Gesicht trifft.

„Idiot", murmle ich.

„Sprich noch einmal über mein Liebesleben. Du

traust dich nicht", sagt Kyler und zieht die Augenbrauen hoch.

„Das reicht jetzt!", sagt der Trainer und unterbricht unsere brüderliche Fehde. „Spart euch das für das Eis und die *Bruisers* auf, Jungs."

Wir haben nur noch ein paar Minuten, und ich weiß, dass ich in der Pause nicht auf mein Handy schauen sollte, aber als ich eine SMS von Amber sehe, kann ich nicht anders, als sie zu lesen.

Du erwartest, dass ich dein stinkendes Trikot trage?

Ich lache leise vor mich hin.

Zieh es an, sonst sage ich deiner Schwester, dass du ein Fan der Island Bruisers bist.

Nur zu. Ich fordere dich heraus.

„Was ist so lustig?", fragt Kyler, als er über meine Schulter einen Blick auf die Textnachrichten zwischen Amber und mir wirft. „Sie hat recht. Dein Trikot riecht wahrscheinlich eklig."

„Es war sauber, als ich es angezogen habe."

„Und du wurdest im ersten Drittel von Knox vermöbelt. Da ist Blut und Schweiß an dem Ding. Ich würde nicht erwarten, dass Em es trägt."

„Du redest nur scheiße." Ich stoße Kyler mit dem Ellbogen an. „Stehen Mädchen nicht auf verschwitzte Trikots? Ist das nicht anregend?"

„Willst du dich gegen die kleine Schwester meiner Verlobten wenden?"

„Genug geredet, versammelt euch", sagt Malone, und zum ersten Mal bin ich dankbar, dass der Trainer uns unterbricht.

Wir ziehen uns um und gehen für das zweite Drittel zurück auf das Eis. Ich versuche, die Tatsache zu ignorieren, dass Amber auf der Tribüne sitzt, aber als ich in die Nähe des Tores laufe und sie erblicke, trägt sie *mein* Trikot.

Ich bin stolz, dass sie meine Nummer trägt und *unser* Team unterstützt. Das richtige Team, wenn man mich fragt.

Ich schieße im zweiten Drittel vier Tore, und im letzten Drittel ist es für sie fast unmöglich, uns noch einzuholen.

„Ich sollte der heißen Braut auf der Tribüne mein Trikot geben", sagt Knox, während wir um den Puck kämpfen. „Wenn das alles ist, was es braucht, um glücklich zu werden."

„Lass sie in Ruhe", knurre ich.

„Ich wusste gar nicht, dass du jeder nachjagst", sagt Knox. „Aber ich schätze, du musst ihr nachjagen, weil du noch Jungfrau bist."

Damit das klar ist: Ich bin keine Jungfrau. Aber ich ficke auch nicht jede, die eine Muschi hat. Ich fahre in ihn hinein, während wir um den Puck kämpfen, und stoße ihn gegen die Scheibe.

Diesmal ist Amber nicht hinter uns, und dafür bin ich dankbar, denn ich schlage mit meiner Faust auf Knox's Kiefer.

„Lass Amber aus dem Spiel", sage ich und schlage ihm meine Fäuste auf die Brust. Die Hockeyschläger fallen auf das Eis, während wir uns gegenseitig die Scheiße aus dem Leib prügeln.

„Oh, wunderbar, das hübsche Mädchen hat einen Namen. Sie wird mein nächster Coup sein", sagt Knox.

„Einen Scheiß wird sie!" Ich würde den Scheißkerl beißen, wenn ich keinen Mundschutz hätte und die Polsterung ihn nicht schützen würde.

Ich habe das Gefühl, dass meine Fäuste den Beleidigungen, die er gegen Amber äußert, nicht gerecht werden.

Der Schiedsrichter wirft sowohl Knox als auch mich wegen einer Schlägerei aus dem Spiel. Dieses Mal ist es kein kurzer Ausflug zur Strafbank.

Wenigstens sind wir so weit vorn, dass wir das Spiel nicht vermasseln werden. Aber scheiße, der Coach wird sauer auf mich sein.

Ich kühle meine Knöchel und setze mich auf die Bank, um das Spiel aus der Umkleidekabine zu verfolgen. Zum Glück gibt es Fernseher, auf denen das Spiel läuft, aber es ist nicht dasselbe, wie mit der Mannschaft auf der Bank zu sein.

Es sind nur noch zwei Minuten im Spiel, und wir gewinnen haushoch. Ich bin nicht besorgt, dass wir das Spiel verlieren könnten. Aber ich habe das Gefühl, dass ich die Mannschaft im Stich gelassen habe.

Es gibt eine weitere Schlägerei auf dem Eis, und zwei weitere Spieler werden aus dem Spiel geworfen. Noah Reece von den *Ice Dragons* und Mack Conrad von den *Island Bruisers*.

Noah stürmt mit seinem Helm in der Hand in die Umkleidekabine.

„Du hättest mir nicht Gesellschaft leisten müssen", sage ich.

„Sie haben Scheiße über unsere Frauen geredet. Das habe ich sicher getan", witzelt Noah.

Ich wusste nicht, dass Noah mit jemandem zusammen ist, aber ich will nicht neugierig sein.

„Gehst du mit der Tussi aus, der du dein Trikot gegeben hast?", fragt Noah.

„Amber? Nicht ganz." Ich lächle und schaue weg.

„Wirst du sie heute Abend auf einen Drink mit den Jungs in das *Blue Line* einladen?", fragt Noah.

Bevor ich antworten kann, ist das Spiel vorbei,

und die Mannschaft kommt in die Umkleidekabine. Soll ich Amber einladen?

Ich ziehe mich aus, dusche und ziehe mich danach um. Meine Knöchel sind rau, und ich habe ein paar blaue Flecken auf der Brust, aber es hätte schlimmer sein können, bei all den Schlägen, die ich bekommen habe.

„Kommst du heute Abend mit uns?", frage ich Kyler und kenne die Antwort bereits. Er kommt nur selten mit, zu den Feierlichkeiten. Normalerweise ist er zu Hause mit seiner Tochter Bristol und seiner Verlobten Emerson.

„Nicht heute Abend", sagt Kyler und klopft mir auf die Schulter. „Vielleicht, wenn wir in die Playoffs kommen."

Noah, Owen und ich verlassen zusammen die Umkleidekabine, um in das *Blue Line* etwas trinken zu gehen

Asher und seine Frau Kate sind gleich hinter uns, und Parker erwähnt, dass er mit Ava nachkommen würde, wenn er sie aus dem Frauenraum abgeholt hat.

Ich wurde noch nie in den Raum der Ehefrauen eingeladen. Keinem der Männer ist es erlaubt, daran teilzunehmen. Es ist auch nur auf Einladung eines Mitglieds möglich.

Nur feste Freundinnen und Ehefrauen können eingeladen werden. Ich habe gehört, dass es eine Weile gedauert hat, bis Emerson eine Einladung bekommen hat, aber wenn sie ein Spiel besucht, geht sie nach oben zu den Eishockeyfrauen. Und sie kann nicht einfach eine Freundin einladen – oder ihre Schwester.

Ich sollte nicht über Amber nachdenken sollte.

Sie sollte der am weitesten entfernte Gedanke in meinem Kopf sein. Ich schaue auf mein Handy. Ich bin mir nicht sicher, warum, aber ich hoffe, dass sie mir vielleicht eine weitere SMS geschickt hat.

Wir kommen vor dem *Blue Line* an, und Owen schlägt ein Gruppenfoto vor dem Schankhaus vor. Ich bin einverstanden, denn einen Sieg sollten wir immer feiern.

Ava bietet mir an, Fotos mit meinem Handy zu machen, und die Jungs stellen sich für die Fotos auf. Sie knipst ein paar Bilder und gibt mir mein Handy zurück. „Ich möchte Kopien.“

„Ich schicke sie dir per SMS“, verspreche ich. Ich suche das beste Foto heraus und poste es auf meiner Instagram-Seite. Mein Agent sagt, es sei gut für mein Image, wenn ich Schnappschüsse poste, die Fans würden mich dadurch noch mehr lieben.

Ich glaube das ist Unsinn, aber ich mache es,

weil ich einen Anfängervertrag habe und gerne mehr Geld verdienen möchte, wenn ein neuer Vertrag fällig wird.

Kyler muss sich nie um etwas kümmern. Er hat mit der Lebensversicherung unserer Eltern einige erfolgreiche Investitionen in Kryptowährungen getätigt. Er glaubt, dass das Geld verflucht ist, aber der Mann lebt verschwenderisch, also verstehe ich nicht, warum er meckert. Er hat mir erzählt, dass er eines Tages, wenn er in Rente geht, die *Ice Dragons* kaufen wird.

Ich glaube es erst, wenn ich es sehe. Es ist ein schöner Traum, aber ein erfolgreiches Eishockeyteam zu leiten, bedeutet eine Menge Arbeit. Wenn es jemand schaffen könnte, dann Kyler Greyson, aber er hat auch ein großes Herz, und ich bin mir nicht sicher, ob er es schaffen würde, eiskalt zu sein, und einige der Jungs zu entlassen, wenn es nötig ist.

Wir gehen in die *Blue Line* zu der hinteren VIP-Kabine, die ausschließlich für uns reserviert ist. Wir sind am Spielabend Stammgäste, vor allem, wenn wir gewonnen haben. Ein paar von uns kommen auch, wenn wir verloren haben, um den Kummer mit einem guten Bier zu ertränken.

Zum Glück bin ich jetzt einundzwanzig, sodass

ich mir keine Sorgen machen muss, dass die Jungs mich auslachen, wenn ich nur Limonade trinken darf, denn die Besitzer und Mitarbeiter des Schankhauses kennen unser Team, um zu wissen, wer unter einundzwanzig ist.

Wir haben ein paar minderjährige Jungs, aber die gehen nicht so oft mit uns ins *Blue Line*. Ich weiß, dass sie in ein paar andere Bars gehen und versuchen, mit ihren gefälschten Ausweisen unter dem Radar zu bleiben.

Ich hatte es nicht nötig, wegen ein paar Bier meine Karriere zu ruinieren. Diese Art von Publicity brauche ich nicht.

Ich überlasse den Männern mit ihren Frauen den Tisch und nehme am Ende des Tisches auf einem Hocker Platz. Die Kellnerin, die bereits unsere Gewohnheiten kennt, kommt zu uns herüber um sich und vergewissert sich, dass wir nichts anderes bestellen wollen, bevor sie uns eine Runde bringt.

Die Jungs plaudern und trinken, und ich scrolle durch mein Handy, während ich auf mein nächstes Bier warte.

Owen und Noah unterhalten sich über unser Spiel und wie wir die *Island Bruisers* fertig gemacht haben. Das hat richtig Spaß gemacht.

Ich sollte mir nicht die Mühe machen, ständig auf mein Telefon zu schauen. Es gibt keine neuen Nachrichten von Amber, ich hatte auch nicht erwartet, dass sie mir eine Nachricht schickt. Es hat mich überrascht, dass sie mir überhaupt eine Nachricht geschickt hat, aber ihr Tonfall, über mein verschwitztes Trikot war schon etwas abfällig.

Es gab nicht viele Mädchen, auf die ich in letzter Zeit ein Auge geworfen hatte. Ich habe mich nur auf meinen Sport konzentriert und endlich den Vertrag bekommen, den ich wollte. Als Neuling läuft es für mich gar nicht so schlecht, denn sie lassen mich tatsächlich spielen und ich muss nicht die meiste Zeit auf der Bank sitzen.

Asher und Kate knutschen in der hinteren Ecke. Man sollte meinen, bei einem Ehepaar würde die Hitze nach einiger Zeit abkühlen, aber nach einem gewonnenen Spiel wirken sie immer noch verliebt.

„Ihr zwei, nehmt euch ein Zimmer ", sage ich und werfe ihnen einen Flaschenverschluss zu.

Er prallt vom Tisch ab und trifft Asher am Arm. Er ignoriert mich und schiebt seine Zunge tiefer in den Hals seiner Frau. Nichts lenkt die beiden ab, nicht einmal, wenn der Feueralarm losgeht oder in der Bar eine Schlägerei ausbrechen würde.

Meine Aufmerksamkeit kehrt zu meinem Handy

zurück und ich bemerke, dass Amber Ryan meinen letzten Beitrag geliked hat und mir auf Instagram folgt. Ich klicke auf ihr Profil, schnappe mir mein Bier und nehme einen Schluck, den ich in dem Moment ausspucke, als ich ihr Bild sehe.

„Sie ist ein verdammter *Bruisers*-Fan", murmle ich laut.

Owen klopft mir auf den Rücken und reicht mir eine Serviette. „Müssen wir dir ein Lätzchen kaufen?"

„Halt die Klappe", knurre ich ihn an und blättere kopfschüttelnd durch ihre Fotos. Sie hat ziemlich viele in der Arena gemacht, alle in diesem blöden blauen Trikot.

Ich greife nach der Flasche, nehme einen weiteren Schluck Bier und sehe Rot, als ich von meinem Handy aufschaue.

Ihr brünettes Haar, gemischt mit den roten Strähnchen, schimmert, als sie die Bar betritt.

„Auf gar keinen Fall."

Sie trägt nicht mein Trikot. Sie trägt wieder dieses verdammte *Island Bruisers*-Trikot.

FÜNF
AMBER

DAS TRIKOT DER *ICE DRAGONS*, das Jasper mir über die Glasscheibe zugeworfen hatte, roch nach Schweiß, ganz zu schweigen davon, dass es nass war. Es war komplett mit Schweiß bedeckt und hatte sogar hier und da einen Blutstropfen von seinem Kampf.

Ich könnte es aufbewahren, vielleicht sogar online verkaufen, aber es tragen? Nie im Leben würde ich dieses Trikot über meinen Körper ziehen.

Erst nach einem heißen Durchlauf durch die Waschmaschine.

Sicher, ein bisschen Männerduft ist eine gute Sache. Es ist urwüchsig, verlockend und sexuell.

Nein. Dieses Trikot stank, als hätte er in einem

Sumpf gebadet und danach gegen einen Drachen gekämpft.

Ich weiß die Geste und das Gefühl zu schätzen, obwohl ich glaube, dass es mehr damit zu tun hat, dass ich meine Schwester glücklich machen will. Ich sah wie er mit seinem Bruder redete, bevor er mir das Trikot zuwarf.

Aber dann tat Charlotte das Undenkbare und als ich nicht aufpasste, schob sie es mir über den Kopf.

Ich habe geschrien, als wäre ich Zeuge eines brutalen Mordes geworden.

Sie lachte nur.

Sobald das Spiel zu Ende ist, reiße ich mir das Trikot vom Leib und zerknittere es mit meinen Händen. Was zum Teufel soll ich damit machen? Wenn ich es mit in die U-Bahn nehme, wird es den ganzen Waggon voll stinken.

„Willst du warten, bis sich die Menge lichtet?", frage ich.

„Ja, es hat keinen Sinn, sich mit den Menschen in der U-Bahn anzulegen." Sie steht auf, streckt sich und lässt ihren Blick über den Platz schweifen.

Ich bleibe sitzen und blättere in meinem Telefon, meine Freundin stößt mich mit den Knien an.

„Irgendwelche weiteren SMS?"

„Nein, zum Glück nicht. Ich kann nicht glauben, dass du ihn mit meinem Telefon angeschrieben hast!" Ich bin immer noch ein wenig sauer, dass sie sich mein Telefon geschnappt und es dann vor mein Gesicht gehalten hat, um es zu entsperren. Blöde Gesichtserkennung.

„Ich kann nicht glauben, dass du auf den ältesten Trick der Welt hereingefallen bist" ,sagt Charlotte. „Es ist offensichtlich, dass er dich mag. Sonst hätte er dir nicht so ein fieses Ding geschenkt." Sie gestikuliert auf das Trikot in meinen Händen.

„Danke, dass du wenigstens zugegeben hast, dass es eklig ist." Ich stoße einen schweren Seufzer aus. „Ich sollte es wahrscheinlich zurückgeben."

Sie lässt sich neben mir auf den Sitz fallen, und erwischt mich dabei, wie ich seinen Instagram-Feed stalke. Ich starre ihn schon seit ein paar Minuten an. Das musste ihr ja auffallen. Ein neues Bild mit ihm und den Jungs taucht auf. Sie stehen vor irgendeiner Bar, *Blue Line*, und es sieht so aus, als hätte er das Bild gerade erst aufgenommen.

„Wir gehen dorthin", sagt Charlotte, ergreift meine Hand und zerrt mich praktisch aus meinem Sitz. Die Menschenmenge hat sich gelichtet, und wenn wir noch lange warten, werden wir von der Security rausgeschmissen.

In meinen Händen halte ich immer noch Jaspers verschwitztes Trikot. Obwohl es jetzt nicht mehr so nass und eklig aussieht. Es stinkt immer noch, aber ein Hauch von Jaspers Duft vermischt sich mit dem Schweiß des Drachentöters.

„Ich weiß nicht", sage ich mit zitternder Stimme. „Was ist, wenn er mich nicht sehen will?"

„Er hat dir während des Spiels sein Trikot gegeben. Er will dich sehen."

Charlotte hat ein gutes Argument, aber das verhindert nicht, dass ich Schmetterlinge im Bauch habe und meine Hände zittern.

„Warum hat er mich nicht eingeladen, wenn er wünscht, dass ich komme?", frage ich. Sie wirft einen Blick auf ihr Handy und ruft die GPS-Wegbeschreibung ab, während wir aus der Arena auf die Straße eilen.

Draußen ist es dunkel und kühl. Ich bin fast versucht, das stinkende Trikot wieder anzuziehen, um mich warmzuhalten, aber stattdessen halte ich es in meiner zitternden Hand.

Als wir die *Blue Line* erreichen, bleibe ich einen Moment stehen, meine Füße funktionieren nicht.

„Komm schon." Charlotte verschränkt ihren Arm mit meinem.

„Ich kann das nicht", sage ich kopfschüttelnd, und Selbstzweifel beschleichen mich.

„Warum nicht?", fragt sie und dreht sich zu mir um.

„Du und ich sind völlig gegensätzlich. Ich verstecke mich hinter meinem Telefon und meinem Laptop. Du gehst da wie ein Wirbelsturm rein und holst dir, was du willst. So bin ich nicht."

Charlotte lächelt, ihre Schultern entspannen sich. „Also, spazieren wir einfach rein, geben ihm sein ekelhaftes Trikot zurück und drehen uns um und gehen weg."

Das kann ich tun. „Okay", sage ich. „Aber du wartest hier draußen?"

Charlotte nickt. „Ich warte an der Bar und hole uns etwas zu trinken."

„Damit kann ich leben", sage ich und betrete die Bar. Es ist dunkel und voll, und ich schaue mich um, auf der Suche nach Jasper. Ich könnte mich geirrt haben. Vielleicht wurde das Foto, das er gepostet hat, nicht heute aufgenommen. Würde ich mich dann nicht wie ein Idiot fühlen? Natürlich würde er es nie erfahren.

Da begegne ich seinem Blick. Er sitzt an einem Tisch im hinteren Teil des Lokals, fast versteckt in der Menge. Ich atme nervös ein, versuche, mich an das Ausatmen zu erinnern und schleiche durch die Bar.

„Das gehört dir", sage ich und drücke ihm das stinkende Trikot in die Hand.

Er zieht die Stirn in Falten, steht auf und zieht mich zur Seite, außer Hörweite seiner Kumpels. Ich kann es ihm nicht verdenken. Ich würde auch nicht wollen, dass meine Freunde Zeuge dieses Gesprächs werden.

„Was machst du da?", fragt Jasper mit großen Augen.

„Ich gebe dir dein Trikot zurück." Ich schiebe es ihm zu, aber er nimmt es nicht an.

„Ich habe es dir gegeben", sagt er, und ich schwöre, dass er vor Wut kocht. Sein Blick wandert über meinen Körper. „*Das* kannst du hier drinnen nicht tragen. Nur Eisdrachen-Fans."

Ich stoße ein leises Lachen aus. „Okay." Ich lege mein Portemonnaie zusammen mit seinem Trikot auf den Tisch und greife nach dem Saum des *Island Bruisers*-Trikots, um es hochzuziehen.

Jasper hält mich auf, bevor ich meinen Bauch erreicht habe.

„Was zum Teufel machst du da?", knurrt er mir ins Ohr, mit seinen Händen hält er mich fest und lässt nicht zu, dass ich das Trikot ausziehe.

„Mich ausziehen."

Seine Augen sind so groß wie zwei Untertassen. „In der Öffentlichkeit?"

„Ich habe etwas darunter an", sage ich.

Er lässt seine Hände fallen und sieht zu, wie ich mir langsam, dass *Island Bruisers*-Trikot über den Kopf ziehe.

Ich stehe vor ihm in einem *Ice Dragons*-Trikot mit dem Namen Greyson auf dem Rücken. Ich war immer noch nicht schlau genug, um zu merken, ob ich das Trikot seines Bruders trug. Ich war so darauf konzentriert, Jasper zu beobachten, dass ich nicht einmal seine Nummer bemerkt habe. Was für ein Fan ich doch bin.

„Verbrennt dieses Monstrum", sagt Jasper und nickt in Richtung des blauen Trikots in meinen Händen.

„Du verbrennst mein Trikot nicht", sage ich.

„Du brauchst nur eins." Jasper starrt mich an, ein Lächeln umspielt seine Mundwinkel. Er ist erfreut über die Überraschung, die ich unter meiner Kleidung hatte. „Wessen Nummer trägst du denn?"

Ich drehe mich um und höre, wie er spottet.

„Mein Bruder? Ernsthaft, Amber?"

Meine Wangen brennen, und ich schaue auf

meine Hände hinunter. „Es war eine Fünfzig-Fünfzig-Chance, als ich es im Laden gekauft habe."

„Man muss ihr zugutehalten, dass sie wenigstens etwas anderes als das *Bruisers*-Trikot darunter trägt", sagt sein Freund.

„Amber, das ist Noah", stellt Jasper uns vor.

„Schön, dich kennenzulernen", sage ich und lächle schwach.

„Setz dich zu uns", sagt Noah. „Jasper starrt schon seit einer Stunde auf sein Handy."

„Wir sind noch nicht einmal eine Stunde hier", knurrt Jasper Noah an.

„Heißes Date?", frage ich und schiebe mir eine Haarsträhne hinters Ohr. Ich werfe einen Blick über meine Schulter in die Richtung von Charlotte, die verschwunden zu sein scheint. Sie hat mich abserviert.

Jasper schüttelt nur den Kopf. Er sagt kein einziges Wort.

Die Jungs rücken herum, und ich schnappe mir einen leeren Hocker und setze mich neben Jasper. „Gutes Spiel heute Abend", sage ich und schiebe das schmutzige Trikot, das er mir gegeben hat, zurück auf den Stehtisch.

Jasper lehnt sich näher heran, seine Lippen streifen mein Ohr. „Du weißt doch, dass die meisten

Mädchen einem Spieler, der sich vor ihnen das Trikot vom Leib reißt, nachtrauern würden?"

„Ich bin nicht wie die meisten Mädchen", sage ich und starre ihn an. „Und dein Trikot stinkt." Ich hebe es auf und schiebe es ihm vor das Gesicht.

Noah lacht laut und wischt sich die Tränen aus den Augen. „Ich mag dieses Mädchen. Wo hast du sie gefunden?" Noah kann nicht aufhören zu lachen, und ich entspanne mich. Die Beklemmung verschwindet langsam, während ich mich in der Nähe von Jasper und seinen Freunden wohlfühle.

Jasper schiebt das Trikot aus seinem Gesicht, und ich schwöre, seine Augen tränen.

„Du kennst Emerson, Kylers Verlobte", sagt Jasper und sieht seinen Kumpel an. „Das ist ihre kleine Schwester, Amber."

„Woher wusstest du, wo du uns findest? Habt ihr euch umgehört?", fragt Noah.

„Es ist ja nicht so, dass die *Blue Line* ein Geheimnis wäre", sagt Jasper. „Wir kommen nach *jedem* Sieg hierher."

„Danke, das wusste ich nicht, aber jetzt, wo ich es weiß, muss ich vielleicht zu all euren Feiern kommen", scherze ich. Es gibt einen Eimer mit Bier, und Jasper gibt mir eines, ohne lange zu überlegen.

Ich öffne den Deckel, nehme einen Schluck und ziehe eine Grimasse angesichts des Geschmacks.

„Nicht deine Vorliebe? Ich kann die Kellnerin herholen und etwas anderes für dich bestellen."

„Es ist in Ordnung", sage ich und probiere noch einen Schluck, aber es ist ziemlich entsetzlich. Ich habe gehört, dass Bier ein anerzogener Geschmack ist, aber ich habe nicht die Absicht, ihn in nächster Zeit zu erwerben.

Jasper nimmt mir das Bier aus der Hand. „Ich bestelle dir etwas anderes", sagt er mit mehr Nachdruck und winkt die Kellnerin herbei. „Was willst du? Ich zahle?"

„Ich nehme einen Whiskey Sour", sage ich.

„Ich muss Ihren Ausweis sehen", sagt die Kellnerin.

Ich krame meinen gefälschten Ausweis hervor und überreiche ihn der Kellnerin, in der Hoffnung, dass Jasper nicht bemerkt, dass der Name darauf nicht Amber Ryan ist.

Sie gibt mir den Ausweis zurück, und ich vergrabe ihn in meiner Handtasche. „Danke."

„Sonst noch etwas?", fragt die Kellnerin.

„Noch einen Eimer Bier. Immer her damit", sagt Owen. Er hat zwei leere Biere vor sich stehen und nimmt sich ein drittes.

Jasper lehnt sich näher heran und flüstert: „Der Mann ist ein Fisch. Ich habe gesehen, wie *viel er* getrunken hat und am nächsten Morgen zum Training nüchtern war."

„Ich wünschte, ich hätte diese Superkraft", sage ich und lache. Ich werfe einen Blick über die Schulter zu Charlotte, die mit zwei Männern an der Bar beschäftigt zu sein scheint. Sie lacht und zwirbelt ihr Haar, und ich bin mir nicht sicher, ob ich sie retten muss oder sie ihre Gesellschaft und die Drinks genießen lassen soll.

Jasper dreht sich um und folgt meinem Blick. „Deine Freundin?"

„Ja, sie hat mich überzeugt ..." Ich beende den Satz nicht, und er dreht sich zu mir um.

„Du kannst mich nicht einfach hängen lassen", sagt er.

Ich lache nervös und wende meinen Blick ab, schaue auf seine Hände, die auf seinem Schoß liegen hinunter. Er denkt wahrscheinlich, dass ich ihm in den Schritt starre.

Solch ein Mist.

Ich sehe auf und atme scharf ein.

„Amber?" Er wartet darauf, dass ich etwas sage oder es erkläre, warum ich gerade dabei erwischt wurde, wie ich auf die Beule in seiner Jeans starrte.

Es war eine offensichtliche Ausbeulung, als, ob der Mann kaum in seine Hose passen würde.

„Sie hat mich herausgefordert, dieses blöde *Bruisers*-Trikot zu tragen", sage ich.

„Du hast es gewagt?" Er beobachtet mich, studiert mein Gesicht, aber ich kann ihn nicht richtig einschätzen. „Lass mich raten, du bist der Typ, der nicht vor einer Mutprobe zurückschreckt."

Ich bin mir nicht sicher, ob das stimmt, aber ich lasse den Teil weg, in dem sie mich davon überzeugt hat, dass es Jaspers Aufmerksamkeit erregen würde, und sie hatte recht. Es hat funktioniert.

„Ich habe als Teenager immer gerne Wahrheit oder Pflicht gespielt", sage ich achselzuckend. „Ich schätze, ich bin da nie wirklich rausgewachsen."

Die Kellnerin bringt meinen Whiskey Sour an den Tisch, und ich nehme einen großen Schluck. Jasper macht mich nervös – seine Gegenwart, sein Geruch, die Tatsache, dass ich praktisch die Wärme seines Körpers spüren kann, wenn sein Knie gegen meines stößt.

Anders als sein Trikot, was eklig roch, riecht Jasper sauber, nach Seife, aber gemischt mit etwas Erdigem. *Sein Duft.* Am liebsten würde ich mit meiner Zunge an seinem Körper entlangfahren und jeden Zentimeter küssen.

Das Grinsen auf seinem Gesicht wird noch breiter, als er nach seinem Bier greift, um noch einen Schluck zu trinken. „Wahrheit oder Pflicht", sagt er.

Ich kichere und nehme einen weiteren Schluck von meinem Getränk. Anders als in den meisten Lokalen auf dem Campus wird der Alkohol in dieser Bar nicht verwässert, und mit der sauren Mischung schmeckt er nicht nur gut, sondern hilft mir auch zu entspannen.

„Trauen." Denn, wenn er mich nach der Wahrheit fragt und wissen will, ob ich Gefühle für ihn habe, kann ich es nicht sagen. Andererseits könnte er mich herausfordern, ihn zu küssen, und vielleicht sollte ich das nicht tun, aber ich möchte es, und es würde mir vor allem einen Grund geben, ohne dumm auszusehen.

Er grinst. „Rufst du meinen Bruder Kyler an."

„Was?"

„Ich gebe dir seine Nummer."

„Er hat meine Nummer. Erinnerst du dich, dass ich ihn bei *Tiffanys* getroffen habe? Ich kann mein Telefon nicht für den Streich benutzen."

„Was ist mit dem Telefon deiner Freundin?" Jasper zeigt in Charlottes Richtung.

„Gut. Ich werde ihr Telefon beschlagnahmen." Ich rutsche vom Hocker und stolziere durch die Bar, wobei ich so tue, als wäre ich nicht nervös. Charlotte wird eine Erklärung verlangen, und ich bin mir nicht sicher, ob sie mitspielen wird.

„Schon fertig?", fragt Charlotte, als sie bemerkt, dass ich mich zu ihr an die Bar setze. Sie schmollt und sieht enttäuscht aus, während sie über meine Schulter hinweg zu Jasper blickt.

„Eigentlich brauche ich dein Telefon."

Charlotte gibt ihr Gerät nicht einfach aus der Hand. Ihre Mundwinkel ziehen sich nach oben. „Warum?", fragt sie mit süßer Singsang Stimme. Sie ist bereit, mich zu necken, und sie weiß nicht einmal, warum.

„Kann ich es mir einfach ausleihen?", frage ich.

„Erst, wenn du mir sagst, warum du es brauchst. Du hast doch dein Handy, oder? Hast du es in der Arena vergessen?"

„Jasper und ich spielen Wahrheit oder Pflicht, und er will, dass ich seinen älteren Bruder anrufe. Kyler hat meine Nummer. Er wird wissen, dass ich es bin."

Ihre Augen leuchten auf. „Ich bin dabei." Sie wirft einen Blick auf die Jungs, die ihr einen Drink spendiert haben. „Tut mir leid, ich muss meiner Freundin Gesellschaft leisten. Es war nett, euch beide kennenzulernen." Sie führt mich zurück zu dem Tisch mit den Hockeyspielern.

„Bist du dabei, oder gibst du auf?", fragt er.

„Mein Mädchen gibt nie auf", sagt Charlotte. Sie kramt ihr Handy aus der Tasche. „Ich gebe dir das, aber du musst mich in dein kleines Spiel einweihen."

„Wahrheit oder Pflicht?", fragt Jasper.

„Ich will spielen", sagt Charlotte.

„Schön", brumme ich und schnappe mir ihr Telefon. Jasper gibt mir Kylers Telefonnummer, damit ich sie nicht auf meinem Handy nachschlagen muss. Ich nehme meinen Drink vom Tisch und trinke den Whiskey Sour aus. „Hol mir noch einen Drink", sage ich zu Charlotte.

„Schon dabei. Nachdem du diesen Anruf getätigt hast." Sie schnappt sich einen Hocker und zieht ihn zu mir an den Tisch.

Ich atmete zittrig aus, drückte auf die Ruftaste und warte darauf, dass Kyler den Anruf entgegennimmt.

„Hallo?" Er klingt nicht schläfrig, was gut ist. Er ist wahrscheinlich gerade vom Spiel nach Hause gekommen.

„Ich kann dir nicht glauben, Kyler Greyson. Du hast mir meinen Lebensgefährten gestohlen."

„Was?", brummt er, und ich kann mir vorstellen, wie verwirrt sein Gesicht ist.

Jasper grinst und macht eine Geste, damit ich diese Scharade fortsetze. „Em bedeutet mir alles, und ich habe gesehen, was du getan hast, als du sie in der Eishalle gefragt hast, ob sie dich heiraten will. Nun, das kann sie nicht. Weil sie mit mir verheiratet ist!"

„Amber, bist du das?", fragt Kyler, und ich beende sofort den Anruf.

„Scheiße!", brumme ich und schiebe Charlotte das Telefon wieder zu. „Was ist, wenn er zurückruft?"

„Ich gehe ran und sage ihm, dass er verrückt ist und dass niemand von dieser Nummer angerufen hat", sagt Charlotte achselzuckend.

Mein Handy summt in meiner Handtasche, und ich schaue auf den Namen. „Da gehe ich nicht ran!", sage ich und schiebe Jasper das Handy zu. „Das ist dein Werk."

„Hey, Bro, was gibt's?" Jasper nimmt den Anruf entgegen.

Ich kann nicht hören, was auf Kylers Seite gesagt wird, und er kann es nicht auf Lautsprecher stellen, weil es in der Bar zu laut ist.

„Nein, du hast mich angerufen. Ich weiß nicht,

wo Amber ist. Ich bin mit den Jungs unterwegs und feiere. Du hättest heute Abend mitkommen sollen. Es hat Spaß gemacht." Jasper runzelt die Stirn und nimmt das Telefon wieder vom Ohr. „Er hat aufgelegt."

„Das war zu lustig", gibt Charlotte zu. „Okay, Amber ist dran. Such dir jemanden aus."

„Sie muss sich für dich entscheiden. Wenn drei mitspielen, kann sie nicht die Person wählen, die ihr gerade die Aufgabe gegeben hat", sagt Jasper.

Ich knurre und schaue Charlotte finster an. „Wahrheit oder Pflicht."

„Wage es."

„Ich fordere dich auf, mir den Whiskey Sour zu besorgen, um den ich gebeten habe."

Charlotte grinst. „Gut gespielt. Ich wähle dich", sagt sie zu Jasper.

„Jasper."

„Ich bin Charlotte", sagt sie und stellt fest, dass sie sich noch nicht vorgestellt haben.

„Ich weiß", sagt er. „Du hast heute Abend ein bisschen Ärger gemacht. Ich werde die Wahrheit sagen."

„Sie wird es verlangen", sagt Charlotte und zeigt auf mich. „Ich muss der Prinzessin ihren Drink holen." Sie schlendert zur Bar.

„Meinst du, ich bekomme meinen Drink?" Ich lache, denn ich glaube nicht, dass sie vorhat, in nächster Zeit wiederzukommen.

„Ist das deine Frage?", fragt Jasper.

„Nein!"

„Dann nicht. Ich glaube nicht, dass sie wirklich mit uns rumhängen will. Und ich habe mich für die Wahrheit entschieden, also schlagt mich damit."

„Hast du eine Freundin?", frage ich geradeheraus und komme gleich zur Sache. Er hat auf Instagram keine Bilder von sich und einem Mädchen veröffentlicht, aber das heißt nicht, dass er Single ist. Es könnte sein, dass er es für sich behält oder die Frauen glauben lässt, er sei zu haben, um seinen Status als NHL-Spieler zu verbessern.

Er nippt an seinem Bier, sein Blick verlässt meinen nicht. „Habe ich nicht. Ich konzentriere mich auf das Spiel, und das macht die Damen nicht glücklich, wenn ich sie in den Hintergrund stelle."

„Das kann ich verstehen", sage ich. „Deine Karriere ist dir wichtig. Bist du also der Typ, der Affären oder Freunde mit Zusatzleistungen bevorzugt?"

Er lacht und schüttelt den Kopf. „Eine Frage. Ich bin dran."

Meine Augen weiten sich, und ich atme nervös

aus. „Okay." Ich werfe einen Blick über meine Schulter zu Charlotte, die an der Bar steht. Sie könnte mir tatsächlich einen Drink bestellen, aber sie bringt ihn nicht schnell genug herüber.

„Wahrheit oder Pflicht?", fragt Jasper.

„Die Wahrheit", sage ich und starre ihn an, in der Hoffnung, dass dieses Spiel nicht vorbei ist, bevor es begonnen hat. Ich bin nervös und aufgeregt. Wenn ich mich für die Pflicht entscheide, möchte ich nicht, dass er mich auffordert, etwas anderes Peinliches zu tun, und da die letzte Pflicht ein Streich war, läuft das Spiel nicht ganz in die Richtung, die ich mir erhofft hatte. Aber wir haben ja gerade erst angefangen.

Er könnte zurückhaltend sein?

„Magst du Muschis?"

Meine Augen weiten sich, und ich glaube, mein Mund fällt fast auf den Boden. „Wie bitte?"

Jasper verzieht das Gesicht zu einem schiefen Grinsen. „Deine Schwester hat vor einiger Zeit etwas erwähnt, bevor sie und mein Bruder tatsächlich miteinander geschlafen haben. Sie erwähnte, dass sie eine Schwester hat, die auf Muschis steht. Und du?"

„Ich werde sie umbringen", murmle ich und werfe einen Blick über die Schulter zu Charlotte.

Ich könnte diesen Drink jetzt wirklich gebrauchen.

„Es ist in Ordnung. Es gibt nichts, was dir peinlich sein muss." Jasper zuckt mit den Schultern. „Ich meine, ich habe Freunde, die schwul sind. Ich schwöre, dass es mir nichts ausmacht. Ich will nur wissen, ob wir beide Titten mögen."

Mir steigen die Tränen in die Augen, aber vor Lachen, ich bin nicht traurig. „Ich mag ein schönes Paar Brüste", sage ich, „und ich habe ein wenig experimentiert. Ich bin auf dem College."

„Genau." Jasper starrt mich an und trinkt sein Bier aus. „Immer noch keine Antwort."

„Ich war schon mit zwei Mädchen zusammen."

„Zur gleichen Zeit?", fragt Jasper und greift nach einer weiteren Flasche Bier in den Eimer. Er kippt den Deckel ab, ohne seinen Blick von meinen Augen zu nehmen.

„Das ist eine zweite Frage", sage ich.

Jasper runzelt die Stirn. „Nein, ich bin mir ziemlich sicher, dass das Teil der ersten Frage ist, die du nicht beantwortet hast."

„Ich bin noch dabei, meine Sexualität zu erforschen", gestehe ich.

Um Jaspers Mundwinkel zeichnet sich ein

Lächeln ab. „Warst du jemals mit einem Mann zusammen?"

„Das ist wieder eine andere Frage." Ich zeige auf ihn und lache. „Du hast nur eine Wahrheit beantwortet. Das ist alles, was ich tue."

Jasper nickt mit einem schiefen Grinsen. „Du magst also Muschis, aber vielleicht magst du auch Schwänze. Aber das weißt du nicht, weil du noch keinen Sex hattest. Verstehe."

„Das habe ich nicht gesagt", erwidere ich.

„Du hast dich geweigert, zu antworten", sagt Jasper. Er nimmt noch einen Schluck von seinem Bier und scheint sich neben mir zu entspannen.

Schließlich kommt Charlotte zurück an den Tisch, bringt mir meinen Whiskey Sour und hat für sich selbst ein Martini. Ich nehme ihr den Drink aus der Hand, um einen großen Schluck zu nehmen.

„Schön, dass wir uns hier amüsieren", meldet sich Charlotte. „Was habe ich verpasst?"

„Ich habe deine Freundin gerade gefragt, ob sie Muschis mag", sagt Jasper.

Charlotte hustet und blickt von Jasper zu mir. „Damit das klar ist: Ich habe noch nie einen Zeh in diesen Pool getaucht." Sie nimmt einen Schluck von ihrem Martini. „Wir sind nur Freunde." Charlotte legt einen Arm um meine Schulter.

Ich zucke mit den Schultern, weil ich mir Sorgen mache, was sie Jasper erzählen wird, denn Charlotte weiß alles über mein Liebesleben. Sie hat mir gesagt, dass ich mit einem älteren Mann Sex haben muss, mit jemandem, der weiß, was er tut und der Erfahrung hat.

Jasper ist nicht unbedingt älter, aber ich kann mir nicht vorstellen, dass er nicht ständig von Mädchen umschwärmt wird.

Charlotte spürt die Stille und lässt sie nicht verstummen. „Und was hat dir meine Freundin Amber über ihr Sexleben erzählt?"

„Nicht viel", sagt Jasper grinsend. „Zwei Mädchen, aber sie wollte mir nicht sagen, ob es zur gleichen Zeit war."

Ich stoße ihr meinen Ellbogen in die Rippen. „Das ist eine ganz neue Frage."

„Ich stimme dir in diesem Punkt zu. Das ist Teil der ersten Frage", sagt Charlotte.

„Du bist keine Hilfe." Ich starre meine beste Freundin an, aber sie genießt es, mich in Verlegenheit zu bringen.

Charlotte hält ihre Hände hoch. „Ich sage nichts. Es ist nicht meine Angelegenheit, etwas preiszugeben. Aber du solltest wissen, dass sie immer wieder Verrückte anzieht. Wenn du dich also für meine Freundin interessierst, musst du erst meine Zustimmung einholen."

„Verrückt, was? Nun, ich habe diesen Meth-Kopf getroffen", sagt Jasper.

„Ich schwöre, wenn ihr beide anfängt, euch abzusprechen ..."

„Du wirst was?", fragt Charlotte mit einem zuckersüßen Grinsen.

Ich nehme ihr den Martini aus der Hand und kippe ihn hinunter.

„Du Göre." Charlotte lacht und stapft spielerisch davon, um sich an der Bar weitere Drinks zu holen.

„Bestell mir noch einen Whiskey Sour!", rufe ich ihr nach.

Ich muss nicht über meine Schulter schauen, um zu wissen, dass sie mir den Stinkefinger zeigt.

Ich trinke den Whiskey Sour, der auf dem Tisch steht aus, und spüre einen angenehmen Schwips vom Alkohol. Die Schmetterlinge sind ins Bett gegangen. „Wahrheit oder Pflicht", sage ich und starre Jasper an.

„Wage es."

SECHS
JASPER

DER GEDANKE AN AMBER mit zwei Frauen geht
mir immer noch nicht aus dem Kopf. Ich bewege
mich unbehaglich auf dem Barhocker hin und her.

Ich tue alles, was in meiner Macht steht, um
nicht auf die Tatsache zu reagieren, dass sie auf
Muschis steht, aber vielleicht auch auf Schwänze.
Ich möchte wirklich wissen, ob sie Interesse hat,
meinen Schwanz zu reiten.

Aber ich kann sie das nicht einfach so fragen,
ohne wie ein Ekelpaket zu wirken. Obwohl ich ihre
Freundin Charlotte nicht sehr gut kenne, hat sie
recht. Was ich bisher gesehen habe, ist Amber nicht
gut darin, sich Männer auszusuchen.

Zumindest dieser Drogensüchtige, wie hieß er
noch gleich? Er war keine gute Wahl für sie. Ich bin

neugierig, mit welchen anderen üblen Typen sie noch ausgegangen ist, aber das steht nicht ganz oben auf meiner Prioritätenliste für Fragen.

Außerdem bin ich jetzt an der Reihe, und ich habe mich zufällig für „wagen" entschieden.

Sie hat bisher zwei Drinks getrunken. Das Mädchen scheint definitiv ein wenig beschwipst zu sein. Ich sollte das Spiel beenden und sie mit ihrer Freundin nach Hause schicken, bevor sie alle ihre Hemmungen verliert.

Aber ich möchte sehen, wohin das führt. In guten wie in schlechten Zeiten.

„Wagnis?", wiederholt sie, und ich schwöre, dass sie sich an mir rächen will, weil sie meinem älteren Bruder einen Telefonstreich gespielt hat. Was, wie ich hinzufügen möchte, saukomisch war. Zu dumm, dass er ihre Stimme erkannt hat, oder vielleicht hat er einfach angenommen, dass es Amber war, denn wer sonst würde ihn anrufen und ihn beschuldigen, Emerson zu betrügen?

Es war eine gute Vermutung, wenn es nur das war.

Ich nippe an meinem Bier und warte darauf, dass sie mir eine Mutprobe stellt.

„Ich fordere dich auf, das hübscheste Mädchen im Raum zu küssen", sagt Amber.

Ihre Wangen sind rosig, und sie rutscht nervös auf dem Barhocker hin und her. Sie wird zappelig, wenn sie nervös ist. Das ist niedlich und süß.

Um ehrlich zu sein, gibt es außer Amber niemanden, den ich in der Bar küssen möchte. Aber sie hat schon ein paar Drinks intus, und ich werde sie nicht ausnutzen.

Die Kellnerin kommt zurück an unseren Tisch, um zu fragen, ob wir noch weitere Getränke benötigen, und nimmt die leeren Gläser und Bierflaschen mit.

„Ich nehme noch einen Whiskey Sour", sagt Amber.

Ich warte, bis die Kellnerin gegangen ist, bevor ich meine Hand ausstrecke und Ambers Arm berühre. „Wie bist du heute Abend hierhergekommen?" Ich will nicht, dass sie nach Hause fährt. Das wäre nicht sicher für sie.

„Die U-Bahn", sagt sie mit einem Lächeln. Ihre Schultern sind entspannter, ihr Körper neigt sich in meine Richtung, und zeigt auf mich. „Wen wirst du küssen?", fragt sie.

Noah belauscht ihre Frage und legt einen Arm um meine Schulter. „Was ist das?", fragt er und mischt sich in die Unterhaltung ein. Oder vielleicht versucht er nur, mir den Spaß zu verderben.

„Wir spielen nur ein kleines Spiel. Reden du und Owen nicht miteinander?"

„Ich habe Jasper herausgefordert, das hübscheste Mädchen in der Bar zu küssen", sagt sie.

Owen stupst die beiden hinten am Tisch an, und Kate klettert vor. „Ich muss mal auf die Damentoilette. Ava, Amber, würdet ihr mir Gesellschaft leisten?"

„Sicher", sagt Amber und klettert vom Hocker. Sie blickt zu mir zurück und schwankt leicht, als sie aufsteht. „Deine Mutprobe kann warten, bis ich zurückkomme."

„Natürlich", sage ich und lächle. Ich schaue zu Ava und Kate, damit sie Amber im Auge behalten.

Beide nicken zustimmend und scheinen meine stumme Bitte zu verstehen.

Kaum sind die Mädchen um die Ecke, sind die Jungs hinter mir her. „Du kannst nicht mit ihr schlafen", sagt Owen.

Ich fahre mir mit der Hand durchs Haar. „Wer hat gesagt, dass ich mit ihr schlafen würde?"

„Das ist ein Bro-Code", scherzt Noah.

„Bro-Code?", wiederhole ich. Keiner meiner Hockeybrüder ist mit ihr ausgegangen. Zumindest habe ich nicht gesehen, dass sie sie zu irgendwelchen Spielen oder After-Partys mitgebracht haben.

„Sie gehört zur Familie", sagt Noah. „Kyler ist dein Bruder, und du kannst nicht die kleine Schwester seiner Verlobten ficken. Das ist ein schwerer Verstoß gegen den Bro-Kodex."

„Ich hatte nicht vor, sie zu ficken."

„Du kannst dich auch nicht mit ihr verabreden", sagt Owen. „Sie ist tabu. Willst du, dass eine dumme Affäre mit einem College-Mädchen das Team zerstört?"

Ich hasse es, dass er recht hat.

„Seid ihr beide mit ihnen einverstanden?" Ich frage meine Teamkollegen Asher und Parker, die mit großartigen Frauen verheiratet sind und Erfahrung mit Frauen haben. Nicht, dass Owen und Noah nicht viele Verabredungen hätten – sie haben beide regelmäßig Affären -, aber sie haben noch nie zweimal mit demselben Mädchen geschlafen.

„Das wäre ein schwerwiegender Verstoß gegen den Bro-Code", stimmt Asher zu.

Amber ist großartig, aber sie ist auch noch Jungfrau, und diese Art von Beziehung bringt eine Menge Probleme mit sich. Für eine feste Beziehung habe ich keine Zeit, da ich regelmäßig spiele, trainiere und mich auf meine Karriere konzentrieren muss.

Aber der heutige Abend hat Spaß gemacht, das möchte ich nicht verdrängen. Offen gesagt, habe ich mich schon lange nicht mehr so mit jemandem gefühlt. Als ich am Ende der Spielzeit mein Trikot auszog, um es Amber zu geben, war das eine große Sache für mich, und ich bin mir immer noch nicht sicher, warum ich das getan habe.

Ich fühlte mich verpflichtet, sie für die *Ice Dragons* und unser Team zu begeistern.

Es war töricht und dumm. Ich schaue auf mein Trikot auf dem Tisch.

„Was soll ich tun?", frage ich die Jungs.

„Bleibe ihr Freund", sagt Noah. „Du wirst sie wahrscheinlich in den Ferien sehen. Das Letzte, was du willst, ist, dass die Sache peinlich wird und du es Emerson oder Kyler erklären musst."

Verdammt, ich habe nicht einmal daran gedacht, dass es für uns kompliziert, werden könnte.

„Freunde", sage ich und nicke. Ich kann das tun, aber es fängt damit an, dass ich mich mit Amber anfreunden muss. Auch wenn es nicht das ist, was ich will, ist es das Beste.

„Und was den Kuss angeht, zu dem sie dich

immer wieder auffordert", scherzt Noah. „Falle nicht darauf rein. Das ist eine Falle."

Mein Kiefer krampft sich zusammen. „Was meinst du?"

„Das hübscheste Mädchen in der Bar?" Owen gestikuliert. „Wenn du irgendein anderes Mädchen küsst, wird sie dich hassen."

„Ich will kein anderes Mädchen küssen", entgegne ich. Das einzige Mädchen, das ich küssen möchte, ist Amber, und die Jungs sagen mir, dass ich mich nicht mit ihr einlassen soll, ich hasse es, dass sie vielleicht recht haben.

„Genau, und wenn du sie küsst, wird sie einen falschen Eindruck bekommen", sagt Owen. „Sie wird mehr wollen als nur Freunde. Sie mag dich, und du hast deutlich gemacht, dass du interessiert bist." Er zeigt auf das Trikot auf dem Tisch und erinnert mich daran, was ich getan habe.

„Küsse einfach ihre Hand oder Wange, wenn sie es erzwingt", sagt Noah. „Und schlage vielleicht vor, dass ihre Freundin sie nach Hause bringt. Bring sie hier weg, bevor sie es zu weit treibt und du gezwungen bist, ihr das Herz zu brechen."

Ich fahre mit den Fingern durch mein Haar. Das ist ein weiser Rat.

Das ist nicht unbedingt das, was ich will, aber

ich möchte Amber lieber als Freundin haben, als dass sie mich für den Rest unseres Lebens hasst. Wenn ich sie in den Ferien sehe, oder Kyler uns alle zu einer Party oder einem Treffen einlädt, möchte ich nicht, dass es peinlich wird.

„Ja, verstanden."

Die Mädchen kommen zurück an den Tisch, und Amber schwankt ein wenig, als sie auf ihren Platz zusteuert. „Wir sollten dich nach Hause bringen", sage ich und schaue von Amber zurück zu ihrer Freundin Charlotte, die verschwunden ist.

„Willst du mich nach Hause bringen?", fragt Amber und kichert.

Sie ist definitiv an der Grenze zur Betrunkenheit. „Nein, ich will dich zu dir nach Hause bringen."

Schlechte Wortwahl, denn sie legt ihre Hand auf meine Brust und lässt sie langsam zu meinem Bauch hinuntergleiten. Meine Muskeln spannen sich unter ihrer Berührung instinktiv an. Ich ergreife ihre Hand und halte sie fest, bevor sie noch weiter hinabgleitet. Ich will nicht, dass sie spürt, wie mein Schwanz in meiner Jeanshose zuckt.

„Okay", sagt Amber.

Sie scheint unser kleines Spiel „Wahrheit oder Pflicht" vergessen zu haben, was mir recht ist. „Willst du Charlotte eine SMS schreiben?"

„Sie hat mir auf der Toilette eine SMS geschickt. Sie sagte mir, dass sie mit einem heißen Typen aus der Bar nach Hause gegangen ist. Ich erinnerte sie daran, sich zu schützen."

„Komm schon", sage ich und helfe ihr, ihre Sachen zusammenzusuchen. Sie hält das hässliche *Island Bruisers*-Trikot zusammen mit ihrer Handtasche in den Händen, während ich mein Trikot vom Spiel nehme, das sie auf dem Tisch liegengelassen hat.

„Wir sehen uns morgen beim Training", sage ich und lege Geld auf den Tisch, um die Getränke für mich und Amber zu bezahlen. Ich überprüfe noch einmal, ob ich mein Handy und meine Hausschlüssel dabeihabe, bevor ich mit ihr nach draußen gehe.

„Wie weit ist es bis zur U-Bahn?", fragt Amber und zittert. Sie nimmt das *Island Bruisers*-Trikot und zieht es über, um sich warmzuhalten.

Ich murre dabei. Was? Muss sie mich wieder mit diesem hässlichen Ding quälen?

Ich habe keinen Mantel dabei, wenn ich einen hätte, würde ich ihn ihr über die Schultern legen. Normalerweise nehme ich am Abend des Spiels ein Taxi zurück in die Wohnung.

„Wo wohnst du?", frage ich.

„Ich habe eine Wohnung in der Nähe der *NYU*.“

Ich atme schwer aus. „Mitbewohner?“

„Nein, ich bin in einem Studio“, sagt sie. „Willst du mitkommen und meine Wohnung sehen?“

„Du kommst zu mir nach Hause.“ Ich weiß nicht, wie viel Alkohol sie braucht, um krank zu werden, aber ich möchte auch nicht riskieren, sie unbeaufsichtigt zu lassen. Jemand sollte bei ihr bleiben.

Ich lege einen Arm um ihre Taille, um sie zu beruhigen. „Okay“, sagt Amber und kuschelt sich an mich, während wir über die Straße gehen. Dort gibt es ein Hotel und eine Reihe von Taxis, die auf Gäste warten, was es einfach macht, eine Fahrt zu ergattern und nicht darauf warten zu müssen, ein Taxi zu rufen.

Es dauert nicht lange, bis ich mit Amber in meiner Wohnung bin. Es ist eine luxuriöse Wohnung mit zwei Schlafzimmern und zwei Bädern. Mehr, als ich brauche, da ich mit meinem strengen Eishockeyplan kaum hier bin.

Das zweite Schlafzimmer ist vollgestopft mit Eishockeyausrüstung, es gibt zwar eine Matratze, aber die lehnt unbenutzt an der Wand. Ich habe heute Abend weder die Zeit noch die Energie, das

Gästezimmer zu reinigen und ihr das Gästebett anzubieten.

Mein Schlafzimmer ist weitgehend in Ordnung, nur das Bett ist nicht gemacht. Das scheint sie nicht zu bemerken oder zu stören. Sie lässt sich auf die Matratze plumpsen und wirft ihre Schuhe weg. „Setz dich zu mir", sagt sie und lächelt mit geschlossenen Augen, als ihr Kopf das Kissen berührt.

„Ja, in einer Sekunde." Ich gehe ins Bad, putze mir die Zähne und ziehe mir etwas an, das man als Pyjama bezeichnen könnte. Normalerweise schlafe ich nackt, aber das ist keine Option, wenn Amber unter meinem Dach wohnt.

Ich suche mir ein paar Boxershorts und ein schwarzes T-Shirt zum Schlafengehen.

Amber murrt, als ich aus dem Bad komme, und sie zieht das *Island Bruisers*-Trikot aus. „Zu heiß", beschwert sie sich und wirft es mir zu.

„Ich würde es gerne für dich verbrennen", biete ich an und halte das Trikot in meinen Händen.

Sie klettert unter die Decke. „Das solltest du besser nicht."

Das Mädchen hat es sich in meinem Bett gemütlich gemacht, und ich kann nicht anders, als sie vom Türrahmen des Badezimmers aus zu beobachten. Ich habe kein anderes Bett, auf dem ich schlafen könnte, und das Sofa passt nicht zu meinen langen Beinen. Es wird eng und ungemütlich werden.

Für das morgige Training brauche ich eine gute Nachtruhe.

In der Ecke des Zimmers steht ein Stuhl, und wenn ich ein Gentleman wäre, würde ich den Stuhl nehmen, verkrampft einschlafen, und morgens beim Training damit klarkommen, um mich in Form zu bringen.

Ich klettere neben Amber ins Bett.

Wir sind nur Freunde.

Zwei Freunde können sich ein Bett teilen. Zwischen uns muss nichts passieren.

Ich greife nach meinem Telefon, schließe es an und stelle meinen Wecker. Sie rührt sich keinen Zentimeter, und ich gehe zurück ins Bett, strecke mich aus und ziehe die Decke über mich.

Solange sie auf ihrer Seite des Bettes bleibt, ist alles in Ordnung.

Mein Wecker rüttelt mich wach, und ich spüre, wie Amber sich versteift, als sie ihn ebenfalls hört. Ihr Arm ist um meine Taille geschlungen, ihr Körper schmiegt sich an meinen Rücken.

Es ist süß, aber ich kann diese Art von

Momenten nicht mit ihr haben, wenn wir die Dinge zwischen uns nur als Freunde betrachten wollen.

Ich sage nichts, löse mich aus ihren Armen und setze mich im Bett auf. Ich schalte den Wecker aus und werfe ihr einen Blick über die Schulter zu.

„Wie hast du geschlafen?", frage ich und bemerke eine SMS von Kyler. Er hat sie heute Morgen geschickt.

„Gut. Danke, dass ich letzte Nacht hier schlafen durfte."

„Es war nichts." Ich stehe auf und strecke mich. „Wie geht es deinem Kopf heute Morgen? Soll ich dir ein Aspirin holen?"

Sie beißt sich auf die Unterlippe, und ihre Wangen röten sich. „Es geht mir gut. Ich hoffe, ich habe mich gestern Abend in der Bar nicht zu sehr blamiert. Ich trinke normalerweise nicht so viel."

Ich sage nichts dazu. „Ich muss in dreißig Minuten zum Training gehen, aber du kannst gerne hierbleiben. Essen ist im Kühlschrank und ..."

„Nein, das ist nicht nötig", sagt Amber und setzt sich im Bett auf. Sie blickt an sich herunter und scheint erleichtert zu sein, dass sie immer noch ihre Kleidung trägt.

Erinnert sie sich nicht an einen Teil der letzten

Nacht? Ich hätte nicht gedacht, dass sie so betrunken gewesen ist.

Sie sieht sich nach ihrer Handtasche um, nimmt sie vom Nachttisch und schaut auf ihr Handy. „Hast du eine SMS von deinem Bruder bekommen?"

Ich lächle. „Ja, ich habe sie noch nicht gelesen. Ich habe mir gedacht, dass er mich wahrscheinlich wegen des Streiches von gestern Abend verarschen will."

„Die Nachricht gleichzeitig öffnen?", scherzt sie.

In ihrer Stimme schwingt wieder die Nervosität mit, die irgendwann während unseres Abends, zwischen den Drinks und dem kleinen Spiel, das wir gespielt haben, verschwunden war.

„Sicher", sage ich.

Wir öffnen beide die Textnachricht von Kyler.

Nach dem Training möchte ich, dass du zu mir nach Hause kommst. Ich mache Em einen Heiratsantrag und das wollen wir feiern.

Ich sehe Amber an, und ihre Schultern entspannen sich, die Anspannung löst sich auf. Ich schätze, sie hat sich Sorgen wegen des Streiches gemacht.

„Dein Bruder hat mich für heute Abend eingeladen. Er macht meiner Schwester einen Heiratsantrag." Ein natürliches Lächeln ziert ihr

Gesicht, die Art von Freundlichkeit, die mir zeigt, dass sie sich wirklich für Emerson freut, und sie dieses Glück mit ihr teilen möchte.

„Ich habe mich schon gefragt, wann er ihr offiziell einen Antrag machen würde." Er hatte den Ring gekauft und ein paar Tage gewartet. Er hatte es beim Training nicht erwähnt und mich schwören lassen, es den Jungs im Team nicht zu sagen, da sie bereits dachten, dass Kyler mit Emerson verlobt ist.

„Ich schätze, wir sehen uns heute Abend?", sagt Amber mit einem Lächeln. Sie klettert aus dem Bett, und ich erhasche einen Blick auf das lila Spitzenhöschen, das ihren Hintern bedeckt. Das Trikot der *Ice Dragons* wölbt sich um ihre Taille.

Irgendwann in der Nacht beschloss sie, ihre Leggings auszuziehen. Sie greift nach ihren Sachen, die auf dem Boden liegen. Ich gehe ins Bad, um zu duschen und mich für das Training anzuziehen.

Als ich aus der Dusche komme, ist sie schon weg.

Ich habe eine SMS von Amber auf meinem Handy und öffne sie.

Wir sehen uns heute Abend in Kylers Haus. Sollen wir etwas mitbringen?

Ich lache und beantworte ihre SMS, während ich mir die Zähne putze.

Abgesehen von uns selbst?

Sie beginnt zu tippen, und drei Punkte zeigen an, dass sie mir gleich etwas schicken wird. Und dann verschwinden sie.

Sie ist schwer zu knacken. Nicht, dass ich das sollte. Noah und die Jungs hatten recht. Sich mit Amber einzulassen, würde die Dinge verkomplizieren. Schon bald sehen wir uns wieder, heute Abend bei meinem Bruder und seiner Verlobten.

Was, wenn ich mit ihr geschlafen hätte und es eine Katastrophe gewesen wäre?

Nicht, dass ich denke, dass es schlecht wäre, aber sie scheint ein wenig nervös zu sein, und es zu überstürzen, ist nicht die Lösung. Genauso wenig, wie zusammen ins Bett zu springen. Wir sind dabei, eine Familie zu werden.

Sie ist nur eine Freundin.

Eine wunderschöne Freundin.

Wer ist dieses Mädchen.

Ich kann es in meiner Hose behalten.

Ich habe keine andere Wahl, und es mit irgendeiner anderen Tussi zu treiben, wird dieses Problem nicht lösen, weil ich ein wenig Angst habe, dass ich ihren Namen stöhnen oder zumindest an sie denken könnte.

Ja, ich habe ein schlechtes Gewissen wegen Amber Ryan.

Ich muss herausfinden, wie ich über sie hinwegkomme. In der Vergangenheit habe ich Mädchen, die hinter mir her waren, die kalte Schulter gezeigt und ihnen klargemacht, dass ich nicht interessiert bin. Aber ich will Amber nicht verletzen oder ein komplettes Arschloch für sie sein. Sie verdient etwas Besseres als das.

Auf dem Weg zum Training hole ich mir einen Kaffee, und als ich mit der Tasse in der Hand ins Haus gehe, klingelt mein Handy.

Amber hat mir eine SMS geschickt.

Ich sollte nicht so übereifrig sein, wenn ich eine SMS von irgendeinem Mädchen erhalte. Aber sie ist nicht *irgendein* Mädchen. Es ist Amber Ryan.

Kein Wunder, dass mein Bruder die Idee einer vorgetäuschten Beziehung mit Emerson hatte. Ich schwöre, es gibt etwas in den Genen der Ryans, dass die Mädchen unwiderstehlich macht.

Nicht, dass ich es Kyler sagen würde.

Ich will den Text öffnen, aber mein Bruder schlendert direkt hinter mir her. „Hoffentlich ist das koffeinfreier Kaffee", sagt er und nickt in Richtung meiner Tasse.

„Scheiße, war das eine lange Nacht. Ich brauche jede Hilfe, die ich heute Morgen bekommen kann."

„Was auch immer dich durch den Tag bringt. Aber du kommst doch nachher zu mir. Richtig?", fragt Kyler. „Ich habe vor, den Heiratsantrag zu machen, und ich möchte, dass du und ihre Schwester dabei bist, um zu feiern."

„Schon wieder ein Heiratsantrag?" Ich kichere und ziehe meinen älteren Bruder damit auf. „Nur du musst ihr zweimal einen Antrag machen, nachdem du sie auf dem Eis dazu gezwungen hast, ja zu sagen."

Kyler knirscht mit den Zähnen. „Ich habe sie zu nichts gezwungen. Würdest du bitte leise sein?", knurrt er mich an. „Niemand sonst weiß von dem Scheiß mit der vorgetäuschten Beziehung. Nicht, dass es wichtig wäre. Wir sind jetzt hundertprozentig echt."

„Sicher, sicher", sage ich, nicke und klopfe ihm auf die Schulter. „Weiß deine Tochter Bescheid?"

„Meine kleine Bristol weiß alles, und weißt du, was sie den Hockeyfrauen erzählt hat? Dass Emerson es mit mir getrieben hat!" Kylers Gesicht ist rot, und ich kann mir das Lachen nicht verkneifen.

„Warum zum Teufel erzählst du deinem Kind diesen Scheiß?"

Kylers Kiefer ist angespannt, und seine Hände sind zu Fäusten geballt. Wehe, er schlägt mich während des Trainings, bevor wir überhaupt unsere Ausrüstung angezogen haben. „*Das* habe ich Bristol nicht gesagt. Ich habe ihr unsere vorgetäuschte Beziehung erklärt."

„Warum?", frage ich und starre meinen älteren Bruder an. Für einen Mann mit einer Familie, der alles hat, scheint er seinen Mist nicht im Griff zu haben.

„Fick dich", sagt Kyler mürrisch und geht in die Umkleidekabine.

Es juckt in meinen Fingern, ihre Textnachricht zu lesen, aber ich kann nicht. Ich schiebe meine Sachen in den hölzernen Spind und ziehe mir Trainingskleidung an.

Kyler steht neben mir, als wir den Kraftraum betreten.

Die Stille scheint unser Freund zu sein.

Die anderen Jungs sind beim Bankdrücken, und Kyler wird das Gespräch über Emerson nicht fortsetzen. Und ich habe nicht vor, Amber zu erwähnen.

Ich kann es nicht gebrauchen, dass Kyler oder Amber sich in meine Gedanken einmischen, während ich trainiere. Es steht zu viel auf dem Spiel.

Ich muss mich auf das Hockey konzentrieren. Wir müssen nachher noch ein paar Übungen machen, und ich möchte nicht abgelenkt werden.

„Hat gestern Abend alles funktioniert mit diesem Mädchen?", fragt Owen. Er ist ausweichend, was Amber angeht, da Kyler im Raum ist.

Ich arbeite an den Beinpressen, während die Bänke zum Heben gerade besetzt sind. Zirkeltraining hilft der Ausdauer während des Spiels, obwohl ich Gewichte bevorzuge. Aber der Trainer lässt uns an allen Geräten arbeiten.

„Welches Mädchen?" Kyler sieht mich an und setzt sich neben mich an eine Beinpresse. Sein Blick spannt sich an, während er mein Gesicht studiert.

Hat er den Verdacht, dass es sich um Amber handeln könnte?

Sie war bei dem Spiel, und er hat sie definitiv gesehen, dank meines dämlichen Hinweises auf sie.

„Es war nichts. Ich habe dafür gesorgt, dass sie ein Taxi nach Hause bekommt,

", sage ich, was zum Teil auch der Wahrheit entspricht. Ich habe ihr ein Taxi besorgt. Ich habe Amber nur zu mir nach Hause gebracht. Es ist nichts passiert, aber das steht nicht zur Diskussion.

Owen geht nicht näher darauf ein. Vielleicht spürt er die Spannung. Ich spüre auf jeden Fall, wie sie sich zusammenbraut. Ich freue mich nicht auf die Übungen auf dem Eis, denn ich habe das Gefühl, dass Kyler hinter mir her sein wird, und er weiß nicht einmal, dass ich mit Amber das Bett geteilt habe.

Aber ich glaube, er vermutet, dass sie es ist.

Der Telefonstreich hat mich wahrscheinlich verraten, oder als ich in der Bar an ihr Telefon ging.

Ich könnte einfach paranoid sein. Ja, ich hoffe, dass das alles ist, denn die Art, wie er mich anschaut, wie er mich anstarrt, sagt mir, dass mein Bruder weiß, dass ich auf Amber Ryan stehe.

SIEBEN
AMBER

HEUTE IST SAMSTAG, das heißt, ich habe den Tag frei, aber ich muss die Mittagsschicht im *Mad Tea House* übernehmen. Samstags ist immer viel los, aber ich habe meiner Chefin gesagt, dass ich nicht länger als 18 Uhr arbeiten kann. So habe ich gerade noch genug Zeit, mich fertig zu machen und zu meiner Schwester zu fahren, die bei ihrem Verlobten wohnt. Normalerweise arbeite ich von 12 bis 17 Uhr, aber wenn Samantha nicht auftaucht, muss ich ihre Schicht übernehmen.

Ich habe mir die U-Bahn-Strecke zu seiner Wohnung ansehen. Ich muss ein paar Mal umsteigen, und ich hoffe, dass ich es bis 19 Uhr schaffe, vorausgesetzt, die Züge sind pünktlich, was nicht garantiert ist.

Es ist halb vier, und Jasper schreibt mir zurück. Ich war mir nicht sicher, ob ich vor dem heutigen Abend noch etwas von ihm hören würde, vor allem nicht nach dem Morgen.

Ich eile in einer kurzen Pause zur Toilette, und werfe dabei einen Blick auf die Nachricht von Jasper.

Möchtest du, dass ich dich von deiner Wohnung abhole?

Wir sind nicht zusammen. Warum bietet er mir an, mich zu Kyler zu fahren?

Ich bin mir nicht sicher, ob das eine gute Idee ist. Ich bin gerade bei der Arbeit. Ich kann nicht reden.

Die SMS, die ich ihm geschickt hatte, war ein einfaches *Dankeschön dafür, dass er sich gestern Abend um mich gekümmert hatte.* Es war nicht intim oder romantisch. Ich habe versucht, es platonisch zu halten, obwohl ich ihn mag, ist es nicht mein Ding, betrunken mit einem Mann ins Bett zu springen.

Ich möchte nicht, dass Jasper denkt, dass ich so bin, denn das ist weit von der Wahrheit entfernt.

Willst du heute Abend drei Züge nehmen und pünktlich ankommen, wenn du arbeiten musst?

Es ist, als ob er meine Gedanken lesen könnte, was, wie ich weiß, Unsinn ist. Ich seufze und schreibe ihm zurück.

Wahrscheinlich nicht. Ich habe um 18 Uhr Feierabend.

Ich zucke bei meiner Antwort zusammen. Hoffentlich versteht er das nicht so, dass ich um 18 Uhr Feierabend habe. Aber ich habe die SMS bereits abgeschickt. Jetzt ist es zu spät, um etwas zu ändern.

Schicke mir deine Adresse. Ich werde um 18:30 Uhr dort sein. Es wird knapp, aber wir werden es rechtzeitig schaffen.

Ich schicke Jasper eine kurze SMS mit meiner Adresse und wasche mir die Hände, bevor ich die Toilette verlasse.

Am Samstagnachmittag ist immer viel los. Charlotte kommt herein, und bestellt wie üblich ihren Mango-Jasmin-Grüntee.

Wenn meine Chefin nicht am Tresen stehen würde, könnte ich Charlotte ihr Getränk umsonst anbieten, aber da Maggie heute Schicht hat, kann ich es nicht.

„Wie war dein Abend?", fragt Charlotte mit einem Lächeln.

„Das sollte ich dich fragen", sage ich und neige den Kopf zu ihr, während ich ihr Getränk einschenke. „Du hast mich im *Blue Line* abserviert."

„Gern geschehen", sagt Charlotte mit einem

Augenzwinkern. „Details will ich später. Hast du heute Abend frei?"

„Nein, ich bin um 19 Uhr bei meiner Schwester eingeladen." Ich möchte nicht näher darauf eingehen, denn Charlotte weiß nur, was die Medien über die Beziehung von Emerson und Kyler berichtet haben. Ich kann es ihr nicht sagen, und ich hasse es, vor meiner besten Freundin Geheimnisse zu haben.

„Klingt langweilig. Wenn du früher fertig bist, schick mir eine SMS."

Die Arbeit scheint kein Ende zu nehmen, und Samantha erscheint nicht um 18 Uhr. Ich weiß nicht, warum sie noch einen Job hat. Jedes Mal, wenn Samantha am Wochenende eine Abendschicht hat, erscheint sie nicht zur Arbeit. Man munkelt, dass sie Maggies Cousine ist, was erklärt, warum sie noch nicht gefeuert wurde.

Ich verstehe nicht, warum sie sie nicht einfach für einen anderen Tag einplant. Aber Maggie arbeitet den restlichen Abend allein und besteht darauf, dass ich um 18 Uhr nach Hause gehe.

Ich eile über den Campus zu meiner Wohnung und tausche meine Arbeitsuniform gegen einen Pullover und Leggings. Ich bin mir nicht sicher, was ich heute Abend anziehen soll. Ich habe nicht daran gedacht, Kyler zu fragen, aber er sagte nichts davon, dass wir heute Abend ausgehen werden.

Ich trage Lippenstift und Eyeliner auf, bevor ich meine Handtasche und mein Telefon hole. Ich gehe hinunter zum Aufzug und drücke wiederholt auf den Knopf.

Jasper wird jeden Moment hier sein, ich habe es absichtlich versäumt, ihm meine Zimmernummer zu geben. Ich mag ihn, aber ich will nicht, dass er uneingeladen an meiner Tür auftaucht.

Ich glaube aber nicht, dass er das tun würde. Er scheint dafür nicht der Typ zu sein. Aber nach dem Desaster mit Tripp in der Bar bin ich bei Männern etwas vorsichtiger.

Aber Jasper ist nicht meine Verabredung.

Erholt mich nur ab, weil wir eine Familie sind. Es ist nicht so, dass er mich anbaggert oder versucht, mit mir zu schlafen. Abgesehen von dem Vorfall mit dem Trikot hat er kein Interesse an mir bekundet.

Ich bin mir nicht sicher, ob es überhaupt ein Flirt war.

Jasper wollte nicht, dass ich die *Island Bruisers* unterstütze. Ich habe es verstanden. Er ist territorial, wenn es um Eishockey geht. Er will, dass seine Freunde *sein* Team unterstützen. Ich bin sicher, Kyler ist genauso.

Ich drücke mehrmals auf den Aufzugsknopf. Der Aufzug ist langsam, aber mein Telefon summt noch nicht. Hoffentlich wartet Jasper nicht auf mich. Ich bin nicht ganz pünktlich.

Ich gehe in die Lobby von unserem Haus und dann nach draußen.

Jasper klettert gerade aus seinem Fahrzeug und winkt mir zu, um sicherzugehen, dass ich ihn sehe.

In Sekundenschnelle steige ich auf der Beifahrerseite ein. „Danke fürs Mitnehmen", sage ich.

„Kein Problem." Sein Telefon ist mit GPS ausgestattet, und er drückt auf den grünen „Go"-Knopf, um die Route zum Haus seines Bruders zu starten.

„Netter Schlitten", sage ich und bin nicht allzu überrascht über das schicke Fahrzeug.

„Stimmt's? Unglaublich, wie viele Fahrzeuge Kyler besitzt."

„Das ist sein Auto?"

„Einer von vielen", schmunzelt er.

Ich schnalle mich an, und er biegt in den Verkehr ein, sodass wir genau um 19 Uhr ankommen. Während der Fahrt ist es ruhig zwischen uns, und er hat das Radio an, was die Spannung zwischen uns ausgleicht.

Trotzdem wirkt er nicht angespannt. Jasper wirkt selbstbewusst und entspannt.

Mein Knie wippt die ganze Fahrt, und ich schaue aus dem Fenster, um den Anblick zu genießen. Als wir vor dem Anwesen halten, versperrt ein großer Metallzaun die Einfahrt. Er tippt einen Pass Code ein, und das Tor öffnet sich, sodass wir hineinfahren können.

„Schick", sage ich.

„Du hast noch nichts gesehen." Jasper grinst und blickt mich an. Er legt den Gang ein und fährt durch das Tor. Es gibt eine lange Auffahrt, die bis zum vorderen Teil des Grundstücks führt. An jeder Seite stehen Bäume, Hecken, und ein schützender Zaun der Privatsphäre bietet.

Das Haus selbst ist riesig, als ob das Grundstück nicht schon grandios genug wäre.

Ich bin solchen Luxus nicht gewohnt, vor allem, weil ich in einem Studio wohne.

Er parkt vor dem Haus und steigt aus dem Fahrzeug aus. Ich folge ihm bis zum Vordereingang.

Jasper hat einen Schlüssel und schließt die Haustür auf. Mit einer Geste bittet er mich, einzutreten, und ich schaue mich im Foyer um. Es ist das erste Mal, dass ich Kylers Haus betrete, und es ist ziemlich beeindruckend. Ich wusste, dass er

Milliardär ist, aber er lebt die Rolle mit Eleganz und Stil.

Ich schlüpfe aus meinen Schuhen und ziehe meinen Mantel aus. Ich würde mich schrecklich fühlen, wenn ich die Holzböden auch nur verkratzt hätte. Das Haus sieht tadellos und makellos aus, was schwer vorstellbar ist, wenn seine Tochter herumläuft.

Jasper zieht auch seine Schuhe aus und stellt sie neben der Tür ab. Er hat sich nicht die Mühe gemacht, einen Mantel zu tragen, aber er schien auf dem Weg hierher auch nicht zu frieren.

„Sind sie zu Hause?", frage ich und schaue mich um. Das Haus ist ruhig, und ich hätte erwartet, dass sich eine Sechsjährige sofort auf uns stürzt, wenn wir es betreten. Nicht, dass sie ein Welpe wäre, aber sie ist ziemlich enthusiastisch und voller Energie.

„Sie sagten, wir sollen sie um 19 Uhr eintreffen", sagt er und schaut auf seine Uhr. „Wir sind pünktlich. Wir werden sie finden."

Ich weiß nicht, wo irgendetwas ist, und Jasper führt mich in den Flur, wo wir einen kleinen Tumult hören können. Kyler und Emerson knutschen, ohne zu bemerken, dass wir gerade das Haus betreten haben. Anders als zwei Leute, die auf dem Küchentisch herumalbern oder sich an die Wand drücken, sitzt sie auf seinem Schoß, und er ist immer noch auf einem Knie.

Als wir eine ganze Minute lang so dastehen, oder zumindest fühlt es sich so an, räuspert sich Jasper.

„Vielleicht sollten wir später wiederkommen ",schlage ich vor.

„Amber?" Emerson schaut ehrfürchtig, als sie mich sieht und löst sich aus seiner Umarmung.

„Es ist schön, dich wiederzusehen", sagt Kyler und schüttelt meine Hand. Es ist schon ein paar Tage her, und fast möchte ich ihn umarmen, aber es fühlt sich ein wenig zu früh und ungezwungen an.

Emersons Kinnlade hängt schlaff herunter, und sie blickt von mir zu Jasper. „Du gehst mit meiner Schwester aus?" Ich schwöre, sie könnte ein paar Fliegen fangen, und mein Magen schlägt bei ihrer Frage Purzelbäume.

Wie kommt sie auf diese Idee?

Jasper lächelt und blickt mich an, bevor er Emerson antwortet. „Wir sind nur Freunde. Dein Bruder hat uns einander vorgestellt, als er bei *Tiffanys* Hilfe beim Aussuchen des Rings brauchte."

Emerson scheint von diesem Geständnis überrascht zu sein. Ich bin es auch, obwohl ich weiß, dass wir nicht mehr als Freunde sind. Aber davon abgesehen haben wir uns schon vor *Tiffanys* getroffen, aber ich korrigiere ihn nicht.

„Ihr seid nur Freunde?", wiederholt Emerson, als ob sie ihm nicht glauben würde. Sie starrt erst mich und dann Jasper an und wartet auf Bestätigung.

Jasper nickt. Er sieht viel entspannter aus, als ich mich fühle. Ich lächle, aber ich bin mir nicht sicher, ob sich meine Lippen überhaupt nach oben bewegen. Das ist mir unangenehm. Wenn ich letzte Nacht das Bett mit ihm geteilt habe, sollte ich mich nicht so unbehaglich fühlen. Wir haben doch nur geschlafen!

„Das ist richtig, nur Freunde", bestätige ich.

Meine Schwester dreht sich zu ihrem Verlobten um, der sie in seine Umarmung schließt. „Warum hast du mir gesagt, dass Jasper seine Freundin mitbringt?"

Ich verschlucke mich an Emersons Worten. „Freundin?" Zum Glück habe ich nichts getrunken, sonst hätte ich es quer durch den Raum gespuckt.

„Ich wollte dich mit dem Antrag überraschen. Und wenn ich dir gesagt hätte, dass mein Bruder und deine Schwester vorbeikommen, wärst du misstrauisch geworden", sagt Kyler, als wäre es das Normalste der Welt.

Das wäre es gewesen, wenn ich mich gestern

Abend nicht betrunken und mit Jasper ein kindisches Wahrheit-oder-Pflicht-Spiel gespielt hätte. Das Schlimmste daran ist, ich sollte mich nicht weiter in ihn verknallen.

Emerson scheint sich bei seiner Antwort zu entspannen. „Nun, die Überraschung ist dir gut gelungen." Sie dreht sich zu Jasper und mir um, und ich versuche alles, was in meiner Macht steht, um einen angemessenen Abstand zwischen uns zu halten, aber wenn ich mich nur leicht bewege, stößt er gegen mich.

„Und, hast du ja gesagt?", frage ich und schaue auf Emersons Hand. Ich brauche eine Ablenkung von dem heißen, alleinstehenden Kerl, der neben mir steht, und für den ich Gefühle entwickelt habe.

Meine Schwester zeigt mir den Ring an ihrem Finger. „Ich bin verlobt!"

„Herzlichen Glückwunsch!" Ich quietsche vor Freude und ziehe Emerson in meine Arme. Ich freue mich für sie, besonders jetzt, da die Verlobung echt ist und sie nicht mehr so tun muss, als sei sie in Kyler Greyson verliebt.

„Ich freue mich für euch beide", sagt Jasper und klopft Kyler auf die Schulter. Als ich meine Schwester loslasse, umarmt er sie freundlich. Er blickt sich im Zimmer um. „Irgendetwas riecht gut."

„Wir haben gerade einen Pfirsichkuchen in den Ofen geschoben."

„Du backst?", frage ich und werfe einen Blick auf Kyler, denn ich weiß, dass meine Schwester in der Küche miserabel ist.

„Das Kindermädchen kocht und backt hier", sagt Emerson. „Sie hat uns im Sommer ein paar Pfirsichkuchen geschenkt, die wir dann eingefroren haben.

„Klingt köstlich." Jasper reibt seine Hände aneinander.

„Ich habe einen Dessertwein zur Feier des Tages", sagt Emerson und sieht mich an. „Du kannst ein Glas trinken, aber du musst eine Weile bleiben. Ich möchte nicht, dass du beschwipst versuchst, den Weg zur U-Bahn zu finden."

„Du musst dich nicht um mich kümmern, Em."

„Ich schon. Du bist noch nicht einundzwanzig. Ein Glas Wein. Ich werde meine kleine Schwester nicht verderben."

Ich muss Jasper nicht ansehen, weil ich spüre, wie sein Blick mich verbrennt. „Und wie alt bist du, kleine Schwester?" scherzt Jasper.

Ich atme schwer aus. „Ist der Kuchen fertig? Ich kann ihn für dich aus dem Ofen nehmen." Ich tue alles, um das Gespräch über mein Alter zu vermeiden, denn ich will nicht, dass meine Schwester erfährt, dass ich im *Blue Line* trinke oder, noch schlimmer, dass ich einen gefälschten Ausweis habe.

Kyler kommt zu mir an den Ofen. Der Timer ist noch nicht abgelaufen. Er zeigt fünfzehn Minuten an, und der Countdown läuft. „Es hat noch Zeit", sagt er.

Er lehnt sich gegen die Schränke und verschränkt die Arme vor der Brust, ein amüsiertes Grinsen auf dem Gesicht. Er senkt seine Stimme, während Jasper sich noch darüber aufregt, dass ich unter einundzwanzig bin.

„Ich weiß, dass du mir gestern Abend einen Streich gespielt hast", sagt Kyler. Er hat einen selbstgefälligen Gesichtsausdruck, stolz darauf, dass er es herausgefunden hat. „Ich habe nur noch nicht herausgefunden, warum." Er blickt von mir zu seinem jüngeren Bruder Jasper.

Meine Stimme stockt, als ich spreche. „Ich weiß nicht, wovon du redest." Meine Antwort klingt unsicher, und ich fühle mich noch unsicherer, als ich Jasper ansehe, in der Hoffnung, dass er mir dieses Gespräch ersparen könnte. Denn für mich ist es gerade noch schlimmer geworden.

Die Angst kriecht in meinen Magen und lässt die

Schmetterlinge frei. Meine Finger zittern, und ich schiebe sie in die Ecken meiner Taschen, als wäre ich entspannt, aber ich fühle mich alles andere als ruhig.

„Ich bin nicht verärgert, nur neugierig", sagt Kyler, der mein Zögern gespürt hat.

Obwohl ich sicher bin, dass jeder, der mich ansieht, erkennen kann, dass mir dieses Gespräch unangenehm ist.

Jasper schlendert durch die Küche und begegnet meinem Blick. Er zieht die Stirn in Falten, als er nach vorne tritt, und ich hoffe, dass er mich vor diesem Ansturm von Fragen und dem drohenden Drama retten wird, dem ich mich nicht stellen will.

„Du bist auf dem College. Lass mich raten, zwanzig?"

Ich presse meine Lippen zusammen. „Das ist richtig", sage ich.

Ein wissendes Grinsen liegt auf seinem Gesicht, aber er verrät mich nicht an Emerson. „Wir müssen dich ausführen, wenn du einundzwanzig wirst und das Feiern", sagt Jasper.

„Natürlich", sagt Emerson, schlendert durch die Küche und legt ihren Arm um meine Schulter. „Du musst verschiedene Cocktails probieren und herausfinden, was du magst. Ich halte sogar deine Haare für dich zurück."

„Ich verzichte auf das Erbrechen." Ich stoße sie mit dem Ellbogen in die Rippen. „Du bist eine großartige Schwester, die mich bis zum Exzess trinken lässt."

„Ich bin eine tolle Schwester", scherzt Emerson. „Ich gönne dir ein Glas Wein zum Dessert."

„Ein richtiges Glas, oder gibst du mir nur einen Schluck?" Ich kenne die Vorgehensweise meiner Schwester. Sie lässt es so aussehen, als würde sie eine große Geste machen, aber sie gibt mir das Äquivalent einer Verkostung, wie man sie auf einem Weingut bekommt.

„Du bist zwanzig. Wenn du erwachsen bist, wie wir alle, kannst du so viel trinken, wie du willst." Emerson umarmt mich, bevor sie zu Kyler hinübergeht. Er schlingt einen Arm um ihre Taille, und ich verdrehe die Augen, mehr über Emerson als über die beiden.

Ich freue mich für sie, aber ich bin verärgert über sie.

Jasper räuspert sich, sein Blick ist auf mich gerichtet. „Ich weiß noch, dass ich erst mit einundzwanzig Jahren trinken durfte."

„Du redest nur scheiße", sagt Kyler. „Ich erinnere

mich an ein paar Scherzanrufe von dir, als du dich in einer schäbigen Bar in der Nähe deiner Wohnung betrunken hast."

Jasper legt eine Hand auf seine Brust. „Das würde ich nie tun."

„Blödsinn", murmelt Kyler lachend.

„Jungs", sagt Emerson und schaut zwischen ihnen hin und her. „Keine Schlägereien im Haus. Das hebt ihr euch für das Eis auf."

„Wir streiten nicht, *Babe*", sagt Kyler und drückt Emerson einen Kuss auf die Lippen. „Ich sage meinem kleinen Bruder nur, wie es ist."

„Klein?" Jasper zieht eine Augenbraue zu Kyler hoch.

Ich schwöre, dass es gleich einen Kampf geben wird, obwohl es sich nach guter Laune anhört, könnte es, da es sich um zwei Eishockeyspieler handelt, leicht in etwas Heftiges ausarten.

„Ich glaube, der Kuchen ist fertig", sage ich und werfe einen Blick auf die Uhr. Sie zählt die letzte Minute herunter, und Emerson schnappt sich die Teller und Gabeln, während Kyler die Nachspeise aus dem Ofen holt und sie ein paar Minuten abkühlen lässt.

„Wo ist der Wein?", frage ich, während meine

Schwester nach den Weingläsern greift, die in der Küche hängen.

„Im Keller. Willst du mit Jasper hinuntergehen und ihm helfen, einen guten Dessertwein auszusuchen?"

Jasper führt mich aus der Küche und die Treppe zum Keller hinunter. Er scheint sich im Haus gut auszukennen. Im Keller gibt es einen Trainingsraum und hinten ist eine Tür, die in den Weinkeller führt.

Der Raum ist nur schwach beleuchtet, und er zieht an der Kette über seinem Kopf, um ein warmes Licht in den kühlen Raum zu werfen. „Schick", sage ich. Der Keller sieht alt aus, verglichen mit dem Rest des Hauses, das ziemlich modern ist.

„Ich schwöre, das ist das Einzige, was noch original an dem Haus ist", sagt Jasper. Er wirft einen Blick auf mich und auf die Hunderte von Weinflaschen, die im Raum herumstehen. „Weißt du, welcher davon ein Dessertwein ist?"

„Das fragst du mich?" Ich lache.

„Stimmt. Ich habe vergessen, dass du zwanzig bist", scherzt er, und ich knurre ihn spielerisch an. „Du darfst meiner Schwester nichts von der Bar oder den Drinks erzählen oder-"

„Oder den gefälschten Ausweis", fügt er hinzu.

„Ich verspreche, das werde ich nicht. Wir alle haben Geheimnisse vor unseren Geschwistern."

„Welche Geheimnisse hast du vor Kyler?", frage ich und blicke von ihm zu den Weinflaschen, um die Etiketten zu lesen. Nichts sieht nach Dessertwein aus, aber worauf muss ich achten?

Ich hole mein Handy aus der Gesäßtasche.

„Was machst du da?"

„Ich google nach einem Dessertwein", sage ich und zeige ihm mein Handy.

„Du könntest deiner Schwester eine SMS schicken", sagt Jasper. „Sie wird dir sagen, welchen Wein du nehmen musst, während wir hier unten sind."

„Du gehst davon aus, dass sie es weiß, du willst wirklich, dass sie Kyler erzählt, dass du dich mit Dessertweinen nicht auskennst?"

Jasper lacht und wirft den Kopf zurück, seine Augen tränen. „Glaubst du, das interessiert mich?"

„Oh, in diesem Fall schreibe ich ihm einfach eine SMS."

„Warte", sagt Jasper, seine Hand legt sich auf meine und hält meine Finger vom Tippen ab. Ich blicke von unseren Händen in sein Gesicht. Er thront über mir und starrt auf mich herab, mein Magen flattert, während ich innerlich zittere.

Er macht mich unheimlich nervös. Ich wünschte, ich wüsste warum. Liegt es daran, dass ich so sehr in ihn verknallt bin? Vielleicht liegt es daran, dass er ein berühmter NHL-Spieler ist, und ich weiß, dass er nicht in meiner Liga spielt. Außerdem sieht er gut aus und ist zu haben, was meiner Angst nicht gerade zuträglich ist. Ich bin mir allerdings nicht sicher, was er von mir hält, außer dass ich Emersons kleine Schwester bin.

Jetzt weiß er, dass ich zwanzig bin, was bedeutet, dass es beim nächsten Mal etwas problematisch sein könnte, in der Bar aufzutauchen, es sei denn, er kann wirklich ein Geheimnis bewahren.

Er starrt mich an, der Moment scheint sich in die Länge zu ziehen, und ich atme leise aus. „Habe ich etwas im Gesicht?", frage ich und wische mir über die Wange.

Sein Daumen streicht über meine Haut und reibt sanft unter meinem Auge. An seinem Daumen ist eine Wimper. „Wünsch dir etwas", flüstert er.

Ich wünsche mir, dass Jasper Greyson mich küsst.

Ich spitze die Lippen und blase sanft auf seinen Finger, sodass die Wimper wegfliegt.

Jasper zieht sich zurück und macht damit jede Chance zunichte, dass mein Wunsch in Erfüllung geht.

Verdammt!

Es war dumm zu glauben, dass ein Wunsch auf einer Wimper in Erfüllung gehen könnte.

„Also, was hast du dir gewünscht?", fragt Jasper mit einem breiten Grinsen.

„Dass du dich schon für einen Dessertwein entschieden hast."

Ich würde ihm auf keinen Fall meinen Wunsch verraten. Nö. Keine Chance.

Jasper grinst und greift nach einer Flasche Pfirsich-Moscato. „Ich glaube, der passt gut zu Pfirsichkuchen."

„Stehst du auf Pfirsiche?" Ich necke ihn, und er greift nach dem Licht, zieht an der Kette und schaltet es aus. Der Raum ist in Dunkelheit getaucht, aber die Tür steht immer noch offen. Ich gehe aus dem Weinkeller in den Keller und schaue mich in dem Trainingsraum um.

„Habt ihr jemals zusammen trainiert?", frage ich.

„Bei jedem Training, aber nicht hier", sagt Jasper und deutet auf die Geräte. „Wenn ich trainieren will, gehe ich in den Fitnessraum in meiner Wohnung oder zum Training mit den Jungs."

Er lässt mich zuerst die Treppe hinaufgehen, und ich frage mich, ob er mir auf dem Weg nach oben auf den Hintern schaut. Ich beiße mir auf die

Unterlippe und versuche, mir das Lächeln zu verkneifen, als wir uns auf den Weg zurück in die Küche machen.

„Habt ihr euch da unten verlaufen?", scherzt Emerson.

Der Kuchen ist aus dem Ofen und bereits in Stücke geschnitten und auf Tellern angerichtet. Bristol stürmt in die Küche, sie riecht den Pfirsichkuchen. Sie winkt Jasper kurz zu und starrt mich neugierig an.

„Hallo", sage ich und schenke ihr ein Lächeln.

„Du siehst nicht aus wie Emmie", sagt Bristol. „Ich dachte, Schwestern sehen sich immer ähnlich."

„Ich sehe die Ähnlichkeit", sagt Jasper. Er holt den Korkenzieher aus einer Schublade, er ist offensichtlich mit dem Haus seines Bruders vertraut, öffnet die Flasche und schenkt jedem von uns ein Glas ein.

Sie schnappt sich ihren Teller mit Kuchen und trägt ihn ins Esszimmer.

„Wie viel bekommt deine kleine Schwester?", fragt Jasper Emerson und spielt mit mir.

„Eine Kostprobe", sagt Emerson. „Ich könnte ihr und Bristol Traubensaft geben. Kyler, hilft mir, das Geschirr und die Getränke ins Esszimmer zu tragen.

"

Ich bleibe mit Jasper in der Küche, während er jedem ein großes Glas Wein einschenkt. Er gibt mir eine Kostprobe in mein Glas, reicht mir dann die Flasche und lehnt sich zu mir. „Sag es deiner Schwester nicht", sagt Jasper und zwinkert mir zu.

„Keine Sorge", sage ich. Ich drehe mich um und führe die Flasche an meine Lippen. Wenn Emerson mich wegen des Alkoholkonsums und der Menge, die ich in meinem Glas haben darf, anschnauzt, trinke ich ihn einfach direkt aus der Flasche.

Ich lehne meinen Kopf zurück und lasse den Pfirsich-Moscato meine Kehle hinuntergleiten, und verdammt, er ist süß und gut. Jasper weiß, wie man Weine auswählt oder zumindest Pfirsich mit Pfirsich kombiniert. Da kann man wirklich nichts falsch machen.

„Zwing mich nicht, dich nach Hause zu tragen", flüstert Jasper und beobachtet mich mit einem Lächeln. Seine braunen Augen glitzern, als er mich anschaut. Dieser Blick – die Intensität seines Blicks – lässt die Schmetterlinge in voller Fahrt zurückkehren.

Ich stelle die Flasche wieder ab und wische mir mit dem Handrücken den Mund ab.

„Sexy", stichelt Jasper, und ich schiebe ihm die

Weinflasche zu, als Emerson zurück in die Küche eilt.

„Brauchst du Hilfe, um den Rest ins Esszimmer zu tragen?", fragt sie, ohne den Austausch zwischen uns zu bemerken. Wahrscheinlich ist es besser so, denn ich weiß nicht einmal mehr, was ich davon halten soll.

In der einen Minute scheint er zu flirten. In der nächsten sind wir eindeutig nur Freunde, und dann flirtet er wieder.

Ich könnte das Flirten überinterpretieren. Es ist nicht so, dass ich viel Erfahrung damit hätte. Jasper könnte von Natur aus ein freundlicher Kerl sein, der gut mit Frauen umgehen kann, und das kommt als Flirten rüber. Freundlich ist nicht gleich flirten.

ACHT

JASPER

DAS ESSEN PASSTE GUT zu Kyler und Emerson. Ich bin begeistert, dass sie jetzt offiziell verlobt sind, und mein älterer Bruder ist glücklich. Ich habe ihn noch nie so glücklich gesehen.

Ein kleiner Teil von mir ist eifersüchtig, weil ich dieses Gefühl auch haben möchte. Das Glück, das die beiden teilen, ist echt.

Ich fahre Amber nach dem Essen mit meinem Bruder und seiner Verlobten nach Hause. Als wir zum Auto gehen ist Amber sehr ruhig, ich öffne die Beifahrertür für sie.

Überrascht von meiner Geste hebt sie die Augenbrauen, öffnet den Mund, um etwas zu sagen, und schließt ihn dann wieder. „Danke", murmelt sie schließlich, bevor sie auf den Beifahrersitz klettert.

Ich beeile mich, zur Fahrerseite zu kommen. Die Luft ist kühl, und ich hätte den Auto-Start benutzen sollen, um das Fahrzeug aufzuwärmen, aber ich dachte nicht, dass es so unangenehm sein würde.

„Das hat Spaß gemacht", sage ich und schnalle mich auf der Fahrerseite an. Ich warte darauf, dass Amber das Gleiche tut, bevor ich den Wagen in Gang setze und losfahre.

„Es war schön", sagt Amber und schaut erst aus dem Seitenfenster und dann zu mir. „Danke, dass du mich hierher und auch wieder nach Hause bringst. Ich hätte auch die U-Bahn nehmen können."

„Blödsinn." Ich hatte nicht vor, sie nachts im Dunkeln zur U-Bahn laufen zu lassen. Das scheint nicht besonders sicher zu sein, vor allem nicht allein.

Sie stellt die Lüftungsschlitze ein, und es dauert ein paar Minuten, bis die Wärme durch das Auto strömt. Eine Stille umgibt uns, und ich kann nicht sagen, warum sie schweigt, oder was in ihrem Kopf vorgeht.

Ich räuspere mich, weil ich die fünfunddreißig minütige Fahrt zu ihrer Wohnung nicht schweigend verbringen möchte. „Gehst du oft zu Eishockeyspielen?", frage ich.

„Nein", sagt Amber, und ich sehe sie an. Sie

lächelt, schaut mich an und dann geradeaus auf die Straße, als würde sie meinem Blick ausweichen, wenn ich sie kurz anschaue.

„Deine Freundin mag also Eishockey?"

„Charlotte? Vielleicht, ich weiß es nicht."

Ich lache und schüttle den Kopf. „Zwei Mädchen, die sich nicht so sehr für Eishockey interessieren. Warum seid ihr beide hingegangen und habt für Plätze in der ersten Reihe bezahlt?"

Sie neigt den Kopf nach hinten, als ob sie das Universum bitten würde, die Frage für sie zu beantworten. „Wir dachten, es würde Spaß machen."

Ich dränge nicht auf die Frage, denn ich spüre, dass sie sich unwohl fühlt, und ich habe keine Lust, die Situation noch unangenehmer zu machen. „Natürlich, das macht Sinn. Hat es dir gefallen?"

„Ungemein", sagt sie.

Ich werfe einen kurzen Blick auf sie und sehe das Lächeln in ihrem Gesicht.

„Wir haben morgen ein Spiel. Du solltest kommen, aber du kannst nicht dieses hässliche *Bruisers*-Trikot tragen."

„Ich würde gerne, aber ich glaube nicht, dass ich es mir leisten kann", sagt Amber. „Eigentlich weiß ich, dass ich es nicht kann. Aber danke für die Einladung."

„Ich kann dir kostenlos Karten besorgen, unter einer Bedingung."

„Was für eine?", fragt sie, und ihre Stimme zittert leicht.

Mache ich sie nervös?

Wir sind Freunde. Es gibt keinen Grund, warum sie in meiner Gegenwart nervös sein sollte. „Du musst mein Trikot tragen", sage ich. „Ich möchte auf die Tribüne schauen und sehen, wie du mich unterstützt."

„Muss ich dein Sumpf-Trikot tragen?" Amber lacht.

„*So* schlimm hat es gar nicht gerochen."

„Oh, das stimmt." Sie scheint sich zu entspannen, wenn wir Witze machen. „Du hast mir ein verschwitztes, nasses, stinkendes Trikot zugeworfen und verlangt, dass ich es vor allen trage."

„Die meisten Mädchen würden das Antörnen", erwidere ich.

„Ja, ich weiß." Sie lacht und schiebt ihre Haare hinter die Ohren. „Aber ich bin nicht wie die meisten Mädchen."

Das ist mir aufgefallen. Das ist wahrscheinlich auch der Grund, warum ich nicht aufhören kann, an sie zu denken.

„Fürs Protokoll, ich habe es gewaschen, und es liegt auf dem Rücksitz." Ich zeige auf den Sitz hinter mir. „Wirst du es zum morgigen Spiel tragen, wenn ich dir Karten besorge?", frage ich.

„Solange dich die Plätze nichts kosten. Ich möchte dich nicht in Schwierigkeiten bringen."

„Das wirst du nicht. Aber tu mir einen Gefallen und lass deine Freundin zu Hause."

„Du magst Charlotte nicht?", fragt Amber, und jetzt starrt sie mich an, als wären mir zwei Köpfe gewachsen.

„Sie scheint kein guter Einfluss zu sein, wenn sie dich ermutigt, das *Bruisers*-Trikot, statt das der *Ice Dragons* zu tragen."

„Ich sagte doch, es war eine Mutprobe."

„ Nimmst du immer jede Mutprobe an, die dir gestellt wird?", frage ich und versuche, Amber ein wenig besser kennenzulernen.

„Du nicht?", fragt sie und dreht den Spieß um. Sie antwortet nicht auf meine Frage, zumindest noch nicht.

„Das hängt davon ab, wer sich traut. Ich bin bekannt dafür, dass ich ein paar Wagnisse durchgezogen habe", gestehe ich.

„Wirklich? Du scheinst nicht der Typ dafür zu sein", sagt Amber. „Bei unserem kleinen Spiel gestern Abend hast du immer die Wahrheit gesagt."

Hat sie vergessen, dass ich „Wagnis" gewählt habe? „Das ist nicht wahr." Ich hatte die Pflicht zwar nicht erfüllt, aber nur, weil meine Teamkollegen mir klargemacht hatten, dass ich gegen den Bro-Code verstoßen würde, wenn ich Amber küsste.

„Nun, du hast die Mutprobe nicht bestanden", sagt Amber. Sie blickt mich an und dann auf die Straße. „Ist schon okay. Ich bin nicht verärgert darüber."

Sie hört sich aber nicht glücklich an, weil ich sie nicht geküsst hätte. Es gab aber keinen anderen Weg, alles andere würde in einer Katastrophe enden. .

Ich weiß nicht viel darüber, was Frauen denken, aber wir haben geflirtet, und sie wollte, dass ich sie küsse. Ich konnte die Hitze zwischen uns spüren, das Knistern des Verlangens.

Wir biegen um die Ecke, und ich bin froh, als ihr Campus in Sichtweite ist. Noch einen Block weiter und wir sind bei ihr Zuhause.

„Du kannst die Karten für das morgige Spiel abholen", sage ich.

„Eintrittskarten? Ich dachte, ich kann keine Freundin mitbringen."

„Nur nicht Charlotte."

„Und wenn ich sie mitbringe?" Das Mädchen verspottet mich. Ich versuche, etwas Nettes für sie zu tun, und sie überlegt schon, wie sie es verderben kann.

Mein Kiefer krampft sich zusammen. Es ist nicht so, dass ich Charlotte nicht mag. Ich habe sie auf der *Blue Line* kennengelernt, aber da fing das ungute Gefühl an, mich zu übermannen, und ich kann es nicht loslassen. Ihre Freundin hat sie für einen Kerl sitzen lassen. Wie hätte Amber nach Hause kommen sollen? Allein zur U-Bahn laufen, nachts, weit nach Mitternacht?

„Ich hinterlasse dir eine Eintrittskarte", sage ich. „Und wenn das Spiel vorbei ist, kommst du mit uns, um unseren Sieg zu feiern."

„Und was ist, wenn die *Ice Dragons* verlieren?", fragt sie. „Was passiert nach diesen Spielen?"

„Das willst du nicht herausfinden."

―――――

„Du siehst nervös aus, Bruder", sagt Kyler, als wir vor dem Spiel auf der Bank in der Umkleidekabine Platz nehmen.

Ich sage ihm nicht, dass es daran liegt, dass ich

Amber zu dem Spiel eingeladen habe. Ich bin nicht nervös, weil Amber auftaucht. Ich mache mir eher Sorgen, dass sie ihre kleine tyrannische Freundin mitbringt und sich überreden lässt, das Trikot des Gegners zu tragen. Schon wieder.

Es war schon schlimm genug, dass sie ein *Island Bruisers*-Trikot trug. Nein, das Schlimmste war, dass sie auch noch das Trikot von Knox Storm tragen musste. Dieser Idiot. Er musste damit protzen, dass sie seine Nummer trug. Er hätte sie nicht einmal auf der Tribüne bemerkt, wenn ich nicht so eine große Sache daraus gemacht hätte, indem ich mein Trikot auszog und es ihr zum Tragen gab.

Das war meine Schuld, und für den Rest des Spiels hat er mich beschimpft und Amber mit Beleidigungen und Anspielungen bombardiert, ohne dass sie etwas davon gehört hätte.

Aber es war mir egal, ob sie etwas davon hörte oder nicht. Knox Storm hatte es verdient, in den Arsch getreten zu werden, und das habe ich wiederholt getan. Außerdem wurde ich in der letzten Runde aus dem Spiel geworfen.

Ein Fehler, den ich heute Abend nicht machen sollte, das wurde mir von unserem Trainer Malone klar gemachte.

Keine Wiederholungen, auch wenn wir das Spiel gewonnen haben.

„Mir geht's gut", murmele ich. Ich wünschte, es gäbe eine Möglichkeit zu sehen, ob sie auf der Tribüne sitzt, wenn sie heute Abend auftaucht.

Das weiß ich sofort, wenn ich aussteige und auf unsere Bank gehe, denn die privaten Plätze, die wir haben, befinden sich direkt hinter der Glasscheibe, auf der wir sitzen. Die Jungs dürfen abwechselnd ihre Familie, Freunde, Freundinnen und wen auch immer sie wollen auf die Plätze lassen.

„Du klingst wirklich gut", sagt Kyler.

Owen sieht Noah an und tauscht einen stummen Blick mit ihm aus. „Geht es um ein Mädchen?" Sie versuchen, in Gegenwart von Kyler diskret zu sein, aber ihm entgeht nichts.

„Welches Mädchen?" Kyler scherzt und starrt seine Kumpels an, und als sie nicht antworten, starrt er mich an. „Bist du endlich mit jemandem zusammen?"

Ich antworte Kyler nicht, weil ich mich zwar mit Amber treffe, aber nicht im traditionellen Sinne eines Dates. Wir sind nicht Freund und Freundin. Wir sind nur Freunde. Die Jungs haben neulich Abend darauf hingewiesen, dass das alles ist, was es mit ihr jemals sein könnte, und sie haben recht.

„Sehe ich aus, als würde ich mit jemandem rummachen?" Ich beantworte seine Frage mit einer Frage.

Kyler zuckt mit den Schultern. „Ich gehe nach dem Spiel nicht mit euch in die Bar. Warte, warst du mit Amber vor zwei Nächten in der Bar? Der Scherzanruf ..."

Zum Glück wird Kyler unterbrochen, als Coach Malone die Umkleidekabine betritt, um uns vor dem Spiel aufzumuntern. Ich habe mich noch nie so gefreut, den Coach zu sehen.

Als das Spiel beginnt, werden wir vorgestellt und gehen aus der Umkleidekabine auf das Eis. Sofort sehe ich Amber auf der Tribüne sitzen. Sie trägt mein Trikot, das ich ihr geschenkt habe, und ich kann das selbstgefällige Grinsen auf meinem Gesicht nicht verbergen.

Sie winkt, und ich versuche, sie nicht zu beachten, als Kyler auf dem Weg zur Bank an mir vorbeiläuft. Er bemerkt Amber auf der Tribüne und meinen Blick auf sie.

Sie ist nur eine Freundin.

Ich bin mit Kyler, Owen, Noah, Chase und unserem Torwart Aiden als Erster auf dem Eis. Kyler und ich haben auf dem Eis schon immer gut zusammengespielt, weil wir früher zusammen trainiert haben. Wir kennen die Bewegungen des anderen, und es ist wie ein harmonischer Tanz, indem wir den Puck zwischen uns hin und her werfen, bevor er ihn zu Owen schießt, um ein Tor zu erzielen.

Ich möchte derjenige sein, der punktet und Amber beeindruckt.

Scheiße.

Woher kommt dieser Gedanke?

Ich schaue zu Amber auf der Tribüne, die Owen anfeuert, klatscht und lächelt. Ich möchte, dass sie das tut, weil ich ein Tor geschossen habe.

Ich war noch nie ein eifersüchtiger Typ.

Es gab nie einen Grund für mich, eifersüchtig zu sein. Ich habe mich seit der Highschool auf meine Karriere konzentriert und nicht auf Mädchen.

Ich freue mich immer, wenn meine Mannschaftskameraden gut abschneiden, weil wir dann auch als Team gut abschneiden. Das ist das Wichtigste.

Aber im Moment fühle ich mich nicht so. Da ist eine Bitterkeit, die mich verzehrt, eine innere Wut, die darauf brennt, entfesselt zu werden.

Ich möchte, dass Amber meinen Namen schreit, für mich klatscht und lächelt, wenn sie sieht, wie ich das nächste Tor schieße.

Ich sollte mich für Noah freuen, aber ich will nicht, dass sie sich auf ihn konzentriert. Mein Inneres brennt, und als ich endlich den Puck bekomme, will ich ihn nicht an Kyler, abgeben, obwohl er frei ist und Storm und Conrad mich einholen.

Knox Storm bringt mich mit seinem Stock zu Fall, und Conrad stiehlt den Puck und bringt ihn in Richtung ihres Tores zurück.

„Deine Freundin sitzt auf der Tribüne und schreit meinen Namen", sagt Storm.

Ich weiß, dass er versucht, an mich heranzukommen. Ich sollte ihn ignorieren. Auf dem Eis war er schon immer ein Arschloch, aber wenn er Amber erwähnt, sehe ich rot.

Ich schlage Knox gegen das Glas, meine Faust hämmert gegen seine Brust, und er erwidert einen Schlag nach dem anderen auf meinen Unterleib.

Der Kampf dauert eine Minute, vielleicht länger, bevor wir auseinandergezogen werden.

„Was zum Teufel war das?", fragt Kyler.

Meinem Bruder antworte ich nicht. Er versteht nicht, warum ich Knox verachte. Storm und ich werden auf die Strafbank geschickt. Amber sitzt hinter der Spielerbank, auf der anderen Seite der Eisfläche, und kann mich nicht sehen. Ich bin erleichtert, dass ich ihr jetzt nicht gegenübersitzen muss, besonders nach dem, was Knox gesagt hat.

„ICH KANN NICHT GLAUBEN, dass du mich zwingst, eine Perücke zu tragen", brummt Charlotte neben mir.

„Ich habe dir eine Freikarte besorgt, pssst." Ich starre meine beste Freundin an. Wir tragen beide *Ice Dragons*-Trikots, genauer gesagt, trage ich das Trikot, was Jasper mir neulich gegeben hat. Wenigstens hatte er den Anstand, es zu waschen, obwohl es sauber ist, verströmt es einen leichten Hauch von Jaspers Geruch.

Ich versuche, nicht ständig an meinem Trikot zu schnüffeln. Zum Glück wurde der würgende Schweißgeruch von der Waschmaschine entfernt.

„Ja, aber warum mag dein Freund mich nicht?", fragt Charlotte.

„Er ist nicht mein Freund." Ich konzentriere mich auf das Spiel und muss zugeben, dass ich enttäuscht bin, dass ich Jasper der auf der Strafbank sitzt, nicht sehen kann. Wenn er nicht auf dem Eis spielt, würde er wenigstens vor mir auf der Bank sitzen.

Zum Glück ist es in der Arena laut, so dass seine Mannschaftskameraden, die vor der Glasscheibe sitzen, unser Gespräch nicht mitbekommen.

„Das beantwortet immer noch nicht die Frage, warum er mich nicht mag?", fragte Charlotte.

„Ich weiß es nicht. Du hast mich ermutigt, das *Bruisers*-Trikot zu tragen. Vielleicht hält er dir das vor."

Charlotte winkt abweisend mit der Hand. „Wir haben beide das Trikot getragen. Du bist genauso schuldig wie ich."

Ich starre sie an. „Du hast mich herausgefordert, es zu tragen."

„Ja, und ich trage diese Perücke, also sind wir quitt. Okay?" Die blonde Perücke sieht ziemlich natürlich aus, bei ihrem blassen und sommersprossigen Teint. Sie steht ihr gut. „Aber ich bin mir ziemlich sicher, dass dein Loverboy merken wird, wer ich bin, Perücke hin oder her."

„Ist schon gut. Ich bezweifle, dass er uns so viel

Aufmerksamkeit schenkt", sage ich und hoffe, dass ich recht habe.

Jasper wird von der Strafbank entlassen und kehrt mit Kyler und seinen Teamkollegen aufs Eis zurück. Es steht eins zu null und die *Ice Dragons* führen, aber nicht lange.

Jasper ist wieder im Spiel, ebenso wie sein Gegner Storm.

„Hey, ist das nicht der Typ, dessen Trikots wir gekauft haben?", frage ich Charlotte.

„Ja, glaubst du, dass sie sich deshalb um uns streiten?", fragt Charlotte und wackelt mit den Augenbrauen.

Meine beste Freundin ist verrückt. „Das ist Wahnsinn."

„Aber ist es das?", fragt sie und sieht mich an. Sie zuckt mit den Schultern und wendet ihre Aufmerksamkeit wieder dem Eishockeyspiel zu.

Die Spielzeit ist fast vorbei, danach gehen die Jungs alle in die Umkleide. Die Zuschauer um uns herum stehen auf und verlassen ihre Plätze, dehnen sich, machen Toilettenpausen, das Übliche. Nach ein paar Minuten versucht ein Typ, mit drei Bechern Bier in der Hand, sich an uns vorbeizudrängen. Es gelingt ihm, einen davon auf mich zu schütten und mein *Ice Dragons*-Trikot zu durchnässen.

„Tut mir leid", lallt er und geht weiter.

„Ernsthaft?" Ich stehe auf und versuche, mir die Bierreste von der Kleidung zu wischen. „Das ist einfach großartig", murmle ich. Ich trage nur einen BH unter dem Trikot, und es ist kühl in der Arena. Als ob das nicht schon schlimm genug wäre, ist das Bier jetzt auch noch durchgesickert und lässt mich frieren.

„Wir rennen zur Toilette", schlägt Charlotte vor, und wir eilen die Treppe hinauf zur Toilette. Es gibt eine lange Schlange, und wir beide versprechen allen, dass wir uns nicht vordrängeln, sondern nur versuchen, den Händetrockner zu erreichen, der nicht funktioniert.

Es gibt Papierhandtücher, und ich versuche, das durchnässte Trikot zu trocknen, aber es ist immer noch eiskalt und ungemütlich.

„Du könntest dir ein anderes Trikot besorgen?", scherzt Charlotte, als wir aus der Toilette kommen und die feuchten Papierhandtücher in den Müll werfen.

Ich umklammere die Vorderseite meines Trikots und versuche zu verhindern, dass die Kälte in meine Haut dringt. Am nächsten Stand, der *Ice Dragons*-Artikel verkauft, bildet sich eine Schlange, die um die ganze Arena herumführt. Wir werden einen Teil des Spiels verpassen, wenn wir in der Schlange stehen.

„Du könntest es dort drüben versuchen", sagt sie und zeigt auf die *Island Bruisers*-Ware.

Ich stöhne. Ich habe bereits ein Trikot von ihnen, das ich nie tragen werde. „Ernsthaft? Jasper wird mich umbringen."

Charlotte legt den Kopf schief und lächelt. „Und warum ist das so? Weil ich das Problem nicht sehe, wenn ihr nicht zusammen seid."

„Wir sind Freunde, Char. Es ist, als würde man ihm in den Rücken fallen."

„Er wird es verstehen. Wenn nicht, bringt er dir ein anderes Trikot. Wäre das nicht großartig, zwei Trikots von ihm zu haben? Du kannst mir eins geben, wenn du es nicht mehr benötigst."

Ich lache über ihre Offenheit. Sie geht mit mir näher an den kleinen Laden der *Island Bruisers* heran, in dem es keine Kunden gibt. Wir sind im Stadion der *Ice Dragons*, und so ist es nicht verwunderlich, dass die meisten Artikel, die verkauft werden, für Jaspers Team sind. „Das geht nicht. Ich kann das nicht."

„Entweder du frierst in dem klatschnassen und eklig riechenden Trikot, das nach Bier stinkt, oder du kaufst dir so ein Trikot, damit du deinem Freund beim Eishockeyspielen zusehen kannst.“

„Er ist nicht mein Freund“, knirsche ich zwischen den Zähnen.

„Nicht mit dieser Einstellung“, scherzt Charlotte.

Ich schleiche mich an den Stand heran. „Welches ist das billigste Trikot, das Sie haben?“, frage ich.

„Wir haben einen Rookie, Charlie Hayes, in seinem ersten Jahr bei den *Island Bruisers*. Wir haben sein Trikot zum Verkauf.“

„Wie viel?“, frage ich. Ich bezahle mit meiner Kreditkarte und eile in die Toilette, um mich in der Nähe der Waschbecken umzuziehen, denn die Kabinen sind alle besetzt und die Schlangen haben nicht abgenommen.

„Jasper wird mich umbringen“, murmle ich und trage das blaue *Bruisers*-Trikot, während ich mit Charlotte zurück zu unseren Sitzen gehe.

„Vielleicht.“

Ich schaue Charlotte an. „Tausche deine Klamotten mit mir. Gib mir dein *Ice Dragons*-Trikot.“ Warum zum Teufel ist mir das nicht eingefallen, als ich oben in der Toilette war? Die Spieler kommen aus der Umkleidekabine, als das nächste Drittel beginnt.

„Auf gar keinen Fall. Das wird eine großartige Show." Charlotte grinst verrucht.

„Ich schwöre, wenn du diesen Verlierer dafür bezahlt hast, dass er Bier über mich schüttet …"

„Habe ich nicht!" Charlotte gluckst. „Aber das wäre ein toller Plan gewesen."

Jasper betritt die Spielerbank und nimmt Platz. Er blickt zu uns hinauf und runzelt die Stirn. „Ernsthaft, Amber?"

Ich zeige auf den Kerl, der sechs Sitze weiter hinten sitzt als wir. „Er hat Bier auf mich geschüttet!"

Kyler nimmt neben seinem Bruder Platz und blickt zu uns, um zu sehen, was es mit der Aufregung auf sich hat. „Verdammt, Amber. Ich hätte dich nie für eine Verräterin gehalten."

Mir fällt die Kinnlade herunter. „Tue ich nicht. Ich unterstütze die *Ice Dragons*!"

„Sieht wirklich so aus", sagt Kyler und zuckt mit den Schultern.

„Die Schwester deiner Verlobten macht Ärger", sagt Jasper ein wenig zu laut. Ich frage mich, ob er will, dass alle ihn hören.

„Nicht mein Problem. Sie kann unterstützen, wen immer sie will. Ich weiß, dass ich in der Gewinnermannschaft bin." Kyler klopft seinem

Bruder auf den Rücken, bevor er auf das Eis zurückkehrt und das Spiel beginnt.

Jasper scheint jedoch auf der Bank zu sitzen, zumindest im Moment. Er starrt nach vorn zu den Jungs auf dem Eis, die Hände verschränkt, und ich stelle fest, dass er einen Beutel Eis auf den Knöcheln hat. Als er mit Storm aneinandergeriet, hat er sich wahrscheinlich die Hände geprellt.

Wenn Kyler zurückkommt, nimmt Parker Montgomery seinen Platz als Center ein.

Je mehr ich das Spiel beobachte und mich damit beschäftige, desto mehr beginne ich es zu verstehen.

Jasper wirft die Tüte mit dem Eis in den Papierkorb. Ich sollte das Spiel beobachten, aber ich verbringe mehr Zeit damit, Jasper zu beobachten als das Spiel. Der Trainer weist Asher an, vom Eis zu gehen, während Jasper seinen Platz als rechter Flügel einnimmt.

Zumindest wird er mehr Zeit zum Spielen bekommen. Das muss gut sein.

Das zweite Drittel ist eine Schlacht ohne einen klaren Sieger. Als die *Ice Dragons* ein Tor schießen, folgt kurz darauf ein Tor der *Island Bruisers*. Ich habe mir vorgenommen, nur die *Ice Dragons* anzufeuern, aber da Kyler und Jasper auf dem Eis sind, scheinen sie mich nicht zu beachten. Und warum sollten sie auch? Sie sollten sich auf das Spiel konzentrieren.

Als das zweite Drittel endlich zu Ende ist und die *Ice Dragons* nur noch einen Punkt Vorsprung haben, spüre ich, wie die Spannung im Team steigt. Das Spiel ist knapp. Sie gehen in die Umkleidekabine, und ich bleibe stehen, um sicherzustellen, dass derselbe Idiot, der mich mit Bier überschüttet hat, keine zweite Chance bekommt, als er an uns vorbei zum Gang geht.

„Dein Freund hat dich nicht ein einziges Mal angesehen, seit du das Trikot des Rivalen angezogen hast", sagt Charlotte.

Ich wünschte, ich hätte es nicht bemerkt, aber es ist so, als hätte Jasper die ganze letzte Zeit einen Hockeyschläger im Hintern gehabt.

„Er ist nicht mein Freund", korrigiere ich sie.

„Nun, es ist klar, dass er dich will. Zumindest war es so, als du das Trikot der *Ice Dragons* getragen hast."

„Tausche mit mir das Trikot", sage ich und zeige auf ihr Trikot.

„Und den Zorn der Eisdrachen riskieren? Wir sitzen direkt hinter dem Team. Auf keinen Fall. Vor allem nicht, wenn die Möglichkeit besteht, dass

einer von ihnen Single ist", sagt sie grinsend. „Reece,
wie heißt er mit Vornamen? Er ist heiß."

„Noah", sage ich und beiße mir auf die
Unterlippe. Er sieht zwar gut aus, aber er ist kein
Jasper Greyson. „Er könnte eine Freundin haben."

Charlotte tippt auf ihrem Handy herum. „Hat er
nicht", sagt sie sachlich und zeigt mir sein
Instagram-Profilfoto. „Ist er nicht heiß?"

Sie drückt mir das Telefon praktisch vor mein
Gesicht, ein bisschen zu nah. Ich greife nach ihrem
Handgelenk und ziehe es leicht zurück, damit ich
nicht auf das Telefon schielen muss. „Ja, ich sehe es
nicht."

„Das liegt daran, dass du nur Augen für Jasper
hast, der, wie ich hinzufügen möchte, anständig ist,
aber er ist kein Noah Reece."

„Geh mit ihm aus, wenn du auf ihn stehst", sage
ich. Ich bezweifle, dass einer von uns beiden eine
Chance bei Jasper oder Noah hat, aber wenigstens
werde ich nicht die Einzige sein, der das Herz
gebrochen und auf die Füße getreten wird. Nicht,
dass ich ihr das wünsche, aber für die Eisdrachen
sind wir niemand, und ich bin sicher, dass sie
tonnenweise andere Mädchen haben – heißere
Mädchen, die ihnen die ganze Zeit
hinterherlaufen.

Charlotte schüttelt den Kopf. „Nein, er wird mich heute Abend um ein Date bitten."

Ich weiß nicht, was sie vorhat, aber ich kann mir vorstellen, dass es mit etwas nach dem Spiel im *Blue Line* zu tun hat. Ich bin mir nicht sicher, ob ich Lust auf Drinks habe, besonders wenn Jasper mich mit meinem gefälschten Ausweis verpetzt.

Die Pause ist fast vorbei, und die Mannschaft kehrt auf die Spielerbank zurück. Ich sollte nicht nach Jasper Ausschau halten, aber als er endlich herauskommt, hält er ein Trikot in den Händen.

Er nähert sich dem Glas und starrt mich an, als ob ich ihn verraten hätte.

Ich stehe auf. Ich weiß nicht einmal, warum oder was mich dazu zwingt, aber es ist, als müsste ich ihm nahe sein, meine Seite der Geschichte erklären, was passiert ist.

„Ich gebe dir die Schuld für meine beschissene Leistung auf dem Eis. Das zu tragen", er deutet auf das Trikot, das ich trage, „ist der größte Verrat an einem Freund."

Ein Freund?

Ich atme schwer aus und beschlage mit meinem Atem eine Stelle der Glasscheibe.

Er beobachtet mich, seine Augen sind auf meine geheftet, sein Blick ist unerschütterlich. Um uns herum herrscht Aufruhr, aber ich nehme nichts davon wahr. Ich greife mit der Hand an das Glas und zeichne ein Herz in den Nebel, während ich ihn anstarre.

Jasper bewegt sich nicht. Er zieht die Stirn in Falten, als er meinen Blick unterbricht und sieht, was ich auf das Glas gezeichnet habe: das Herz zwischen uns.

Er öffnet den Mund, und mein Magen krampft sich zusammen, während ich darauf warte, dass die Worte über seine Lippen kommen. Noah schnappt sich das Trikot aus Jaspers Händen und wirft es mir über das Glas zu. „Der Trainer will dich auf dem Eis haben", sagt Noah zu Jasper.

Ich halte das Trikot in meinen Händen.

Jasper blinzelt und dreht sich um, der Bann zwischen uns ist gebrochen.

Noah sieht zu, wie seine Mannschaftskameraden auf das Eis laufen. Er sitzt auf der Bank, was mir vielleicht die Gelegenheit gibt, herauszufinden, was zum Teufel mit Jasper los ist.

„Zieh das Trikot an, bevor Jasper auseinanderfällt."

Das goldene Trikot ist sauber und riecht nach Jasper. Es ist groß, und so ziehe ich es über das andere, das ich gerade trage, weil ich außer einem

BH nichts darunter anhabe, und mich an meinem Platz umziehe.

Noah setzt sich vor uns auf die Bank, mit dem Rücken zu uns, während er sich auf das Spiel konzentriert.

„Noah", sage ich und klopfe an das Glas, um seine Aufmerksamkeit zu erregen.

Er wirft über die Schulter einen Blick zu mir und zeigt mir den Daumen nach oben, als er das Trikot der *Ice Dragons* bemerkt.

Charlotte winkt Noah zu und lächelt, aber er nickt nur kurz und dreht sich wieder um, als Montgomery, einer seiner Mannschaftskameraden, der neben ihm sitzt, ihm einen Stoß in die Seite gibt. Sie wechseln ein paar Worte, aber wir sind zu weit weg, um zu verstehen, was gesagt wird.

Jasper blickt in meine Richtung, während er auf dem Eis steht, und der Eishockeyspieler der anderen Mannschaft, Hayes, schwingt den Schläger wie einen Golfschläger und schlägt ihn gegen Jaspers Kinn.

Jasper schimpft, als die Schiedsrichter das Spiel nicht gesehen haben, wartet Jasper, bis sie wieder auf dem Eis sind, und geht auf Hayes los. Sie kämpfen um den Puck und rasen über das Eis, als Hayes die Kontrolle verliert und gegen die Wand rutscht. Jasper zwingt ihn an die Mauer. Jasper holt den Puck und gibt ihn an Kyler weiter.

Knox Storm taucht aus dem Nichts auf, schlägt Jasper gegen das Glas und verteidigt seinen Teamkollegen mit einem Schlag nach dem anderen.

Conrad kommt von hinten und will Jasper angreifen, als Kyler eingreift.

Kyler packt Conrad am Trikot und zerrt ihn über das Eis und weg von seinem kleinen Bruder, während sie Schläge austeilen. Die Schiedsrichter ziehen Kyler und Conrad auseinander, scheinen aber Storm und Jasper den Kampf fortsetzen zu lassen.

Owen eilt zu Jasper hinüber und hält die *Island Bruisers* davon ab, sich auf Jasper zu stürzen; zumindest ist es ein fairer Kampf Mann gegen Mann. Zwei andere *Island Bruisers*-Kollegen stürmen auf Owen zu, und er verhindert, dass sie seinen *Ice Dragons*-Bruder abfangen.

Die Schiedsrichter ziehen Jasper und Knox schließlich auseinander und verweisen sie aus dem Spiel. Sie werfen auch Kyler und Conrad aus dem Spiel.

„Ernsthaft?", schreit Noah.

ZEHN
JASPER

MEINE KNÖCHEL HABEN VORHIN WEHGETAN, aber der Schmerz strahlt bis unter mein Kinn aus, und als ich auf der Bank in der Umkleidekabine sitze und mir einen Eisbeutel aufs Kinn lege, sehe ich eine Blutspur.

Ich wische sie weg, aber es gibt wahrscheinlich noch mehr, wo das herkommt.

Ich hatte mir nicht die Mühe gemacht, in den Spiegel zu schauen. Ich bin mir sicher, ich bin kein schöner Anblick. Wenn ich auf die Monitore schaue, kann ich das Spiel im Fernsehen sehen, und wenigstens bin ich nicht der einzige Spieler, der rausgeworfen wurde.

„Du siehst beschissen aus", sagt mein Bruder, als er zu mir in die Umkleidekabine kommt.

„Danke", sage ich und lächle. Wenigstens habe ich noch alle meine Zähne.

Er schnappt sich ein sauberes Handtuch und wirft es mir zu. „Du hast überall Blut", sagt er und deutet auf mein Gesicht. „Mach die Sauerei weg. Die Presse will nach dem Spiel ein Interview."

„Ich erzähle ihnen nichts", sage ich. Sie werden mich nach dem Kampf fragen. Sie scheren sich einen Dreck darum, wie ich spiele, wie viele Tore ich geschossen habe. Es geht immer nur um den Kampf. Die Brutalität des Sports.

„Schade, dass wir keine Zwillinge sind", sagt Kyler grinsend.

„Ich weiß." Mein Bruder liebt das Rampenlicht. Er fühlt sich darin wohl und hat gelernt, es für seine Karriere zu nutzen.

Ich würde es vorziehen, nicht bemerkt zu werden. Ich meine, ich schätze meinen Rookie-Vertrag, und wenn er ausläuft, hätte ich gerne ein besseres Angebot, aber ich mag es nicht, interviewt und mit Fragen bombardiert zu werden, vor allem mit solchen, die wenig mit Eishockey zu tun haben.

Beim letzten Interview fragte mich die Sportreporterin, ob ich mit jemandem zusammen sei. Im Ernst? Was spielt das verdammt noch mal für eine Rolle?

Es stellte sich heraus, dass sie ein *Puck Bunny* war, der für unser Team kämpfte, nachdem sie die Hälfte der *Wolverines* und den Großteil der *Barbarians* durchlaufen hatte. Nein, danke. Ich muss meinen Schwanz nicht in jemanden stecken, der schon zwei andere NHL-Teams gefickt hat.

Ich schaue auf den Monitor und verfolge die letzten Sekunden des Spiels. Die *Ice Dragons* liegen mit einem Punkt in Führung.

„Das ist schmerzhaft", sage ich, während ich zusehe und nichts tun kann, um unseren Teamkollegen zu helfen.

Kyler zieht seine Sachen aus und setzt sich neben mich auf die Bank. Er blickt vom Fernsehbildschirm zu mir. „Was läuft da zwischen dir und Amber?"

„Nichts."

Kyler starrt mich einen Moment lang an, bevor er nickt und meine Antwort als Tatsache akzeptiert. „Okay, gut."

Als das Spiel zu Ende ist, richten wir beide unsere Aufmerksamkeit wieder auf den Bildschirm, und es ist klar, dass die *Ice Dragons* gewonnen haben. Ich kann endlich aufatmen.

„Gehst du heute Abend in das *Blue Line*?", fragt

mich mein Bruder, als die anderen Spieler in die Umkleidekabine kommen.

„Das hatte ich auch vor. Kommst du heute Abend mit uns?" Das wäre die Überraschung des Jahrhunderts: Kyler nimmt sich einen Abend frei vom Vatersein. Ich kann mich nicht erinnern, wann er Emerson das letzte Mal mit dem Team auf einen Drink mitgenommen hat. Das ist ewig her.

„Ja, auf ein oder zwei Bier. Dann sollte ich nach Hause gehen."

„Du könntest Emerson zu einer Party einladen?" Ich verstehe nicht, warum er lieber nach Hause geht, anstatt mit den Jungs auszugehen. „Du hast ein Kindermädchen. Lass sie auf Bristol aufpassen."

Er schnappt sich sein Handy und verschickt ein paar SMS. In der Umkleidekabine ist es laut, und wenn man telefoniert, hat man Glück, wenn die andere Person überhaupt ein Wort versteht, das gesagt wird.

Ich gehe unter die Dusche, mache mich frisch und ziehe mir eine Jeans und ein sauberes Hemd an. Ich warte, bis Noah und Owen fertig sind, bevor ich in das *Blue Line* gehe.

Kyler trocknet sich nach dem Duschen ab und blickt zu mir hinüber, während er sich anzieht. „Zwei Drinks. Dann muss ich nach Hause."

„Kommt Emerson raus?"

„Ich habe sie eingeladen", antwortet mein Bruder kryptisch.

„Und?"

Kyler antwortet nicht. Er zieht sich zu Ende an und setzt sich auf die Bank, um seine Turnschuhe anzuziehen. Ich ziehe meine Schuhe an, und sobald meine Teamkollegen mit der Presse fertig sind, gehen wir in das *Blue Line*.

Unser reservierter Tisch im hinteren Teil ist frei, und wir setzen uns alle auf unsere Plätze. Kyler sitzt mir gegenüber, ich sitze wie immer am Ende.

Owen und Noah scherzen immer, dass ich den besten Platz habe, um die Damen zu begutachten und sie anzubaggern. Ich nehme mir ein Bier aus dem Eimer, ziehe den Deckel ab und nehme einen Schluck. Die kalte Flasche fühlt sich gut an meinen Fingerknöcheln an. Ich hatte vergessen, wie sie während des Spiels ramponiert worden, als mein Kinn stach.

Das Eis hat geholfen, das Ganze schnell zu betäuben.

Kyler holt sich ein Bier und lehnt sich mit einem süffisanten Lächeln zurück. „M&M, du bist gekommen!", ruft er und winkt sie herüber.

Ich kann gar nicht anders, als hinzuschauen.

M&M? Ich drehe mich zur Tür, und Emerson schlendert in die Bar. Sie sieht umwerfend aus, sie trägt Kylers Trikot und schwarze Leggings.

Mein Magen kippt fast um. Sie schreitet hinüber zum Tisch, um ihren Mund auf Kylers Lippen zu legen. Er zieht sie an sich, ihre Münder duellieren sich, während sich seine Finger in ihrem Haar verheddern.

Ich wende meinen Blick ab, nehme noch einen Schluck von meinem Bier, und mir fallen fast die Augen aus dem Kopf, als ich sehe, wie Charlotte und Amber die Bar betreten.

Amber, die zwanzig Jahre alt ist und nichts im *Blue Line* zu suchen hat, schlendert zur Theke, um eine Bestellung aufzugeben.

Ich steige von meinem Hocker. „Ich komme wieder", murmle ich leise und hoffe, dass die Jungs keine Fragen stellen. Zumindest Kyler ist mit Emerson beschäftigt. Ich mache mir nicht die Mühe, über meine Schulter zu Noah und Owen zu blicken. Sie würden mich davon abhalten, den größten Fehler meines Lebens zu begehen.

Ich schlendere mit einer Flasche Bier in der Hand zur Theke, stelle mich neben Amber und drehe mich zu ihr um. Sie lächelt, und ich schaue nach unten und sehe, dass sie mein Trikot trägt. Mein Herz schwillt an, aber das sollte es nicht.

Es hätte mir egal sein sollen, als sie vorhin das Trikot dieses blöden Neulings Charlie Hayes getragen hat. Aber es hatte mich innerlich aufgefressen, mich Glied für Glied zerrissen.

„Ich hätte gerne …" Sie öffnet den Mund und hält ihren Ausweis vor.

Ich drücke ihre Hand auf die Theke und dann zurück gegen ihre Brust. „Sie bleibt heute Abend nüchtern", sage ich. „Gib ihr nichts, was Alkohol enthält."

„Was machst du …", sagt Amber, und ich bewege mich leicht, sodass sie an mir vorbeisehen kann. Ihre Schwester ist bei meinem Bruder. „Fuck", brummt Amber.

„Ich bin sicher, dass sie nicht lange bleiben werden." Ich versperre ihr die Sicht oder, was noch wichtiger ist, ich versperre ihnen die Sicht auf sie. Ich beschütze sie, aber ich bin mir nicht einmal sicher, warum ich das tue. Sie ist zwanzig. Sie sollte nicht in der *Blue Line* sein. Sie zeigen ihre Karte beim Einlass, aber sie muss ihm ihren gefälschten Ausweis gezeigt haben, um reinzukommen, so wie sie es neulich abends bei den Drinks getan hat.

„Du verrätst mich doch nicht an meine

Schwester?", fragt Amber und legt den Kopf leicht schief, mit einem neugierigen Ausdruck im Gesicht.

„Was ist daran so lustig?", sage ich achselzuckend. „Ich schaue dir lieber zu, wie du dich windest." Mein Blick wandert ein wenig zu lange über ihren Körper.

Sie wackelt auf den Füßen und schaut weg, zwingt sich zu einem Lächeln und schiebt eine Haarsträhne hinter ihr Ohr. Amber sieht mich an, und ich kann spüren, wie meine Worte an ihr abprallen und mich wie kleine elektrische Funken treffen.

Amber sagt kein einziges Wort. Ich habe sie noch nie so schweigsam erlebt, aber ich kenne sie auch nicht besonders gut. Wir haben ein wenig Zeit miteinander verbracht, nichts Ungewöhnliches für zwei Freunde.

Ist es das, was wir sind, Freunde?

„Also, was ist dein Typ?", frage ich und fange ihren Blick auf, bevor ich mich im Raum umschaue. „Ich könnte dein *Wingman* sein und dir helfen, jeden Kerl, den du willst, hierherzubekommen."

Warum zum Teufel biete ich ihr an, ihr beim Sex zu helfen?

Ich nehme einen Schluck von meinem Bier und muss mit meinen Gedanken mit beiden Beinen auf dem Boden stehen. Trinken wird da nicht helfen, aber es wird mir helfen, den Mund zu halten, während ich den Alkohol schlucke, anstatt zu viel zu reden.

„Das ist nicht meine Art ", sagt Amber.

„Richtig. Du hast Mädchen erwähnt", sage ich und zwinge mich zu einem Lächeln. Natürlich mag sie Mädchen. Wenigstens tut es nicht so weh, wenn sie mich abweist, weil ich weiß, dass sie keine Schwänze mag.

Amber's Wangen röten sich. „Ich mag beides, aber nicht, dass es wichtig wäre. Aber ich möchte keine Affären."

Charlottes Kopf taucht hinter Amber auf. Sie trägt eine blonde Perücke, und es sieht ziemlich echt aus, dass es ihre Freundin ist, erkenne ich an ihrem Gesicht. Ich sagte ihr, sie solle Charlotte nicht mitbringen und was macht sie? Bringt sie mit zum Spiel. Warum dachte ich, sie würde auf mich hören?

„Du schon wieder", murmle ich und starre Charlotte an, das Mädchen, das meine Chancen auf was genau ruiniert? Amber ist tabu, auch wenn mein Schwanz das nicht wahrhaben will.

„Sie ist Jungfrau", sagt Charlotte.

Meine Zunge schiebt sich an die Seite meiner Lippen, während ich die Informationen aufnehme, die ihre Freundin mir gerade mitgeteilt hat. Das habe ich mir schon gedacht, nachdem was sie mir vor ein paar Nächten erzählt hat, aber mein Verdacht hat sich gerade bestätigt.

Ambers Augen weiten sich, und sie schlägt ihrer Freundin auf den Arm. „Du Göre!"

Charlotte lacht und küsst Amber auf die Wange. Ich spüre, wie mein Schwanz erregt wird, wenn ich mir die beiden Mädchen vorstelle, wie sie sich in den Bettlaken verheddern.

„Verschwinde", sagt Amber und schubst Charlotte weg. „Ich finde schon selbst eine Mitfahrgelegenheit nach Hause."

„Ich wette, das wirst du", sagt Charlotte mit einem Augenzwinkern. Sie dreht sich zu mir um. „Pass gut auf sie auf."

Charlotte verschwindet in der Menge, und Amber blickt zu Boden und vergräbt ihr Gesicht in beide Händen. „Das war erniedrigend."

Ich überlege, ob ich sie fragen soll, „was", aber dann würde sie es noch einmal erleben. „Jeder hat ein erstes Mal", sage ich achselzuckend.

„Ich nicht", murmelt sie in ihre Hände.

Jungfräuliches Gebiet.

Ich sollte es einfach gut sein lassen. Es ist nicht so, dass ich noch nie in den Honigtopf getaucht wäre, aber ich weiß es besser, als mich mit einer Jungfrau einzulassen. Sie neigen dazu, anhänglich und übermäßig emotional zu sein. Das Spiel ist meine Priorität, meine erste Liebe.

Ich mag Sex – welcher heißblütige Mann tut das nicht –, aber ich brauche kein Mädchen, das mir jeden Tag Liebesbriefe schreibt oder unsere Initialen in Herzen auf ihre Schularbeiten malt.

„Das wirst du", sage ich und lege meine Hand auf ihren Arm.

Sie hebt ihr Gesicht aus den Händen und blickt vorsichtig zu mir auf. „Du machst dich nicht über mich lustig?", fragt sie überrascht.

„Warum sollte ich?"

„Weil ich eine Zwanzigjährige bin ..." Sie beendet den Satz nicht.

„Das ist keine große Sache. Ich meine, du wurdest doch schon mal geküsst. Oder?"

Und als sie mir nicht antwortet, wird mir klar, wie unschuldig und unerfahren Amber ist, und ich möchte ihr helfen, aber ich sollte es nicht tun.

„Nein", sagt Amber und greift nach meiner Bierflasche.

Ich gebe sie ihr und lasse sie einen Schluck nehmen. Sie zieht eine Grimasse wegen des Geschmacks, spuckt es aber nicht aus. Ich frage

mich sofort, ob sie spucken oder schlucken würde –
ich räuspere mich und greife nach der Bierflasche.
„Du hast genug gehabt."

„Wir sind Freunde, richtig?", fragt Amber, und
ich nicke.

„Ja, ich würde uns als Freunde betrachten." Ich
habe Emerson nicht gesagt, dass ihre minderjährige
kleine Schwester in der Bar ist. Ich denke, das
bedeutet, dass wir eine solide Grundlage für eine
Freundschaft haben, oder zumindest genieße ich
ihre Gesellschaft, und ich möchte nicht, dass sie
geht.

„Bringst du mir bei, wie man küsst? Ich meine,
was ist, wenn ich es nicht kann und kein Junge mich
jemals wieder küssen will?"

„Warte. Du warst mit zwei Mädchen zusammen
und hast keine von ihnen geküsst?" Ich fahre mir
mit der Hand durch die Haare. Zu sagen, ich sei
sprachlos, wäre eine Untertreibung.

Ihre Wangen röten sich, und für einen Moment
denke ich, dass sie mir gleich sagen wird, dass sie
mich verarscht hat. Dass sie entweder keine
Jungfrau ist oder noch nie etwas mit Mädchen hatte.
Ich bin mir nicht sicher, was ich lieber hören
möchte. Ehrlich gesagt, ist das auch egal. Ihre

Vergangenheit ist mir egal. Mir ist wichtig, dass sie ehrlich zu mir ist.

„Küssen war tabu. Es war mehr eine Erkundungstour." Ambers Gesicht ist gerötet.

Ich nehme noch einen Schluck von meinem Bier, das jetzt fast leer ist. „Erkundung. Wie?" Ich will sie dazu bringen, sich mir zu öffnen. Ich bin mir nicht sicher, warum ich diese Art der Befragung fortsetze, aber ich will mehr hören.

Sie rümpft die Nase, als sie lächelt. „Du wirst mich nicht dazu bringen, es für dich zu buchstabieren."

„Zunge? Finger? Spielzeug?" frage ich und versuche abzuschätzen, was sie getan hat.

„Ich werde dir antworten, wenn du mir einen starken Drink bestellst", sagt Amber und deutet auf den Barkeeper.

„Das geht nicht", sage ich. Ich möchte sie beschwipst machen und jedes schmutzige Detail über ihre Experimentierphase auf dem College hören, denn ich bin ein Mann und mein Schwanz ist genauso interessiert wie ich.

„Dann kann ich dir nicht antworten", sagt Amber schüchtern. „Aber ich habe noch nie einen Jungen oder ein Mädchen geküsst. Die anderen

Sachen waren okay, aber nicht aufregend. Man könnte also sagen, ich war neugierig."

„Und jetzt bist du neugierig auf Jungs?", frage ich.

„Ich hatte noch nie einen Kerl, der wirklich auf mich stand", sagt Amber. „In die ich mich verknallt habe, die haben sich nicht für mich interessiert."

Ich presse meine Lippen zusammen und denke eine Minute über ihre Aussage nach. Amber ist jung, unschuldig und naiv. Wahrscheinlich haben sich schon viele Männer für sie interessiert und sie war sich dessen nur nicht bewusst, weil sie keine Erfahrung hat.

Sie stößt einen zittrigen Atemzug aus. „Wirst du mein erster Kuss sein?"

„Nein", sage ich, und ich hasse mich dafür, dass ich sie abgewiesen habe. „Es sollte mit jemandem sein, den man mag, nicht nur mit einem Freund."

Ich bin mir ziemlich sicher, dass sie mich mag, und ich fühle mich wie ein Vollidiot, weil ich sie abgewiesen habe, aber ich kann das nicht mit Emersons Schwester machen. Kyler würde mir nie verzeihen, dass ich Ambers junges Herz gebrochen habe.

„Ich fordere dich auf, mich zu küssen", sagt sie und blickt hoffnungsvoll zu mir auf.

„Wir spielen nicht Wahrheit oder Pflicht", sage ich. Bei diesem Spiel habe ich beim letzten Mal meine Lektion gelernt. Vor allem, weil sie mich herausgefordert hat, das hübscheste Mädchen im Raum zu küssen, und das hätte zu einer Katastrophe geführt. Da ich weiß, dass sie ihren ersten Kuss noch nicht erlebt hat, möchte ich nicht der Typ sein, der ihn ihr in einer Bar abnimmt.

Sie verdient es, dass man sie zum Essen einlädt, sie nach Hause bringt und ihr einen Gutenachtkuss gibt. So ein Mann bin ich nicht. Ich kenne meinen Schwanz, und wir würden beide mehr von ihr wollen.

„Aber wir könnten? Ich dachte, du würdest nie eine Mutprobe ablehnen", sagt Amber.

Sie hat recht, das tue ich nicht, aber ich habe diesem „Wahrheit oder Pflicht"-Spiel nicht zugestimmt, mit dem sie mich überraschen will. „Wir stecken nicht knietief in einem Spiel von Wahrheit oder Pflicht", wiederhole ich.

„Die letzte Mutprobe hast du nicht bestanden", entgegnet sie und fixiert mich mit ihrem Blick. „Ich fordere dich auf, das hübscheste Mädchen im Raum zu küssen."

Ich stoße einen schweren Seufzer aus. „Du willst nicht, dass ich das tue, Amber."

Sie zieht die Stirn in Falten und schürzt die Lippen. Hat sie Angst, dass es daran liegt, dass ich denke, dass es hier jemanden gibt, der hübscher ist als sie? Weil es sonst niemanden gibt. Ich habe nur Augen für Amber Ryan.

Meine Finger streifen das Trikot, das sie trägt. Mein Trikot. Ich greife nach dem Saum und ziehe sie näher an mich heran. „Warum hast du heute ein *Bruisers*-Trikot angezogen?"

„Irgendein Idiot hat während der Spielpause Bier auf mich geschüttet", murmelt Amber. „Ich hätte noch ein *Ice Dragons*-Trikot gekauft, aber die Schlange war zu lang."

„Du magst es einfach, mich zu ärgern", sage ich, starre sie an und versuche, sie zu verstehen. Amber ist ein Rätsel. Selbst wenn sie alle ihre Karten offen auf den Tisch legt, werde ich nicht schlau aus ihr.

„Willst du von hier weg?", fragt sie. „Es sieht nicht so aus, als würden meine Schwester und dein Bruder in nächster Zeit gehen."

Wenn mich ein Mädchen fragt, ob ich von dort wegwill, heißt das normalerweise, dass ich mit zu ihr nach Hause gehe oder sie mit zu mir nehme, um mich auszutoben.

Aber das ist nicht das, was ich mit Amber im Sinn habe.

ELF
AMBER

„ES IST WUNDERSCHÖN", sage ich und blicke über die Stadt, während wir auf dem Dach seines Wohnkomplexes stehen. Es gibt einen Blumengarten mit Lichterketten, die eine romantische Stimmung verbreiten, und ein paar Sterne am Nachthimmel. In der Stadt ist es schwierig, allzu viele Sterne zu sehen, aber es ist trotzdem sehr schön.

Bringt er alle Mädchen, mit denen er ausgeht, hierher, bevor er sie zu sich nach Hause einlädt?

Ich zittere, und Jasper bemerkt das. Er zieht seine Lederjacke aus und legt sie mir über die Schultern.

„Du wirst erfrieren", sage ich und schaue ihn an, als er sich neben mich stellt.

„Mir ist warm genug."

Es ist schon spät, weit nach Mitternacht, und ich sollte eigentlich Feierabend machen, aber ich will nicht, dass die Nacht zu Ende geht. Mit Jasper hat sie gerade erst angefangen.

„Hast du morgen ein Spiel?", frage ich.

„Trainingstag. Was ist mit dir? Früher Unterricht?", fragt er.

„Nicht zu früh." Ich habe um neun Uhr morgens Unterricht, aber ich will nicht, dass er mich ins Bett schickt, damit ich genug Schlaf bekomme. Ich bin kein Kind.

Auf dem Dach stehen zwei Stühle, und er zieht mich auf seinen Schoß, seine Arme um meine Taille gelegt.

Ich atme nervös aus.

Wird er mich küssen?

Ich habe ihm gesagt, dass er mein erster Kuss sein soll, dass ich wissen will, wie man einen Jungen richtig küsst, obwohl er nicht unbedingt damit einverstanden war, wurden heute Abend viele Grenzen überschritten.

Warum sollte er mich mit zu sich nach Hause nehmen, um die Stadt und die Sterne zu sehen, wenn er nicht an mir interessiert wäre? Warum mich verführen?

Es sei denn, er macht das mit allen seinen Freunden? Was ich bezweifle. Auf keinen Fall nimmt er seine Mannschaftskameraden mit hierher, zieht sie auf seinen Schoß und setzt sich zu ihnen.

Ich verkrampfe mich, und er greift nach dem Revers seiner Jacke und zieht sie enger zusammen, um mich warmzuhalten. „Du zitterst ja." Er findet den Reißverschluss am unteren Ende und zieht die Jacke um mich herum zu.

Ich zittere, aber das liegt nicht an der Kälte. Draußen ist es kühl, aber meine Nerven lassen mich zittern.

Zumindest scheint er den Unterschied nicht zu bemerken. Ich sollte dankbar sein, aber mein Magen schlägt Purzelbäume.

„Du machst mich nervös", flüstere ich, in der Hoffnung, dass meine Angst, wenn ich sie ausspreche, keine Macht mehr über mich hat.

Jasper verzieht das Gesicht zu einem Grinsen. „Du musst in meiner Gegenwart nicht nervös sein. Wir sind nur Freunde."

Ich atme kurz aus, aber es ist laut genug, dass er eine Augenbraue hochzieht und darauf wartet, dass ich etwas sage. „Ich fordere dich auf, das hübscheste Mädchen auf dem Dach zu küssen", sage ich.

Das Lächeln auf seinem Gesicht wird breiter,

und er schiebt die Strähnen meiner langen Haare hinter meine Ohren und zieht sie zu einem Pferdeschwanz zurück. Er fasst in mein Haar, hält meinen Kopf hoch, meine Augen treffen sich mit seinen, er hält mich fest und ich bin seiner Gnade ausgeliefert.

Ich wage zu behaupten, dass mir das Gefühl gefällt, ihm die Kontrolle über mich zu geben. Seine Finger streicheln meinen Kopf und mein Haar, und dann beugt er sich vor, sein Atem kitzelt meine Lippen, bevor er sich näher an mein Ohr lehnt. „Babe, du warst das hübscheste Mädchen in der Bar, aber ich werde dich nicht küssen."

Es fühlt sich an, als würde mir die Luft aus den Lungen gerissen, und ich bin dankbar, dass ich sitze, auch wenn es auf Jaspers Schoß ist, denn sonst hätte ich das Gleichgewicht verloren. Alles um mich herum dreht sich, und ich versuche wieder zu Atem zu kommen.

Was mache ich eigentlich?

Warum werfe ich mich ihm immer wieder an den Hals, wenn er eindeutig nicht interessiert ist? Sicher, er denkt, ich bin attraktiv, aber es gibt Tonnen von anderen attraktiven Frauen, an denen er mehr Interesse hat, und sie sind nicht ich.

Ich sollte aufstehen und von seinem Schoß

heruntergehen. Die roten Alarmglocken in meinem Kopf gehen los und warnen mich, dass es gefährlich ist, jetzt auf seinem Schoß zu sitzen.

Aber ich kann mich nicht bewegen, nicht einmal einen Zentimeter. Ich bin wie gelähmt. Mein Atem geht kurz und schnell, nervös und panisch.

„Natürlich nicht", sage ich und atme mehrere Male tief durch, bevor ich meine Hüften gegen seine wiege und versuche aufzustehen, aber seine Hände an meinen Hüften lassen mich nicht aufstehen.

Jetzt spüre ich nicht nur seine Hände, sondern auch etwas anderes, das sich unter meinen Hintern schmiegt und mich stößt.

Meine Augen weiten sich, und ich schaue Jasper an. „Das hübscheste Mädchen an der Bar ist nicht die Richtige für dich? Nun, ich bin sicher, dass du diejenige, von der du träumst, anrufen oder deine Hand benutzen kannst." Ich löse mich aus seinem Griff, und er lässt mich los.

Ich eile die Treppe hinunter in den ersten Stock und gehe nach draußen, um ein Taxi zu nehmen. Es hält gerade eines an, als ich nach draußen trete.

„Amber Ryan?", fragt der Fahrer, als ich die Hintertür öffne.

„Das bin ich", sage ich.

Jasper muss ein Taxi gerufen haben. Anstatt mir

hinterherzujagen, schickt er mich nach Hause. Nun, zumindest weiß ich, wo seine Prioritäten liegen.

Als ich nach Hause komme, falle ich sofort ins Bett, aber ich schlafe nicht lange. Zwei Stunden und zwanzig Minuten, um genau zu sein.

Der Feueralarm geht los, und zum Glück habe ich mich entschieden, in einem T-Shirt und einer Flanell-Pyjamahose zu schlafen. Ich schnappe mir meine Handtasche, mein Telefon und meine Schlüssel. Wahrscheinlich ist es ein falscher Alarm. Es gibt regelmäßige Übungen, aber noch nie mitten in der Nacht.

Ich berühre den Türgriff und gehe in den Flur. Es ist überall Dunst und Rauch, und der Flur ist wärmer als er sein sollte, als ob sich das Feuer schon im Gebäude ausgebreitet hat.

Ich bin nicht die Einzige im Hausflur. Ein paar weitere Nachbarn kommen, um zu sehen, was es damit auf sich hat, und als wir merken, dass es kein falscher Alarm ist, klopfen wir an die Türen und machen uns auf den Weg ins Treppenhaus, um alle zu wecken.

Als ich endlich einen Fuß nach draußen setze, ertönt in der Ferne das Signal eines ankommenden Feuerwehrautos. Flammen erhellen den Nachthimmel. Das Dach steht in Flammen, und das oberste Stockwerk an der Westseite des Gebäudes ist völlig zerstört. Mindestens zwei Wohnungen sind zerstört worden, möglicherweise auch mehr. Das kann man von hier aus nicht sagen.

Wir gehen auf die andere Straßenseite und beobachten, wie die Feuerwehr eintrifft und ihren Schlauch anschließt. Sie schicken ein Team los, um nach Bewohnern zu suchen.

Ein weiteres Löschfahrzeug und ein Krankenwagen treffen ein. Ich schaue auf meine Uhr. Es ist halb fünf Uhr morgens.

Charlotte wohnt in einem anderen Wohnkomplex. Ich rufe sie an, aber es geht direkt die Mailbox ran. Ich bin mir nicht einmal sicher, ob sie zu Hause ist. Vielleicht hat sie bei einem Typen übernachtet, den sie im *Blue Line* getroffen hat.

Ich schicke Charlotte eine kurze SMS.

Wohnungsbrand. Mir geht's gut. Schick mir eine SMS, wenn du das abhörst.

Ich bin mir sicher, dass sie davon erfahren wird, wenn sie um sieben Uhr aufsteht oder die Zerstörung auf dem Weg zum Unterricht sieht.

In der Eile habe ich mir nicht einmal die Mühe gemacht, Schuhe mitzunehmen, aber das war wahrscheinlich auch das Beste. Ich hätte festsitzen können, oder drinnen gefangen sein können.

Das Feuer tobt, die Flammen schlagen immer höher, je mehr Teile des Gebäudes verkohlt sind, und das Feuer wütet in einem weiteren Stockwerk.

Mein Stockwerk.

Ich schaue auf mein Telefon.

Ich rufe Emerson an, aber sie antwortet nicht. Ich lege auf und versuche es noch einmal. Vielleicht hat ist sie nicht schnell genug an das Telefon gegangen? Zweifellos ist sie spät nach Hause gekommen. Ihr Telefon ist wahrscheinlich auf lautlos gestellt.

Ich habe Kylers Nummer und ziehe eine Grimasse, weil ich es als Nächstes bei ihm versuche.

„Hallo?", murrt er im Halbschlaf.

„Ich muss mit meiner Schwester sprechen."

„Amber, bist du das?", fragt Kyler. „Geht es dir gut?" Er klingt aufmerksamer, wacher, als er merkt, dass ich anrufe und etwas nicht stimmen muss, weil ich mich sonst nie melde.

„Ich muss mit Emerson sprechen."

„Was ist los, Amber?", fragt meine Schwester, die endlich ans Telefon geht.

„In meiner Wohnung hat es gebrannt", sage ich mit zittriger Stimme. „Mir geht es gut, aber ich brauche einen Platz für die Nacht."

Sie lädt mich zu sich nach Hause ein, und sie

bestehen darauf, dass ich um diese Zeit ein Taxi nehme. Ich widerspreche nicht. Ich rufe eine Mitfahrgelegenheit an und warte einen Block weiter unten, weg von dem Chaos. Die Polizei trifft ein und weist die Leute an, zurückzutreten, aus dem Weg zu gehen und sich von der Gefahr fernzuhalten.

Die Feuerwehrleute scheinen nicht mehr so sehr zu versuchen, das Gebäude zu retten, sondern vielmehr den Wohnkomplex daneben zu schützen und zu verhindern, dass das Feuer auf ein anderes Gebäude übergreift.

Aber sie spritzen mit Wasserschläuchen, und Rauch steigt auf, bevor weitere Flammen die Nacht erhellen.

Ich kann das nicht mit ansehen und bin dankbar, als das Taxi kommt und mich weit weg vom Campus bringt.

Das Tor öffnet sich, bevor ich Zeit habe, den Cod zu betätigen, ebenso wie die Eingangstür.

Als ich ankomme, ist Kyler wach und wartet auf mich.

„Es tut mir leid, dass ich dich geweckt habe", sage ich.

Er wirft einen Blick auf meine nackten Füße und runzelt die Stirn, als er am Eingang zur Haustür steht.

„Ich hatte keine Zeit, mir Schuhe anzuziehen."

„Ich kann das nicht glauben", sagt Kyler. „Komm, ich zeige dir das Gästezimmer. Morgen kann Em mit dir einkaufen gehen und dir ein paar neue Kleider und Schuhe besorgen."

Ich presse meine Lippen zusammen und nicke. Ich will keine neuen Kleider. Ich mag meine Sachen, aber selbst, wenn sie das Feuer überlebt haben, werden sie nicht sofort zugänglich sein. Auch wenn ich meinen Schlafanzug zum Unterricht trage, kann ich nicht barfuß auftauchen.

„Danke", sage ich. Ich folge Kyler die Treppe hinauf und versuche, so leise wie möglich zu sein.

Die Schlafzimmertür auf der linken Seite schwingt auf, und Emerson tritt heraus und zieht mich in eine Umarmung. „Ich bin froh, dass es dir gut geht."

„Danke." Ich erzwinge ein Lächeln. Mir geht es gut, aber ich fühle es nicht.

Sie führen mich in das Gästezimmer am Ende des Flurs, ich schließe die Tür und lasse mich auf das Bett fallen.

ZWÖLF

JASPER

MEIN MOBILTELEFON IST HEUTE MORGEN UNERTRÄGLICH LAUT. Ich grummele und greife nach dem Telefon. „Was?", sage ich und erkenne die Anrufer-ID.

„Oh gut, du bist wach", sagt Noah.

„Konnte das nicht bis zum Training warten?", murmle ich. Was auch immer er will, die Antwort wird nein sein. Kein Gefallen. Keine Kaffeefahrten. Einfach nur ein Nein.

Ich bin heute Morgen besonders mürrisch, nachdem was auch immer zwischen Amber und mir vorgefallen ist.

„Deine Freundin, sie geht auf die *NYU*."

Das ist eine Aussage, keine Frage. „Ich habe keine Freundin. Worauf willst du hinaus, Noah?" Ich reibe mir den Schlaf aus den Augen und setze mich im Bett auf.

„Amber, die Tussi, der du hinterher schmachtest, hast du es in den Nachrichten gesehen? Einer der Wohnkomplexe in der Nähe des Campus ist bis auf die Grundmauern niedergebrannt."

Das weckt meinen Hintern sofort auf. Ich springe aus dem Bett und schalte den Fernseher ein.

„Welcher Kanal?"

„Alle von ihnen", sagt Noah. „Sie haben bereits drei Leichen geborgen."

Mir dreht sich der Magen um, und ich finde einen der Lokalsender, auf dem im Hintergrund noch Rauchreste zu sehen sind, und ein Wohnkomplex ist ein Haufen Schutt und Asche.

„Haben sie die Adresse gesagt?", frage ich.

Gerade als ich Noah frage, erscheint es am unteren Rand des Bildschirms.

„Das ist Ambers Gebäude." Ich ziehe mir eine Jeans und ein T-Shirt an und gehe zur Tür hinaus. Ich lege bei Noah auf, weil ich Amber anrufen muss.

Sie antwortet nicht.

Ich schaue auf meine Uhr. Es ist neun Uhr. Könnte sie heute Morgen zum Unterricht sein? Vielleicht ist sie bei Charlotte?

Ich weiß allerdings nicht, wo ihre Freundin wohnt.

Ich versuche, sie erneut anzurufen.

Keine Antwort.

Ich schicke ihr eine SMS.

Bist du noch am Leben? Du gehst nicht ans Telefon, und gestern Abend hat es in deinem Haus gebrannt? Rufe mich an.

Wenn sie nicht am Leben ist, kann sie natürlich nicht auf meine SMS antworten. Aber in meiner Panik schickte ich die ersten Gedanken, die mir durch den Kopf schießen.

Ich nehme ein Taxi und fahre direkt zu ihrer Wohnung. Ich bin mir nicht sicher, was ich zu finden erwarte, aber ich brauche Antworten. Vielleicht können sie mir sagen, wer bei dem Brand ums Leben gekommen ist, denn die Nachrichten weigern sich, diese Information herauszugeben, bevor nicht die nächsten Angehörigen benachrichtigt wurden.

Mir wird übel, wenn ich nur an die nächsten Angehörigen denke. Ist das Emerson? Würde sie es zuerst erfahren oder jemand anderes? Ich habe nie viel über Emersons Eltern gehört, und Amber hat nie ihre Mutter oder ihren Vater erwähnt.

Ich weiß kaum etwas über Amber, und das tut noch mehr weh.

Einen Block von ihrer Wohnung entfernt sind Barrikaden errichtet worden, und der Taxifahrer setzt mich so nah wie möglich ab. Ich gebe ihm Bargeld, einschließlich Trinkgeld, und eile den Rest des Weges zu Fuß.

In der Mitte der Straße steht ein Wohnwagen, an dessen Seite eine Tafel mit den Wohnungsnummern der erfassten Personen angebracht ist.

Ich kenne die Wohnungsnummer von Amber nicht. Ich war nie in ihrer Wohnung. Ich mache ein paar Fotos und versuche, mir einen Reim auf die Informationen zu machen.

„Kann ich Ihnen helfen?", fragt eine Frau und schaut zu mir herüber.

„Meine Freundin ..." Ich halte inne. Das ist nicht ganz das richtige Wort. Obwohl sie ein Mädchen und eine Freundin ist. „... sie wohnt hier."

„Wie ist ihr Name?"

„Amber Ryan", sage ich und atme tief ein und aus.

„Wohnungsnummer?", fragt sie.

Ich schüttele den Kopf. „Wir haben uns gerade erst kennengelernt ..."

Sie lächelt nicht, ihr Gesichtsausdruck ist düster,

und sie greift in den Anhänger und holt ein Klemmbrett heraus. „Ihr Name ist Amber Ryan?", wiederholt die Frau.

Ich nicke. „Das ist richtig."

„Sie ist nicht auffindbar", sagt die Frau.

„Was soll das heißen?" Ich schüttele bestürzt den Kopf. „In den Nachrichten haben sie gesagt, dass mindestens drei Leichen aus dem Feuer gezogen wurden." Ich will mir nicht vorstellen, dass sie eine dieser Leichen sein könnte.

„Es gab eine ganze Reihe von Bewohnern, die dem Feuer entkommen konnten und bei Freunden in der Nähe des Campus unterkamen oder von ihren Familien abgeholt wurden. Wir haben versucht, alle Bewohner dazu zu bringen, uns ihre Daten mitzuteilen, aber einige haben das Haus verlassen, bevor wir auftauchten.

„Sie ist entkommen", wiederhole ich. Ich muss es glauben. Amber ist eine Kämpferin.

„Wir wissen es nicht. Wir haben sechsundzwanzig unauffindbare Bewohner. Es ist auch möglich, dass einige gestern Abend nicht in ihrer Wohnung waren", sagt die Frau.

Amber war hier. Ich habe sie nach Hause geschickt, und wenn ihr etwas zugestoßen ist, werde ich mir das nie verzeihen.

Die Überreste sind mit Absperrband abgesperrt, als wäre es ein Tatort, und ich stolpere zurück zur U-Bahn. Ich mache mir nicht die Mühe, ein Taxi zu rufen. Ich brauche die kalte Luft auf meinem Gesicht, um mich zu betäuben.

Ich versuche es erneut bei Amber. Keine Antwort. Ich bin mir nicht sicher, ob sie mich ignoriert oder ob ihr etwas zugestoßen ist. Aber ich würde gern glauben, dass sie mich nicht ignoriert, da ihre Wohnung abgebrannt ist. Sie muss wissen, dass ich mir Sorgen um sie mache.

Ich habe die Nummer von Charlotte nicht. Es gibt keine Möglichkeit, sie zu erreichen. Ich weiß nicht, welche Kurse Amber belegt, also kann ich mich nicht an ihr Klassenzimmers anschleichen. Die *NYU* hat einen großen Campus, was es für mich nicht einfacher macht, sie zu finden.

Ich gehe hinunter zur U-Bahn, nehme den Zug und lasse meine Gedanken schweifen. Wenn sie im Unterricht ist, würde sie nicht auf meine SMS oder Anrufe antworten. Vielleicht sieht sie sie auch nicht.

Es ist schon über eine Stunde her, dass ich sie heute Morgen angerufen habe.

Ich halte das Warten nicht aus. Sich Sorgen machen, es ist zu schmerzhaft.

Ich steige am Bahnhof um und folge der Karte,

wobei ich erneut umsteigen muss, um zum Haus meines Bruders zu gelangen. Es wäre einfacher gewesen, ein Taxi zu Kylers Wohnung zu nehmen. Ich bin mir nicht sicher, ob er überhaupt zu Hause ist, aber ich brauche jemanden zum Reden, und vielleicht hat Emerson etwas gehört, oder ich werde sie zu Tode ängstigen.

Ich sehe keine andere Möglichkeit.

Es dauert eine Weile, bis ich zu Kylers Haus komme, vor allem weil die Züge nicht pünktlich fahren. Aber als ich endlich bei ihm ankomme, ist der Himmel bewölkt und grau geworden. Es fühlt sich an wie Regen, und das scheint zu meiner Stimmung zu passen.

Mir wird durch das Haupttor Einlass gewährt. Ich habe den Zugangscode und gehe die Auffahrt hinauf zu der Eingangstür.

Was soll ich nur sagen?

Was, wenn Emerson es nicht weiß?

Ich klopfe an die Haustür, obwohl ich einen Schlüssel habe, fühle ich mich nicht wohl dabei, einfach uneingeladen einzutreten.

Kyler öffnet die Tür, blickt zu mir herüber und runzelt die Stirn. Er sieht so müde aus, wie ich mich fühle.

„Hast du von dem Brand an der *NYU* gehört?",

frage ich, unsicher, wie ich das Thema bei Kyler ansprechen soll. Die Geschichte damit zu beginnen, dass deine neue Schwägerin – oder besser gesagt Schwägerin in spe – tot sein könnte, ist ein bisschen drastisch.

Kyler seufzt und nickt. „Ja, wir haben es gehört. Amber schläft noch oben." Er deutet auf die Treppe.

„Sie ist hier?" Die Luft scheint mir aus den Lungen zu strömen, und mir ist kurzzeitig sogar schwindelig.

„Sie rief heute Morgen ihre Schwester an, als diese nicht antwortete, rief sie mich an, um uns zu sagen, was passiert ist. Sie hat sich ein Taxi genommen und bei uns übernachtet. Wenn sie aufwacht, gehen sie und Em Kleider und Schuhe einkaufen." Er schaut auf seine Uhr und zuckt mit den Schultern. „Ich nehme an, sie ist bald wach."

„Ich bin erleichtert", sage ich und versuche, meinen Kopf wieder aufzurichten, denn Kyler sieht mich seltsam an.

„Ja, das sind wir alle. Hast du noch das freie Zimmer?", fragt mein Bruder.

Ich nicke. Es ist ein Haufen Müll drin, aber das Schlafzimmer selbst ist nicht einfach verschwunden. „Ja, warum?"

„Em und ich sind verlobt. Wir leben in dieser

perfekten kleinen Familie, und ich mache mir Sorgen, dass ihre Schwester bei uns einziehen könnte ..."

„Könnte deine Seifenblase platzen?" Ich lache und verschränke die Arme vor der Brust. Ich weiß, worauf er hinauswill. Er hat gerade erst die Beziehung zwischen sich und Emerson aufgebaut. Eine weitere Person in die Wohnsituation einzubringen, könnte die Dynamik sicherlich beeinträchtigen.

„Amber ist großartig. Ich habe mir überlegt, dass du von einer Mitbewohnerin gesprochen hast, und da du zwischen den Spielen und dem Training kaum in deiner Wohnung bist, könntest du in Erwägung ziehen, sie einzuladen, bei dir einzuziehen."

„Das geht nicht", sage ich. „Außerdem, gibt es keine andere Unterkunft auf dem Campus, die sie mieten kann?"

Kyler zuckt mit den Schultern. „Ich weiß nicht. Ich hole mir einen Kaffee. Willst du auch einen?", fragt er und geht in Richtung Küche.

„Nein, danke. Ich brauche nur eine Minute", sage ich und gehe leise die Treppe hinauf. Wenn Amber noch schläft, dann hat sie die verzweifelten SMS und die Anrufe, die ich ihr geschickt habe, nicht gesehen. Und sie braucht sie auch nicht zu sehen.

Ich kenne das Haus meines Bruders recht gut, weiß, welches sein Zimmer ist, welches das seiner Tochter, und sogar, wo das Kindermädchen gelegentlich schläft. Am Ende des Flurs gibt es noch einige Gästezimmer, und ich wage einen Versuch und stoße die Tür leise auf.

Das Licht ist aus, die Vorhänge sind zugezogen, und Amber liegt leise schnarchend auf dem Bett, den Kopf auf dem Kissen, die Haare neben sich aufgefächert.

Ich versuche, sie nicht anzustarren, aber es ist schwer, ihr nicht beim Schlafen zuzusehen. Sie ist wunderschön.

Ich sehe mich in dem abgedunkelten Zimmer um und entdecke ihr Telefon neben dem Bett. Natürlich hat sie es neben das Bett gelegt. Ich bin so leise wie möglich, gehe auf Zehenspitzen zu ihr und greife nach ihrem Telefon.

Sie murmelt im Schlaf und rollt sich vom Rücken auf die Seite, mir zugewandt.

Ich warte, um sicherzugehen, dass sie ihre Augen nicht öffnet, und warte ein paar Sekunden, bevor ich ihr Telefon ausstecke und auf den Bildschirm schaue. Es ist gesperrt.

Ich drehe es auf ihr Gesicht und versuche, die Gesichtserkennung zu nutzen, als es aufleuchtet, als würde die Sonne auf ihr Gesicht scheinen.

Sie öffnet die Augen, und ich lege auf, ohne auch nur einen Blick darauf zu werfen, ob er funktioniert.

„Jasper?" Sie runzelt die Stirn und reibt sich den Schlaf aus den Augen. Sie zieht die Decke fester um sich. „Was machst du in meinem Schlafzimmer?"

DREIZEHN
AMBER

ICH HATTE DAS KNARREN GEHÖRT, das Ächzen der Dielen, aber ich war sicher, dass es nicht in meinem Zimmer war. Verdammt, ich bin nicht in meinem eigenen Zimmer.

Die Erinnerungen an die letzte Nacht kommen wieder hoch, und ich will nicht aufwachen. Ich will schlafen, in eine andere Welt voller süßer Träume und Fantasien eintauchen, die warm und beruhigend sind. Nicht die kalte, harte Realität, dass meine Wohnung letzte Nacht Feuer gefangen hat und ich im Haus des Verlobten meiner Schwester übernachte.

Aber als ich die Augen öffne, weil ich schwöre, dass jemand die Vorhänge geöffnet hat, sehe ich mich Jasper gegenüber.

Eigentlich schwebt er über meinem Bett, und ich liege mit dem Kopf auf dem weichsten Kissen, das man sich vorstellen kann, aber er starrt mich unverblümt an.

„Jasper, was machst du in meinem Schlafzimmer?" Ich will ihm keine Gratisvorstellung geben, also ziehe ich die Decke höher. Obwohl ich ein T-Shirt trage, habe ich meine Pyjamahose nicht mehr an. Mir war heiß unter der Decke, und irgendwann in den frühen Morgenstunden habe ich sie ausgezogen und auf den Boden geworfen.

„Wie wäre es, wenn wir beim Frühstück reden? Zieh dich an, ich lade dich ein."

Ich stoße einen Seufzer aus. „Na schön. Raus", sage ich und zeige auf die Tür.

Er eilt aus meinem Schlafzimmer und schließt die Tür. Ich warte eine Minute, um sicherzugehen, dass er nicht zurückkommt, bevor ich aus dem Bett klettere. Ich schnappe mir meine Pyjamahose aus Flanell vom Boden und ziehe sie wieder an.

Ich nehme an, ich bin angezogen. Es ist nicht so, dass ich andere Kleidung hätte. Ich habe nicht für eine Reise gepackt. Das ist kein Urlaub.

Ich greife nach meinem Telefon auf dem Nachttisch und stelle fest, dass es weg ist.

„Jasper!", knurre ich und stoße die

Schlafzimmertür auf. Er steht im Flur und starrt auf mein Handy. „Was zum Teufel machst du da?"

„Nichts", sagt er. Er drückt mir das Telefon in die Hand und eilt die Treppe hinunter.

Was zum Teufel ist in ihn gefahren? Ich werfe einen Blick auf mein Telefon. Nichts Seltsames oder Verdächtiges, aber es ist entsperrt.

Hat er mein Gesicht benutzt, während ich schlief, um mein Telefon zu entsperren? Könnte er gesehen haben, wie ich in der Bar meinen Pass Code eingegeben habe?

Ich gehe barfuß hinter ihm die Treppe hinunter und folge ihm in die Küche.

„Ich werde Amber zum Frühstück ausführen. Was dagegen, wenn ich mir dein Auto leihe?", fragt Jasper seinen Bruder.

„Klar, und besorg ihr ein paar Kleider und Schuhe, wenn du unterwegs bist. Em hat erwähnt, dass ihre Schuhe ihrer Schwester nicht passen werden und meine zu groß sind."

Es ist, als stünde ich gar nicht in der Küche, während die beiden über mich reden.

„Erst einkaufen, dann frühstücken. Verstanden", sagt Jasper.

„Erst das Frühstück", sage ich und verschränke die Arme vor der Brust. „Ich bin ausgehungert."

„Diskutiere nie mit einer Frau", sagt Kyler.

Jasper führt mich in die Garage und holt die Schlüssel für den Porsche. Ich klettere in meinem bequemen Pyjama auf den Vordersitz. Obwohl es ein wenig kühl ist, als er die Garage öffnet und ein kalter Windstoß reinweht. Ich schließe die Tür und schnalle meinen Sicherheitsgurt an.

„Ich kenne ein nettes kleines Diner am anderen Ende der Stadt, wenn dir das recht ist", sagt Jasper.

„Hast du Geld zum Einkaufen?", frage ich und schaue ihn an.

„Die ist meinem Bruder", sagt er und zeigt mir Kylers Kreditkarte.

„Hast du die wirklich von Kyler gestohlen?" Mir fällt die Kinnlade herunter und ich schaue zurück zum Garagentor des Hauses und warte darauf, dass es sich öffnet und er seinen jüngeren Bruder anbrüllt, weil er ihn bestohlen hat.

„Nein, er hat sie mir für Notfälle gegeben, und da du nur die Kleider auf deinem Rücken hast und keine Schuhe, würde ich das als Notfall betrachten."

„Ich will keine Almosen, Jasper. Und es ist das Geld deines Bruders."

„Emerson wollte heute mit dir einkaufen gehen …"

„Ja, und ich hatte vor, für alles zu bezahlen, was ich kaufe."

Jasper nickt und fährt aus der Einfahrt. „Okay, dann hast du eine Mieterversicherung und willst die Quittungen zur Erstattung einreichen", vermutet er.

Ich schüttle den Kopf. „Niemand hat etwas von einer Versicherung für die Wohnung gesagt."

Jasper bleibt ruhig, als er vor dem Tor vorfährt, den Code eingibt und es sich für ihn öffnet.

Wir fahren schweigend, bis er schließlich vor einem Kaffee anhält. Er hat Glück, denn gerade ist jemand weggefahren, und vor dem Restaurant ist ein Platz frei. Das Lokal sieht von außen gut aus, und mein Magen knurrt.

„Warte hier", sagt er, und ich starre ihn an, als wären ihm zwei Köpfe gewachsen.

„Ähm, warum?"

Er stellt den Motor ab, steigt aus dem Auto aus, eilt zu meiner Tür und öffnet sie.

„Okay, du kannst dich abschnallen", sagt Jasper lachend. Mit seinem jungenhaften Grinsen, das sein Gesicht ziert, sieht er fast nervös aus.

Ich öffne die Schnalle, und bevor ich meine Füße auf den Boden setzen kann, hebt er mich in seine Arme. „Was machst du da?" Ich quieke vor Lachen.

„Du hast keine Schuhe an, und ich will nicht

riskieren, dass du dir auf dem Bürgersteig Tetanus oder Hepatitis oder so etwas einfängst."

Ich schlinge meine Arme um seinen Hals, als er mich in das Lokal trägt und uns einen Tisch sucht. Er setzt mich sanft an den Rand, und ich drehe mich zum Tisch hin.

„Ich glaube nicht, dass man von nackten Füßen Tetanus oder Hepatitis bekommen kann", sage ich und lächle.

„Na ja, du könntest dir Erfrierungen holen."

„Klar, wenn es zwanzig Grad kälter wäre. Nicht, dass ich mich beschweren würde. Ich habe mich noch nie von einem Mann herumtragen lassen."

Jasper setzt sich mir gegenüber an den Tisch, während die Kellnerin uns beiden die Speisekarte bringt.

„Ich nehme einen Kaffee mit extra Sahne und Zucker."

„Kaffee, schwarz." Jasper lächelt die Kellnerin an, die so alt ist, dass sie unsere Großmutter sein könnte. Aber die Frau notiert sich alles und macht sich auf den Weg zurück hinter den Tresen. „Lass mich raten, du bevorzugst es, wenn dein Kaffee nicht nach echtem Kaffee schmeckt."

Er macht sich einen Spaß daraus, und ich habe

nichts dagegen. Ich bin froh über die Ablenkung, besonders nach letzter Nacht und heute Morgen.

Ich beiße mir auf die Unterlippe, erinnere mich an das Gefühl, auf seinem Schoß zu sitzen, und öffne die Speisekarte, um mich abzulenken.

„Was ist hier gut?", frage ich, und der Raum fühlt sich warm an, ein wenig stickig sogar. Ich hatte es vorhin nicht bemerkt, aber ich wurde von dem heißesten NHL-Spieler der Liga hereingetragen.

„Alles", sagt Jasper. „Aber mein Favorit sind die knusprigen Waffeln mit Kirschen, Schokoladensplittern, Mandelsplittern und Schlagsahne."

Ich schüttle den Kopf und lächle, als ich zu ihm aufschaue. Wenn ich so essen würde wie er, wäre ich doppelt so schwer wie er, aber er treibt auch viel Sport und spielt Hockey, was eine Menge Kalorien verbrennen muss.

Mein Blick wandert an seinem Oberkörper hinunter und ich stelle mir vor, wie es sich anfühlen würde, meine Finger, und meine Handflächen auf seiner warmen Haut zu spüren.

„Du starrst", sagt Jasper.

Ich blinzle schnell und schaue wieder in seine Augen.

Er grinst, lehnt sich zurück und streckt sich,

wobei das Lächeln nie sein Gesicht verlässt. Seine Augen leuchten, das Braun der Augen sieht im grellen Licht des Restaurants eher wie zartschmelzende Schokolade aus, aber irgendwie sieht er immer gut aus.

„Was steht heute auf dem Programm, ich meine, außer mit dir einkaufen zu gehen?"

„Du musst nicht mit mir gehen", sage ich. Ich kann mir nicht vorstellen, dass er mit mir einkaufen gehen will. Er tut es nur, weil, nun ja, ich bin mir nicht einmal sicher, warum er zugestimmt hat. Emerson sollte mich eigentlich begleiten, aber sie hatte wohl zu tun. Ich brauche keine Anstandsdame.

Die Kellnerin bringt uns zwei Tassen Kaffee und eine kleine Schale mit Kaffeesahne und verschiedenen Sorten Zucker und Zuckeraustauschstoffen.

„Einkaufen?" Jasper lacht. „Dafür lebe ich."

Ich verdrehe die Augen, schnappe mir ein Päckchen Zucker und werfe es ihm zu. „Lügner."

Jasper lehnt sich nach vorne, als das Zuckerpäckchen auf seine Brust trifft und auf den Tisch fällt. Er greift nach einem Milchkännchen und hält es in seiner rechten Hand.

„Ich dachte, du trinkst deinen schwarz."

„Oh ja", sagt er lächelnd und drückt vorsichtig

auf die Seiten des Plastikbehälters mit der Kaffeesahne. Der Deckel drückt nach vorne, springt aber nicht ganz ab.

„Ich schwöre, Jasper, wenn du mich damit besprühst ...", warne ich ihn. Der Behälter ist direkt auf mich gerichtet.

„Du wirst was?", fragt er mit einem verschmitzten Grinsen. „Was wirst du tun?"

„Ich werde beim nächsten Spiel, das ich besuche, das Trikot deines Rivalen tragen", drohe ich.

Er drückt ein bisschen zu fest, und die Kaffeesahne explodiert über den Tisch und trifft mich im Gesicht. Er lacht, aber es wirkt deplatziert. Vielleicht ist es ihm peinlich oder er ist nervös? Ich habe Jasper noch nie so erlebt.

Seine Augen sind groß und er blickt sich um. Ist er besorgt, dass ihn jemand gesehen hat?

Die Kellnerin kommt an den Tisch. „Das war süß", sagt sie und legt ein halbes Dutzend zusätzlicher Servietten neben mich.

Ich tupfe die Kaffeesahne ab und wische die Sauerei auf, die er angerichtet hat.

„Danke", sage ich zur Kellnerin, und sie nickt mir zu.

„Sind Sie bereit, Ihre Bestellung aufzugeben?"

„Wir brauchen noch ein paar Minuten", sagt Jasper, und sein Gesicht färbt sich in fünfzehn verschiedenen Schattierungen rot.

Oh verdammt, das ist ihm peinlich. Es ist eigentlich niedlich, bis auf den Teil, wo er mich mit Sahne bespritzt hat.

„Es gefällt dir wirklich, wenn ich das Trikot der *Island Bruisers* zum Spiel trage", sage ich und starre ihn an.

Sein Blick verschärft sich. „Du hast es schon zweimal getan. Ich denke, du kannst das Trikot der gegnerischen Mannschaft zu Hause lassen." Er zuckt zusammen, als er seine eigenen Worte hört. Zu Hause. Wie der Ort, der gestern Abend abgebrannt ist. „Scheiße, das tut mir leid." Jasper blickt zu mir auf und greift nach meiner Hand auf dem Tisch.

„Das ist in Ordnung", sage ich. „Nur eine Sache mehr, die ich ersetzen muss?" Ich zwinge mich zu einem Lächeln, und er starrt mich an.

„Du kaufst nicht noch ein *Island Bruisers*-Trikot. Willst du mir damit sagen, dass du in sie verliebt bist?"

Sie nicht.

Ich zucke zusammen, und er zieht die Stirn in Falten. „Ich schwöre, wenn du mit Knox Storm oder Charlie Hayes zusammen bist", knurrt er.

„Das ist süß. Du wirst eifersüchtig", sage ich und rümpfe lächelnd die Nase, um ihn zu ärgern. „Vor allem, wenn du weißt, dass ich bei einem Profi-Hockeyspieler nicht den Hauch einer Chance habe."

Jasper räuspert sich und wirft einen Blick auf die Speisekarte.

Er leugnet es nicht einmal.

„Bist du bereit zu bestellen?", fragt er.

Was ich will, steht nicht auf der Speisekarte. *Er*.

VIERZEHN

JASPER

NACH DEM FRÜHSTÜCK HALTEN WIR AN, um ihr Schuhe zu kaufen, weil sie darauf besteht, dass ich sie nicht in jedes Geschäft tragen kann. Da irrt sie sich. Ich könnte sie ganz einfach herumtragen. Es gab ein paar Leute, die stehen geblieben sind und sie angestarrt haben. Ich habe jeden von ihnen ignoriert.

Ein paar haben Fotos geschossen, aber ich bin sicher, das liegt daran, dass sie es nicht gewohnt sind, dass ein Mann ein hübsches Mädchen in ihrem Schlafanzug herumträgt.

Ich habe kein Trikot an. Es ist unwahrscheinlich, dass ich erkannt werde.

Kyler sagt mir, dass ich mein Image und die Tatsache, dass ich jedes Mal, wenn ich aus meiner

Wohnung trete, von jemandem erkannt werden könnte, verleugne.

Ich bin nicht wie mein älterer Bruder, der ständig von den Medien und Autogrammwünschen bombardiert wird, wenn er ausgeht. Beim Spiel, wenn ich in meinem Trikot zu erkennen bin, wollen die Fans natürlich ein Autogramm, aber das wollen sie auch von jedem anderen Spieler der Mannschaft.

Wir schlendern durch zwei Läden, und ihr erster Einkauf sind ein Paar modische Stiefel und ein Paar schwarz-rosa gepunktete Socken, die sie zu ihrem Schlafanzug tragen kann. Das Mädchen lässt alles heiß aussehen.

Sie hat mir nicht erlaubt, die Kreditkarte meines Bruders zu benutzen, außer für das Frühstück, wo sie darauf bestand, dass ich bezahlen sollte, weil ich sie mit Sahne bespritzt hatte.

Ja, das ist nicht die einzige Creme, die ich gerne auf ihrem Gesicht sehen würde.

Ich verdränge meine Gefühle und den wachsenden Ständer, indem ich an etwas anderes denke.

Das funktioniert nicht wirklich.

Um ehrlich zu sein, je mehr ich sie wegstoße, desto mehr will ich sie. Es ist wahrscheinlich die ganze verbotene Romantik Stimmung, und sobald wir es knallen, lassen, werden wir beide darüber hinweg sein.

Die nächste Begegnung wird auf Kylers und Emersons Hochzeit sein.

Meine einzige Möglichkeit ist, Noahs Rat zu befolgen und sie in die Freundschaftszone zu stecken. Ich habe gute Arbeit geleistet, um sicherzustellen, dass wir platonisch bleiben, aber jedes Mal, wenn sie mir diese Rehaugen oder dieses explosive Lächeln schenkt, möchte ich sie ficken und ihr zeigen, wie es ist, von einem Mann angebetet zu werden.

„Bist du bald fertig da drin?", frage ich. Sie ist zum x-ten Mal in der Umkleidekabine und probiert ein Kleid an, was mich überrascht, denn ich sehe sie immer nur in Jeans, Leggings und einem Pullover.

„Lache nicht, okay? Ich brauche deine Meinung." Sie öffnet langsam die Umkleidekabine und tritt hinaus.

Mein Schwanz zuckt in dem Moment, in dem sie aus der Umkleidekabine tritt. Das Kleid ist dunkelblau, und der Ausschnitt fällt unglaublich tief, während er ihre Titten zusammenpresst und einen großzügigen Blick auf ihr Dekolleté freigibt.

Das Kleid steht ihr gut. Es stellt alle anderen Kleider in den Schatten. Aber wenn sie es für einen anderen Kerl trägt, dreht sich mir der Magen um. Ich will nicht, dass sie in *diesem* Kleid mit Charlotte ausgeht, so tut, als wäre sie einundzwanzig, trinkt, feiert, Spaß hat und von mehreren Typen angemacht wird.

„Das ist nuttig", sage ich. Ich bereue jedes Wort, das aus meinem Mund kommt, denn sie sieht heiß wie die Sünde aus, und noch mehr, weil ich das Wort hasse. Ich räuspere mich. „Du wirst einen falschen Eindruck erwecken, es sei denn, du versuchst, jedem Kerl an der Bar zu sagen, dass du DTF bist."

„DTF?", wiederholt sie.

„Offen für Sex", sage ich.

Ihre Augen weiten sich, sie bedeckt ihre Titten und eilt zurück in die Umkleidekabine.

Ich bin das größte Arschloch auf diesem Planeten. Ich kann Amber Ryan nicht haben, aber ich will auch nicht, dass jemand anderes sie hat.

Ohne ein weiteres Wort zu sagen, lässt sie das Kleid auf dem Ständer neben der Umkleidekabine liegen und schnappt sich ein paar Jeans, Leggings und Pullover. Wortlos schlendert sie zur Kasse.

„Musst du etwas davon anprobieren?", frage ich.

„Nein." Ihre Antwort ist kalt, kalkuliert und entschlossen.

Ich ziehe die Kreditkarte meines Bruders, seine schwarze Amex, als die Kassiererin beginnt, alle Artikel einzuscannen.

„Steck das weg", sagt Amber. „Ich kann für meine Kleidung selbst bezahlen." Sie stößt mich zur Seite und benutzt ihre Kreditkarte am Kassenterminal.

Ich mache den Mund auf, um zu widersprechen, aber die Kassiererin starrt uns an, und ich schwöre, dass sie mir als Nächstes den Kopf abreißen wird, wenn ich mich einmische. Als sie fertig ist, bittet sie die Verkäuferin, die Etiketten abzuschneiden und ihr die Umkleidekabine zum Umziehen zur Verfügung zu stellen.

Amber nimmt ihre Taschen mit in die Umkleidekabine, und ich schnappe mir das Kleid, das auf dem Ständer liegt und von dem ich ihr so wortgewandt gesagt habe, dass es so aussieht, als würde sie sich gerne flachlegen lassen. Ich bin ein Ungeheuer.

Ich bringe es zur Kasse, während sie sich umzieht.

„Sind Sie sicher?", fragt die Verkäuferin. „Sie schienen ziemlich wild darauf zu sein, dass Ihre Freundin es nicht trägt."

„Sie ist nicht meine Freundin", sage ich und gebe

ihr mit einer Geste zu verstehen, dass sie den Kauf abrechnen soll.

Sie schlendert aus der Umkleidekabine, ihren Pyjama vermutlich in eine ihrer Einkaufstaschen gesteckt. Stattdessen trägt sie schwarze Leggings und einen übergroßen kastanienbraunen Pullover, der ihr über den Hintern fällt – einen Hintern, den sie nicht verstecken sollte. Ich bete im Stillen, dass sie mich nicht immer noch für meine frühere Bemerkung hasst.

„Wohin?", frage ich.

Sie blickt auf meine Hände, die eine der Kaufhaustaschen halten. „Habe ich etwas an der Kasse vergessen?", fragt sie.

„Nein, ich habe nur ein bisschen für mich eingekauft."

Sie lächelt und ihre Augen leuchten auf. „Was hast du gekauft?" Sie schaut auf meine Tasche, aber oben ist Seidenpapier drauf, das die Überraschung darin verbirgt.

„Ich sage es dir unter einer Bedingung – nein, vergiss es."

„Was?" Ihr Mund verzieht sich. „Du kannst mich nicht einfach so hängen lassen, Jasp. Gib es mir."

Oh, ich würde es ihr schon gerne geben, aber nicht so, wie sie denkt. Ich beiße mir auf die Zunge und halte die Einkaufstasche außerhalb ihrer Reichweite, als sie versucht, sie mir aus den Händen zu reißen.

„Ich habe dir dieses alberne Kleid an mir gezeigt. Was hast du gekauft, das so peinlich ist? War es Unterwäsche?" Amber lacht, und es ist natürlich und echt. Es gibt nichts Falsches an ihr, niemals. Das liebe ich an ihr, dass sie so unbeschwert sein kann, selbst nach dem, was heute Morgen passiert ist.

„Es ist keine Unterwäsche oder Dessous", sage ich.

Ihre Augen leuchten auf. „Oh, das wäre gut gewesen! Ich hätte nicht gedacht, dass du Frauenunterwäsche tragen würdest." Sie stupst mich an und geht auf die Tür zu. Sie öffnet sie, bevor ich dort ankomme, und gibt mir mit einer Geste zu verstehen, dass ich zuerst rausgehen soll.

Ich widerspreche ihr nicht, obwohl ich einer Dame gerne die Tür aufhalte. Das ist zumindest eine kleine Form der Ritterlichkeit, die nicht tot sein sollte.

„Fürs Protokoll: Ich trage keine Damenunterwäsche", sage ich und lehne mich näher heran, damit niemand unser Gespräch mitbekommt, denn ohne den Kontext ist es viel zu peinlich.

„Das weiß ich erst, wenn du es mir zeigst", sagt Amber mit ernstem Gesicht und blickt zu mir auf. „Zeig mir, was in der Tasche ist, oder zeig mir dein Höschen." Das Lächeln auf ihren Lippen reicht von einem Ohr bis zum anderen Ohr.

„Netter Versuch", schimpfe ich. „Wird nicht passieren. Dieses kostbare Geschenk gehört mir."

„Warte. Also ist es ein Geschenk?" Amber entgeht nichts. „Ist es für deinen Bruder? Für meine Schwester? Für mich?" Das letzte Wort kommt ein bisschen piepsig heraus, als ob sie es nur so daherredet und nicht glaubt, dass es für sie sein könnte.

„Ich bin nicht befugt, darüber zu sprechen."

Ich laufe weiter, zurück zum Porsche, und sie ist direkt neben mir und beeilt sich, mit mir Schritt zu halten. Ich werde langsamer, als ich merke, dass ich fast einen Meter größer bin als sie, und sie muss joggen, um mit mir Schritt zu halten.

„Das ist eine interessante Wortwahl", sagt Amber. Ich kann nicht sagen, ob sie mehr redet, wenn sie nervös ist, oder ob sie wirklich wissen will, was ich in der Tasche habe. „Ist es für ein Mädchen?"

„Was ist das, zwanzig Fragen?"

„Ja!", sagt sie und schnippt mit den Fingern.

„Lass mich in zwanzig Fragen raten, und wenn ich richtig liege, darf ich sehen, was es ist. Wenn ich falschliege, dann lasse ich es in Ruhe."

Ja, das bezweifle ich.

„Gut", murre ich. Ich hoffe, das ist es wert. „Ja."

„Ja, auf die zwanzig Fragen, oder ja, es ist für ein Mädchen", scherzt sie. Wir nähern uns dem Auto, und ich drücke den Entriegelungsknopf am Schlüsselanhänger.

Ich klappe den Kofferraum auf und lege meine Tasche dorthin, wo sie sie nicht erreichen kann.

„Das ist eine andere Frage", warne ich sie. „Ja, zu dem Mädchen."

Ihre Augen weiten sich, und sie schürzt die Lippen. Amber wirft ihre Taschen in den Kofferraum neben meine und steigt eilig ins Auto. Die Luft ist kühl geworden und die Sonne versteckt sich hinter den Wolken. Ich habe keinen Mantel mitgenommen, aber sie war so vorausschauend, zumindest warme Kleidung zu kaufen, während sie im Laden war.

„Mädchen. Okay, nächste Frage. Bist du mit jemandem zusammen?"

Es ist nicht das erste Mal, dass sie mir diese Frage stellt, aber vielleicht denkt sie, dass sich das in den letzten paar Tagen geändert hat. „Nein." Das ist die einzige Antwort, die sie bekommt, ja oder nein.

„Okay. Ist das Geschenk für die Familie?"

Ich zucke zusammen, als ich versuche, mir vorzustellen, was genau Amber für mich ist. Wir sind noch keine Familie. „Nein", sage ich.

„Du hast eine Weile gebraucht, um zu antworten. Nicht Familie, aber du warst dir nicht sicher. Oh, ist es für meine Schwester, Emerson? Sie wird bald zur Familie gehören, aber noch nicht ganz."

Sie ist zu scharfsinnig.

Dieses Mal antworte ich schneller: „Nein".

„Okay, nicht für die Familie. Nicht für meine Schwester. Es ist für ein Mädchen, also kann es keine deiner Teamkolleginnen sein."

„Ist das eine Frage?", frage ich, obwohl ich weiß, dass es keine ist, aber ich versuche, sie vom Kurs abzubringen.

„Ist es für jemanden, der gerne Eishockey spielt?"

Ich lache. „Ja." Ich glaube, sie mag Eishockey, sie war bei zwei Spielen, also sage ich ja. Das war eine ausweichende Frage von ihr. Sie hätte mich etwas Besseres, fragen können. Ich sollte erleichtert sein, dass sie sich selbst nicht in die Reihe der Fragen eingeschlossen hat. „Du hast noch vierzehn Fragen."

„Ist es für mich?"

Das ist die Frage, die ich nicht beantworten will. Ich werfe einen Blick in den Seitenspiegel, warte, bis der Verkehr frei ist, und gebe Gas.

„Und?" Sie wartet auf meine Antwort.

Ich werde sie nicht anlügen. Vielleicht ausweichen, aber nicht lügen. „Ja", sage ich schließlich.

„Darf ich es öffnen?"

„Nein."

„Warum nicht?" Amber jammert, und ich schwöre, sie klingt wie Bristol, wenn meine Nichte nicht ihren Willen bekommt.

„Ja oder nein".

Sie murrt leise vor sich hin. „Hast du vor, mir das Geschenk zu geben?"

Meine Hände klammern sich an das Lenkrad. „Ja."

„Wann?"

„Ja oder nein", wiederhole ich. „Und du hast zwei Fragen mit deinem Warum und Wann verschwendet."

„Die zählen nicht, weil du nicht geantwortet hast."

Wenigstens ist dieses Mal keine Frage dabei. Sie schnaubt und verschränkt die Arme vor der Brust.

Sie scheint nicht sauer zu sein, nur genervt von mir. „Gut, nächste Frage. Wirst du es mir heute geben?"

Ich schaue sie an. Wahrscheinlich nicht, aber ich muss mit Ja oder Nein antworten. „Nein."

„Morgen?", fragt sie.

„Nein."

Sie lehnt ihren Kopf auf dem Sitz zurück. „In den Ferien?", vermutet sie.

„Nein."

„Er ist für mich, aber du hast nicht vor, es mir jemals zu geben. Was ist los, Jasper?"

„Das ist wieder eine überflüssige Frage", sage ich und versuche, das Lächeln auf meinem Gesicht zu verbergen. Sie hat schon fünfzehn Fragen gestellt, und sie ist weit davon entfernt, das Geschenk zu erraten.

„Okay, also nicht an einem Feiertag. Oh, mein Geburtstag. Hast du vor, es mir zum Geburtstag zu schenken?" Ihre Augen leuchten auf, als ob sie es herausgefunden hätte.

Nur weiß ich nicht, wann ihr Geburtstag ist. Also schüttle ich den Kopf. „Nein."

„Dieses Spiel ist hart", sagt sie lachend. „Ich habe noch etwa zehn Fragen, oder?"

„Noch vier."

„Das war's? Okay, ich muss mich wirklich

zusammenreißen." Sie reibt ihre Hände aneinander, während sie über ihre nächste Frage nachdenkt. „Ist es etwas, das du jemandem in der Öffentlichkeit geben würdest?"

Ich bin verwirrt von ihrer Frage. „Ja?" Ich bin mir meiner eigenen Antwort nicht ganz sicher. Warum sollte ich es ihr nicht in der Öffentlichkeit schenken? Aber andererseits, warum sollte ich?

Sie presst ihre Lippen aufeinander. „Dann sind es keine Dessous für mich", sagt sie frech. „Und nein, Jasper, das ist keine Frage."

„Ich weiß nicht, wie groß du bist", flüstere ich, und das Auto fühlt sich ziemlich erdrückend an.

„Okay, es kann also keine Kleidung sein, weil du meine Größe nicht kennst. Aber die Einkaufstasche ist aus demselben Geschäft, in dem wir gerade Kleidung gekauft haben. Ist es eine Hülle? Hast du mir etwas in einem anderen Geschäft gekauft und den Verkäufer gebeten, es in eine ihrer Taschen zu stecken?"

„Das sind zwei Fragen. Nein, und nein. Du bist bei deiner letzten Frage", sage ich. „Mach was daraus." Ich bin froh, dass ich sie ablenke, aber ich bin mir nicht sicher, wie lange sie noch lächeln wird, während wir uns dem Campus der *NYU* nähern.

Sie merkt sich die Richtung, in die wir fahren,

weg von Kylers Haus und quer durch die Stadt zu meiner Wohnung. „Wohin fahren wir?"

Ich schmunzle und bin dankbar, dass wenigstens ihre letzte Frage nicht auf das Kleid bezogen war. Ich werde es ihr geben. Ich brauche nur die richtige Gelegenheit.

„Das sind zwanzig Fragen, und ich werde dir die letzte beantworten. Wir sind auf dem Weg zu deiner Wohnung. Wir müssen sie wissen lassen, dass du in Sicherheit bist. Nach dem Brand wurdest du vermisst, und sie versuchen, Überreste zu identifizieren."

„Oh." Sie atmet leise aus, und ihre Schultern sinken nach unten. Die Realität scheint sie zu treffen, weil sie sehr still wird.

„Es wird schon gut gehen", sage ich und greife nach ihrer Hand. „Du musst das nicht allein machen."

Wir fahren so weit wie möglich und wir gehen das letzte Stück zu ihrem Block zu Fuß. Das Gelände ist abgesperrt, sodass niemand die Straße befahren kann. Der Kommandoposten von vorhin seinen Wohnwagen immer noch vor dem ehemaligen Wohnhaus geparkt.

Ambers Hände zittern, und ich drücke eine von ihnen, bevor ich sie näher zu mir ziehe und einen

Arm um ihre Taille lege. Ich war noch nie so besorgt wie heute Morgen – verzweifelt, unfähig, sie zu erreichen.

Sie wendet sich an die zuständige Person, beantwortet einige Fragen und füllt einen Fragebogen für das örtliche Notfallteam, das Rote Kreuz und die Schule aus.

Ich lasse ihr etwas Platz, als sie sich auf die Bordsteinkante setzt, das Klemmbrett in der Hand. „Hm." Amber winkt mich zu sich.

„Sicher, was ist es?"

„Sie brauchen einen Ort, an dem ich wohne – ich habe nicht vor, lange bei deinem Bruder zu bleiben, aber könntest du mir seine Adresse geben?"

„Nimm meine", sage ich.

„Was?" Sie starrt mich verwirrt an.

Ich zwinge mich zu einem Lächeln. „Ich kenne seine Adresse nicht, ohne auf mein Telefon zu schauen. Ich habe es im Auto gelassen. Nimm einfach meine." Ich sage ihr meine Adresse, und sie kritzelt sie auf.

„Danke."

Als sie die Formulare ausgefüllt hat, erkundigt sie sich nach weiteren Wohnmöglichkeiten, und man gibt ihr eine Telefonnummer, die sie über die Schule kontaktieren kann. Auf dem Rückweg zum

Auto tätigt sie ein paar Anrufe, aber alle Wohnungen im Umkreis von fünf Meilen sind nicht verfügbar. Die Wohnheime sind voll, da sie bereits mehrere Bewohner aufgenommen haben, die durch den Brand obdachlos wurden.

Sie legt auf und zieht eine Grimasse. „Ist schon gut. Ich suche mir eine Wohnung, die weiter vom Campus entfernt ist, und fahre mit dem Zug." Ich öffne ihr die Autotür. Sie sieht verloren aus, verstrickt in ihre Gedanken, wie in einem Netz, aus dem sie sich nicht befreien kann.

Die Worte meines Bruders schießen mir durch den Kopf und erinnern mich daran, dass ich Amber einladen sollte, als Mitbewohnerin zu bleiben. Ich bin nicht gerade in der Nähe des *NYU*-Campus, aber mit einer Mitbewohnerin wäre das Wohnen erschwinglich. Obwohl ich das Geld, das sie zu den Rechnungen beisteuern würde, nicht brauche, bin ich gern in ihrer Nähe. Ich bräuchte keine Ausrede, um sie zu sehen, und ich würde ihr aus einer schwierigen Situation heraushelfen.

„Ich würde mich freuen, dich als Mitbewohnerin zu haben", sage ich und starre sie an.

„Das sagst du nur, weil du Mitleid mit mir hast." Amber schiebt ihre Füße ins Auto und schnallt sich an. Ich schließe die Tür und eile zur Fahrerseite.

Ich steige ein und schalte das Auto ein, und es dauert nicht lange, bis die Heizung anspringt. Der Motor ist noch ein wenig warm von unserer letzten Fahrt.

„Ich fühle mich nicht schlecht mit ihr. Ich habe eine Mitbewohnerin gesucht, bevor ich in den *NHL Entry Draft* gezogen wurde."

„Ich möchte dir nicht auf die Pelle rücken", sagt Amber. „Ich meine, wir müssen eine Art Code haben, du weißt schon, für den Fall, dass du ein Mädchen für lustige Zeiten mitbringen willst."

„Spaßige Zeiten? Du meinst so was wie Videospiele und Schnaps?" Ich weiß, dass sie das nicht gemeint hat, aber es macht Spaß, ihr dabei zuzusehen, wie sie sich windet.

„Netflix und chillen".

„Du meinst, wir sitzen nicht einfach nur da, schaut einen Film und teilt euch Popcorn?" Das Lächeln verschwindet nicht aus meinem Gesicht, als ich in Richtung meiner Wohnung gehe. Ich muss noch etwas im Gästezimmer aufräumen, aber Amber kann mir dabei helfen oder sich zumindest über mich lustig machen, während ich das Zimmer vorzeigbar mache.

„Vielleicht? Ich habe noch nie mit jemandem

Netflix und Chillen gemacht", scherzt sie. „Erinnerst du dich, Jungfrau hier!?"

Ich versuche, nicht zu lachen oder von ihrer Ehrlichkeit erregt zu werden. Es ist erfrischend. „Du solltest es dir wahrscheinlich nicht zur Gewohnheit machen, alleinstehenden Jungs zu sagen, dass du noch Jungfrau bist. Sie könnten denken, das bedeutet, dass du DTF bist."

„Oh, wenn das so ist, Jasper, dann bin ich noch Jungfrau."

Ich schwöre, sie versucht, mir einen Herzinfarkt zu verpassen. Jedes Mal, wenn das Wort „Jungfrau" ihre Lippen verlässt, erregt sich mein Schwanz. Es ist wie ein Zauberwort, dass das verdammte Ding anschaltet, im wahrsten Sinne des Wortes. Und es gibt keinen Aus-Schalter, wenn es um Amber geht.

FÜNFZEHN

AMBER

WIR KOMMEN IN JASPERS HAUS AN, und er besteht darauf, dass ich bei ihm einziehen kann, aber ich bin mir nicht sicher, ob das der beste Plan ist. Ich meine, der heiße Eishockeyspieler, in den ich verknallt bin und den ich heimlich online gestalkt habe, möchte, dass ich bei ihm wohne?

Charlotte würde mir sagen, *zur Hölle ja, zieh mit ihm zusammen.* Aber ich habe ihr noch keine SMS geschrieben. Vielleicht sollte ich das tun. Vielleicht bringt sie mich sogar zur Vernunft.

Aber ich kann nicht bei Charlotte wohnen. Sie hat eine Einzimmerwohnung, und wenn ich nicht ewig auf der Couch schlafen will, wird das nicht funktionieren. Außerdem bringt sie gerne Jungs mit nach Hause, und ich bin nicht scharf darauf, mitten in der Nacht aufzuwachen und sie nackt auf dem Weg ins Bad zu sehen.

„Ich muss Kyler eine SMS schreiben und ihm sagen, dass wir zum Abendessen zurück sind und ich den Porsche heute Abend zurückbringe." Jasper schreibt im Flur eine SMS, während wir zum Aufzug gehen.

Ich bin beeindruckt, dass es Aufzüge und einen Portier gibt. Die Wohnung wirkt sehr protzig, und ich frage mich, wie ich auch nur die Hälfte der Miete aufbringen soll. Diese Diskussion müssen wir bald führen.

„Ja, sicher", sage ich, und er geht zum Aufzug und drückt den Knopf für den vierundzwanzigsten Stock. Ich bin mit dem Gebäude vertraut. Ich war schon einmal drinnen, als ich etwas mehr als beschwipst war, und er hat mir sein Bett überlassen. Das andere Mal war letzte Nacht, als er mich auf das Dach mitnahm und mir die Stadt bei Nacht zeigte.

Er drückt auf Senden und murrt. „Kein Signal." Es dauert eine Minute, bis die Nachricht ankommt, wenn wir im Aufzug sind.

„Hast du ihm gegenüber erwähnt, dass du mich gebeten hast, bei dir zu wohnen?" Ich grinse und ziehe ihn auf.

„Ich dachte, ich spreche es heute Abend beim Essen an."

Ich bin mir nicht sicher, ob er scherzt oder nicht. Der Aufzug klingelt, und er deutet mir an, auszusteigen. „Da sind wir."

Ich gehe hinaus, und er versucht erneut, die SMS zu senden. Diesmal geht sie durch. Er holt den Schlüssel aus seiner Tasche und schließt die Wohnungstür auf. „Ladys First", sagt er, und ich sehe ihn an, schüttle den Kopf und lächle.

„Das wirst du nicht mehr sagen, wenn wir erst einmal zusammenleben – als Freunde", stelle ich klar, obwohl ich nicht weiß, warum ich mir die Mühe mache, diese Kleinigkeit hinzuzufügen. Er weiß, dass das alles ist, was wir sind. Jasper hat dafür gesorgt, dass wir in der Freundschaftszone geparkt bleiben, und ich bin darin gefangen und kann nicht mehr heraus.

Er lässt mich in seine Wohnung, betätigt den Lichtschalter, sobald ich eintrete, und schließt die Tür hinter mir. Ich lege die Einkäufe, die ich gemacht habe, neben die Tür. Er trägt seine geheimnisvolle Tasche durch die Wohnung, um mit mir zu spielen.

Es gibt eine voll ausgestattete Küche und eine Essecke mit Hockern. Das Esszimmer wurde in eine

Spielecke mit einem Air-Hockey-Tisch umgewandelt. Warum bin ich nicht überrascht?

„Das kann man auch in Tischtennis umwandeln", sagt Jasper, wenn man spielt.

„Ich habe es ausprobiert."

Er führt mich weiter in die Wohnung, die sich gemütlich anfühlt, aber eher wie ein Haus, da sie viel geräumiger ist als meine Einzimmerwohnung. „Das Wohnzimmer." Er deutet auf das Ledersofa und den großen Fernseher, der an der Wand hängt.

„Wow."

„Ja, fünfundsiebzig Zentimeter. Viel größer geht's nicht, und er passt immer noch in diese Wohnung." Er strahlt.

Ich presse meine Lippen zusammen und unterlasse es, einen Witz über die Größe eines Männerschwanzes zu machen. Es liegt mir auf der Zunge, aber ich kann mich nicht dazu durchringen.

Meine Nervosität scheint wieder aufzutauchen, und ich balle meine Hände zu Fäusten und verschränke sie dann vor der Brust.

Jasper scheint mein Unbehagen nicht zu bemerken, oder er tut so, als würde es nicht existieren. „Die Schlafzimmer", sagt er und deutet mir an, ihm zu folgen. „Mein Zimmer." Er zeigt auf mich und öffnet die Tür für ein paar Sekunden, lange genug, damit ich einen kurzen Blick hineinwerfen kann. Er schiebt die geheimnisvolle Tasche in sein Zimmer neben die Tür.

Das Bett ist gemacht, aber auf dem Boden liegen ein paar Kleidungsstücke aus seinem überquellenden Wäschekorb.

Sind sie sauber oder schmutzig? Es ist nicht das erste Mal, dass ich sein Schlafzimmer sehe, aber beim letzten Mal bin ich mit dem Kopf auf dem Kissen aufgeschlagen, und der Rest ist ein bisschen verschwommen.

„Und dein Zimmer, das wir aufräumen müssen, oder zumindest muss ich es aufräumen, du kannst dich hinsetzen und Fernsehen oder mir Gesellschaft leisten", sagt Jasper.

„Ich kann helfen", sage ich.

„Dieses Angebot könntest du bereuen." Jasper öffnet die Tür zum Gästezimmer. Drinnen stapeln sich die Bücher vom Boden bis zu meiner Taille und die Tischtennisplatte steht senkrecht an der Wand neben der Matratze.

In der Ecke steht eine Kommode, das einzige Möbelstück, das an einem vernünftigen Platz steht und nicht umgestellt werden muss.

In der Mitte des Zimmers liegt ein riesiger schwarzer Sack, in dem ernsthaft ein Mensch stecken könnte. „Was zum Teufel ist, da drin?", frage ich und zeige auf den übergroßen Seesack.

„Arbeitszeug".

„Arbeit? Wo zur Hölle arbeitest du denn, wenn du mit Leichen zu tun hast?"

Jasper gluckst. „Die NHL, und obwohl es ein paar Rivalen gibt, die ich gerne tot sehen würde", er schleicht sich an mir vorbei, bückt sich und öffnet den Reißverschluss des schwarzen Seesacks, „muss ich dich leider enttäuschen, aber es gibt keine Leichen. Nur eine zusätzliche Eishockey-Ausrüstung."

Ich komme mir dumm vor. Natürlich, Jasper arbeitet für die NHL. Das ist sein Beruf. Er ist ein Eishockeyspieler. „Was macht deine Ausrüstung hier? Habt ihr die nicht im Stadion?"

„Das Team hat einen Ausrüstungsmanager, der sich um alles kümmert, aber ich habe noch Ausrüstung aus der Zeit, bevor ich in die NHL kam. Ich kann sie nicht einfach wegwerfen."

„Du könntest es spenden", schlage ich vor. „Oder es signieren und für wohltätige Zwecke spenden, wenn du sie nicht mehr brauchst. Ich kann mir vorstellen, dass die bei einer Wohltätigkeitsauktion eine Menge Geld einbringen würde."

Er lächelt warmherzig. „Du traust mir zu viel

zu." Er schnappt sich den Seesack und schleppt ihn in die Garderobe, die jetzt mit drei Mänteln, zwei Paar Schuhen und einer riesigen Hockeytasche vollgestopft ist.

„Was willst du mit all den Büchern machen?", frage ich und schaue sie mir an. Da ist ein Stapel Lehrbücher. Irgendwann war er auf dem College gewesen. Jasper hat nie erwähnt, dass er studiert hat, obwohl ich mir nicht vorstellen kann, dass er noch immatrikuliert ist, da durch die NHL sein Terminkalender voll ist.

„Die", sagt er und seufzt, „können wir spenden."

„Bist du sicher? Vielleicht können wir sie an die Schule verkaufen, bei der du sie gekauft hast. Sie sehen alle tadellos aus."

„Das liegt daran, dass ich sie nie geöffnet habe", sagt Jasper. „Ich habe mit dem College oder dem *NHL Entry Draft* gehadert. Du siehst ja, wer gewonnen hat. Verstehe mich nicht falsch, ich bereue absolut nichts, außer dass ich Geld für diese riesigen Briefbeschwerer ausgegeben habe."

„Du könntest sie an die Buchhandlung zurückverkaufen", sage ich.

„Und zwanzig Dollar für ein dreihundert Dollar teures Buch bekommen? Nein, danke. Ich würde es lieber spenden. Soll doch irgendein College-Kind eine nette Überraschung erleben, wenn es im Secondhand-Laden einkauft."

„Wenn du das tun möchtest, sollten wir die Bücher in einem Secondhand-Laden in der Nähe der Universität abgeben, die du besucht hast. Es sei denn, es war nicht in New York?"

Ich weiß nicht viel über Jasper oder seine Vergangenheit. Was ich weiß, basiert auf unseren kurzen Gesprächen und seinem Social-Media-Profil, das den Anschein erweckt, als würde er Partys feiern und eine Menge Spaß mit seinen Teamkollegen haben.

Wie viel davon ist real?

„Wir können es in der Nähe der *NYU* abliefern", sagt Jasper.

Ein Lächeln huscht über mein Gesicht, als mir klar wird, dass wir zur gleichen Zeit auf die *NYU* hätten gehen können, vielleicht sogar Klassenkameraden gewesen wären. „Was wolltest du studieren?"

„Ich werde mich wie ein Nerd anhören."

„Das ist es, was dir Sorgen macht? Sag es mir; du weißt, dass ich Mikrobiologie studiere."

Er schüttelt den Kopf und lacht, sein Haar fällt ihm in die Augen. „Richtig, ich vergaß. Größerer Nerd." Er zeigt auf mich und lächelt.

„Und?" Ich warte darauf, dass er es genauer erklärt. Er mag dieses Spiel, mich zu necken und mir keine wirklichen Antworten zu geben. Die Wahrheit ist, dass es mich auch nicht stört. Ich entspanne mich, wenn ich in seiner Nähe bin, besonders wenn er scherzt und spielt, wie zwei Freunde, die sich schon ihr ganzes Leben lang kennen.

„Zwanzig Fragen?" Er grinst mich an.

„Nein!" Ich lache und schlage ihm auf den Arm. „Sag es mir einfach."

„Okay, wie wäre es, wenn du eine Frage stellst und ich sie beantworte? Und andersherum. Hin und her."

„Also wie Wahrheit oder Pflicht ohne die Pflicht?", frage ich.

„Ich habe es nicht als Spiel gesehen, aber ja, wenn du es so nennen willst." Er schnappt sich eine Handvoll Tüten, in die er die Lehrbücher packt, aber es dürfen nicht zu viele sein, sonst reißen die Tüten, noch bevor er die Tüten anheben kann.

„Du hast die Frage gestellt. Ich werde antworten. Ich habe mich an der *NYU* eingeschrieben, um Literatur zu studieren."

„Streber", sage ich und ziehe ihn damit auf. Ich helfe dabei, die Lehrbücher in verschiedene Taschen zu packen.

„Ich bin dran", sagt Jasper. Während ich die Schulbücher in die Plastiktüten packe, geht er den Stapel mit den Belletristik Büchern durch und entscheidet, welche er spenden und welche er in sein Schlafzimmerregal stellen will. „Was ist der wahre Grund dafür, dass du das *Island Bruisers*-Trikot während der zweiten Halbzeit des gestrigen Spiels getragen hast?"

Ist das seine Frage?

„Ich habe es dir gesagt, und ich habe es ernst gemeint. Irgendein Trottel hat Bier auf das Trikot verschüttet, das du mir geschenkt hast. Es war nass, und die Eishalle ist kalt. Das war keine gute Kombination. Ich wollte mir ein *Ice Dragons*-Trikot mit deiner Nummer kaufen, aber die Schlange war verdammt lang. Außerdem habe ich damit deine Aufmerksamkeit erregt", sage ich mit einem schüchternen Lächeln.

„Du stiehlst mir immer meine Aufmerksamkeit während eines Spiels", murmelt er.

„Ich bin dran. Was ist in der Tasche, die du für mich gekauft hast?"

Jasper grinst und rollt mit den Augen. „Du kannst es nicht lassen. Magst du keine Überraschungen?"

Ich presse die Lippen zusammen, während ich

den Stapel Lehrbücher abarbeite. „Ich mag Überraschungen, aber ich werde auch nervös, wenn ich nicht weiß, was für eine Überraschung es ist." Es ist unmöglich, dass er nicht gesehen hat, wie nervös und ängstlich ich geworden bin.

„Das ist fair", sagt Jasper.

„Und? Du hast nicht geantwortet, was in der Tasche ist."

Jasper atmet scharf ein, sein Atem bleibt ihm im Hals stecken. „Du hast bemerkt, dass ich der Frage ausweiche. Wie wäre es, wenn wir beide eine bekommen, die wir nicht beantworten müssen?"

Damit kann ich leben. „Gut. Okay, nächste Frage ..."

„Ich bin dran", sagt Jasper.

„Nein, das bist du ganz sicher nicht. Du hast gefragt, ob ich keine Überraschungen mag. Deine Frage. Die nächste Frage stelle ich."

Er grummelt vor sich hin. „Schlag mich damit."

„Hast du jemals an mich gedacht, nicht als Schwester, sondern als ..." Ich halte inne und versuche zu fragen, ohne die eigentlichen Worte auszusprechen.

„Du meinst romantisch?" Jasper bejaht die Frage vorsichtig.

Ich sollte sagen, ja, das ist es, was ich meinte,

aber das ist es nicht. Und das könnte meine einzige Chance sein, alle unsere Karten auf den Tisch zu legen.

„Sexuell."

Jasper steht auf und wischt sich die Hände an seiner Hose ab. Er schaut überall hin, nur nicht zu mir. „Genug von diesem Spiel", sagt er und geht aus dem Zimmer, an mir vorbei und steigt über die Taschen mit den Büchern.

Ich fluche leise vor mich hin und kneife mir in den Nasenrücken. Ich bin zu weit gegangen.

SECHZEHN

JASPER

ICH KANN die Frage von Amber nicht glauben. Okay, vielleicht sollte ich nicht so überrascht sein, da sie immer noch Spaß an Spielen wie Wahrheit oder Pflicht und zwanzig Fragen hat. Aber ich habe dieses kleine Wahrheitsspiel angezettelt, also bin ich nicht ganz schuldlos.

Ich sollte sie anlügen, ihr sagen, dass ich in ihr nichts anderes als eine kleine Schwester sehe. Dass sie süß ist, aber zu jung und unreif, um jemals mit jemandem wie mir zusammen zu sein. Wenn ich das Richtige sage, um eine kleine Narbe zu hinterlassen, wird sie weiterziehen. Vielleicht hasst sie mich, aber zumindest können wir beide diese ungelöste sexuelle Spannung hinter uns lassen.

Nun, nicht buchstäblich im Bett.

Ich weiß nicht, wie ich es schaffen soll, mit Amber zusammenzuleben und zuzusehen, wie sie sich mit anderen Männern trifft. Aber das ist ein Problem für einen anderen Tag. Im Moment hat sie mich gefragt, ob ich jemals sexuell an sie gedacht habe.

Meine Antwort?

Ich bin weggelaufen.

Ich bin ein verdammter Feigling, wenn es um Amber geht.

Wenn ich ihr die Wahrheit sagen würde dass ich die ganze verdammte Zeit an sie denke wenn ich dusche, masturbiere ich bei dem Gedanken, dass sie mir einen bläst; wenn ich versuche, nachts einzuschlafen, reibe ich mir einen und stelle mir ihre Muschi wie einen Schraubstock auf meinem Schwanz vor.

Und die Träume, die sind sogar noch realer. Ich kann ihren Duft riechen, das Waschmittel mit Flieder und Lavendel, das meinen Schwanz zucken lässt, wenn sie in meiner Nähe ist. Nur ein Hauch, und ich bekomme einen Steifen.

Aber das ist zu viel, um es preiszugeben, und wenn sie mit mir zusammenleben will, muss es Grenzen und Grundregeln geben.

Für den Anfang: kein Sex.

Zumindest nicht miteinander. Und wenn ich ein Wörtchen mitzureden habe, wäre es mir lieber, wenn sie Jungfrau bliebe, denn ich möchte auch nicht, dass jemand anderes mit Amber schläft. Ich beiße mir auf die Unterlippe.

Ich kann ihr verdammt nochmal nicht sagen, dass sie sich nicht verabreden soll. Sie ist zwanzig. Single. Sie wird sicher Männer finden, mit denen sie ausgeht, oder Frauen. Was weiß ich. Ich will nur nicht, dass sie einen von ihnen mit nach Hause bringt. Nicht, dass ich scharf darauf bin, dass sie sie woanders vögelt und sich dann morgens oder spätnachts in die Wohnung schleicht.

Ich stöhne und gehe in die Küche, als ich ihre leisen Schritte höre, die mir folgen.

„Jasper?" Ambers Stimme ist sanft und süß wie Honig.

Aber wenn ich mir das gönne, was ich will, werde ich zwangsläufig gestochen. Noah hatte recht, sie ist tabu, auch wenn wir nicht zusammenleben würden.

Sie ist meine neue Mitbewohnerin.

Ich kann nicht darüber fantasieren, sie in der Dusche zu beugen oder sie auf dem Küchentisch zu ficken.

„Mir geht es gut. Ich brauchte nur etwas Wasser." Ich greife nach dem Krug im Kühlschrank mit gefiltertem Wasser und einem Glas und gieße mir etwas zu trinken ein. „Willst du auch etwas?", frage ich.

„Hast du vielleicht etwas Stärkeres?", fragt Amber mit einem Lachen. Es ist das nervöse Lachen, das ihr entweicht, wenn sie sich unwohl und ängstlich fühlt. Ich habe die Ticks gesehen. Die kleinsten Dinge, die andere vielleicht nicht an ihr bemerken, sehe ich. Ihr Fuß wippt. Sie fummelt mit den Fingern in ihrem Schoß herum. Manchmal kaut sie sogar auf ihrer Unterlippe.

Ihre Nervosität ist etwas Schönes an ihr, auch wenn ich ihr das nie sagen würde. Das würde sie wahrscheinlich nur noch ängstlicher machen.

„Klar. Zeigst du mir, wo das Geschirr ist?", fragt Amber.

Ich führe sie kurz durch die Küche, zeige ihr, welches Geschirr wohin gehört, und bringe ihr dann ein Glas, damit sie Wasser trinken kann.

„Danke." Sie zwingt sich zu einem Lächeln, und ihre Wangen sind übermäßig gerötet.

Ich wette, sie wünscht sich, dass sie diese Frage nicht vor fünf Minuten gestellt hätte. Vielleicht kann ich so tun, als wäre es nie passiert? Macht mich das zu einem Arschloch, weil ich die Frage, ob ich sexuell an sie gedacht habe, nicht beantworte?

Natürlich habe ich sexuell über sie nachgedacht. Ich habe auch daran gedacht, wie es ist, wenn sie nackt ist. Und ich habe darüber nachgedacht, wie es sich anfühlt, sie auf dem Eis zu ficken, während die ganze Arena zusieht und uns anfeuert.

Das sind nur Hirngespinste.

Sie können nicht passieren. Sicherlich nicht letzterer. Und vielleicht ist es in Ordnung, diese Fantasien für mich zu behalten, um mir etwas zu geben, das ich genießen kann, wenn ich mich entspannen muss. Ich habe mich nie für *Puck Bunnies* interessiert die Mädchen, die hinter Eishockeyspielern herlaufen, um sie zu ficken, als wären wir eine Kerbe in ihren Bettpfosten.

Nein, danke. Ich muss meinen Peilstab nicht dorthin stecken, wo meine Brüder waren, und ich betrachte alle meine Mannschaftskameraden als meine Brüder, nicht nur Kyler.

Ambers Handy summt, sie holt es aus ihrer Handtasche und schaut auf die Nachricht auf dem Display. „Es ist deine Lieblingsperson, Charlotte", sagt sie und schickt eine schnelle Antwort.

Ich kann mir nur vorstellen, was die beiden als Nächstes aushecken werden.

„Sag ihr, dass die blonden Haare mich nicht täuschen. Ich weiß, dass sie mit dir bei dem Spiel war.“

„Die Perücke war meine Idee“, scherzt Amber. „Im Gegensatz zu dem, was du vielleicht denkst, habe ich nicht viele enge Freunde. Außerdem hätte ich ohne sie nie den Mut gehabt, wieder im *Blue Line* aufzutauchen.“

„Nun, wenn die Jungs da sind, kannst du dich uns gerne anschließen. Ich kann allerdings nicht versprechen, dass Kyler nicht Emerson mitbringt, das müsst ihr also selbst regeln.“

Amber errötet. „Du meinst, du wirst mich nicht weiter decken?“

„Ich würde dich ja decken, aber ich bin mir ziemlich sicher, wenn du so weitermachst, wirst du erwischt. Kyler oder Emerson werden dich bemerken.“

Sie seufzt und nimmt einen Schluck Wasser. „Ich möchte nicht an Em's schlechte Seite geraten. Ich habe das schon erlebt, und es ist nicht schön.“ Ihr Handy summt, aber dieses Mal ist es keine SMS. Charlotte ruft sie an.

„Du kannst es mit in mein Zimmer nehmen", biete ich an und versuche, ihr etwas Privatsphäre zu geben, während ich das Gästezimmer fertig räume, damit es offiziell zu ihrem Zimmer werden kann.

„Danke", sagt sie mit einem schwachen Lächeln und schlendert den Flur entlang. Ich sollte mich nicht umdrehen. Ich sollte ihr keinen weiteren Blick zuwerfen, aber ich muss es tun, und ich frage mich, ob sie weiß, dass ich sie beobachte, mich nach ihr sehne, über sie fantasiere.

Ich höre immer wieder Noahs Worte in meinem Kopf.

Bro-Code.

Aber es ist mehr als nur Bro-Code, da wir jetzt Mitbewohner sind. Es wäre nicht klug, sich mit Amber einzulassen. Es würde die Dinge chaotisch und kompliziert machen, und für ein paar Minuten unbestreitbaren Vergnügens ist es das Risiko nicht wert.

Denn es wird zweifellos scheitern. Ob es nun in ein paar Wochen, Monaten oder Jahren sind, ich werde Hockey immer an die erste Stelle setzen, und sie wird enttäuscht sein, und ihr Groll wird sich in Hass verwandeln. Ich will Amber diese Art von Schmerz nicht antun.

Ich mag sie zu sehr, um sie zu verletzen, und ich möchte sie in meinem Leben vor allem als Freundin haben.

Es dauert ein paar Stunden, aber ich bin fast fertig und baue das Bettgestell wieder zusammen, als ich höre, wie sich meine Schlafzimmertür quietschend öffnet.

Sie hatte sich eine Weile mit Charlotte unterhalten, bevor Stille in die Wohnung einkehrte.

Amber taucht aus meinem Schlafzimmer auf. Sie sieht aus, als wäre sie gerade von einem Nickerchen aufgewacht. Ihre Wangen sind rosig, und ihr Haar ist zerzaust. Der Look steht ihr gut, aber sie sieht immer sexy aus.

„Tut mir leid, ich bin auf deinem Bett eingeschlafen."

Es tut mir nicht leid. Heute Nacht werden meine Laken nach ihr riechen. „Das ist gut", sage ich. „Wie hast du geschlafen?"

„Besser als letzte Nacht." Sie schenkt mir ein schwaches Lächeln und blickt auf ihre Uhr. „Du hast das meiste schon erledigt."

„Ja, ich muss nur noch den Rahmen fertigstellen, und dann auf das Boxspringbett die Matratze darauflegen. Willst du deiner Schwester eine SMS schreiben und sie wissen lassen, dass wir bald losfahren?"

„Klar", sagt Amber und gähnt. Sie sieht im Halbschlaf absolut bezaubernd aus.

Wir sind mit der Matratze fertig, und das Gästezimmer ist vorzeigbar. Amber wird viel Platz haben, um die wenigen Dinge, die sie heute erworben hat, in der leeren Kommode unterzubringen. Überraschenderweise waren die Schubladen bereits leer. Der Rest des Zimmers war jedoch eine Katastrophe.

„Willst du deine Taschen holen und deine Sachen wegpacken?", frage ich und atme tief durch.

Die Tasche mit dem Kleid, das ich ihr gekauft hatte. Ich hatte vergessen, dass ich sie in mein Schlafzimmer geschoben hatte, in das gleiche Zimmer, in dem sie eine Weile geschlafen hat.

Ich schaue sie an, aber sie sagt kein Wort. Wenn sie weiß, dass das Kleid in der Tasche ist, hat sie mir nicht einmal den geringsten Hinweis gegeben. Sie fragt auch nicht mehr, was drin ist, aber vielleicht hat sie sich damit abgefunden, dass ich sie warten lassen wollte.

Aber für wie lange?

Warum zum Teufel hielt ich es für eine gute

Idee, *dieses* Kleid zu kaufen? Ich will nicht, dass ein anderer Mann sie darin anglotzt.

Meine Hose zieht sich zusammen, und ich gehe murrend in die Küche. Ich öffne den Kühlschrank. Ich muss die Vorräte auffüllen, wenn Amber hier wohnen wird. Nicht, dass sie nicht selbst einkaufen könnte, aber ich will auch nicht, dass sie denkt, ich würde mich nur von Fertigessen ernähren. Denn das tue ich nicht. Nun, normalerweise nicht.

Mein Körper ist ein Tempel.

Kennen Sie diesen Blödsinn? Nun, als Sportler glaube ich es. Die Lebensmittel, die ich zu mir nehme, versorgen mich mit Nährstoffen und halten mich für den Spieltag fit. Wenn ich den ganzen Tag schlechtes Essen zu mir nehme, habe ich nicht die gleiche Fitness für ein Spiel.

„Ich bin bereit", sagt Amber, als sie in die Küche kommt. „Aber wir sollten reden."

„Über?" Ich werfe ihr einen Blick über die Schulter zu, schließe den Kühlschrank und drehe mich um, um sie anzusehen. Normalerweise sind das keine Worte, die ich gern höre.

„Die Miete."

„Richtig", sage ich mit einem Nicken. „Was hast du für deine Wohnung bezahlt?" Ich weiß ohne Zweifel, dass meine Wohnung ihr Budget bei weitem übersteigen wird. Es ist erschreckend, wie hoch die Immobilienpreise in New York City sind, und ich erwarte nicht, dass sie die Hälfte beisteuert, wenn ich weiß, dass ihr Einkommen nicht annähernd so hoch ist wie meines. Sie ist auf dem College und arbeitet, glaube ich, in Teilzeit. Wir haben dieses Thema in letzter Zeit auch nicht angeschnitten.

„Ich habe 2.850 Dollar Miete gezahlt."

„Kannst du dir das weiterhin leisten?", frage ich und komme gleich zur Sache. Meine Miete beträgt mehr als 14.000 Dollar für eine Wohnung mit zwei Schlafzimmern und zwei Bädern in Manhattan. Ich werde sie nicht bitten, die Hypothek zu teilen. Sie verdient weniger als ein Zehntel von dem, was ich in einem Jahr verdiene, und ich habe einen Dreijahresvertrag unterschrieben.

„Ja, ich kann es schaffen." Sie zwingt sich zu einem Lächeln, und ich habe den Eindruck, dass sie wahrscheinlich Mühe hat, ihre Rechnungen zu bezahlen. Wenn sie nicht aus einer reichen Familie kommt, aber dafür habe ich weder bei Amber noch bei Emerson Anzeichen gesehen, kann ich mir nicht vorstellen, wie sie es sich leisten kann, wenn sie Teilzeit arbeitet, die Miete zu bezahlen.

„Zahle mir die Hälfte deiner Miete, 1.400 Dollar,

das sollte fair und gerecht sein. Außerdem habe ich für die Nebenkosten gesorgt."

„Du musst nicht ..."

„Ich weiß, aber ich will", sage ich. „Du wirst deine Garderobe, deine Lehrbücher und so weiter ersetzen müssen."

Amber stöhnt. „Erinnere mich nicht daran."

„Kannst du vielleicht eines dieser Bücher gebrauchen?", frage ich und zeige auf die Stapel von Taschen im Flur. Ich sollte sie zum Auto bringen und spenden, aber ich bezweifle, dass im Porsche genug Platz für all das ist.

„*Nada*", sagt Amber. „Ist schon gut. Ich werde mein gutes Aussehen und meinen Charme nutzen, um die Lehrer davon zu überzeugen, mir Einsen zu geben."

„Ja, ich glaube nicht, dass das im College funktioniert, aber vielleicht, wenn du ihnen deine Brüste zeigst."

Sie schlägt mir auf den Arm, wirft den Kopf zurück und lacht. „Die Hälfte meiner Lehrer sind Frauen."

„Das heißt aber nicht, dass sie keine schönen Titten zu schätzen wissen, wenn sie sie sehen."

Ihre Wangen brennen und sie schnappt sich eine der Tüten, die ich zu einem Secondhandladen schicken will. „Lass es einfach stehen. Ich rufe jemanden an, der den ganzen Mist abholt."

„Wir können es auf dem Weg zum Abendessen vorbeibringen", sagt Amber. „Zumindest einen Teil davon."

„Das ist die entgegengesetzte Richtung, und das ist in Ordnung. Ich schreibe einem Freund. Wenn wir nach Hause kommen, wird er es abgeholt haben."

„Ernsthaft?" Sie sieht mich an, als wären mir zwei Köpfe gewachsen. „Was für ein Freund lässt Sachen aus deiner Wohnung verschwinden?"

Grinsend starre ich sie an und lege den Kopf schief. „Bist du sicher, dass du das wissen willst?"

Sie schnaubt und schüttelt den Kopf. „Nicht wirklich. Ich muss mich nicht zum Komplizen eines Verbrechens machen."

„Einer meiner Freunde wohnt in dem Gebäude und arbeitet in der Nähe des Secondhandladens. Wenn ich ihm hundert Dollar zahle, bringt er die Tüten gerne für mich dorthin."

„Für hundert Dollar mache ich es", scherzt Amber.

„Hast du ein Auto?" Ich habe sie noch nie in der Stadt fahren sehen, aber es ist möglich, dass sie irgendwo ein Fahrzeug geparkt hat.

„Ich trage die Taschen in die U-Bahn." Das Lächeln auf ihrem Gesicht wird breiter. „Stell dir die Blicke vor, wenn ich drei Taschen die Treppe hinunter und auf den Bahnsteig der U-Bahnstation schleppe."

„Bei dem Gewicht dieser Säcke wird jemand denken, dass sich darin eine Leiche befindet."

„Ein zerklüfteter, scharfer Körper mit Bücherecken", witzelt sie.

Ich schnappe mir die Schlüssel für den Porsche und die Wohnungsschlüssel. In der Schublade liegt ein Ersatzschlüssel, und ich nehme ihn an seinem Schlüsselring. „Der Schlüssel zu deinem neuen Zuhause", sage ich und reiche ihr den Ersatzschlüssel.

„Ich dachte wirklich, wenn ich mit einem Typen zusammenziehe, würde es nicht so sein, wie mit uns." Amber errötet.

Ich führe sie in das Treppenhaus, zum Aufzug, und dann zum Auto.

„Kann ich fahren?", scherzt sie und zieht die Augenbrauen hoch.

Ich weiß nicht, ob sie einen Führerschein hat oder nicht, aber ich glaube nicht, dass es meinem Bruder gefallen würde, wenn ich meiner Mitbewohnerin die Schlüssel zu seinem Porsche überlassen würde.

„Wie wäre es, wenn du Kyler fragst, wenn du ihn beim Abendessen siehst, ob du dir das Auto leihen kannst?" Ich öffne ihr die Beifahrertür und mache eine Geste, damit sie einsteigen kann.

„Es war einen Versuch wert", sagt sie und lächelt schwach, als sie in den Wagen steigt.

Ich schließe die Tür und eile zur Fahrertür, starte den Motor, und wir fahren zum Abendessen zu meinem Bruder.

„Wirst du es ihnen sagen, oder soll ich?", fragt Amber.

„Ihnen was sagen?"

„Dass wir zusammenleben." Die Art und Weise, wie sie es sagt, lässt es fast skandalös klingen.

Ich beiße mir auf die Unterlippe und schaue sie an. „Wir sind nur Mitbewohner", erinnere ich sie.

„Das weiß ich. Wir könnten mit ihnen spielen und ihnen sagen, dass wir uns treffen."

„Nein", schnauze ich und unterbreche ihre Idee, bevor sie völlig außer Kontrolle gerät. „Das machen wir nicht mit Kyler. Du kannst Emerson erzählen, was du willst, aber ich werde ihm nicht sagen, dass ich die Schwester seiner Verlobten vögle."

Sie hat keine Ahnung, dass Kyler mich gebeten

hat, Amber bei mir einziehen zu lassen, und ich anfangs nicht mit dieser Idee einverstanden war.

Aber heute ist sie mir ans Herz gewachsen, und sie um mich zu haben und zu erkennen, dass sie einen Platz zum Bleiben braucht und ich sie als Mitbewohnerin haben möchte.

Amber grinst und starrt mich an. „Ich fordere dich heraus, es zu tun."

DAS ZUSAMMENLEBEN mit Jasper war einfacher, als ich es mir vorgestellt hatte, wahrscheinlich weil ich ihn seltener sehe als meine eigene Schwester. Nun, das stimmt nicht ganz.

Wir laufen uns gelegentlich über den Weg. Aber da er morgens trainiert und abends bis spät in die Nacht unterwegs ist, haben wir unterschiedliche Zeitpläne.

Ich habe Schule und drei Schichten pro Woche im *Mad Tea House*. Ich habe eine zusätzliche Schicht übernommen, um meinen Anteil an der Miete zu decken. Ich weiß, dass das nicht annähernd dem entspricht, was Jasper tatsächlich zahlt, aber die Miete hat mein Sparkonto aufgezehrt.

Jasper lässt mich keinen Cent mehr zahlen. Ich komme schon jetzt kaum über die Runden, weil ich alles ersetzen muss, was ich bei dem Brand verloren habe, einschließlich meines Laptops, der fast so viel kostet wie meine Miete.

Mein Telefon summt, es ist Charlotte, die mir mitteilt, dass sie unten ist. Ich fahre mit dem Aufzug hinunter, um sie zu begrüßen. Sie steht draußen in der Kälte, als ich auf den Bürgersteig trete.

„Du kannst reinkommen", sage ich und schlinge meine Arme um sie.

Seit dem Brand haben wir uns nicht mehr gesehen. Ich habe wie verrückt gearbeitet und versucht, mein Studium nachzuholen. Nach dem Brand habe ich ein paar Tage gefehlt. Einer dieser Tage war leicht zu entschuldigen. An den beiden anderen Tagen hatte ich keine Lust, mit der U-Bahn zum Unterricht zu fahren. Es regnete und war trüb.

Eine faule Ausrede, ich weiß. Ich habe die Lektüre und die Aufgaben, die für den Kurs online gestellt wurden, erledigt.

„Du hast es gut getroffen ", sagt Charlotte. „Ist dein Freund zu Hause?"

„Er ist nicht mein Freund, und ja dieser Ort ist unglaublich. Komm mit rauf. Außerdem ist es eiskalt hier draußen", sage ich. Charlotte zittert nicht, aber ich, die nur einen Pullover und Jeans trägt. Ich muss mir bald einen Wintermantel kaufen, aber ich habe es aufgeschoben, weil ich auf meinen nächsten Gehaltsscheck warte, um die Kosten zu decken.

Wir gehen hinein, und ich führe sie zum Aufzug und dann in die riesige Zweizimmerwohnung.

„Heiliger Bimbam", sagt sie, als ich sie hereinlasse. „So leben also die Reichen."

„Ich bin nicht reich", erwidere ich. Aber sie hat recht. Diese Wohnung ist spektakulär, vor allem im Vergleich zu meinen früheren Wohnverhältnissen. Ihre Einzimmerwohnung ist nicht viel besser als die, die ich hatte, eine etwas größere Küche, aber das war's auch schon.

„Nein, aber er ist es. Ich habe das Anfangsgehalt eines NHL-Spielers gegoogelt und siehe da! Es ist fast eine Million Dollar pro Saison."

„Niemals." Ich glaube ihr nicht. Sie ruft es auf ihrem Handy auf und tippt so lange darauf herum, bis sie mir auf der Suchseite die Zahl von einer dreiviertel Million Dollar zeigt.

Ich will nicht hinsehen. Ich habe das Gefühl, dass es ein Eingriff in seine Privatsphäre ist, eine Grenze, die ich nicht überschreiten sollte. Aber sie hält mir das Telefon vor die Nase und macht es mir unmöglich, nicht hinzusehen.

„Gut für ihn", sage ich. Wenigstens fühle ich mich nicht so schlecht, wenn ich meinen winzigen Anteil bezahle. Ich würde ihm gerne mehr zahlen, da wir uns die Wohnung teilen und als Mitbewohner zusammenleben, aber ich kann mir diesen protzigen Raum nicht annähernd leisten.

„Schön für dich", scherzt Charlotte. „Kannst du mich einem seiner Single-Freunde vorstellen? Noah ist heiß."

Ich hole zwei Limonaden mit Alkohol aus dem Kühlschrank und führe Charlotte ins Wohnzimmer. „Ich kenne seine Freunde nicht wirklich", gebe ich zu. „Ich meine, abgesehen von unserer Begegnung in der Bar." Ich nehme auf dem Sofa neben meiner besten Freundin Platz. Uns gegenüber steht ein leerer Stuhl und der Fernseher läuft.

Ich mache mir nicht die Mühe, ihn einzuschalten. Ich habe mit Charlottes Besuch genug Unterhaltung.

„Ihr zwei hängt nicht zusammen rum? Wird es Jasper nichts ausmachen, wenn du seinen Schnaps stiehlst?"

„Es ist meiner, und wir dürfen ihm nicht sagen, dass ich ihn gekauft habe. Wir müssen den

Zwölferpack austrinken, bevor er nach Hause kommt."

„Oder versteck es unter deinem Bett." Charlotte lacht und schüttelt den Kopf. „Machst du dir ernsthaft Sorgen, dass er wütend ist, wenn er es erfährt? Er ist nicht dein Vater. Ich meine, es sei denn, du magst es, wenn du ihn Daddy nennst."

Ich nehme das Kissen vom Sofa und werfe es ihr zu. „Du bist schrecklich, und wir sind praktisch gleich alt."

„Außer, dass er legal trinken darf", sagt Charlotte.

Was will sie damit sagen? In ein paar Monaten bin ich alt genug, um auch legal zu trinken, und Charlotte auch.

Sie rollt mit den Augen, lehnt sich zurück und macht es sich auf dem Sofa bequem. „Mensch, ich bin so neidisch, dass du das alles hast, Amber. Die Bude. Einen heißen Freund, und er ist in der NHL. Das ist wie ein zusätzliches Gütesiegel für Großartigkeit."

„Sei nicht neidisch. Meine Wohnung ist abgebrannt", erinnere ich sie.

Sie spitzt ihre Lippen. „Aber es ist besser, dass es so ist. Ich meine, man kann aus Zitronen Limonade machen."

„Ich glaube, du meinst, aus Zitronen Limonade zu machen", korrigiere ich sie.

Sie nimmt noch einen Schluck von ihrer Limonade. „Aus Zitronen Alkohol machen. Das ist der Renner." Charlotte steht auf und blickt sich um. „Gib mir eine Führung."

„Oh, richtig. Klar." Ich bin eine schreckliche Gastgeberin. Ich bin an meine Einzimmerwohnung gewöhnt, wo man so ziemlich alles sieht, wenn man nur einen Fuß in die Wohnung setzt. Ich führe sie durch die Wohnung und zeige ihr die Küche und das Wohnzimmer, die sie bereits gesehen hat. „Das ist das Spielzimmer", sage ich und deute auf den Air-Hockey-Tisch in der Mitte des Raums, der normalerweise das Esszimmer ist.

„Junggesellenbude." Charlotte hustet leise vor sich hin.

Ich stoße sie mit den Ellbogen an, damit sie den Mund hält. Zum Glück ist Jasper nicht da, um beleidigt zu werden. Aber es gefällt mir nicht, dass sie auf seiner Wohnung herumhackt, weil es jetzt auch meine ist.

„Zeig mir, wo die Magie passiert."

„Was?", frage ich.

„Sein Schlafzimmer." Sie wackelt mit den Augenbrauen.

„Ich zeige dir mein Schlafzimmer, aber keine Magie. Keine Action. Keine Aufregung außer Schlaf."

„Schlafen kann Spaß machen. Nachdem ich ihn im Cowgirl-Stil geritten habe", sagt Charlotte. Sie scheint nicht zu wissen, wann sie abschalten muss.

Ich reiße die Schlafzimmertür auf. Das Zimmer ist schlicht und praktisch. Am Fenster steht ein Schreibtisch, den Jasper unbedingt für mich kaufen wollte, damit ich lernen kann. Die Kommode steht an der Wand, und das Bett steht am gegenüberliegenden Ende.

„Und sein Zimmer?", fragt sie, nachdem sie einen Blick in meinen alltäglichen Raum geworfen hat.

„Zutritt verboten", sagt Jasper, der von hinten auftaucht.

„Ich habe dich nicht reinkommen hören", sage ich. Meine Hand umschließt die Dose mit der Limonade, er schaut sie an, sagt aber nichts.

„Hi! Ich bin Charlotte." Meine rothaarige Freundin strahlt, als hätte er sie nicht schon bei den Hockeyspielen gesehen und in der Bar getroffen.

„Ich weiß, wer du bist." Jaspers Augen verdichten sich. „Hast du keinen Unterricht?", fragt er mich.

„Ich bin für heute fertig. Ich habe auch schon meine Hausaufgaben gemacht", sage ich.

Charlotte gibt *Daddy* hinter seinem Rücken einen Kuss, während sie in den Flur geht. „Ich kann gehen, wenn ich störe."

„Du bist gerade erst gekommen. Mach dich nicht lächerlich", sage ich. „Ich wollte bald Abendessen machen, Jasper. Bleibst du heute Abend zu Hause?"

Er hatte gestern ein Spiel, was bedeutet, dass er heute nur trainiert hat, das Übliche was auch immer es ist, was professionelle Eishockeyspieler an einem Tag tun, an dem sie nicht spielen.

„Sieht so aus", sagt er und nickt in die Richtung meines Drink. „Da braucht jemand eine Anstandsdame."

„Du bist nur ein paar Monate älter als ich", erwidere ich. „Und ich gehe nirgendwo hin."

„Trinken und Kochen könnte auch als Straftat ausgelegt werden, wenn man die Wohnung niederbrennt", sagt Jasper.

Charlotte beobachtet uns schweigend und kippt den Rest ihrer Limonade hinunter. Ein Grinsen huscht über ihr Gesicht. Sie genießt dieses Geplänkel ein wenig zu sehr.

„Ich habe das Feuer in meinem Wohnkomplex nicht gelegt."

„Nein, aber du hast hier zweimal den Feueralarm ausgelöst", sagt Jasper.

Charlotte kann ihr Schweigen nicht länger zurückhalten. „Bestellst du deshalb immer etwas zum Mitnehmen oder isst du auf dem Campus in der Cafeteria?"

Hat Charlotte gerade versucht, mich zu verpetzen? „Verräterin!" Ich werfe ihr einen bösen Blick zu und wende mich an Jasper. „Nur um das klarzustellen, der Feueralarm ist einfach überempfindlich."

„Soll ich dir ein Taschentuch geben, damit du nicht weinst?", scherzt er. Seine Augen funkeln, und ich möchte ihm das selbstgefällige Grinsen aus dem Gesicht wischen.

„Nein, aber man könnte die Batterien herausnehmen", sage ich.

„Das wird auf keinen Fall passieren. Ich koche das Abendessen", sagt Jasper und deutet Charlotte und mir an, aus der Küche zu gehen. Ich bin nicht einmal in der Küche, sondern stehe nur im Flur, aber ich habe den Wink verstanden und lasse mich mit meiner Freundin auf das Sofa plumpsen.

„Was kochst du für uns?", fragt Charlotte von der Couch aus mit einem fröhlichen Grinsen im Gesicht.

„Das kommt darauf an. Brennst du Küchen nieder und löst Rauchmelder aus?", fragt Jasper Charlotte. „Du scheinst der Typ dafür zu sein, wenn man bedenkt, dass du meine Mitbewohnerin überreden wolltest, bei jedem Spiel, das sie besucht hat, das Trikot des Rivalen zu tragen."

„Zwei Spiele", sage ich und halte ihm zwei Finger entgegen. „Du hast mich nicht eingeladen, dich wieder spielen zu sehen."

„Ich hatte eine Reihe von Auswärtsspielen", sagt Jasper. „Jetzt bin ich zu Hause."

„Hast du etwas verpasst?", tönt Charlotte.

„Außer in meinem eigenen Bett?", fragt Jasper.

Bei der Erwähnung seines Bettes werden meine Wangen warm, weil ich mich daran erinnere, wie ich auf seiner Matratze ein Nickerchen gemacht habe. Verdammt, ich schlief unter seiner Decke in der ersten Nacht, in der wir uns trafen, obwohl ich betrunken und er ein perfekter Gentleman war.

Manchmal wünschte ich, er wäre nicht so gewesen, und vielleicht wäre dann diese ungelöste sexuelle Spannung zwischen uns, nun ja, gelöst.

„Du hast mich vermisst", sage ich. „Ich habe mir Sorgen gemacht, dass ich beim Abendessen nicht deine Wohnung niederbrenne."

„Ich habe dir Speisekarten zum Mitnehmen

dagelassen", scherzt Jasper. „Und Bargeld, aber wie ich sehe, hast du das unangetastet gelassen."

Charlotte lehnt sich mit großen Augen näher heran und flüstert mir zu: „Er hat dir Geld dagelassen?"

„Und ich habe es nicht angefasst. Wir sind Mitbewohner. Das wäre nicht angemessen." Mein Flüstern muss noch etwas geübt werden, denn Jasper blickt aus der Küche zu mir hin.

„Welcher Teil davon, sich selbst zu ernähren und unser Zuhause nicht zu zerstören, wäre nicht angemessen?", fragt Jasper. Seine Frage ist ernst gemeint, und er unterbricht den Blickkontakt, um sich zu bücken und ein Schneidebrett aus dem Schrank zu holen.

„Es ist dein Geld. Ich werde es nicht ausgeben." Genau wie damals, als ich ihm sagte, dass ich weder ihn noch seinen Bruder für meine Kleidung oder Schuhe nach dem Brand bezahlen lassen würde.

„Sie ist ehrlich", scherzt Charlotte. „Aber wenn du willst, dass jemand dein Geld nimmt ..." Sie streckt ihre Handfläche aus und ist bereit, das Geld zu nehmen, das er ihr anbietet.

„Oh, ich bin sicher, dafür gibt es genug Mädchen", sagt Jasper. Er lächelt mich an, während er anfängt, das Gemüse zu schnippeln, und ich strecke mich auf dem Sofa aus und belege Charlottes Platz.

Sie hat den Wink verstanden und setzt sich auf den leeren Stuhl. Sie sorgt dafür, dass Jasper, wenn er sich zu uns setzen soll, gezwungen ist, mit mir auf dem Sofa zu sitzen.

Ich schwöre, das war nicht mein Plan. Ich wollte nur meine Beine ausstrecken. Aber es dauert nicht lange, bis er das Abendessen im Ofen hat und die Zeitschaltuhr eingestellt ist.

Er öffnet den Kühlschrank und holt ein Bier. „Wollt ihr noch etwas trinken?", bietet er an.

„Ja!", sagen wir beide unisono.

Jasper bringt zwei weitere Limonaden mit ins Wohnzimmer und eine Flasche Bier für sich selbst. „Du solltest die Limonade in Flaschen kaufen", sagt er. „Die schmecken nicht so metallisch."

„Vielleicht mag ich den metallischen Geschmack", witzle ich. „Und die Leichtigkeit, mit der sie sich öffnen lässt." Ich drehe mich um, setze mich auf, damit Jasper neben mir auf dem Sofa Platz hat, und öffne den Deckel, als er sich setzt.

Er stößt meine Dose mit seiner Flasche an. „Prost."

Charlotte hält unisono ihr Getränk in die Höhe und lässt es klirren, anstatt von ihrem Stuhl aufzustehen. Ich lobe sie dafür, dass sie den leeren Stuhl genommen hat.

Nach einer Minute stellt Jasper sein Bier auf den Couchtisch.

„Du kannst deine Füße wieder hochlegen", sagt Jasper, und ich hebe neugierig meine Augenbrauen. Ich lehne mich leicht zurück und lege meine Beine auf die Couch, lasse sie aber angewinkelt und achte darauf, dass ich nicht in seinen Bereich eindringe. Es ist immer noch seine Wohnung, obwohl ich mich nicht als Außenseiterin fühlen sollte – ich zahle Miete -, fühlt es sich immer noch wie seine Wohnung an, und ich bin nur ein Gast.

Nicht, dass er mir jemals dieses Gefühl vermittelt hätte. Im Gegenteil, er tut alles dafür, damit ich mich willkommen fühle. Er legt mir frische Handtücher hin und hat mir sogar aus dem Hotel, in dem er war, eine SMS geschickt, dass es dort süße kleine Shampoos gibt, und gefragt, ob ich möchte, dass er welche aus dem Wagen des Housekeeping stiehlt, wenn er vorbeikommt.

Für das Protokoll: Ich habe Nein gesagt.

Ich kann es mir leisten, mein eigenes Shampoo, meine eigene Körperpflege und eine neue Zahnbürste zu kaufen. Und während er sich die Lebensmittel von jemandem bringen lässt, weil er zu beschäftigt ist, um einkaufen zu gehen, gibt es ein paar Blocks weiter einen Laden, zu dem ich von der Wohnung aus laufen kann, um meine eigenen Einkäufe zu erledigen.

Ich halte meine Knie gebeugt, meine Füße sind direkt neben seinen Beinen, aber ich lege meine Beine nicht auf seine. Das ist eine Grenze, die wir noch nicht überschritten haben, und ich glaube nicht, dass er meine Füße in kniehohen rosa und schwarz gepunkteten Socken auf seinem Schoß haben möchte.

„Bist du nicht froh, dass du mit einem Mitbewohner zusammengezogen bist, der zufällig ein fantastischer Koch ist?", prahlt Jasper.

„Erstaunlich? Ich habe noch keines deiner Gerichte probiert." Er ist immer bei einem Spiel, beim Training oder auf Reisen für die Mannschaft. Ich drücke meine Zehen an sein Bein und stupse ihn an. „Woher weiß ich, dass du nicht versuchst, mich zu vergiften? Mich in dein wunderschönes Domizil lockst, wo du die Klamotten der letzten Wochen, den glänzenden neuen Laptop und die Lehrbücher stiehlst und mich im Schlaf mit einem Kissen erstickst?"

Sanft packt er meine Beine und zieht sie auf

seinen Schoß. „Bist du sicher, dass du kein Drama studierst?", scherzt er.

Jasper fixiert mich mit seinem Blick, und ich spüre, wie mir durch die Intensität seines Blicks schwindlig wird. Seine Finger wandern zu meinen Füßen. Ich bin mir nicht sicher, ob er mich jetzt kitzeln oder mir die Füße massieren will.

„Ich sollte wahrscheinlich gehen. Ich werde auf dem Heimweg etwas essen." Charlotte steht auf, unterbricht den Moment und lässt ihn wie Glas zerspringen.

Jasper setzt sich aufrechter hin, seine Hände schweben über meinen Füßen, aber er schenkt mir nicht mehr die gleiche Aufmerksamkeit wie vorher. Er greift nach seinem Bier auf dem Couchtisch und nimmt einen Schluck.

Der Mann wirkt auf mich nie nervös, was mich noch besorgter macht, dass er den Blick, den wir geteilt haben, bereuen könnte.

Es war nichts.

Nur ein Blick.

„Du kannst gerne bleiben", sagt Jasper. Er nimmt noch einen Schluck von seinem Bier. „Das Abendessen ist fertig. Ich habe genug für drei gemacht."

„Na ja, wenn du es so ausdrückst." Charlotte lässt sich wieder auf den Stuhl plumpsen.

Ich nehme einen Schluck von meiner zweiten Limonade, die noch besser schmeckt als die erste.

Charlotte grinst, und dieses Grinsen macht mir Sorgen, denn sie macht immer Ärger, wenn sie intrigiert. „Und, habt ihr euch schon geküsst?"

Als die Worte ihre Lippen verlassen, verlässt die Limonade meine, ich spucke sie aus und spritzt direkt auf Jasper. Ich fluche leise vor mich hin und bin mir sicher, dass meine Wangen purpurrot sind. Die Demütigung ist nicht zu übersehen, und ich kann mich nicht davor verstecken.

Er nimmt sein T-Shirt, hebt es an, um sich das Gesicht abzuwischen, und zieht es dann ganz aus und wirft es mir zu.

Es landet auf meinem Gesicht und fällt mir dann in den Schoß. Ich hatte nicht erwartet, dass er sich vor mir oder Charlotte auszieht.

„Das ziehe ich nicht an", sage ich und zeige auf die gespritzte, Limonade auf seinem T-Shirt. Das letzte Mal, als er sein T-Shirt auszog und es mir zum Anziehen zuwarf, war es sein verschwitztes Trikot.

Er sitzt am Ende des Sofas, während er mit seinen Fingern zärtlich über meine Füße streicht und eine Spur von der Fußspitze bis zur Fußsohle zieht.

Und dann kitzelt er mich. Seine Finger tanzen mit einer federleichten Berührung über meine Fußsohle, und ich winde mich auf dem Sofa und versuche, mich zu befreien, aber er lässt mich nicht.

„Deine Strafe", sagt er mit einem verschmitzten Grinsen.

„Wofür?" Ich schreie vor Lachen, und er quält mich weiter, während ich versuche, meine Füße wegzuschieben. Er zieht mich weiter nach unten auf das Sofa, spreizt mich, kitzelt meinen Bauch und lässt mich unter seiner Berührung zusammenzucken.

Der einzige Ausweg ist, mich zu revanchieren, und ich versuche, seine Hüften zu kitzeln. Er windet sich ein wenig, genug, um sich über meinen Körper zu bewegen, und es fühlt sich gut an.

„Charlotte, hilf mir!" quieke ich zwischen zwei Lachanfällen.

Ich schaue sie an, und sie nippt an ihrem Drink und sieht sich die Show an, die wir für sie veranstalten. „Ich helfe dir", sagt sie mit einem Zwinkern und steht auf.

„Wohin gehst du?", rufe ich.

„In die Küche ", sagt Charlotte.

„Es gibt nur dich und mich", sagt Jasper und starrt mich an.

Ich schnappe nach Luft, als er kurz aufhört, mich zu kitzeln, um mich Atem holen zu lassen. Seine braunen Augen haben einen dunkleren Farbton und sein Atem ist schwer.

Er bewegt sich, und ich spüre, wie sein Schwanz gegen mich zuckt.

Ich will, dass er mich küsst, aber wenn ich mich bewege, wenn ich nach ihm greife, wird er mich wegstoßen, wie er es schon die ganze Zeit getan hat. Ich weiß, dass er mich will. Ich kann *spüren*, dass er mich will.

Jasper räuspert sich und klettert von der Couch. „Ich sollte mir ein sauberes T-Shirt holen und nach dem Essen sehen."

Charlotte tritt beiseite, als ich in die Küche sehe. „Der Timer für das Abendessen läuft noch fünfzehn Minuten", sagt sie. Er läuft den Flur entlang in Richtung Schlafzimmer, als sie etwas Unverständliches sagt.

Ich zucke mit den Schultern, da ich nicht in der Lage bin, von ihren Lippen abzulesen, und winke sie mit einer Geste näher heran.

Sie versucht es noch einmal, als er aus seinem Schlafzimmer kommt, und als ich nicht herausfinden kann, was sie leise vor sich hinmurmelt, gibt sie auf. Charlotte holt noch eine Limonade aus dem Kühlschrank. „Möchtest du noch eine, Amber?", fragt sie.

„Mir geht's gut." Zwei sind definitiv mein Limit für heute Abend, wenn ich verhindern will, dass die Dinge zwischen uns als Mitbewohner noch unangenehmer werden. Meine Gefühle für Jasper müssen begraben werden.

„Bist du morgen Abend frei?", scherzt Charlotte und bringt ihre Limonade mit, als sie sich neben mich auf das Sofa fallen lässt.

„Ich habe nichts vor", sage ich. „Warum?" Ich kann schon sehen, wie die Rädchen in ihrem Kopf in Bewegung geraten, und das bringt meinen Magen zum Brodeln.

„Auf dem Campus findet eine Party statt, und ich möchte, dass du mitkommst."

„Auf dem Campus gibt es immer eine Party", sage ich.

„Glaub mir, es wird", sie senkt ihre Stimme, damit Jasper uns nicht hören kann, „Eishockeyspieler geben."

„Was?", knurrt er. Ihre Version des Flüsterns ist ungefähr so schlecht wie meine. „Wer zum Teufel vom Team geht auf eine College-Party?"

„College-Hockey", betont Charlotte. „Ich dachte mir, bei den ungelösten sexuellen Spannungen hier, wenn sie auf Eishockeyspieler steht, könnte sie vielleicht einen auf dem Campus abschleppen."

„Ich stehe nicht auf Eishockeyspieler", sage ich.

Der einzige Typ, in den ich verknallt bin, steht drei Meter entfernt. Klar, er spielt zufällig Eishockey, aber meine Gefühle gelten ihm. Es tut nicht weh, dass er einen tollen Körper hat, Bauchmuskeln zum Sterben und einen Verstand, der genauso sexy ist wie der Rest von ihm.

Verdammt, ich bin viel zu sehr in Jasper Greyson verliebt. Vielleicht sollte ich Charlottes Vorschlag beherzigen und ein paar neue Typen kennenlernen.

Jasper ist still. Ich beobachte ihn, wie er die Teller aus dem Schrank nimmt und dann im Kühlschrank kramt.

„Brauchst du Hilfe?", frage ich.

„Du hast genug getan", murmelt Jasper.

Charlotte und ich sehen uns gegenseitig an. *Eifersüchtig,* sagt sie, und sie hat recht. Aber warum?

Wir sind nur Freunde. Jasper hat dafür gesorgt, dass das alles ist, was zwischen uns passiert. Selbst nachdem er mir das Trikot zugeworfen hat, hat er jeden meiner Annäherungsversuche abgelehnt, und das waren zwar nicht viele, aber doch mehr, als ich aufzählen möchte.

Ich kann Charlotte später aushorchen, wenn Jasper nicht in Hörweite ist. Ich nehme mein Handy vom Tisch und schreibe ihr eine SMS.

Warum ist er eifersüchtig?

Ich lasse sie die SMS sehen und schicke sie nicht ab. Es gibt keinen Grund, eine Aufzeichnung unseres Gesprächs zu haben oder ihr Telefon summen zu lassen, damit er sich fragt, was zwischen uns los ist.

Sie schnappt sich mein Handy, löscht die SMS und antwortet mir.

Er will dir an die Wäsche gehen.

Ich reiße ihr das Telefon aus der Hand und lösche die Nachricht so schnell wie möglich. „Worüber konspiriert ihr beiden?", scherzt Jasper und wirft einen Blick über seine Schulter auf uns.

„Nichts. Ich habe ihr nur ein paar Fotos auf meinem Handy gezeigt." Es ist eine kleine Notlüge, aber ich reiche Charlotte mein Handy, also ist es zumindest glaubhaft.

Charlotte hat ein selbstgefälliges Grinsen im Gesicht – einen *„Ich habe es dir ja gesagt"*-Blick, der mehr sagt als nötig.

Ich leugne es. Es ist unmöglich, dass Jasper

Greyson Gefühle für mich hat. Ich klicke weg und zeige ihr eine weitere Nachricht, die ich tippe.

Auf keinen Fall. Er sieht mich wie eine Schwester.

Sie greift zum Telefon und lacht, als sie die Nachricht löscht.

„Was für Fotos?", fragt er. Er steht an der Theke, schneidet Gemüse und bereitet einen Salat in einer großen Holzschüssel zu. Er hält inne und starrt mich mit geöffneten Lippen an, aber er sagt nichts weiter.

Sein Verhalten hat etwas sehr Domestiziertes an sich, und ich versuche, ihn nicht anzustarren.

„Die rassige Art!", scherzt Charlotte, und ich klopfe ihr auf die Schulter.

„Und sie zeigt sie dir?", Jasper runzelt die Stirn, als würde er versuchen, sich einen Reim auf mein Verhalten zu machen, als würde ich meiner besten Freundin Nacktbilder zeigen.

„Sie ist nicht nackt", sagt Charlotte, und ich bin sicher, dass mein Gesicht die Farbe einer überreifen Tomate angenommen hat. „Nur Unterwäsche, und ich helfe ihr, die besten Fotos für eine Dating-Website auszusuchen."

„Was?" Das Messer, mit dem er gerade das Gemüse für den Salat zerschneidet, fällt klirrend zu Boden.

„Alles in Ordnung?", frage ich und stehe auf, um

sicherzugehen, dass er sich nicht selbst abgeschlachtet hat.

„Gut", murmelt er und bückt sich, um das Metallinstrument vom Boden aufzuheben. Er nimmt es in die Hand. „Ich habe noch alle meine Zehen. Du kannst dich wieder hinsetzen." Er öffnet den Wasserhahn und wäscht das Messer mit Wasser und Seife ab.

Ich ignoriere ihn und trinke den Rest meines Getränks aus. „Lass mich helfen", sage ich und komme in die Küche. Anders als in meinem Studio, wo die Küche kaum Platz für eine Person bietet, finden in seiner Küche problemlos zwei Personen Platz. In seinem Wohnzimmer könnte man eine gemütliche Party veranstalten; außer vier Sitzgelegenheiten gibt es genug Platz, für mehr Leute.

Charlotte steht auf und kommt langsam auf die Küche zu. „Ich habe das Gefühl, ich sollte jetzt etwas anbieten, sonst bin ich ein schlechter Gastgeber." Sie lächelt und beobachtet uns beide, während sie sich am Küchentisch auf einen der Hocker setzt.

Jasper hat die Theke, an der wir essen, bereits mit Tellern, Besteck und Servietten ausgestattet. „Einer von euch kann die Getränke zum Essen holen", schlägt er vor.

„Ich bin dabei", sage ich und hole drei Gläser.

„Mir geht es gut. Ich habe meinen Drink hier." Charlotte hebt ihre Limonade hoch, um anzuzeigen, dass sie nichts anderes zu trinken braucht.

Er fährt sich mit der Hand durch die Haare, bevor er sich wieder dem Gemüse widmet und die geschnittenen Gurken in die Holzschüssel wirft, in der sich bereits frischer Salat und Karotten befinden.

„Ich mache mir nur schnell Appetit", sagt Charlotte und fixiert Jasper mit ihrem Blick. „Bist du mit jemandem zusammen?"

„Wie bitte?" Er räuspert sich und blickt von ihr zu mir, als hätte ich sie zu dieser Art der Befragung angestiftet. Das habe ich nicht. Das ist hundertprozentig Charlotte, die übermäßig begierig darauf ist, mich flachgelegt zu sehen. Nun, nicht buchstäblich sehen, sondern nur von mir hören.

„Ihr zwei seid Mitbewohner. Offensichtlich stoßt ihr nicht aneinander", scherzt sie. „Bist du mit jemandem zusammen?"

„Ich bin nicht interessiert", sagt er knapp, als wolle er damit andeuten, dass es kein Interesse zwischen ihm und Charlotte gibt. Das macht er schnell klar, und ich will nicht, dass es etwas anderes bedeutet, dass er Gefühle für jemand anderen hegt – als für mich.

Wunschdenken.

„Nein! Ich frage nicht für mich", sagt Charlotte und stellt ihr Getränk auf den Tresen, wobei sie die Hände hochhält. „Ich meine nur, dass ihr Mitbewohner seid. Habt ihr schon mal über das Unvermeidliche gesprochen? Wenn einer von euch jemanden mit nach Hause bringt und ein Haargummi oder eine Krawatte an der Türklinke hängt?"

„Wir sind nicht auf dem College. Wir haben unsere eigenen Schlafzimmer", sagt Jasper, und seine Stimme ist rau. „Ich glaube nicht, dass eine Krawatte oder ein Haargummi notwendig sind. Du etwa?" Er hält das Messer in der Hand und zeigt damit in meine Richtung, sein Blick trifft den meinen.

„Ich habe kein Problem mit Diskretion, solange ich dich nicht dabei erwische, wie du mit irgendeiner Tussi auf der Couch oder dem Air-Hockey-Tisch schläfst."

Jasper grinst. „Hat Kyler dir davon erzählt?"

„Was?" Zum Glück habe ich dieses Mal kein Getränk im Mund, sonst hätte jemand ein zweites bespritztes Hemd bekommen.

Er lacht. „Es ist ein Scherz. Entspann dich. Ich werde meine Festivitäten im Schlafzimmer oder in der Dusche abhalten. Überall, wo eine verschlossene Tür ist."

„Zur Kenntnis genommen", sage ich und lasse mich auf den Hocker neben Charlotte plumpsen. Sie grinst, und ich stoße sie mit dem Ellbogen an. Sie hat ihm schon genug Fragen gestellt, um mich für den Rest meines Lebens zu demütigen. Ich weiß nicht, was sie beim Essen noch alles fragen wird.

DAS ABENDESSEN mit Amber und Charlotte ist interessant. Ihre Freundin ist mir ans Herz gewachsen. Nicht im Sinne von „Ich will mit ihr ins Bett", sondern eher im Sinne von „Ich kann verstehen, warum Amber sie in ihrer Nähe haben will."

Während Charlotte wild und ungehemmt ist, ist Amber ruhig und zurückhaltend.

Sie sind völlig gegensätzlich und ergänzen sich doch irgendwie. Charlotte kann sich auch nicht zurückhalten, alles zu sagen, was ihr in den Sinn kommt. Das ist ein wenig erfrischend, aber auch furchtbar nervig, wenn sie versucht, uns beide zu verkuppeln.

Ich bin nicht blind für die Anziehung und die Chemie zwischen Amber und mir.

Aber ich versuche, ein besserer Mensch zu sein, indem ich nicht darauf reagiere, und wenn der Bruderkodex allein nicht schon Grund genug war, dann ist die Tatsache, dass wir Mitbewohner sind, ein noch größerer Grund, auf Sex mit Amber Ryan zu verzichten.

Okay, nicht nur Sex.

Küssen.

Fummeln.

Verdammt, selbst sie zu kitzeln und zu spüren, wie sie sich unter meinem Körper windet, kann nicht mehr passieren.

Mein Schwanz zuckt immer noch, und ich habe alles Erdenkliche getan, um Distanz zwischen uns zu schaffen. Ich will nicht, dass sie mich als kalt oder distanziert empfindet. Ich mag sie, ich verbringe gerne Zeit mit ihr, aber es kann nicht mehr als eine Freundschaft sein.

Wir können unsere Freundschaft nicht aufs Spiel setzen.

Wir sind mit dem Essen fertig, und die Mädchen räumen das Geschirr ab und bereiten ein interessantes Frucht Parfait zum Nachtisch zu. Es schmeckt tatsächlich eine Million Mal besser, als es aussieht. Natürlich ist die Küche eine Katastrophe, mit Schlagsahne an der Decke, auf dem Boden und überall auf Amber.

Hat sie schon einmal einen elektrischen Quirl benutzt?

Sie sieht so süß aus, und es kostet mich all meine Willenskraft, nicht mit dem Finger über ihre Unterlippe oder ihre Wange zu fahren. Ich will sie schmecken. Aber ich unterlasse es.

„Ich sollte gehen", sagt Charlotte und schaut auf ihre Uhr. „Wenn ich jetzt gehe, kann ich den nächsten Zug noch erreichen."

Amber wischt mit einem Lappen auf, was sie von den Schlagsahne-Spritzern erreichen kann.

„Vorausgesetzt, er ist pünktlich", sage ich und schaue Amber an. „Lass die Sachen liegen. Ich räume auf, wenn ich zurückkomme." Ich schaue wieder zu Charlotte. „Wie wäre es, wenn ich dich zur U-Bahn-Station begleite?" Ich bin nicht scharf darauf, dass sie nachts allein unterwegs ist. Es ist fast neun Uhr, obwohl die Gegend anständig ist, würde ich mich besser fühlen, wenn ich wüsste, dass sie es bis zur U-Bahn geschafft hat.

„Ich kann Amber eine SMS schicken, wenn ich zu Hause bin."

„Das wirst du auch tun", sage ich. „Ich begleite dich."

„Okay, aber damit das klar ist: Du bist nicht mein Typ." Charlotte macht ihren Standpunkt klar, und ich bin erleichtert, dass sie mich nicht anbaggern will, dass ihre kleine Fragerei von vorhin nur ihrer Freundin zugute kam.

„Gut, denn ich auch nicht." Ich schnappe mir meinen Mantel und meine Schlüssel. „Ich bin gleich wieder da", sage ich zu Amber.

Sie nickt, mit dem Rücken zu mir, während sie die Außenseite des Kühlschranks abwischt und die Schlagsahne darauf verschmiert. Ja, das wird eine größere Sauerei machen. Ich kümmere mich darum, wenn ich zurückkomme. Wenigstens versucht sie es. Das rechne ich ihr hoch an.

Wir gehen zum Aufzug, und kaum sind wir drin, verschränkt sie die Arme vor der Brust, und ihre Augen verengen sich, als sie mich anstarrt. „Also, was hast du vor?"

Okay, ich habe nicht mit der nächsten Inquisition gerechnet, als ich vorschlug, sie zum Zug zu begleiten. Dass ich nett bin, wird wahrscheinlich nach hinten losgehen, zumindest wenn es um Charlotte geht.

„Mein Geschäft?", wiederhole ich lachend. „Du

bist diejenige, der deine Freundin dazu ermutigt, das Trikot der *Island Bruisers* bei unseren Spielen zu tragen."

Charlotte grinst. „Ja, das habe ich." Sie ist selbstgefällig und stolz auf ihre kleine Errungenschaft, als wüsste sie, dass es mir unter die Haut gehen würde.

Verdammt noch mal.

„Du bist mit niemandem zusammen. Bist du in Amber verliebt?" Charlotte stellt die schwierigen Fragen. Das Mädchen weicht ihnen nicht aus, wie ich es gerne hätte.

„Ich konzentriere mich auf meine Karriere", sage ich, weil es seltsam klingen würde, wenn ich sagen würde, dass *ich mit meiner Arbeit ausgehe*, aber das ist so ziemlich das Einzige, was ich in letzter Zeit mache – auf dem Eis stehen oder ein One-Night-Stand.

„Das ist eine lahme Antwort. Ich wette, du bekommst jede Menge Angebote von Mädchen aus der Bar. Wie heißen sie noch, die Mädchen, die den Eishockeyspielern hinterherlaufen, hinter ihnen her sind?"

„*Puck Bunnies*?" Ich liefere.

Sie schnippt mit den Fingern. „Fürs Protokoll: Amber gehört nicht zu ihnen", sagt Charlotte.

Ich hatte nie den Eindruck, dass sie es war. Sie hat nicht einmal einen Blick auf einen meiner Mannschaftskameraden geworfen. „Ich weiß. Was ist mit dir?", frage ich. „Du spielst bei ihr ganz gut die überhebliche große Schwester, aber du weißt schon, dass sie schon eine Schwester hat, oder?"

„Emerson?" Charlotte zuckt mit den Schultern. „Ich habe sie nie getroffen."

Interessant. Ich versuche, nicht zu sehr zu analysieren, was das bedeuten könnte. Der einzige Grund, warum ich Ambers Schwester kenne, ist durch meinen Bruder. Es ist nicht so, dass Amber mich Emerson vorgestellt hat.

Wir treten aus dem Aufzug und gehen nach draußen. Die Luft ist kühl und feucht. Die Straße glänzt durch den frischen Regen, der kürzlich gefallen ist, aber es regnet gerade nicht.

Ich gehe neben ihr am Bordstein entlang und begleite sie ein paar Blocks in Richtung U-Bahn. Die Straßenlaternen sind zwar eingeschaltet und ein paar Leute gehen an uns vorbei, aber es ist trotzdem ziemlich einsam.

„Es war schön, dich kennenzulernen", sagt Charlotte, während sie auf den Eingang zur U-Bahnstation zeigt. „Danke, dass ich mit dir und deiner Nicht-Freundin essen durfte." Sie lächelt, und ich schüttle den Kopf.

„Warum kannst du nicht glauben, dass wir nur Freunde sind?"

„Oh, ich glaube es, aber ich glaube nicht, dass du es tust." Charlotte lächelt und winkt, eilt die Treppe zum Bahnsteig hinunter und lässt mich eine ganze Minute lang stehen, bevor ich mich umdrehe und zurück in die Wohnung gehe.

Es ist ein flotter Spaziergang, und ich stecke meine Hände in die Taschen und eile zurück zum Gebäude. Der Aufzug wartet auf mich, und ich fahre mit ihm zurück in unsere Wohnung.

Unsere Wohnung.

Es fühlt sich im Großen und Ganzen immer noch wie ein fremdes Konzept an, aber es ist nicht mehr nur meins. Ich hätte nie gedacht, dass ich für eine weibliche Mitbewohnerin offen sein würde, vor allem nicht für eine, mit der ich nicht schlafe.

Ich schiebe diese Gedanken beiseite, als ich die Wohnungstür öffne und eintrete.

Amber balanciert auf den Zehenspitzen und steht mit einem Lappen auf der Küchentheke, während sie die Decke abwischt. Das Problem ist, dass die Schlagsahne nicht nur auf dem Küchentisch ist. Sie befindet sich auch in der Mitte der Küche an der Decke, und die kann sie von ihrer Position aus nicht erreichen. Sie schnappt sich den Lappen und schleudert ihn über die Decke, während sie sich an der Kante festhält und versucht, die Schlagsahne wegzuklatschen.

Ich habe nie bemerkt, wie klein sie ist, und das ist ziemlich liebenswert.

Ich schleiche durch die Küche. „Habe ich dir nicht gesagt, du sollst es lassen, bis ich zurück bin?"

Sie streckt sich ein wenig zu weit nach vorn und verliert das Gleichgewicht, als ich sie auf ihrem Weg nach unten auffange, sie in meinen Armen halte und nicht loslasse.

Amber schnappt nach Luft. Das süße, unschuldige Geräusch, das ihr über die Lippen kommt, klingt fast sexuell, obwohl ich weiß, dass es nicht so ist – ein Keuchen des Schreckens und der Angst, wenn sie fällt, aber zum Glück bin ich da, um sie aufzufangen. Da sie nicht sehr weit gefallen ist, reicht die Kraft nicht aus, um mich zurückzuschleudern.

Ich stehe fest auf meinen Füßen, lege meine Arme um ihre Taille und lasse sie nicht los.

„Tut mir leid", sagt sie und entschuldigt sich schnell. Ihre Arme sind um meinen Hals geschlungen, und ich sollte ihre Füße auf den Boden stellen, aber ich halte sie an mich gedrückt und genieße den intimen Moment zwischen uns.

Ich möchte jede Sekunde ausnutzen, die ich kann, aber es wird sich nie genug anfühlen.

Sie neigt ihren Kopf nach unten, als ich sie zwischen mich und den Tresen geklemmt habe. Ich stütze sie auf die Kante und streiche ihr mit einer Hand die Haare aus dem Gesicht.

Ich sehne mich nach ihr mehr als nach der Luft, die ich atme.

Sie ist der Nachthimmel, gesprenkelt mit Sternen.

Brillant und schön.

Sie hat nicht die leiseste Ahnung, was sie mir bereits bedeutet. Es geht nicht um Lust oder Sex. Das Verlangen ist bereits da. Es war schon da, als ich sie zum ersten Mal sah. Das Problem ist größer als eine kleine Schwärmerei oder ein Moment der Sehnsucht zwischen zwei Freunden.

Ich glaube, ich bin dabei, mich in sie zu verlieben.

Ich möchte sie küssen. Sie kosten. Ihre Lippen mit meinen verführen und sie in mein Schlafzimmer tragen. Ich rieche immer noch ihren Duft auf meinem Bett. In der ersten Nacht, in der sie bei mir übernachtet hat, hat er tagelang angehalten, bis ich gezwungen war, meine Laken zu waschen.

Jetzt ist ihr Duft überall. Der Duft von Lavendel und Flieder zieht durch die Wohnung. Er ist in meinem T-Shirt, weil sie in der Nähe war, auf meinem Kissen, weil sie in meinem Bett ein Nickerchen gemacht hat, als ich das Gästezimmer aufgeräumt habe, und er verfolgt mich weiter, wie eine Sucht, von der ich nicht loskomme, und ich will es auch nicht.

Sie wird langsam zu einer Obsession. Zeit mit ihr zu verbringen, eine Berührung zu stehlen, ohne dass es als mehr ausgelegt wird, weil es nicht mehr sein kann.

Wir sind Mitbewohner. Freunde.

Ich kann es nicht mit ihr riskieren.

Aber innerlich schreie ich danach, dass sie mich küsst, dass ich sie ausziehe, mit ihr ins Bett gehe und ihr zeige, wie es ist, angebetet und vergewaltigt zu werden. Wenn sie mich nur noch einmal bitten würde, ihr Erster zu sein, mich herauszufordern, ihr zu zeigen, wie es ist, sich zu küssen, zu berühren, sich gegenseitig zu erforschen, ich glaube nicht, dass ich nein sagen könnte.

Es gibt eine Mauer, die ich errichten musste, um sie und mich zu schützen. Sie steht Stein für Stein, aber der Mörtel bröckelt mit jeder Sekunde, in der wir uns in die Augen sehen, und ich weiß, dass es ihr genauso geht.

Amber lächelt und lehnt ihre Stirn an meine. Sie öffnet den Mund, aber bevor sie etwas sagen kann, fällt ein Klecks Schlagsahne von der Decke direkt auf meine Nase.

„Ich glaube, ich habe eine Stelle übersehen", scherzt sie.

Amber streckt ihre Hand nach meinem Gesicht aus, aber ich halte sie am Handgelenk fest und stoppe sie. Mit meinem Griff um ihr Handgelenk schafft sie es trotzdem, mit ihrem Zeigefinger auf meine Nase zu tippen, um den weißen Flaum aus meinem Gesicht zu bekommen.

Ehe ich mich versehe, steckt sie ihren Finger zwischen meine Lippen, und ich lutsche die Schlagsahne ab, wickle meine Zunge um ihren Finger und wünsche mir, es wären ihre Lippen und ihr Mund auf meinen.

Ihr Telefon summt auf der Theke hinter ihr, und ich trete zurück, als sie von der Arbeitsplatte herunterhüpft und auf die andere Seite eilt, um es zu holen. Sie wirft einen Blick auf die SMS und dann auf mich, während ich sie anstarre, denn der Tresen zwischen uns lässt uns meilenweit voneinander entfernt erscheinen. „Charlotte ist gut nach Hause gekommen."

Ich kann nicht glauben, dass ihre Freundin mich gerade vom anderen Ende der Stadt aus abgelenkt hat.

NEUNZEHN

AMBER

„BIST DU DIR DA SICHER?", frage ich Charlotte und betrachte mein Spiegelbild in ihrem Ganzkörperspiegel, der in ihrer Wohnung steht. Ich habe keine sexy Klamotten dabei, wie sie unverhohlen sagt, und wir wollen auf eine Campus-Party gehen, an der ich nicht einmal Interesse habe.

„Du siehst großartig aus." Charlotte schenkt mir ein breites Grinsen.

Ich trage einen kurzen, schwarzen Rock, der mich heute Abend nicht warmhalten wird. Das langärmelige Ensemble ist niedlich, aber etwas eng und zeigt meinen Busen.

„Du musst die auch tragen", sagt sie und drückt mir ihre Fick-mich-Stiefel in die Hand.

Bei den Schuhen liegen wir innerhalb einer

halben Größe, also stopfe ich etwas Toilettenpapier in die Zehen, damit sie nicht zu locker sitzen.

„Du solltest dich heute Abend unbedingt mit einem *NYU*-Hockeyspieler treffen."

Ich grummele vor mich hin. „Ich mache mit niemandem rum." Ich werfe ihr einen Blick zu und betrachte dann wieder mein Spiegelbild. Ich habe mich etwas stärker geschminkt als sonst, meine Augen mit dickem Eyeliner betont und meine Lippen mit einem natürlichen Rot.

Verdammt, ich sehe wirklich heiß aus.

„Weil du in Jasper verknallt bist?", scherzt Charlotte. Sie schnappt sich mein Handy und macht ein Foto von mir. „Schick ihm das und ich wette mit dir, dass er auf der Party auftauchen wird."

„Ich schicke ihm kein Foto." Ich stecke mein Handy in meine Handtasche. „Er ist heute Abend beschäftigt." Ich gehe nicht näher darauf ein. Er hat heute Abend frei, und er ist in der Stadt. Ich weiß nicht genau, was er geplant hat, aber er hat erwähnt, dass er sich mit den Jungs trifft.

„Pläne mit einem Mädchen?"

„Freunde. Lass es sein", warne ich Charlotte.

„Ich weiß, dass ihr beide Freunde seid. Ich versuche, euch ein bisschen mehr Action zu verschaffen."

Ich hatte gemeint, dass er mit Freunden unterwegs ist, aber ich habe es bleiben lassen. „Party. Los geht's." Ich würde mich lieber auf einer Party unter die Leute mischen und mich von Charlotte abservieren lassen, wenn sie einen heißen Typen findet, mit dem sie die Nacht verbringen kann. Wenigstens kann ich dann ein paar Drinks trinken, tanzen, flirten und Feierabend machen.

Fürs Protokoll: Ich habe nicht vor, mich heute Abend mit jemandem zu treffen. Nicht einmal ein bisschen Mandelhockey.

Wir kommen auf der Party an, und innerhalb von zwanzig Minuten hat Charlotte mich bereits abserviert. Ich sollte wütend sein, aber ich bin es gewohnt, dass sie mich im Stich lässt, wenn ein heißer Typ ihre Aufmerksamkeit erregt. Das Mädchen ist wie ein Magnet für sie.

Ich lehne an einer Wand, ein Getränk in der Hand, und bleibe für mich. Mir ist nicht danach, mich unter die Leute zu mischen. Ich dachte, es würde Spaß machen und eine gute Idee sein, auszugehen, aber jetzt bereue ich die Entscheidung.

„Hey, ich glaube, wir sind gemeinsam in Statistik", sagt Atlas.

Er ist auf dem Campus als einer der Stars des

Hockeyteams der *NYU* bekannt. Die Tatsache, dass er mich überhaupt bemerkt, ist schockierend.

Ich sehe mich um und vergewissere mich, dass Atlas nicht mit jemand anderem spricht, denn das wäre viel wahrscheinlicher. Wir haben im Unterricht noch nie ein Wort miteinander gewechselt, aber er hat recht. Wir sind zusammen in Statistik.

Ich verabscheue diese Klasse.

„Ja", sage ich und nehme einen Schluck Punsch, der einen ziemlichen Biss hat. Keine Ahnung, welchen Alkohol sie reingekippt haben, aber es ist mehr Alkohol als Punsch.

Ich bin nicht übermäßig gesprächig. Atlas sieht gut aus und hat einen anständigen Körper, er ist ein Sportler. Aber ich fühle mich unbeholfen und zwinge mich zu einem Lächeln. Leider scheint er zu denken, dass ich interessiert bin.

Zu seiner Verteidigung sei gesagt, dass er wahrscheinlich noch nie ein Mädchen getroffen hat, das nicht an ihm interessiert war.

„Du bist sehr gesprächig", scherzt er und lächelt mich warmherzig an. „Lass mich raten, du bist mit einer Freundin hierhergekommen und sie hat dich für einen Typen sitzen lassen?" Bevor ich antworten kann, zeigt er auf ein knutschendes

Pärchen an der Ecke. „Mein Freund, er hat mich abserviert."

Ich weiß eigentlich gar nicht, wo Charlotte gelandet ist. Wahrscheinlich in einer Toilette mit einem der Eishockeyspieler. Wenn sie, wie Jasper es nannte, *ein Puck Bunny* wird, weiß ich nicht, was ich tun werde. Sie wird sicher eine Intervention brauchen, aber so weit sind wir noch nicht. Ich bin mir nicht sicher, ob der Typ, mit dem sie sich trifft, überhaupt ein Hockeyspieler ist.

„Wir haben ein paar Freunde", sage ich, und er nickt. In der Hand hält er einen roten Solobecher mit Punsch. Er tippt auf meinen Becher.

„Prost."

Ich bin mir nicht sicher, ob es sich lohnt, darauf zu trinken, aber ich kommentiere das nicht. Ich behalte diesen Gedanken für mich.

„Schleppt dich dein Freund auf viele Partys und lässt dich dann stehen?", frage ich. Ich versuche, das Gespräch in Gang zu halten, aber ich möchte es nicht wirklich. Er scheint nett zu sein, aber da ist nicht der Funke, die Chemie, die ich bei Jasper spüre.

Und ich hasse mich dafür, dass ich gerade jetzt an *ihn* denke, wo doch dieser absolut nette Kerl versucht, um meine Aufmerksamkeit zu buhlen oder mir zumindest Gesellschaft zu leisten, bis er jemand anderen trifft, der charmanter ist.

„Willst du ein Geheimnis wissen?", fragt Atlas, und bevor ich ihm sagen kann, dass es mir eigentlich egal ist, beugt er sich vor. „Er ist einer meiner Teamkollegen, Reid."

Der Name kommt mir nicht bekannt vor, und ich war noch nie bei einem Hockeyspiel unserer Schule, also kann ich auch nicht sagen, dass ich ihn kenne. „Oh", sage ich, als ob das etwas bedeuten sollte, was es aber nicht tut.

„Reid Clayton." Er starrt mich an und merkt, dass ich keine Ahnung habe, von wem er da spricht. „Der Star des Hockeyteams – ach, egal, kein Hockeyfan?", vermutet er.

„Ich war schon bei ein paar Spielen der *Ice Dragons*." Ich lasse den Teil aus, dass ich mit einem der NHL-Spieler, Jasper Greyson, zusammenwohne.

„Warte, du bist Fan der *Ice Dragons*?" Er sieht leicht verärgert über diese Neuigkeit aus. „Du hast das Trikot meines Bruders zu einem seiner Spiele getragen. Ich dachte, du wärst ein Fan der *Island Bruisers*."

Mir dreht sich der Magen um, und ich kann nicht anders, als einen kleinen Schritt zurückzutreten, als ob er in meinen Raum und meine Privatsphäre eingedrungen wäre. Ich stoße gegen die Wand hinter mir. Ich bin mir sicher, dass Atlas mir nicht nachgestellt hat. Wir sind zusammen in der Klasse, und er hat mich wahrscheinlich nur bei einem Spiel erkannt, aber seine Bemerkung ist trotzdem unangenehm.

„Seine Spiele? Dein Bruder ist …" Ich weiß nicht einmal mehr, wessen Trikot ich beim ersten oder zweiten Mal gekauft habe, und beide sind bei dem Wohnungsbrand verbrannt. Das ist ein Verlust, der mich nicht sonderlich kümmert.

„Knox Storm", sagt Atlas grinsend, lehnt sich näher heran und legt seinen Arm um mich. „Ich könnte dir eine private Führung durch die Eisarena geben, dich auf die Bahn mitnehmen und wir könnten …"

„Wenn das eine Anmache sein soll, bist du weit vom Ziel entfernt." Ich zucke mit den Schultern und mache mich auf den Weg zur Tür.

„Ernsthaft?", schreit er mich über die Musik hinweg an und läuft hinter mir her. Er packt mich an der Schulter und dreht mich herum, damit ich ihn ansehen muss.

„Hör zu, ich bin sicher, du bist ein netter Kerl, aber ich bin nicht interessiert." Ich will nicht hier sein. Ich bin sicher, es gibt viele andere Mädchen, die auf seine lächerlichen Sprüche und sein gutes Aussehen hereinfallen, aber das bin nicht ich.

„Jeder ist interessiert. Es gibt niemanden in dieser Schule, der nicht um eine Chance bei mir betteln würde. Komm schon, *Eiskönigin*.“

„Eiskönigin?“ Mein Mund verzieht sich, als ich ihn schockiert anstarre. „Du weißt gar nichts über mich.“ Ich hätte nicht kommen sollen, und schlimmer noch, ich werde Atlas am Montag im Statistikunterricht gegenübertreten müssen. Wenigstens habe ich das Wochenende, um zu versuchen, dieses Gespräch und die Nacht zu vergessen.

Ich eile nach draußen, meine Beine frieren in dem kurzen schwarzen Minirock, und es ist ein ordentlicher Spaziergang zur U-Bahn. Ich rufe Jasper an, weil ich in der Dunkelheit mit jemandem reden möchte, während ich mich auf den Weg zur U-Bahn-Station mache, um nach Hause zu gehen.

„Was gibt's? Warte mal kurz“, antwortet Jasper, und im Hintergrund ist ein Geräusch zu hören. Nach einer Sekunde ist es still, als wäre er nach draußen gegangen oder hätte den Anruf in einem anderen Zimmer entgegengenommen. „Alles in Ordnung?“

„Ja“, sage ich mit einem schweren Seufzer. „Ich

bin nur etwas weit von der U-Bahn entfernt und wollte jemanden zum Reden haben, bis ich am Bahnhof bin. Ist das okay?"

„Bist du allein?"

Ich lache und schnaube wegen der Kälte. Mein Herz tut auch ein wenig weh, aber ich weine nicht, zumindest nicht nach außen hin. „Ja, deshalb habe ich angerufen. Ist es okay? Bist du beschäftigt?"

„Wo bist du? Ich komme dich abholen", sagt Jasper. „Bist du auf dem Campus?"

„Ich komme gerade von der Party zurück. Ist schon gut. Wenn du kommst, bin ich schon am Bahnsteig."

„Wie lang ist der Weg?", fragt Jasper.

„Eine halbe Stunde, wenn ich passende Stiefel und einen nicht ganz so kurzen Rock anhätte." Ich muss kleinere Schritte machen, und während ich mit einer Hand das Telefon umklammere, versuche ich gleichzeitig zu verhindern, dass mein Rock hochfliegt und enthüllt, was darunter ist. Wohlgemerkt, es ist mein schwarzes Spitzenhöschen. Im Nachhinein betrachtet, hätte ich mich für etwas weniger Auffälliges entscheiden sollen.

Er räuspert sich. „Schicke mir deinen Standort."

Ich werfe einen Blick auf mein Handy und

bleibe stehen, um ihm meinen Standort zu nennen. „Du verfolgst mich jetzt, was?", scherze ich und versuche, die Situation auf die leichte Schulter zu nehmen. Langsam gehe ich weiter, meine Füße kribbeln von der Kälte, meine Beine sind taub.

„Ich hole dich ab."

„Jasper, das ist nicht nötig."

„Bleib am Telefon, bis du den Porsche siehst." Im Hintergrund sind wieder Geräusche zu hören, und das Telefon ist gedämpft, als Jasper etwas zu jemandem sagt, vermutlich zu seinem Bruder.

„Hast du das Auto deines Bruders?", frage ich.

„Ich leihe es mir aus", sagt er, und das Schweigen folgt ihm, während ich annehme, dass er das Gebäude, in dem er sich befindet, verlässt. Bar. Club. Das Haus seines Bruders, was unwahrscheinlich ist, da ich zu Hause sein könnte, wenn er mich abholt. Nun, es wäre nahe dran. „Rede einfach weiter mit mir", sagt Jasper.

„Ähm, ja, sicher." Es ist das erste Mal, dass ich nicht weiß, worüber ich reden soll. Ich habe keine Lust zu reden. Ich klappere mit den Zähnen und bereue es, diesen lächerlichen Rock zu tragen, obwohl es kalt genug ist, um zu schneien.

„Wo ist Charlotte?", fragt Jasper und hält das

Gespräch in Gang. Seine Stimme klingt entfernter, und ich höre das Aufheulen eines Automotors.

Ich hoffe, dass er bald kommt, aber ich weiß, dass es noch eine Weile dauern wird. Bis jetzt ist der Bürgersteig menschenleer. Seit der Party habe ich niemanden mehr gesehen, und die Straßenlaternen flackern über mir, als ich mein Tempo erhöhe.

Meine Füße werden von der Kälte taub. So viel zu Charlottes Stiefeln, die meine Füße warmhalten.

„Charlotte? Sie schläft wahrscheinlich mit einem Typen, den sie kennengelernt hat. Ich weiß nicht, sie ist auf der Party verschwunden und hat mich abserviert. Typisch Char."

Ich schwöre, dass ich ihn bei meiner Antwort knurren höre.

„Das ist in Ordnung. Ich bin es gewohnt, ihr Flügelmann zu sein. Ich konnte nur den Typen nicht mehr ertragen, der mich angemacht hat."

„Dich anbaggern?" Seine Antworten sind kurz.

„Es ist nichts." Ich möchte nicht wirklich mit Jasper darüber reden, oder überhaupt mit jemandem. Ich weiß nicht, was Atlas sich dabei gedacht hat. Warum musste er seinen Bruder überhaupt erwähnen? Dachte er wirklich, dass es mich beeindrucken würde, dass Knox Storm sein Bruder ist? Denn das tut er nicht. Und mich *Eiskönigin* zu nennen? Was zum Teufel sollte das? Weil ich ihm keinen Blowjob geben oder ihn ficken wollte?

„Du weichst meiner Frage aus", sagt Jasper.

„Können wir über etwas anderes als die Party reden?" Ich zucke über meinen Tonfall zusammen, weil ich ihn nicht anschnauzen will. Nichts davon ist seine Schuld. „Tut mir leid."

„Das muss es nicht ", sagt er mit ruhiger und gefasster Stimme. „Ich bin gleich da. Ich habe die Heizung im Auto für dich angestellt."

„Wenn du die Klimaanlage einschaltest, müsste ich dich wohl umbringen, Jasper."

„Eine Frau mit Rachegelüsten", stichelt er. Sein Tonfall ist leicht, und an der nächsten Ampel sehe ich einen Porsche, der mit eingeschaltetem Blinker darauf wartet, in die Straße abzubiegen, in der ich gerade laufe.

Die kühle Luft kitzelt auf meiner Haut, und ich schlinge fröstelnd die Arme um mich.

Sobald die Ampel umspringt, biegt Jasper um die Ecke, der Motor heult auf, als er das Gaspedal durchtritt, bevor er abrupt zum Stehen kommt.

Ich eile zur Beifahrertür, reiße sie auf und steige ein. Der willkommene Wärmeschub ist erfrischend für meine kribbelnde Haut.

Jasper bewegt sich nicht. Sein Blick schweift über mich.

„Ich hätte eine Decke mitbringen sollen", sagt er und wirft einen langen Blick auf meine nackten Beine, während er sich noch einmal umsieht.

Bei jedem anderen Kerl würde ich eine abfällige Bemerkung über seinen verweilenden Blick machen, aber stattdessen erhitzt er mich bis ins Mark, und ich atme nervös aus.

„Nettes Auto", sage ich und versuche, seine Aufmerksamkeit von meinem Körper abzulenken, ohne ihm zu sagen, dass er nicht hinsehen soll. Denn die Wahrheit ist, dass mir seine Aufmerksamkeit nichts ausmacht, ich mag sie.

„Ja, ich habe mir Kylers Auto geliehen. Ich kann dich zu Hause absetzen, bevor ich es ihm zurückbringe."

Er fährt sich mit der Hand durch die Haare, schüttelt den Kopf, als wolle er sich konzentrieren, und fährt wieder auf die Straße.

Die Stille zwischen uns hält nur wenige Sekunden an. „Ich habe keine Lust, nach Hause zu gehen", gebe ich zu und werfe einen Blick in seine Richtung. „Kann ich heute Abend mit euch abhängen, oder ist das ein reiner Männerabend?"

Ich will ihm nicht den Abend verderben, wenn es ein Männerabend mit dem Team ist.

„Es sind immer Mädchen da, auch wenn wir sie nicht einladen", scherzt Jasper. „Es sei denn, wir hängen bei jemandem zu Hause ab oder so. Klar, du kannst mitkommen." Er sieht mich an, sein Blick fällt auf meinen kurzen Rock, bevor er seine Aufmerksamkeit wieder auf die Straße richtet.

„Danke, dass du mich abgeholt hast", sage ich und fummele mit den Händen in meinem Schoß herum. Die Schmetterlinge sind in seiner Nähe immer da, aber sie sind gezähmt, und mein Verlangen nach ihm ist unüberwindlich. Wahrscheinlich ist es der Rum-Punsch von der Party, der mich aus der Not heraus handeln lässt, und damit kann ich leben. Wenn es das ist, was nötig ist, um zu zeigen, was ich für ihn empfinde, dann soll es so sein.

Ich greife über die Mittelkonsole hinweg und lege meine Hand auf seinen Oberschenkel.

Er trägt eine Jeans. Sie sind eng, und er ist warm, als ich mit meinen Fingern über seine Hose streiche. Ich bin vorsichtig, nicht direkt zu seinem Schwanz zu gehen, was ich aber will, ich streichle sein Bein, und meine Finger bewegen sich an seinen Oberschenkeln nach innen.

Jaspers Atmung wird tiefer. Jeder Atemzug wird lauter, während sich seine Lippen öffnen, und ich schwöre, dass das Auto sich durch die Hitze zwischen uns zu beschlagen beginnt.

„Amber, was machst du da?"

Ich lächle und starre ihn an. „Ich dachte, das wäre irgendwie offensichtlich?" Ich bewege mich leicht, lasse meine Beine auseinandergehen, und mein Rock rutscht noch ein bisschen höher. Ich möchte, dass er einen Blick in meine Richtung riskiert und meine Hitze sieht, mein Spitzenhöschen, und dass seine Kontrolle ins Wanken gerät.

Seine Stimme bleibt ihm in der Kehle stecken. „Wir sind Zimmergenossen", sagt Jasper, und ich beobachte, wie er die Kontrolle verliert, an den Straßenrand fährt und den Motor auf Parken stellt. „Komm hier rüber", knurrt er.

Willkürlich schnalle ich mich ab und klettere über die Mittelkonsole. Jasper schiebt seinen Sitz zurück, als ich mich auf seinen Schoß setze. Ich spüre, wie seine Hitze gegen den Reißverschluss seiner Jeans drückt und mich stupst, während ich ihn mit meinen Hüften reize.

Mit seinen Händen greift er mir unter den Rock, spreizt meine Beine, sein Finger taucht zwischen mein Höschen, und er zerreißt es in Fetzen während er es herunterzieht. .

Ich schnappe nach Luft angesichts seines Eifers, und schon sind wir beide atemlos und starren uns an. Meine Finger verheddern sich in seinen Haaren, ich ziehe ihn näher an mich heran und beuge mich herunter, um ihn zu küssen.

Unsere Lippen haben sich kaum berührt, als er mich mit schweren Augenlidern anstarrt und sich an meinen Hüften reibt.

Mein Mund öffnet sich, er beugt sich vor und küsst meinen Hals, während ich den Kopf hängen lasse und die Augen schließe.

„Fühl es einfach", flüstert er mir ins Ohr, leckt und knabbert am Ohrläppchen, während mein Körper durch seine Berührung zu Gelee wird.

Jasper reibt sich an mir, stößt mit seinen in der Hose steckenden Hüften gegen meinen Kern und drückt seinen bekleideten Schwanz gegen mich. Ich zittere in seinen Armen, und er saugt und küsst meinen Hals, während seine Finger meinen Hintern festhalten, seine Hände über meine Haut streichen, während er mich fest an sich drückt.

Ich wiege meine Hüften im Gleichschritt mit seinen.

„Ich will ...", keuche ich, unsicher, was ich außer

ihm noch will. Ich wiege mich gegen ihn, mein Inneres ist warm und heiß, wie ein geschmolzener Strom aus Lava, der durch mich fließt.

Er presst seine Lippen auf meine, während ich die Welle, die Hitze, spüre, wie sich mein Inneres zusammenzieht und ich mir wünsche, dass sein Schwanz tief in mir vergraben wäre.

Ich stoße meine Zunge in seinen Mund, trinke ihn, schmecke ihn, verschlinge den Orgasmus, der mich durchfährt, und seine Fingernägel graben sich in meinen Arsch.

Meine Nässe sickert auf seine Jeans, und ich ziehe ihn immer fester an mich, mein Herz klopft gegen meine Brust, als ich schließlich keuchend nach Luft schnappe.

„Wow", keuche ich und versuche, meine Fassung wiederzuerlangen. Er ist immer noch steinhart unter mir.

Ich verlagere meine Hüften und greife nach seinem Reißverschluss, aber er hält mich zurück und umfasst meine Hände mit seinen. „Dein erstes Mal wird nicht in einem Auto sein", sagt er.

„Was ist mit meinem ersten Blowjob?", frage ich und lecke mir über die Lippen, während ich mich auf meine Seite des Autos fallen lasse und nach seinem Reißverschluss greife.

Er knurrt und bedeckt sein Gesicht mit den Händen. „Ich glaube nicht, dass ich es aushalte, wenn du weiter so redest, *Babe*. Und das ist nicht mein Auto." Sein Blick flackert, und ich kann die Sorge in seinem Gesicht sehen. Wenn das Auto mit Flecken von unserem Rendezvous an seinen Bruder zurückgegeben wird, sind wir beide am Arsch.

„Ich schlucke", sage ich und lasse meinen Finger auf seinem Reißverschluss tanzen.

Er legt seine Hände über meine, seine Augen sind dunkel vor Verlangen. Er hält meine Hand im Schritt fest und lässt nicht zu, dass ich den Reißverschluss seiner Jeans öffne.

„Willst du das nicht?", frage ich.

„Scheiße, ich will", sagt Jasper. „Du hast keine Ahnung, wie sehr ich dich will …"

Ich will nicht, dass er den Satz beendet, denn ich höre das sprichwörtliche *Aber* kommen, und ich kann nicht hinnehmen, was er zu sagen gedenkt. Ich krieche auf allen Vieren, bedecke seine Lippen, schiebe meine Zunge in seinen Mund, meine Finger um seinen Nacken, um ihn an mich zu drücken. „Ich will dich." Ich mache meine Absichten klar. Man kann mein Verlangen nicht mit etwas anderem als dem verwechseln, was es ist: Bedürfnis.

„Du hast getrunken", sagt er und drückt mir

einen sanften Kuss auf die Lippen, bevor er sich zurückzieht. Er stöhnt gegen meine Lippen und stiehlt sich einen weiteren Kuss. „Du schmeckst nach Rumpunsch."

Verdammt, er ist gut. Ein bisschen zu gut.

„Ich habe etwas getrunken", sage ich, ohne zu erwähnen, dass es mehr als einer war, aber ich bin nicht betrunken. Ein bisschen beschwipst, ja, aber ich weiß, was ich will. Ich habe Jasper schon immer gewollt, und das hat sich nicht geändert und wird sich auch nicht ändern, wenn ich am Morgen hundertprozentig nüchtern bin.

„Dein erstes Mal wird nicht in einem Auto sein, betrunken, mit deinem Mitbewohner."

Er führt mich sanft zu meinem Sitz zurück, und ich nehme seine Hand, schiebe sie unter meinen Rock, lasse seine Finger zwischen meinen Beinen tanzen und erforschen, wo ich wegen ihm durchnässt bin. „Bist du dir da sicher?", frage ich.

ZWANZIG
JASPER

ICH HABE EINE MENGE WILLENSKRAFT.

Das ist etwas, das ich mir als Sportler aneignen musste, vor allem beim Eishockey. Trinken, Sex, Drogen. All das kann irgendwann verlockend sein, entweder durch Gruppenzwang oder durch das Bedürfnis, sich zu entspannen.

Drogen können eine Karriere ruinieren. Es ist leicht, sich davon fernzuhalten, vor allem, wenn wir stichprobenartigen Drogentests unterzogen werden.

Bei Alkohol und Sex ist es allerdings leicht, in diese Gewohnheiten zu verfallen. Ich habe das bei einigen der Jungs gesehen, besonders wenn die *Puck Bunnies* auftauchen, flirten und sich uns an den Hals werfen. Ich habe meinen Kopf auf meinen Schultern, um sie zu verscheuchen. Nicht, dass ich mir nicht auch schon mal ein wenig Spaß gegönnt hätte, aber das ist nicht das, was ich in letzter Zeit will. Es befriedigt kein Bedürfnis, das ich habe. Schon eine ganze Weile nicht mehr.

Als ich auf dem Fahrersitz des Autos meines Bruders saß, dass ich mir geliehen hatte, um Amber abzuholen, nachdem sie mich angerufen hatte und sich verzweifelt und besorgt anhörte, dachte ich, dass das Einzige, worüber ich mich aufregen würde, das wäre, was ihr auf der Party passiert ist.

Zum Glück schien es ihr gutzugehen, auch wenn sie ein wenig durchfroren, war, als ich sie abholte.

Es war schwierig, meine Augen auf der Straße zu halten, da der Minirock so hoch an ihren Schenkeln saß, dass ich schwören könnte, einen Blick auf Satin zu erhaschen, oder war es Seide? Ehe ich mich versehe, halte ich das Auto an, sie sitzt auf meinem Schoß, und ich stoße und reibe mich an ihr, zerreiße ihr Höschen und verpasse ihr einen Orgasmus, ohne ihre Muschi auch nur zu berühren.

Nun, nicht mit meinen Händen, meiner Zunge oder meinem Schwanz.

Es ist, als wären wir zwei Teenager, die in einem Auto trocken vögeln, das ist nicht das, was Amber für ihr erstes Mal verdient hat.

Als sie mich durch den Stoff meiner Bluejeans

streichelt, bin ich kurz davor zu platzen. Das will ich nicht, und nein zu sagen, ist fast unmöglich.

Meine Willenskraft bröckelt wegen ihr.

Ich koste noch einmal von ihren Lippen, und das erinnert mich an Sauerkirsche. Noch eine Kostprobe und ich erkenne sie wieder – Fruchtpunsch und Rum. Köstlich, und ich merke, dass sie nicht ganz nüchtern ist.

Wie viel hat sie heute Abend getrunken? „Du hast getrunken", sage ich, und ich hasse es, dass es fast anklagend klingt. „Du schmeckst nach Rumpunsch."

„Ich hatte einen Drink."

Ich kann an ihrem Tonfall hören, dass sie sich zurückhält. Sie hatte mehr als einen Drink. Jedes Mal, wenn ich Amber mit einem Drink gesehen habe, war es nie nur einer.

Sie ist jung, neugierig, lebt ihr Leben, und wenn das Alkoholkonsum bei Minderjährigen beinhaltet, bin ich nicht ihr Babysitter. Aber ich habe auch nicht vor, sie auszunutzen.

„Dein erstes Mal wird nicht in einem Auto sein, betrunken, mit deinem Mitbewohner." Ich bringe sie sanft zurück auf ihre Seite des Autos und halte einen Sicherheitsabstand zwischen uns.

„Bist du dir da sicher?" Der Blick in ihren Augen ist urwüchsig und elektrisch.

Ich atme tief ein und erinnere mich daran, dass es nicht heute Abend im Auto meines Bruders passieren wird, so sehr ich sie auch will.

„Ich bringe dich nach Hause." Ich räuspere mich und konzentriere mich darauf, uns zurück in die Wohnung zu bringen, indem ich auf die Straße fahre.

Amber ist ruhig, und ich bin froh, dass sie Abstand zwischen uns hält, denn wenn sie mir den Reißverschluss meiner Jeans geöffnet hätte, wäre ich wohl nicht in der Lage gewesen, Nein zu sagen. Es war schon schwierig genug, das zu beenden, was wir im Auto angefangen haben.

„Ich dachte, wir gehen zurück zu der Party deines Freundes?", fragt sie und schaut mich neugierig an.

Ich kann nicht mit einem rasenden Ständer auftauchen, und ich werde einen bösen Fall von blauen Eiern haben, wenn ich nicht nach Hause komme und mein massives Problem löse, das jetzt schmerzte. Mein Schwanz zuckt, wenn ich nur ihre Stimme höre, unscheinbar und unschuldig gegenüber dem pochenden Gefühl, das unerbittlich ist.

„Wir müssen einen Umweg machen. Wenn du mitkommen willst", ich zucke über meine eigene Wortwahl zusammen und schaue sie an, „brauchst du ein Höschen unter diesem Ding, das du Rock nennst." Ich zeige auf das winzige Stück Stoff, das kaum ihren Hintern bedeckt.

„Du willst doch nicht, dass ich deine Eishockeyspieler-Freunde mit meinem Kätzchen beglücke", scherzt sie, und ich lächle nicht.

An ihrem Vorschlag ist nichts Komisches.

„Jasper." Ihre Hand streckt sich aus, um meine Schulter zu berühren, und ich zucke zusammen. Der Gedanke, dass sie mit einem anderen Mann zusammen ist, vor allem mit einem meiner Mannschaftskameraden, brennt heller als die Hitze der Sonne.

Ich schlucke die Wut, den Zorn und die Eifersucht hinunter, die in mir aufsteigen, wenn ich nur daran denke, wie sie sich über sie beugen und sie ficken.

Das sollte keine Rolle spielen.

Aber ich kann immer noch ihre Hitze und Wärme spüren, meinen Schwanz, der in meiner Jeans aus allen Nähten platzt, und ihre heiße Muschi, die sich an mir reibt. Ich kann ihren Duft riechen, das süße Aroma, nach dem ich mich auf meiner Zunge sehne. Ich will sehen, wie sie zittert, und hören, wie sie meinen Namen stöhnt, wenn ich sie wieder und wieder kommen lasse.

„Was?" Ich räuspere mich, als ich anhalte und den Porsche vor unserem Wohnkomplex parke. Es ist ein Kurzzeitparkplatz, drei Stunden, aber ich habe nicht vor, das Auto über Nacht hier stehenzulassen. Ich kümmere mich ums Geschäft, mache mich frisch und fahre zurück zur Party, hoffentlich ohne Amber.

Ich brauche Abstand von ihr, und sei es nur, weil ich nicht weiß, wie lange ich das, was ich will, noch zurückhalten kann. *Sie*.

Sie schweigt und folgt mir bis zum Eingang. Sie fummelt immer wieder am Saum ihres Rocks herum und zieht ihn ein wenig tiefer, um ihre Taille zu zeigen. Ich nehme an, es ist besser, dass ihre Hüften und ihr Bauch zu sehen sind, als dass ihr Hintern zur Schau gestellt wird.

Ich beobachte sie, als wir in den Aufzug steigen. Sie zieht den Saum des Rocks weiter nach unten, als ob mich das davon abhalten würde, einen Blick auf ihren Hintern zu erhaschen.

Als sich die Türen schließen und wir beide allein sind, greife ich nach ihr, um ihren nackten Hintern zu umfassen und zu drücken.

Amber holt tief Luft. „Hast du mein Angebot überdacht?", Ihre Stimme ist rau und voller Beklemmung. Sie ist nervös. Das ist niedlich, aber ich wünschte, sie könnte sich in meiner Gegenwart entspannen. Ich werde nichts erzwingen oder sie zu etwas drängen, das ihr unangenehm ist. Ein weiterer Grund, warum es keine kluge Idee ist, sie zu ficken oder mir im Auto einen Blowjob zu geben.

Ich zwinge mich zu einem Lächeln, mein Schwanz drückt gegen meine Hose. „Wenn du heute Abend mit mir kommst, musst du mein Trikot anziehen."

Sie legt den Kopf schief und schaut zu mir hoch. „Das kann ich machen", sagt sie. „Aber muss ich etwas darunter tragen?"

Diese Frau wird mich umbringen.

Wir verlassen den Aufzug, und ich hole meinen Schlüssel aus der Tasche, schließe die Tür auf und lasse uns hinein.

Die Jalousien sind geöffnet und bieten einen spektakulären Blick auf die nächtliche Skyline der Stadt. Ich schalte das Licht ein, damit wir sehen können, wohin wir gehen, und Amber beginnt, sich auszuziehen und hinterlässt eine Spur, als sie in mein Schlafzimmer geht.

„Was machst du da?", frage ich und beobachte

sie, wie sie mit schwingenden Hüften und dem Rücken zu mir lang schlendert, mit absolut nichts bekleidet.

„Du hast gesagt, ich soll dein Trikot anziehen. Ich dachte, ich gebe dir einen kostenlosen Blick auf das, was darunter sein wird."

Sie spielt mit mir. Ich weiß, dass sie nicht versucht, Spielchen zu spielen, aber sie hat getrunken, und so sehr ich sie auch besinnungslos ficken und ihr zeigen möchte, wie es ist, geschändet zu werden, werde ich es unter diesen Umständen nicht tun.

Aber sie macht es mir schwer.

Ich hatte heute Abend schon einen Drink. Ich weiß nicht, wie viele sie getrunken hat, aber sie kann offensichtlich nicht klar denken.

Ich öffne meinen Schrank und hole ein *Ice Dragons*-Trikot heraus, auf dem meine Nummer steht, 45, und auf der Rückseite steht Greyson. „Zieh das an und vielleicht auch eine Hose", brumme ich und werfe es ihr zu. Ich lasse meine Schlüssel, mein Portemonnaie und mein Handy auf das Bett fallen, während ich ins Bad gehe.

Ich schleiche hinein und schließe die Tür, da sie in mein Schlafzimmer eingedrungen ist.

Mein Schwanz zuckt, und verdammt, ich

versuche, ein Gentleman zu sein. Ich öffne den Reißverschluss meiner Jeans, mein Schwanz springt frei, und ich schiebe meine Hose ganz herunter. Ich kann es mir auch bequem machen, während ich einen runterhole.

Ich streiche mit dem Daumen über die Eichel, und schon ist er empfindlich und pulsiert. Ich kann nicht anders, als an Amber und ihren kurzen, kleinen Rock und ihre feuchte Muschi an meinem Schwanz zu denken.

Ich atme tief ein und versuche, mich zu beruhigen und nicht zu laut zu werden.

„Alles in Ordnung da drin? Brauchst du Hilfe?" fragt Amber und klopft an die Tür.

Ich möchte sie anschreien, dass sie weggehen soll, dass sie schon genug getan hat. Ich werfe einen Blick auf die geschlossene Tür. Ich habe sie nicht verschlossen. In der Eile habe ich es vergessen, oder vielleicht war es im Unterbewusstsein Absicht.

Aber jeden Moment könnte sie hereinstürmen und mich mit meinem Schwanz in der Hand sehen, wie ich kräftig masturbiere, während ich meine Augen schließe und mir vorstelle, tief in ihrer Wärme zu versinken.

Möchte ich sie ficken?

Ich würde alles dafür geben, in ihr zu sein und

zu spüren, wie sich ihr Körper wie ein Schraubstock um mich legt, während ich sie zum Kommen bringe. Allein dieses Gefühl reicht aus, um meinen Schwanz zucken zu lassen, und ich greife nach einem Taschentuch.

Auf der gegenüberliegenden Seite der Tür bewegt sich etwas und es raschelt. Die Badezimmertür öffnet sich quietschend, und Amber steht da, nur mit meinem Trikot bekleidet und mit einem Handy in der Hand, während sie mich beobachtet.

„Ich schwöre, wenn du das aufnimmst", knurre ich sie an und merke, dass sie mein Handy hochhält, und ich hoffe, dass es nicht auf Videochat ist.

Ambers Augen weiten sich, und sie hält sich das Telefon ans Ohr, aber sie dreht sich nicht um. Es gibt nicht einmal einen Anschein von Privatsphäre, während sie mich beobachtet. „Er ist im Moment unpässlich."

„Ich kann ihn hören", sagt Kyler. Offenbar hat sie uns alle auf Freisprechen gestellt. „Wo zum Teufel bist du? Ich dachte, du würdest Amber abholen und wärst schon zurück. Ist alles in Ordnung? Du klingst gestresst."

„Ich werde bald da sein", sage ich mit

zusammengebissenen Zähnen. Ich starre Amber an. „Leg das verdammte Telefon auf."

Sie beendet das Gespräch, dreht sich auf dem Absatz um und wirft es ein paar Meter weit auf das Bett. „Kann ich dir bei irgendetwas helfen?", fragt sie, ihren Blick auf meinen Schwanz gerichtet.

Sie tritt vor, schließt die Lücke zwischen uns und lässt sich auf die Knie fallen.

„Lass mich", sagt sie, und ich nehme meine Hand weg, als sie ihre üppigen, rubinroten Lippen über die Spitze führt. Sie nimmt sie sanft in den Mund, ihre Zunge streicht über die Unterseite meines Schwanzes und reizt mich.

Ich verheddere meine Finger in ihrem Haar und versuche, ihr nicht noch mehr in den Hals zu stopfen, aber ich will ihren ganzen Mund um mich herum spüren.

Sie nimmt mich tiefer, und das Gefühl ist überwältigend. Ich ziehe an ihrem Haar und nehme eine Handvoll davon in meine Hände. „Ich werde ...", warne ich sie und versuche, sie wegzuschieben, während ich nach dem Taschentuch greife.

Ich erwarte, dass sie zurückweicht, aber das tut sie nicht. Ihre Finger kitzeln meine Eier und heilige Scheiße, ich lehne mich an die Wand, um nicht umzufallen, während ihr Mund mich fickt, bis ich auf ihrer Zunge und in ihrer Kehle platze.

Sie schluckt und blickt mich mit glühenden Augen an. „Bist du sicher, dass ich dich nicht überreden kann, heute Nacht hierzubleiben?", fragt sie.

Ich keuche, ringe nach Luft und ziehe Amber auf die Beine, küsse sie. Ich führe sie rückwärts zum Bett, und sie rutscht nach hinten und legt sich hin, während ich auf alle viere steige und sie überrage.

Meine Finger tanzen mit federleichtem Druck über ihre Oberschenkel, während sie sich unter meiner Berührung windet. Sie ist kitzelig, obwohl ich nicht vorhabe, sie mit Kitzeln zu quälen, genieße ich es, wenn sie sich unter mir windet.

Ich fasse ein Handgelenk und ziehe es über ihren Kopf, dann das andere, um sie an die Matratze zu fesseln.

Sie schlingt ihre Beine um meine Hüften und drückt mein Gewicht auf sie.

„Wirst du mich ficken?", fragt sie und lächelt zu mir hoch.

Ich knurre, weil ich es liebe, wenn sie schmutzig redet. Es ist urwüchsig und bringt mich dazu, sie immer wieder ficken zu wollen, aber diesmal nicht nur ihren Mund. „Heute nicht", sage ich. „Aber ich werde dir den besten Orgasmus deines Lebens bescheren."

Ihre Wangen röten sich, und ich stelle mir vor, dass ihre Brüste erröten, aber das kann ich nicht sehen, weil sie mein Trikot trägt. Und das ist verdammt heiß. Ich schiebe den Saum ihres Shirts über ihre Taille hoch und entblöße ihre herrlichen Muschilippen. Ich rutsche auf der Matratze nach unten und verteile sanfte Küsse auf ihren Schenkeln.

Ich höre das plötzliche Einatmen, und ihre Beine verkrampfen sich. Ich schätze, das ist Neuland für sie.

„Spreize deine perfekten kleinen Beine. Gib mir den besten Blick deines Lebens", sage ich und versuche, ihr zu helfen, sich zu entspannen. Ich kann sie nicht erfolgreich mit der Zunge ficken, wenn ihre Beine zusammengeklemmt sind.

„Du musst nicht", flüstert sie.

„Willst du das nicht?", Ich lege meine Lippen auf ihr Schambein, umschmeichle sie mit meinem Kinn und meinen Lippen und verteile sanfte Küsse auf ihrem Schamhügel. Ich spreize ihre Lippen ein wenig, und sie atmet einen zittrigen Atemzug ein und dann langsam aus. „Du hast das noch nie gemacht", sage ich und versuche, es ihr zu entlocken.

„Ist es so offensichtlich?", fragt sie mit einem nervösen Lachen und bedeckt ihr Gesicht mit den Händen.

Ich sage ihr nicht, dass es offensichtlich ist, weil sie so verschlossen ist, dass, selbst wenn sie mich anflehen würde, sie zu ficken, es nicht gut wäre. Es würde wehtun, und das will ich ihr nicht antun.

„Deshalb gehen wir es langsam an und lassen uns Zeit", sage ich. Nicht, dass ich nicht schon ein paar Affären gehabt hätte, die nichts weiter als ein schneller Fick waren, aber das ist nicht das, was Amber will, schon gar nicht ihr erstes Mal.

„Jetzt kommt es mir vor wie eine Sexualkundevorlesung", lacht sie und bedeckt ihr Gesicht mit beiden Händen.

Ich klettere wieder an ihrem Körper hoch, erreiche ihre Handgelenke und lege sie über ihrem Kopf zusammen. „Glaub mir, das ist anders als jeder Sexualkundeunterricht, den du je erlebt hast", sage ich.

Mit einer Hand halte ich sie fest und mit der anderen gleite ich zwischen ihren Schenkeln hinunter, um ihre Schamlippen zu reizen und sanft über ihre Haut zu streichen.

Sie ist unruhig unter meiner Berührung, ihre Hüften heben sich unter meinen Händen, sie will mehr. Das ist ein gutes Zeichen. Ihre Beine öffnen sich ein wenig mehr für mich. „Wie wäre es, wenn wir es langsam angehen, nur mit den Fingern?", schlage ich vor, denn ich spüre, dass sie sich mit Oralem noch nicht wohl fühlt, obwohl sie mir gerade den besten Blowjob meines Lebens gegeben hat.

Ich schiebe es auf die Nervosität. „Du bist wunderschön", sage ich, löse meinen Griff um ihr Handgelenk und ziehe ihr das Trikot über den Kopf, um jeden Zentimeter ihrer Nacktheit zu sehen, um ihre Schönheit zu bewundern.

„Das sagst du nur so", sagt Amber und rümpft die Nase. „Ich bin kein Sportler." Sie stößt mich an die Brust und hilft mir, mein Hemd auszuziehen, sodass ich nackt über ihr liege.

„Ich wünschte, du würdest dich so sehen, wie ich dich sehe. Du bist perfekt."

Sie errötet und beißt sich auf die Unterlippe. Ich beuge mich vor und umschlinge ihre Lippen mit meinen. Wenn sie sich schon auf die Lippe beißt, dann werde ich sie zwischen ihren Zähnen befreien.

Ihre Lippen öffnen sich, als ich mich zu einem Kuss vorbeuge, und schon duellieren sich unsere Zungen. Ich schiebe ein Knie zwischen ihre Schenkel, und sie spreizt sofort ihre Beine für mich.

Diesmal ist sie abgelenkt, als meine Finger über ihre Brust streichen.

Sie ist still und atmet schwer, während ich dem leisen Stöhnen lausche, was sie mag und was sie liebt. Amber ist zurückhaltend und sie hält sich zurück.

Meine Berührung ist sanft und leicht, und sie wimmert nach mehr, während ich ihre Falten auseinanderziehe. Sie schiebt sich zurück, unruhig von meinen Fingern, die die Außenseite ihrer Muschi streicheln.

„Du bist so ein Quälgeist", murmelt sie, und ich küsse einen Weg ihren Hals hinunter.

„Du hast ja keine Ahnung", sage ich lachend. „Aber ich verspreche, dass es sich lohnen wird."

Ihre Augen sind schwer und dunkel, angeheizt durch das Verlangen. Mit einem Finger ziehe ich ihre Schamlippen auseinander, und sie ist bereits feucht. Die Hitze sickert aus ihrem Inneren, und ich führe einen Finger sanft in ihre Wärme.

Sie spreizt ihre Beine weiter, und wenn ich mich auf sie stürzen würde, wäre das ein perfekter Anblick. Mein Mund erfasst ihre Brustwarze und nimmt sie sanft zwischen meine Zähne, während ich einen zweiten Finger in ihre enge Muschi stecke.

Sie atmet heftig ein. „Zu viel?", frage ich, um sie

nicht zu verletzen. Sie wird mindestens drei Finger brauchen, um sie zu dehnen, bevor sie für meinen Schwanz bereit ist.

„Nein", sagt sie und stöhnt leise, während sie ihre Hüften im Takt mit meinen Fingern bewegt. „Es ist gut."

Ich kann mir ein Lächeln nicht verkneifen, als ich spüre, wie sie sich gegen meine Handfläche stemmt, während ich die Innenseite ihrer Muschi streichle, meine Finger krümme und ihr Inneres reize, während es anschwillt.

Mit meinem Daumen umkreise ich ihre Klitoris, und ihre Lippen spreizen sich, ihre Hüften wippen, während sie nach Luft schnappt. Ich treibe sie bereits in den Wahnsinn, aber ich habe noch nicht gespürt, wie sie sich zusammenkrampft. Ich habe die verräterischen Anzeichen ihres bevorstehenden Orgasmus nicht gespürt oder gesehen. Aber er wird kommen.

Sie beißt sich auf die Unterlippe, und ich küsse einen Weg von ihrer Brust zurück zu ihrem Hals, sauge und knabbere die empfindliche Haut, während sie unter mir schnurrt.

„Du brauchst mir nichts zu verheimlichen", sage ich und möchte, dass sie so lautstark ist, wie sie es braucht. „Dir zuzuhören macht mich an." Ich weise nicht darauf hin, dass es auch mich erregt, wenn ich sehe, wie ihre Hüften wippen und zwei Finger tief in ihrer Muschi stecken. Schon wieder.

Meine Finger werden feucht, als ich immer wieder die gleiche Stelle streichle und necke, und sie öffnet die Augen und begegnet meinem Blick. Ihre Wangen sind rot, mehr Wärme sickert heraus, und ich bin sicher, dass sie es auch spürt, denn ihre Augen weiten sich. Es ist nichts, wofür man sich schämen müsste, aber ich sehe die Angst in ihrem Gesicht.

„*Babe*, dass du deinen Körper für mich bereit machst, ist sexy. Ich möchte deine enge Muschi streicheln. Sie für mich beanspruchen."

Ihre Lippen öffnen sich und sie keucht, als ich einen weiteren Finger hinzufüge und sie dehne. „Das ist gut", schnurrt sie und ihre Hüften kreisen gegen meine Hand, schaukeln hin und her, während sich ihr Inneres um meine Finger zusammenzieht.

Ihre Augen schließen sich, und ihr Rücken wölbt sich von der Matratze, sie beginnt, dem Orgasmus hinterherzujagen. Ich kann jedes Zittern ihrer Wände spüren, wie ein Schraubstock gegen meine Finger, die sich zusammenziehen und sie fest in ihr halten, während ich die Bewegung fortsetze.

„Oh, fuck", murmelt sie, ihr Rücken wölbt sich

vom Bett, sie keucht und stöhnt und lehnt sich zu mir hoch. Ihre Finger krallen sich in meine Arme, sie will mich.

So sehr ich auch meinen Schwanz in sie stoßen möchte, heute Nacht wird das nicht passieren. Jedes Stöhnen, das sie von sich gibt, ist perfekt wie eine Sinfonie.

„Jasper." Der süße Klang meines Namens auf ihren Lippen ist höchst befriedigend. Genauso wie der Anblick, wie sie sich von mir löst.

Schließlich bricht sie keuchend auf der Matratze zusammen, während ich mich von ihr löse, und mich neben sie auf die Seite lege, um sie zu beobachten. „Scheiße, das war unglaublich", flüstert sie.

Ich zucke mit einem Lächeln. Das ist ein echter Ego-Schub. „Gut", sage ich, beuge mich vor und küsse sanft ihre Lippen. Meine Finger tanzen über ihre Hüften, ich will nicht aufhören, sie zu berühren, niemals.

Ich wusste, dass eine Kostprobe des Verbotenen süchtig machen würde. Mir war nur nicht klar, wie sehr.

Amber dreht sich zu mir um und rümpft die Nase. „Das Bett ist durchnässt."

„Wessen Schuld ist das?" Ich necke sie und ziehe

sie so über mich, dass sie nicht auf der nassen Stelle liegt.

Sie spreizt meine Taille und starrt auf mich herab. „Eindeutig deine, da du das gemacht hast." Amber deutet auf die Matratze und grinst mich an. „Das ist offiziell deine Seite des Bettes. Die nasse Seite."

———

Wir eilen nach draußen, Amber in meinem *Ice Dragons*-Trikot und ich in demselben Hemd und derselben Jeans, in der ich sie abgeholt habe. Es kostete mich jedes Quäntchen Energie, aus dem Bett zu klettern, obwohl ich eigentlich nur schlafen und mich an ihren nackten Körper kuscheln wollte.

Aber wie sollte ich meinem Bruder erklären, warum sein Porsche abgeschleppt wurde? Er würde mir das Auto nie wieder leihen.

Amber schaut auf ihre Uhr, als ich ihr die Autotür öffne, und sie steigt ein. „Bist du sicher, dass die Party noch nicht vorbei ist?"

Ich habe ein Dutzend SMS von Kyler bekommen, der wissen will, wo zum Teufel ich bin und warum wir so verdammt lange brauchen. Ich beeile mich, auf der Fahrerseite einzusteigen.

„Es ist noch im Gange, aber mein Bruder hat eine ganze Menge zu sagen." Ich werfe ihr mein Handy zu und lasse sie die ganze Liste der Nachrichten lesen.

Sie sieht sich die SMS an, während ich mich auf die Straße konzentriere und mich in den Verkehr einfädle, um zur Party bei Noah zu fahren. Sie begann in der Bar in der Nähe, aber Kyler schrieb mir, dass sie zu Noahs Haus gegangen sind, um dort abzuhängen, da die *Puck Bunnies* aufgetaucht sind und mit Asher, der verheiratet ist, rumgemacht haben.

Amber liest die rund ein Dutzend Nachrichten durch, die Kyler hinterlassen hat, und ein paar tauchen auf, während sie am Telefon ist. „Asher hat gerade eine SMS geschickt und gefragt, ob wir kommen."

Ich versuche, nicht zu kichern wie ein Highschool-Schüler. „Ja, schreib ihm einfach zurück. Wir sind in fünfzehn Minuten da."

„Okay", sagt sie, tippt auf den Bildschirm und drückt auf Senden. „Hör mal, ist Emerson auf der Party?"

„Sie ist es", sage ich und spüre das Zögern von Amber. Sie ist nicht die Einzige, die sich fragt, was wir hier tun. Wir sind Zimmergenossen, und ich habe mir geschworen, diese Grenze nicht zu überschreiten, aber verdammt, es war jede Sekunde wert.

„Können wir ihr vielleicht nicht von heute Abend erzählen?"

„Welcher Teil?", frage ich und werfe ihr einen kurzen Blick zu, bevor ich meine Aufmerksamkeit wieder auf die Straße richte. Ich biege scharf rechts ab, als wir uns vom Hauptverkehr in New York City entfernen, und versuche, durch ein paar Seitenstraßen zu manövrieren.

Selbst zu dieser späten Stunde ist es noch voll. Die Stadt schläft nie.

„Die Stelle, an der du deine Finger in mich gesteckt hast", sagt Amber.

Ich kann mir ein Kichern nicht verkneifen. „Ich glaube nicht, dass das zur Sprache kommen wird, aber falls doch, werde ich darauf achten, es nicht zu erwähnen."

„Du weißt, was ich meine", sagt sie verzweifelt.

„Das bleibt unter uns." Ich greife nach ihrer Hand und verschränke unsere Finger ineinander. „Wir können unsere kleine Romanze geheim halten, wenn du willst."

Sie muss nicht wissen, dass die Jungs aus dem

Team mich gewarnt haben, mich von ihr fernzuhalten.

„Es macht dir nichts aus?", fragt sie und ihre Augen weiten sich. „Charlotte könnte es herausfinden, aber ich möchte es meiner Schwester gegenüber lieber nicht erwähnen."

Ich erwähne auch nicht, dass es mir lieber wäre, wenn Kyler nichts davon wüsste. „Wir müssen uns vielleicht eine Ausrede einfallen lassen, warum wir so lange gebraucht haben, um zur Party zurückzukommen", sage ich.

„Ich werde mir etwas einfallen lassen."

Amber folgt mir ins Innere der Wohnung, als wir bei Noahs Haus ankommen. Er hat eine protzige Penthouse-Suite mit viel Platz für Gäste.

Kaum habe ich das Penthouse betreten, werde ich von Kyler angesprochen. „Schlüssel?"

Ich übergebe die Schlüssel für den Porsche.

„Alles in Ordnung?", fragt er und schaut zu mir rüber, als ob er herausfinden will, warum ich mich verspätet habe, und ich glaube nicht, dass der Sex mit der Schwester seiner Verlobten auf der Liste der Gründe für unsere Verspätung steht.

Die Jungs hängen immer noch in der Küche und im Wohnzimmer herum. Emerson, Kate und Ava sitzen am Esszimmertisch mit einer Flasche Rotwein.

„Ich schätze, ich sollte mich unter die Leute mischen?", sagt Amber und blickt mich an. „Ich bin da drüben", sie zeigt auf ihre Schwester und ich nicke, während sie in die andere Richtung geht.

Kyler klopft mir auf den Rücken. Ich würde gerne glauben, dass es eine herzliche Begrüßung ist, aber er legt einen Arm um mich und geht mit mir den Flur der Wohnung entlang, weg von den Jungs.

„Willst du mir sagen, warum du so spät dran bist, Bruder?" Kyler drängt mich zu einer Auskunft. Seinem Ton nach könnte ich annehmen, dass er besorgt ist, aber ich bin mir nicht sicher, ob er nicht auch misstrauisch ist.

„Ich habe dir gesagt, dass ich Amber von einer Party auf dem Campus abholen musste, als ich ging. Ich bin zu uns nach Hause gefahren, und sie hat sich ein paar Minuten Zeit genommen, um sich umzuziehen und einen klaren Kopf zu bekommen."

„Ist sie okay?", fragt Kyler und blickt an mir vorbei zu Amber. „Hat ihr jemand etwas angetan?"

Ich kann hören, wie die Wut in ihm kocht.

„Nichts, womit sie nicht umgehen könnte. Sie wurde von irgendeinem Drecksack angemacht." Ich gehe nicht näher darauf ein, weil sie mir keine

Einzelheiten erzählt hat, aber es schien ihr gutzugehen.

Kyler nickt und blickt mich fest an. Sein Blick ist unerschütterlich. „Warum hast du zwei Stunden gebraucht, um mit meinem Auto hierherzukommen? Hast du damit eine kleine Spritztour gemacht?"

„In New York City?" Ich spotte über seine Andeutung. „Wie gesagt, es hat etwas gedauert, bis sie fertig war, und sie war hungrig. Außerdem dachte ich, sie sollte ausnüchtern, bevor ich sie zu ihrer Schwester bringe."

„Warte, sie hat getrunken?" Kyler lässt seine Hand von meiner Schulter fallen und verschränkt die Arme vor der Brust.

Ich ziehe eine Grimasse. Das ist etwas, das ich wahrscheinlich für mich hätte behalten sollen.

„Nur etwas Punsch auf der Party. Als ob du nicht getrunken hättest, bevor du einundzwanzig warst."

„Ich hatte Bristol, bevor ich einundzwanzig war", sagt Kyler. „Da hatte ich nicht viel Zeit, um zu feiern und mit Mädchen zu schlafen.

„Darf ich mich wieder zu den Jungs setzen?" Ich frage ihn nicht um Erlaubnis. Ich zeige auf meine Kumpels aus dem Team und gehe dann in ihre Richtung zurück.

„Schön, dass du es zurück zur Party geschafft hast", sagt Noah und gibt mir einen Klaps auf den Arm. „Nett von dir, dass du auf deine Mitbewohnerin aufgepasst hast."

„Nun, sie gehört zur Familie", mischt sich Kyler in das Gespräch ein.

Ich möchte Amber nicht als Familie betrachten, nicht auf die Art und Weise, die Kyler meint. Ich beschließe, dass es das Beste ist, das Gespräch so schnell wie möglich von Amber wegzulenken. Ich werfe einen Blick auf Asher, der neben Noah steht. „Ich habe gehört, die *Puck Bunnies* waren heute Abend gnadenlos."

Asher lacht. „So kann man es auch ausdrücken. Ich schwöre, Kate wollte Jemma umbringen, weil sie mich angefasst hat."

„Wir alle würden auch Kate verteidigen", sagt Parker.

„Wie ist das überhaupt passiert?" Ich hasse es, dass ich die Party verpasst habe, aber ich bedaure nicht, was zwischen Amber und mir passiert ist.

„Kate ist auf die Toilette gegangen", sagt Asher und erklärt, wie Jemma in dem Moment auftauchte, in dem seine Frau verschwand. „Ich habe ihr immer wieder gesagt, dass ich nicht interessiert bin."

„Und sie schob ihre Hand immer wieder auf seinen Schwanz", fügt Parker hinzu.

„Sie war hartnäckig." Asher stößt einen schweren Seufzer aus. „Ich würde nie eine Frau schlagen. Natürlich würde ich ihr die Hände gewaltsam festhalten. Aber Kate hat die ganze Sache gesehen und Jemma ins Gesicht geschlagen."

Ich kann mir ein Lachen nicht verkneifen und werfe einen Blick über die Schulter zu dem Tisch, wobei ich erst jetzt bemerke, dass Kate einen Plastikbeutel mit Eis auf ihren Knöcheln hat.

„Wie geht es ihr?", frage ich.

„Oh, es geht ihr gut. Jemma ist keine große Kämpfernatur. Sie hat Kate an den Haaren gezogen, und Ava ist ihr auf die Füße getreten. Ich glaube nicht, dass wir bald wieder in die Bar eingeladen werden."

Ich schüttle den Kopf und kann das Lächeln auf meinem Gesicht nicht verbergen. „Normalerweise sind wir diejenigen, die rausgeschmissen werden, nicht andersherum."

„Eine verrückte Nacht", gibt Asher zu, „aber jede Minute war es wert, Jemmas Gesichtsausdruck zu sehen, als Kate sie geschlagen hat. Das war heiß."

„Zwei Mädels, die sich streiten, sind immer heiß", sagt Owen. „Wie geht es Emersons kleiner

Schwester? Wir haben gemerkt, dass du eine Weile gebraucht hast."

„Es geht ihr besser", sage ich und zwinge mich, mich nicht umzudrehen und sie anzuschauen. „Sie hat etwas gebraucht, um sich fertig zu machen und etwas Angemesseneres anzuziehen."

„Wie dein Trikot", sagt Noah und zieht eine Augenbraue hoch.

„Glaube mir, das ist angemessener als der Rock, den sie auf der Campus-Party trug." Allein der Gedanke an sie in diesem Minirock erregt meinen Schwanz. Fuck. Ich kann nicht anfangen, diese Gedanken über Amber zu haben, nicht hier, nicht jetzt.

Kyler grinst. „Du hast sie dazu gebracht, sich umzuziehen, bevor du sie hierher gebracht hast." Er klopft mir auf den Rücken. „Sie ist schon wie eine kleine Schwester für dich, das ist süß."

Innerlich erschaudere ich bei der Verwendung seiner Worte „*kleine Schwester*". Sie ist definitiv *nicht* meine Schwester. „Ich passe nur auf meine Mitbewohnerin auf."

„Ich habe sie und Emerson noch nie zusammen bei einem Spiel gesehen", sagt Noah. „Sie sollten kommen, Greyson-Trikots tragen und darum kämpfen, wer der beste Bruder im Team ist."

„Willst du ein Drama anzetteln?" Kyler starrt Noah an. „Weil jeder weiß, dass ich der bessere Spieler bin. Dieser Typ ist mein Handlanger." Er zeigt auf mich und grinst.

„Von wegen Handlanger", schnaube ich. „Du hältst viel zu viel von dir selbst."

„Wer hat in dieser Saison mehr Tore geschossen?", fragt Kyler.

„Du bist in der Mitte. Ich bin rechts."

Parker legt einen Arm um Kylers Schulter und zieht ihn weg, bevor die Debatte zwischen uns noch hitziger wird. „Wie wäre es, wenn wir über deine Hochzeitspläne sprechen?"

Noah gibt mir ein Zeichen, ihm zu folgen, und er zieht die Glasschiebetür auf, um mich auf den Balkon zu führen, wo es frisch, aber schön ist, und mit einem Blick auf die beleuchtete Stadt. „Schöne Aussicht", sage ich. Die Aussicht von meiner Wohnung aus ist auch spektakulär, aber es ist schön, einen anderen Blickwinkel zu haben.

„Ja, es ist ziemlich toll." Noah hält inne und dreht sich um, mit dem Rücken lehnt er sich gegen das Geländer. „Was läuft da zwischen dir und der Schwester?"

„Was meinst du?"

„Ihr beide lebt zusammen!" Noahs Augen weiten

sich, und er reibt sich frustriert die Schläfen. Er darf nicht wissen, dass Amber und ich heute Nacht herumgemacht haben. Wir haben beide aufgeräumt. Ich trage kein riesiges Schild auf meinem Kopf, auf dem steht: „Ich hatte *fast Sex*".

„Ja", sage ich, nicht sicher, worauf er mit seiner Frage hinauswill. „Wir sind nur Freunde."

„Aber du wohnst doch mit ihr zusammen! Ich dachte, ich hätte dir gesagt, du sollst dich von Amber fernhalten. Dass du es dir mit dem Team, deinem Bruder und allem anderen versauen wirst, wenn er herausfindet, dass du sie vögelst."

„Ich schlafe nicht mit ihr", sage ich und schaue ihm fest in die Augen, ohne zu blinzeln.

Es ist keine Lüge. Ich habe noch keinen Sex mit ihr gehabt. Technisch gesehen, ist sie noch Jungfrau.

„Du hast also einfach die Gelegenheit ergriffen und sie eingeladen, bei dir einzuziehen? Zusammenleben, was ist das?"

„Es war nicht meine Idee", gebe ich zu, obwohl ich froh bin, dass sie zugestimmt hat, bei mir einzuziehen. „Kyler hat mich gebeten, sie einziehen zu lassen. Du weißt von dem Wohnungsbrand. Sie konnte nirgendwo anders hin, und er hat mich schlichtweg gebeten, sie als Mitbewohnerin aufzunehmen."

Noah ist schockiert, als er erfährt, dass dies nicht meine Idee war.

„Warum sollte er das tun?" Er fährt sich mit der Hand durch die Haare.

Denn er weiß nicht, dass ich mich in sie verliebt habe; wenn er es wüsste, hätte er es nie vorgeschlagen.

„Ich weiß es nicht", sage ich und beiße mir auf die Zunge.

„Blödsinn. Wir sind Freunde, seit wir uns kennen. Lüg mich nicht an", sagt Noah.

„Kyler will nicht, dass sie bei ihnen wohnt, während sie verlobt sind und bald heiraten werden. Er ist besorgt, dass es ihr Leben als Frischvermählte stören könnte."

Noah stößt einen Seufzer aus. „Okay, das macht tatsächlich Sinn. Ich war noch nie verheiratet, aber ich könnte mir vorstellen, dass das die Dinge kompliziert machen könnte." Er reibt sich den Nacken. „Er weiß also nichts von deiner kleinen Schwärmerei für Amber?"

„Es ist keine Verliebtheit", lüge ich. Es ist jetzt so viel mehr als das. Es ist außer Kontrolle geraten.

Eine Besessenheit.

„Richtig. Nun, dein *Nicht-verknallt-sein. Hast du* das unter Kontrolle?", fragt Noah, der nicht überzeugt ist, dass ich damit umgehen kann.

„Es gibt nichts, was man unter Kontrolle haben muss; wie ich schon sagte, keine Schwärmerei." Das ist die Wahrheit. Es muss keine Schwärmerei mehr sein. Jetzt, wo es echt ist und ich Amber gekostet habe, will ich mehr.

Eine Verliebtheit impliziert Gefühle, die noch nicht ausgelebt wurden.

Wir haben diese Wünsche heute Abend definitiv in die Tat umgesetzt.

Ich räuspere mich und nicke in Richtung Tür. „Sonst noch etwas?", frage ich. Ich könnte noch ein Bier gebrauchen, und Noah zuzuhören, verdirbt mir die Laune.

Warum denken alle, dass ich nicht mit Amber zusammen sein kann? Nur weil ich noch keine ernsthafte Beziehung mit einem Mädchen hatte, heißt das nicht, dass ich es nicht kann oder nicht will.

Glauben sie, ich würde ihr das Herz brechen und alles kaputt machen? Das ist nicht das, was ich will. Aber wer hat schon vor, ein Mädchen mit Absicht zu verletzen? Und wenn sie es tun, sind sie kranke Wichser.

„Das ist alles", sagt Noah und sieht mir nach, als ich aus der Kälte zurück in

die Wohnung gehe. Ich schließe die Tür und

lasse ihn auf dem Balkon zurück. Ich werfe einen Blick auf die Mädchen, und Ambers Augen sind auf mich gerichtet. Sie lächelt schwach. Es wirkt gezwungen, als würde sie versuchen, sich zu amüsieren, aber sie passt nicht hierher. Sie nippt an ihrem Glas Wasser, während die anderen Mädchen alle Wein vor sich stehen haben.

Ich sollte mich nicht einmischen. Ich würde ihr ein Glas einschenken, es ihr geben und ihrer Schwester sagen, dass sie sich verpissen soll.

Aber sie ist zwanzig.

Auch wenn ich mit zwanzig getrunken habe, und sie offensichtlich auch, ist das ein Kampf, in den ich mich nicht einmischen sollte.

Ich hole mir ein Bier aus dem Kühlschrank, und Amber steht auf und kommt zu mir in die Küche. Wir beide sind allein, obwohl wir nur wenige Meter von den Jungs entfernt sind. Sie stehen mit dem Rücken zu uns, sind beschäftigt und schenken uns keine Aufmerksamkeit.

„Möchtest du etwas trinken?", frage ich und halte den Kühlschrank auf.

„Nicht viel, außer Bier und Schnaps", sinniert sie. „Emerson hat schon gesagt, dass sie mich umbringen würde, wenn ich Wein trinke. Den Punsch habe ich nicht erwähnt."

„Wahrscheinlich ist es besser so", sage ich. Ich öffne einen Schrank und suche nach einer Tasse.

„Wonach suchst du?"

Ich finde einen Reisebecher aus Metall und reiche ihn ihr. „Mach dir einen Kaffee", schlage ich vor.

„Ich will keinen Kaffee ...", ihre Augen leuchten auf, als ihr klar wird, was sie tun könnte. „Oh!"

Ich sollte ihr nicht dabei helfen, Wege zu finden, um zu trinken und es vor ihrer Schwester zu verbergen, aber wir fahren nicht nach Hause. Wir sind auf einer Party und nehmen heute Abend die U-Bahn nach Hause. Außerdem werde ich bei ihr sein.

„Du bist zu gut zu mir", sagt Amber, stellt sich auf die Zehenspitzen und küsst mich auf die Wange.

Ich drehe meinen Kopf und meine Lippen berühren ihre nur für einen Augenblick, bevor wir beide auseinandergehen und unbeholfen wegschauen. Ich fahre mir mit der Hand durch die Haare und gehe auf die Jungs zu. Ich bin erleichtert, dass keiner von ihnen mitbekommen hat, was vorgefallen ist, denn sie standen die ganze Zeit mit dem Rücken zu uns.

Aber ein Blick zu den Mädchen, als Amber zu ihnen hinübergeht, um ihnen zu sagen, dass sie eine frische Kanne Kaffee macht. Emerson blickt mich an und steht auf. Sie kommt direkt auf mich zu.

Die Luft wird mir aus den Lungen gepresst, als sie mich am Arm packt und zurück auf den Balkon zerrt, wo sie die Tür hinter uns zuschlägt.

EINUNDZWANZIG

AMBER

ICH SOLLTE JASPER RETTEN. Ich beobachte, wie meine Schwester ihn nach draußen in die Kälte und auf den Balkon zerrt. Sie ist wütend, und ich weiß nicht, was gerade passiert ist. Ich habe das Gefühl, ich habe etwas verpasst.

Geht es um mich?

Die Kanne Kaffee braucht ewig. Ich kann nicht einfach rausgehen und das als Ausrede dafür benutzen, warum ich sie störe.

„Alles in Ordnung?", fragt Ava und sieht mich an, dann sieht sie, wohin ich schaue. Sie muss mein Unbehagen spüren, oder vielleicht weiß sie etwas, was ich nicht weiß.

„Meine Schwester scheint sauer auf Jasper zu sein", sage ich und warte ab, ob sich Ava oder Kate dazu äußern, warum sich ihr Verhalten plötzlich geändert hat.

Hat sie etwas zu ihnen gesagt?

„Ist alles in Ordnung?", fragt Kate und greift nach meiner Hand, die auf dem Tisch liegt, während ich ihr gegenübersitze. „Sie macht sich nur Sorgen um dich."

„Das klingt nicht nach Emerson", sage ich und kneife die Lippen zusammen. Meine Schwester hat mich vor dem Brand nur selten angerufen oder sich gemeldet. Uns trennen Welten, als würden wir um zwei verschiedene Sonnen kreisen. Manchmal frage ich mich, wieso wir überhaupt miteinander verwandt sind.

Mein Handy surrt auf dem Tisch, und ich sehe mir die SMS von Charlotte an.

Wo bist du hingegangen?

Sie merkt erst jetzt, dass ich die Party verlassen habe. Ich liebe das Mädchen, aber sie ist etwas egozentrisch, wenn es um Jungs geht. Das ist nichts Neues bei Charlotte. Sie war schon immer ein bisschen verrückt nach Jungs.

Ich schaue auf mein Telefon und überlege, ob ich antworten soll.

„Wir haben gehört, dass du auf einer Campus-Party warst", sagt Ava, und sie starrt mich an, als wäre ich ein Kind, das etwas getan habe, was ich nicht hätte tun sollen. Steht ihr die Enttäuschung ins Gesicht geschrieben? Ich kenne sie nicht so gut, aber sie erinnert mich in ihrem verurteilenden Blick so sehr an meine Schwester, dass es beängstigend ist.

Vielleicht fühle ich mich aber auch nur schuldig.

Aber warum?

Ich greife nach meinem Handy und schreibe Charlotte eine kurze SMS, um ihr mitzuteilen, dass es mir gut geht.

Mein Mitbewohner hat mich abgeholt. Wurde von einem Loser angemacht. Lange Geschichte. Erzähl ich dir später.

Meine SMS ist länger, als ich vorhabe, und ich drücke auf Senden und stehe auf. „Ich werde nach meiner Schwester sehen", sage ich und gehe auf die Glastür zu.

Jasper und Emerson sind auf der anderen Seite des Balkons und bemerken nicht, wie ich leise die Schiebetür öffne und hinausgehe.

„Ich habe mir nur Sorgen gemacht, dass ihr etwas zugestoßen sein könnte", sagt Emerson, die Hände in die Taschen ihres Pullovers gesteckt.

„Wenn sie über die Party sprechen will, wird sie das tun. Aber bis dahin lass ihr Freiraum", sagt Jasper.

Ich räuspere mich und gebe zu verstehen, dass ich draußen bin und sie hören kann.

Meine Schwester dreht sich um und sieht mich an. „Amber", sagt sie und stößt einen Seufzer aus. Ist es Enttäuschung? Sie hat deutlich gemacht, dass sie es nicht gutheißt, wenn ich trinke, bevor ich einundzwanzig bin. Wahrscheinlich ist sie auch unglücklich darüber, dass ich mich für die Teilnahme an einer Campus-Party entschieden habe.

„Wenn du etwas zu sagen hast, dann sag es mir. Verhöre nicht hinter meinem Rücken meinen Mitbewohner", sage ich.

Emerson nickt und wirft einen Blick auf Jasper. „Kannst du uns eine Minute geben?", fragt sie.

„Es ist kalt. Bleibt nicht zu lange draußen", sagt er. „Du trägst vielleicht ein Sweatshirt, aber deine kleine Schwester hat kurze Ärmel an."

Ich presse meine Lippen aufeinander, und mein Magen füllt sich mit Schmetterlingen. Ich bin hin- und hergerissen. Ich hasse es, wie er mich als ihre *kleine Schwester* bezeichnet, aber ich schwimme auch in der Wärme, wenn er zugibt, dass es kühl ist.

Er sieht mich.

Er bemerkt mich.

Er sorgt sich um mich.

Im Gegensatz zu Emerson, die immer in ihrer Welt gefangen zu sein scheint. Es gibt so vieles, was ich nicht über meine ältere Schwester weiß, zum Beispiel, warum sie das FBI verlassen hat, nachdem sie in Quantico so hart gearbeitet hat. Wir reden fast nie miteinander. Vier Jahre Altersunterschied sind wie ein ganzes Leben zwischen uns. Ich bin mir nicht sicher, wie oder wann es passiert ist, aber die Mauer ist aus Stein.

„Ich mache es kurz", sagt Emerson, und ich beobachte, wie er zurück in die Wohnung schlendert und die Tür zuschiebt.

Ohne ihn ist die Luft noch kälter, und ich zittere und schlinge die Arme um mich, um mich warmzuhalten.

„Du hast sein Trikot an", sagt meine Schwester und nickt in Richtung des übergroßen Eishockeytrikots der *Ice Dragons*, das ich trage.

„Er sagte, ich solle es heute Abend tragen. Ich dachte, es wäre eine Hockeyparty oder so", sage ich achselzuckend.

Ihre Augen verdrehen sich, aber sie weist mich nicht auf die offensichtliche Tatsache hin, dass ich die Einzige bin, die heute Abend eines ihrer Trikots trägt, und ich nicht die Freundin oder Frau eines Eishockeyspielers bin.

Sie muss es nicht laut aussprechen. Es ist unausgesprochen, und es ist laut und deutlich.

Emersons Gesicht ist angespannt. „Ich weiß nicht, welches Spiel du mit ihm spielst, aber höre auf damit."

„Es gibt kein Spiel", flüstere ich, und mein Mund ist trocken. „Hast du ihn deshalb nach draußen gezerrt? Um ihn zu fragen, ob wir miteinander schlafen?"

Sie wackelt unruhig auf ihren Füßen und klopft mit den Absätzen. Sie ist perfekt gekleidet und sieht umwerfend aus. Dieses Kleid hat wahrscheinlich mehr gekostet als ihr Gehalt, wo auch immer sie jetzt arbeitet. „Du vögelst ihn doch nicht, oder?", fragt Emerson.

„Nicht, dass es dich etwas angeht, aber nein." Ich ärgere mich über ihren Mangel an Interesse an meinem tatsächlichen Wohlbefinden. „Ich gehe rein." Ich dränge mich an ihr vorbei und stoße gegen ihre Schulter, während ich auf die Schiebetür auf der gegenüberliegenden Seite des Balkons zusteuere.

Emerson ergreift meinen Arm und dreht mich zu sich herum. „Ich weiß nicht, was heute Abend auf der Party passiert ist, auf der du warst. Jasper will es nicht sagen, aber ich denke, du solltest dir ein paar

Minuten Zeit nehmen und dich etwas abkühlen, bevor du wieder reingehst."

„Du kennst mich nicht", schnauze ich und ziehe meinen Arm zurück.

„Glaubst du nicht, dass ich das auch schon erlebt habe? Gezwungen, Dinge zu tun, auf die man keine Lust hat?", fragt sie. Ihr Ton ist düster, und mir dreht sich der Magen um. „Du hast Glück, dass Jasper aufgetaucht ist, bevor es richtig schlimm wurde."

Ihre Worte haben etwas Schweres an sich, eine Rohheit, die mich durchdringt und brennt. Ich kämpfe nicht mehr dagegen an, mich von ihr weg zur Tür zu bewegen und drehe mich langsam zu ihr um. Mein Ton ist weicher, sanfter zu ihr. „Es geht nicht um mich", sage ich.

Sie räuspert sich. „Es geht um dich", sagt Emerson, aber sie klingt nicht überzeugt. Ihre Augen glänzen vor Tränen.

„Mir geht's gut. Ich wurde von einem College-Sportler angemacht, der einen Bruder hat, der für die *Island Bruisers* spielt. Er war ein Arsch, und ich habe die Party verlassen. Das ist alles." Ich lasse den winzigen Teil weg, in dem ich Rumpunsch getrunken habe und der *Verlierer* mich *Eiskönigin* nannte. Die Geschichte ist gar nicht so tragisch und schrecklich, wie sie es irgendwie dargestellt hat.

Meine Schwester schnieft, nickt und presst die Lippen aufeinander. „Das war's?"

„Ich verspreche, es geht mir gut. Jasper hat sich um mich gekümmert. Er hat mich abgeholt. Mir geht's gut." Er hat sich auf eine Weise um mich gekümmert, die mich immer noch kribbeln lässt, und ich kann nicht anders, als mich zu fragen, was heute Abend passiert, nach der Party, wenn wir nach Hause kommen.

„Nun, ich bin froh, dass Jasper für dich da war, aber du musst dich nicht nur auf ihn verlassen, weil er dein Zimmergenosse ist. Du hast auch mich, Schwesterherz."

Das ist nicht der einzige Grund, warum ich mich auf Jasper verlassen habe. Ich vertraue ihm und habe mich ihm in den letzten Monaten öfter anvertraut als meiner eigenen Schwester. Auch das ist nichts, was ich mit ihr teilen möchte.

„Wir sind Freunde, Jasper und ich. Wenn es ein Problem wäre, dass er mich abholt, könnte ich das nächste Mal ein Taxi rufen." Ich glaube nicht, dass er etwas zu Emerson gesagt hat, aber vielleicht verlasse ich mich etwas zu sehr auf ihn.

Sie nickt und zieht mich in eine Umarmung. „Ich will nur nicht, dass du dich in Schwierigkeiten bringst, aus denen du nicht mehr herauskommst", flüstert sie und küsst meine Stirn. „Jasper reist viel für das Team. Du kannst mich immer anrufen, wenn er nicht da ist."

„Danke." Ich nicke, ziehe mich etwas zurück und schaue sie an. „Geht es dir gut?" Ich habe das Gefühl, dass sie mir etwas verheimlicht, aber ich habe nicht die leiseste Ahnung, was es sein könnte.

Sie zwingt sich zu einem Lächeln, so wie immer. Emerson erzählt mir nie, was in ihrem Leben vor sich geht.

„Mir geht es gut. Ich bin glücklich", sagt sie und lächelt. Es ist das erste Mal seit langer Zeit, dass sie wirklich glücklich aussieht.

„Okay, gut. Können wir die Party wieder nach drinnen verlegen? Mir ist eiskalt." Ich warte nicht auf ihre Antwort und gehe zurück in die Wohnung. Meine Arme sind kalt, und ich greife nach dem Kaffee, den ich mir gemacht habe. Um diese Uhrzeit brauche ich zwar kein Koffein, aber ich brauche etwas, das mich aufwärmt, und ich glaube nicht, dass ich dafür vor seinen Teamkollegen oder meiner Schwester zu Jasper gehen kann.

Als die Party endlich vorbei ist und Noah alle rausschmeißt, begleitet mich Jasper nach draußen auf den Bürgersteig und wir machen uns auf den Weg zur U-Bahn.

„Wir könnten einfach ein Taxi nehmen", schlägt er vor.

Wenn wir das tun, müssen wir mit den anderen Paaren warten. Ich habe zwar nichts gegen Ava und Kate, aber ich würde lieber etwas Zeit mit Jasper allein verbringen.

Owen ist ein paar Minuten vor uns losgegangen und ist noch nicht in Sicht. Ich vermute, wenn er die U-Bahn genommen hat, werden wir ihn vielleicht einholen, wenn wir den U-Bahnsteig erreichen. Um diese Zeit sind die Züge rar gesät.

„Was ist daran so lustig?" Ich eile ein paar Meter vor Jasper, und er packt mich am Trikot, zieht mich an sich und legt einen Arm um meine Hüften.

„Warte", sagt er, und sein Körper wärmt mich, ebenso wie sein Griff um mich. „Ich hoffe, der Abend mit den Mädels war nicht zu langweilig."

Ich sehe ihn an und kann mir ein Lächeln nicht verkneifen. „Es war schön." Am liebsten hätte ich in Jaspers Armen gelegen, während er mit seinen Mannschaftskameraden abhing, aber dann hätten wir unsere neue Beziehung nicht verbergen können.

Ist es überhaupt eine Beziehung?

Mein Magen dreht sich um, wenn ich nur an all das denke. Ich lehne mich an Jasper, lege einen Arm um seine Taille und ziehe ihn näher und fester an mich heran. Ich brauche seine Stärke, um die Schmetterlinge zu unterdrücken, die auftauchen.

„Nett ist ein Code für langweilig, oder es war scheiße." Jasper gluckst.

„Nein", erwidere ich. „Ich hatte eine schöne Zeit, aber ich hätte sie lieber mit dir verbracht – im Bett."

Er bleibt stehen und zieht mich in seine Arme, seine Lippen landen auf meinen und verschlingen mich hungrig. Die Nachtluft ist kalt und meine Wangen brennen von der Kälte, aber das macht nichts, wenn er seine Hände um meine Taille schlingt und seine Lippen auf meinen liegen.

„Ich auch", flüstert Jasper und zieht sich zurück. „Du frierst und bist nicht für die Kälte angezogen." Er streckt einen Arm aus, um ein Taxi zu rufen.

„Das ist in Ordnung", sage ich. Die Wahrheit ist, dass es mit der U-Bahn länger dauert, nach Hause zu kommen. So habe ich mehr Zeit zum Nachdenken, zum Entdecken und zum Genießen der gemeinsamen Momente mit Jasper, bis wir wieder in unserer Wohnung sind.

Ich sehne mich nach der kalten Luft und der Stille der Nacht, nach der Stille, die die Stadt überzieht. Sie ermöglicht es mir, den Kopf freizubekommen und mich mit meinen Gedanken zu beschäftigen, ohne dass sie mich überwältigen.

Und der Hauptgedanke, der in meinen Kopf, meinen Körper und alle meine Sinne eindringt, ist der an Jasper.

Wo zum Teufel schlafe ich heute Nacht?

Sein Bett oder meins? Oder schläft er mit mir in meinem Bett? Schlafen wir allein?

Ich analysiere diese einfache Frage zu sehr mit allen möglichen Szenarien und wie das Ergebnis morgen aussehen könnte.

Die wenigen Taxis, die uns passieren, haben bereits Fahrgäste. „Lass uns weitergehen. Wenn wir unterwegs ein Taxi erwischen, bevor wir die U-Bahn erreichen, nehmen wir es nach Hause." Jaspers Tonfall ist sehr sachlich, auch die Art, wie er geht und sich bewegt. Er ist konzentriert und widmet sich der Aufgabe, die ihm gestellt wird.

Er hält einen Arm um meine Taille, während wir nebeneinander zur U-Bahn gehen. Es ist ein weiterer Block, aber ich kann den Eingang sehen.

Ich stampfe mit den Füßen, damit meine Beine nicht vor Kälte einknicken. Jasper steht hinter mir an der Ampel, während wir darauf warten, dass sie umschaltet. Seine Arme sind um mich geschlungen, sein Körper wärmt mich, während seine Hände meine nackten Arme rauf und runter streichen.

Ich hätte ein langärmeliges Hemd unter das Trikot ziehen sollen, aber soweit habe ich nicht gedacht. Der Porsche hatte eine Heizung. Ich habe nicht daran gedacht, wie wir nach der Party nach Hause kommen. Jasper hatte auch nicht darüber nachgedacht. Ich schätze, wir waren etwas abgelenkt.

Die Ampel schaltet um, und wir eilen über die Straße und die Treppe hinunter durch das Drehkreuz zum Bahnsteig der U-Bahn.

Es warten mehr Leute, als ich zu dieser späten Stunde gedacht hätte. Es ist auch nicht annähernd so kalt, wenn der Wind nicht peitscht. Jasper schmiegt sich an meinen Rücken, seine Arme umschließen mich wie eine Decke. Er stützt sein Kinn auf meinen Kopf.

„Wie sieht dein Terminplan für die nächste Woche aus?", frage ich und versuche, mich von der Sorge abzulenken, die mich quält und immer näher rückt, während ich daran denke, was passiert, wenn wir nach Hause kommen.

„Praxis. Spiele. Mehr Übung." Jasper lacht. Sein Atem ist warm, und er zieht mich fester an sich. „Wir haben in der nächsten Woche eine Reihe von Auswärtsspielen."

Das ist wahrscheinlich das Beste. So haben wir

etwas Zeit für uns, um herauszufinden, was wir eigentlich tun.

Ich sage kein Wort. Ich warte nur auf den nächsten Zug, während ich auf dem Bahnsteig stehe, an seinen warmen Körper gepresst.

„Ich werde dich vermissen, wenn ich weg bin", gibt er zu und sein Atem kitzelt mein Ohr, während er mich noch fester an sich zieht. Ich wusste nicht, dass das möglich ist, bis ich seine Erektion in meinem Rücken spüre.

„Ich auch", gebe ich zu und schließe meine Augen. Es ist einfacher zu gestehen, was ich fühle, wenn ich nicht in seine Augen blicke. „Besteht die Möglichkeit, dass Charlotte und ich einen Roadtrip machen und das Team anfeuern?"

Ich werfe ihm einen Blick über die Schulter zu, und sein Lächeln vertreibt jede Angst in mir. „Das würde ich gerne, aber hast du keine Schule?"

„Oh, richtig." Ich atme schwer aus. „Ich könnte einen Tag verpassen."

„Nein", antwortet Jasper mit Nachdruck. „Du schwänzt nicht den Unterricht. Deine Ausbildung ist wichtig."

„Okay, Dad", brumme ich und blicke ihn spielerisch an.

„Wenn du versuchst, sexy zu sein, ist es *Daddy*",

stichelt Jasper und rümpft dann die Nase. „Ähm, nein." Er will nicht Daddy genannt werden, und ich will ihn auch nicht so nennen. Er wirkt auf mich nicht wie ein älterer Mann, ein Daddy. Wir sind praktisch gleich alt, nur ein Jahr auseinander, nicht einmal.

Der Zug fährt ein und kommt langsam zum Stehen, die Doppeltüren öffnen sich. Wir steigen mit der Menge ein und stehen zusammen. Es gibt keinen Platz zum Sitzen, und er drückt sich eng an mich, eine Hand um meine Taille, mit der andere hält er sich an der Metallstange über seinem Kopf fest.

„Ich möchte, dass du wieder zu einem meiner Spiele kommst", sagt Jasper, und ich drehe mich zu ihm um. Er legt seine Hand auf meine Hüfte, seine Finger streicheln mich durch das Trikot, das ich trage, und er zieht mich näher zu sich heran und presst seine Lippen auf meine.

Ich verschmelze in seinem Kuss. Sein Körper und seine Lippen bringen mich zum Kribbeln. Mein Herz klopft laut und übertönt die Geräusche des Zuges, während wir durch den Tunnel fahren.

„Das würde mir gefallen", sage ich, als wir durch das Rütteln der U-Bahn-Schienen auseinandergerissen werden. Er zieht mich wieder näher an sich heran, seine Hand liegt auf meinem unteren Rücken und drückt mich an sich.

„Aber du kannst nicht das Trikot des Rivalen tragen, *Babe*. Wenn du das tust, bin ich gezwungen, dich zu bestrafen."

Ich kichere bei seinen Worten und schaue mit einem verschlagenen Grinsen zu ihm auf. „Ist das eine Drohung, *Babe*?", frage ich und gebe ihm seinen kleinen Spitznamen zurück.

Er knurrt und bedeckt wieder meine Lippen. Diesmal drückt seine Zunge auf meinen Mund, und ich öffne meine Lippen, um ihm Einlass zu gewähren. Wir schwanken mit dem Zug, aber keiner von uns reißt sich los. Er hält mich fester, drückt mich an sich, beschützt und umarmt mich. Mein Körper ist warm und prickelnd, entflammt von seinen Küssen, die warm sind und mich auf das Kommende vorbereiten.

Die Stimme aus dem Lautsprecher teilt uns mit, dass wir als Nächstes an unserer Haltestelle sind. „Wir sind da ", sage ich, tätschle ihm die Brust und versuche, uns beiden eine Minute Zeit zum Verschnaufen zu geben.

Ich ziehe mich leicht zurück, und er begleitet mich zu den Türen, als ich bemerke, dass zwei Leute mit Telefonen diese unauffällig hochhalten.

Nehmen sie uns auf? Vielleicht schauen sie sich nur Videos auf einer der Social-Media-Apps an.

Mein Atem zittert, als der Zug an der nächsten Station langsamer wird, ich eile aus dem Zug und auf den Bahnsteig, um die Rolltreppe zu erreichen. Jasper ist mir dicht auf den Fersen und ergreift meine Hand, um mich einzuholen.

„Was hast du auf dem Herzen? Du bist so angespannt, seit wir den Zug verlassen haben."

„Du hast nicht bemerkt, dass uns jemand gefilmt hat?" Ich fühle mich paranoid. Es ist nicht so, dass wir etwas Illegales oder Unerlaubtes tun.

Jasper zuckt mit den Schultern, und wir nähern uns einer Ampel, an der wir warten müssen, bis sie umschaltet. „Das gehört zum Geschäft. Alle möglichen Leute machen Fotos von mir, wenn sie merken, wer ich bin. Normalerweise ist es, wenn ich mein Trikot trage, aber du trägst mein Trikot. Wahrscheinlich haben sie es sich zusammengereimt. Und wir sind ein tolles Paar. Wer würde uns nicht gerne beim Knutschen zusehen?"

Ich drehe mich zu ihm um, und sein Atem vermischt sich mit meinem. Ich zittere, aber dieses Mal ist es nicht die Kälte.

„Stört es dich?", fragt er und schiebt mir eine

Haarsträhne hinters Ohr. Das Licht ändert sich, und er führt mich weiter.

Ich folge seinem Beispiel und lasse mich von ihm zu unserem Wohnkomplex zurückbringen. Wir gehen hinein. In der Eingangshalle ist es warm, die Hitze ist überwältigend, denn meine Finger und meine Nase sind taub.

Jasper greift nach vorn und drückt den Knopf des Aufzugs. Ich vermisse seinen Körper, seine Berührung, seine Nähe. Ich wiege mich sanft an ihm zurück, und er merkt es. Wie könnte er auch nicht?

„Wir sind gleich zu Hause", flüstert er mir ins Ohr, eine Hand auf meiner Hüfte, um mich zu beruhigen.

Ich atme tief ein und kann seinen Duft riechen. Er ist überall, umgibt mich, vom Trikot bis zu seinem Körper, der hinter mir steht und mich kaum berührt.

Die Doppeltüren vom Aufzug öffnen sich. Ich trete in den kleinen Raum, und er folgt mir, drückt den Knopf für die Etage, und seine Arme legen sich eng um meine Taille und ziehen mich an seine Brust.

Seine Arme sind warm, seine Berührung beruhigt mich, und ehe ich mich versehe, haben wir den vierundzwanzigsten Stock erreicht. „Wir sind da", sagt er und deutet an, dass ich mich wohl von ihm lösen und in den Gang treten sollte.

Er holt seinen Schlüssel aus der Hosentasche und schließt die Tür auf, wobei er mir zu verstehen gibt, dass ich zuerst eintreten soll. In der Wohnung ist es still, und ich greife nach dem Lichtschalter, als mich die Erinnerungen überfluten, als wir beide in seinem Bett herumgealbert haben.

Mein Atem ist rasselnd, und meine Nerven kribbeln im Magen, was mich wieder ängstlich macht.

Er schließt die Wohnungstür und verriegelt das Schloss.

„Ich sollte mich bettfertig machen", flüstere ich, drehe mich um und gehe ins Schlafzimmer. Erwarte ich, dass er mir folgt oder sich selbst einlädt, mir Gesellschaft zu leisten? Wir haben diese Sache zwischen uns noch nicht definiert, und ich glaube nicht, dass drei Uhr morgens der richtige Zeitpunkt dafür ist.

„Es ist spät", sagt Jasper und reibt sich die Augen.

Ich drehe mich um und gehe in den Flur, wo ich einen Blick auf die angelehnte Schlafzimmertür werfe, das Licht ist noch an und die Laken sind zerknittert. Ich beiße mir auf die Unterlippe, trete in mein eigenes Zimmer und schalte das Licht ein.

Er löscht das Licht im Wohnzimmer und geht in den Flur. „Kann ich dir eine SMS schicken, wenn ich weg bin?", fragt Jasper, der im Türrahmen seines Schlafzimmers steht.

„Ja, gerne", flüstere ich.

„Gute Nacht." Ich höre seine sanfte Stimme, als er in sein Zimmer geht, und die Tür klickt hinter ihm, als er sie schließt.

Ich schließe meine Zimmertür und lasse mich auf das Bett fallen. Ich mache mir nicht die Mühe, mich für das Bett auszuziehen. Ich trage gerne sein Trikot, es riecht nach Jasper, und ich möchte von seinem Duft umhüllt sein, während ich schlafe.

————

Als ich am nächsten Morgen aufwache, ist Jasper schon lange weg, bevor ich zum Unterricht aufstehen muss. Auf dem Küchentisch liegt ein Zettel mit mehreren Zwanzig-Dollar-Scheinen, die er gestapelt zurückgelassen hat.

Für dein Essen, während ich weg bin.

Ich werde essen, aber ich muss sein Geld nicht ausgeben. Ich schiebe das Geld in eine Ecke von dem Tresen, wo er es sich nehmen kann, wenn er nach Hause kommt.

Ich setze eine Kanne Kaffee auf und zwinge mich, Jasper nicht gleich morgens eine SMS zu schreiben, was mir schwerfällt, da ich mich zu seiner Notiz und dem Geld äußern möchte.

Aber ich will nicht zu verzweifelt wirken, um ihm zu schreiben. Er ist mit dem Training beschäftigt, oder zumindest auf dem Weg zum Training.

Um wie viel Uhr ist er heute Morgen gegangen?

Ich gehe zurück in mein Zimmer, ziehe mich um, und werfe einen Blick in sein Schlafzimmer. Das Bett ist gemacht, das Licht ist aus, und die Wohnung sieht makellos aus. Selbst der Wäschekorb, den er normalerweise neben dem Bett stehen hat, ist nicht zu sehen. Wahrscheinlich ist er in seinem Kleiderschrank verstaut.

Mein Handy surrt auf dem Nachttisch und ich greife danach, bevor ich unter die Dusche springe. Es ist eine Nachricht von Jasper und ich kann nicht anders als zu lächeln.

Mein Bettzeug hat gestern Abend nach dir gerochen. Ist es falsch, dass ich es nicht waschen will?

ZWEIUNDZWANZIG
JASPER

ICH HABE die letzte Stunde damit verbracht, auf mein Handy zu starren und zu überlegen, was ich Amber schreiben soll und was nicht. Noah sitzt im Bus neben mir, und mein Bruder sitzt eine Reihe vor mir, sodass er wenigstens nichts von dem Dilemma mitbekommt.

Noah hingegen lässt nichts anbrennen.

„Du solltest dich nicht so sehr auf sie versteifen", sagt Noah.

„Ich doch nicht", sage ich und räuspere mich. Ich lösche die Nachricht noch einmal, bevor ich mich für eine etwas kokette Nachricht entscheide und auf Senden drücke.

Mein Bettzeug hat gestern Abend nach dir gerochen. Ist es falsch, dass ich es nicht waschen will?

Noah versucht, über meine Schulter auf die SMS zu schauen, aber ich habe mein Handy so positioniert, dass er nicht lesen kann, was ich Amber gerade geschickt habe.

Ich stecke mein Handy in meine Hosentasche. Ich habe keine Ahnung, wann sie in die Schule geht. Ich bin morgens immer schon aus dem Haus, bevor sie überhaupt zum Unterricht aufsteht.

„Du hast die letzte Stunde damit verbracht, SMS zu schreiben und Nachrichten zu löschen", stellt Noah klar.

„Wie auch immer. Wir sind im Bus, und mir ist langweilig." Ich benutze das als Ausrede, denn er hat recht, sie dringt in meinen Kopf ein, und sie weiß es noch nicht einmal.

Eine Nacht. Das ist alles, was wir hatten, und wir hatten noch nicht einmal Sex. Nicht, dass ich nicht aufhören kann, daran zu denken, wie es wäre, ihre Muschi zu lecken und meinen Schwanz in ihre enge Wärme zu treiben.

Ich habe letzte Nacht nur davon geträumt. Wiederholt.

Ich bin immer wieder schweißgebadet aufgewacht, und dass, nachdem es fünfundvierzig Minuten gedauert hat, bis ich eingeschlafen bin. Ich muss Amber aus meinem Kopf bekommen.

Normalerweise würde ich trainieren und ein paar Stunden im Fitnessstudio verbringen, aber heute ist ein Reisetag, und wir fahren mit dem Bus zum Flughafen zu unserem nächsten Spiel, was nicht bedeutet, dass wir den ganzen Tag faulenzen können.

Trainer Malone ist den ganzen Flug über bei uns, geht die Spielzüge durch und bespricht unsere letzten Spiele. Meistens widerruft er jedes Ergebnis, das wir verpasst haben. Ich hatte gehofft, etwas Musik zu hören und ein paar Stunden zu schlafen, aber er scheint damit nicht einverstanden zu sein.

Nachdem wir in North Carolina gelandet sind, werden wir zum Hotel gebracht, wo wir einchecken, unser Gepäck in den Zimmern lassen und uns dann innerhalb einer Stunde mit dem Bus zum Training treffen.

Ich hätte lieber ein paar Stunden im Fitnessstudio des Hotels verbracht, um die Energie, die mich durchströmte, zu verbrennen und an Amber zu denken.

Ich brauche einen guten Lauf, ein paar Gewichte zum Stemmen, irgendetwas, das mich müde macht. Vielleicht hilft mir eine Runde auf dem Eis. Im Moment kann ich an nichts anderes denken als an sie, und ich brauche diese Ablenkung nicht.

Wir ziehen uns in der Umkleidekabine um und gehen in die Arena, um dort zu üben und zu trainieren, solange wir Zugang zur Halle haben.

Es ist ein gutes Trainingsspiel mit den Jungs, und wir sind vorsichtig, dass sich niemand vor dem morgigen Spiel gegen die Barbaren verletzt.

„Du hast einen guten Schuss verpasst, Greyson", sagt Trainer Malone, als ich vom Eis gehe.

„Aiden ist ein guter Torwart." Wir können beide nicht gewinnen, wenn wir gegen unsere eigenen Mannschaftskameraden trainieren.

„Trotzdem hattest du den perfekten Schuss und hast ihn verfehlt. Was hast du auf dem Herzen, Junge?" fragt Malone.

Die Jungs gehen in die Umkleidekabine, aber der Trainer hält mich davon ab, zu ihnen zu gehen, und versperrt mir den Weg. Ich könnte den Kerl zur Seite schieben, er ist klein und stämmig, aber ich werde den Trainer nicht schikanieren, nicht wenn ich morgen spielen will. Ich will nicht auf die Bank gesetzt werden.

„Nichts", sage ich und schaue ihm ins Gesicht. Ich habe im Training drei Tore geschossen, und er muss den einen Schuss, den ich nicht getroffen habe, verkraften.

„Läuft da was zwischen dir und deinem Bruder?"

Ich schüttle den Kopf. „Kyler und mir geht es gut."

„Geht es um ein Mädchen, wegen des du dein Trikot verloren hast?" Malone rät. Ich nehme an, jeder hat gesehen, wie ich ihr mein Trikot zugeworfen habe.

„Es geht um nichts", sage ich und mein Kiefer ist angespannt. „Die Jungs und ich waren letzte Nacht lange auf. Ich hoffte, auf dem Flug hierher ein paar Stunden Schlaf zu bekommen. Ich habe einen Schuss verfehlt, Coach. Owen hat zwei verpasst. Sie schimpfen nicht mit ihm." Ich sollte meine Mannschaftskameraden nicht mit einbeziehen, aber ich verstehe nicht, warum Coach Malone mich anpöbelt.

„Du hast Talent, Greyson. Es geht nicht darum, dass du den Ball nicht getroffen hast. Es geht darum, dass du dich nicht auf den Laser konzentriert hast. Du hast Talent, und manchmal könntest du ein wenig Führung gebrauchen. Denk nicht so viel nach. Meine Aufgabe ist es, dich auf das Spiel morgen vorzubereiten. Mehr ist das nicht, eine aufmunternde Rede. Mach dir nicht ins Hemd."

„Mir geht's gut. Ich würde zu dir kommen, wenn es nicht so wäre, okay?"

„Na gut", sagt Malone. Er klopft mir auf den

Rücken. „Jetzt geh zu deinen Teamkollegen, bevor sie dich zurücklassen."

————

Wir essen als Team in einem Steakhouse am Ende der Straße zu Abend. Es ist ein schickes kleines Lokal, und wir sind alle mit dunklen Jeans und Oberhemden gekleidet, was mir im Vergleich zu den romantischen Paaren in Anzügen und schicken Kleidern viel zu wenig ist.

Es ist die Art von Ort, an den ich Amber gerne zu einem Date mitnehmen würde. Ich ziehe mein Handy aus der Tasche und verstecke es unter dem Tisch, damit sie es nicht sehen können, während ich Amber eine SMS schreibe.

Hast du zu Abend gegessen?

Ich kenne die Antwort bereits. Sie hat es sicher nicht geschafft. Aber ich mag nicht daran denken, dass sie sich nicht um sich selbst kümmert, während ich weg bin. Was hat sie getan, als sie allein in ihrer Einzimmerwohnung lebte? Hat sie jeden Tag auf dem Campus gegessen?

Hast du mich schon vermisst? Ich werde etwas zu essen finden.

Es ist fast sieben Uhr. Wenn sie kein Abendessen

bestellt hat, wird sie auch nichts unternehmen. Der Kühlschrank ist ziemlich leer, es ist nicht so, dass sie sich etwas kocht. Ich schicke ihr eine weitere SMS.

Bist du zu Hause?

Ich nehme das Gespräch wieder auf, bis mein Telefon summt und ich kurz darauf schaue, bevor ich mich für die Toilette entschuldige.

Ja. Verfolgst du mich?

Warum will sie mit dem Geld, das ich ihr hinterlassen habe, kein Abendessen bestellen? Ich stoße einen Seufzer aus und schleiche mich in den hinteren Flur in der Nähe der Toiletten. Ich werfe einen Blick auf einige lokale Speisekarten und gebe mehrere Bestellungen zum Mitnehmen auf, die ich alle in die Wohnung liefern lasse.

Ja. Ich hoffe, du hast nicht vor, heute Abend auszugehen. Ich habe dir Essen bestellt. Und zwar reichlich, und es wird innerhalb einer Stunde geliefert.

Ich stecke mein Handy in die Tasche und gehe zurück an den Tisch zu den Jungs. Amber schreibt mir wieder eine SMS, aber ich antworte ihr nicht, nicht jetzt. Ich kann spüren, wie es summt, und es ist mehr als eine SMS.

Wenn sie sauer ist, dann ist das eben so. Das Mädchen muss essen, nicht hungern, weil sie sich kein Essen leisten kann. Ich weiß, dass das der

Grund ist, warum sie nicht isst. Es ist derselbe Grund, warum sie nach dem Wohnungsbrand nur eine Handvoll Klamotten gekauft hat und jeden Tag die gleichen Sachen trug.

Sie ist zu stolz, um Geschenke anzunehmen, geschweige denn Almosen.

Nach dem Essen gehen wir zurück zum Hotel, was ein schöner Spaziergang ist und hilft, das Essen zu verdauen. Mein Handy steckt in meiner Hosentasche, so gern ich auch die SMS von Amber lesen würde, jetzt ist weder der richtige Ort noch die richtige Zeit dafür.

Mein Telefon brummt mit einer weiteren SMS.

Ich würde gern glauben, dass es sich um ein „Danke" handelt, aber es könnte auch *„Fick dich" heißen*, weil ich sie nicht allein lassen würde.

Vielleicht habe ich es auch mit dem Essen ein wenig übertrieben. Ich weiß nicht, was sie mag, also habe ich in vier Restaurants bestellt und in jedem drei Gerichte. So hat sie genug Essen; wie ich Amber kenne, hat sie wahrscheinlich Charlotte zu Besuch.

Nach unserer Rückkehr gehe ich mit Noah, Chase und Aiden für ein paar Stunden ins Fitnessstudio. Parker besteht darauf, sich uns anzuschließen, aber er muss noch seine Frau anrufen, bevor es zu spät wird.

„Um wie viel wollen wir wetten, dass Parker nicht auftaucht", sagt Aiden. „Ich wette, er ist in seinem Zimmer und hat gerade Telefonsex mit Ava."

Ich nehme mein Handtuch und werfe es ihm zu. „Du bist so ein Idiot."

„Ach, komm schon, du glaubst doch nicht, dass dein Bruder das jetzt nicht mit seiner Verlobten in deinem Zimmer macht?"

Ich erschaudere. Allein der Gedanke an Kyler und Emerson ekelt mich an. Ich freue mich für sie, aber ich will nicht daran denken, dass mein Bruder mit irgendeinem Mädchen Sex hat, Telefonsex eingeschlossen.

„Er bringt sein Kind ins Bett", sage ich. „Sie machen diese Videochat-Sache, bei der er ihr gute Nacht sagt." Ich lege mich auf den Rücken, um Gewichte zu stemmen, und Noah entdeckt mich.

„Videochat, ja?" Noah mischt sich ein und wackelt mit den Augenbrauen. „Ja, ich wette, sobald das Kind im Bett ist, zeigt das Video seine Familienjuwelen."

„Ihr müsst mal wieder Sex haben", murmle ich. „Vielleicht sucht ihr euch eine Freundin oder so. Ihr habt zu viel Zeit für euch."

Noah grinst stolz. „Ich habe viele Mädchen auf

meiner Liste. Wann hattest du das letzte Mal eine Nummer, Greyson?", fragt Noah.

„Das geht dich nichts an."

Noah grinst. „Du hast das noch nicht mit der Mitbewohnerin besprochen?"

„Lass Amber aus dem Spiel!" Ich schlage die Gewichte auf den Boden, das Geräusch hallt durch die Turnhalle.

Noah und Aiden werfen sich einen kurzen Blick zu. Chase ist der Einzige, der sich aus der Sache heraushält. Er läuft auf dem Laufband und hat offenbar seine Ohrstöpsel eingesteckt. Was für ein Glückspilz.

„Nun, was ich über den Bruderkodex gesagt habe, gilt immer noch", sagt Noah und macht zu Aiden eine Geste, damit er mich sieht, während er an der Maschine gegenüber Beindrücken macht. Er hält sich auch von mir fern, was wahrscheinlich klug ist, denn er macht mich wütend.

„Zur Kenntnis genommen", schimpfe ich.

„Aber ehrlich gesagt hätte ich auch nicht vorgeschlagen, dass sie bei dir einzieht."

„Das war nicht meine Idee." Ich hebe die Gewichte über meinen Kopf und muss mich sehr konzentrieren, um das verdammte Ding nicht fallen zu lassen, während ich Noah und Aiden über Amber reden höre.

„Sie *ist* süß", sagt Aiden.

Noah stimmt zu. „Es ist schwer, nicht daran zu denken, dass man ..."

„Hast du schon mal daran gedacht, die Klappe zu halten, verdammt?" Ich schnauze Noah an. Ich lege die Gewichte zurück und klettere unter der Stange hervor. Meine Arme und mein Körper spüren das Brennen, aber mein Kopf und mein Herz sind immer noch sehr energiegeladen.

Er hält seine Hände hoch, um zu zeigen, dass er sich ergeben hat. „Ich verstehe schon. Ihr seid nur Mitbewohner. Was wahrscheinlich gut ist, weil sie wahrscheinlich mit einem College-Typen rummacht, während du diese Woche weg bist. Ich meine, wenn ich sie wäre, würde ich genau das tun, während mein Mitbewohner weg ist. Ich muss die Schreie nicht zähmen."

Ich stapfe zu der Maschine hinüber, an der Noah sitzt, und gerade als ich ihn von der Maschine wegziehen will, packt Aiden mein Hemd und zieht mich einige Schritte zurück. „Beruhige dich. Er versucht, dich zu verarschen."

„Habt ihr Spaß?", rufe ich Noah zu.

Er grinst und nickt. „Ja, ich genieße es irgendwie.

Greyson hat sich in Amber verknallt. Das ist niedlich."

Ich zeige ihm den Stinkefinger und verlasse das Fitnessstudio. Ich kann heute Abend nur eine bestimmte Menge von Noah ertragen. An den meisten Tagen liebe ich den Kerl, aber im Moment geht er mir auf die Nerven, und ich kann nicht zulassen, dass seine Worte mich vor dem morgigen Spiel fertig machen.

Ich gehe hoch in das Hotelzimmer. Es ist zwar üblich, dass sich Neulinge ein Hotelzimmer teilen, aber ich habe nie verstanden, wie Kyler und ich in ein gemeinsames Zimmer gekommen sind. Er sollte sein eigenes Zimmer haben, es sei denn, er hat dem Trainer etwas gesagt, als ich dazukam.

Ich nehme den elektronischen Schlüssel, und die Tür öffnet sich.

Kyler sitzt an seinem Handy, als ich hereinkomme, hält es hoch und führt einen Videochat mit Bristol.

„Ist sie noch wach?" Ich schaue auf meine Uhr.

„Jemand hört nicht auf Em oder Nanny Lia."

„Hör zu, ich bin auch müde. Ich bin nicht müde", sagt Bristol mit einem lauten Seufzer. Ich schwöre, dass ich von der anderen Seite des Raumes den Schmollmund in ihrem Gesicht sehen kann, und ich schaue nicht einmal in die Kamera. Wahrscheinlich hat sie die Arme vor der Brust verschränkt und verlangt, länger aufzubleiben.

„Onkel Jasper sagt, es ist Schlafenszeit", mische ich mich ein und versuche, Emerson zu helfen, das Kind ins Bett zu bringen.

„Danke", sagt Kyler und blickt mich an.

Ich hole mir eine Flasche Wasser aus dem Mini-Kühlschrank und kühle mich nach dem Training unten kurz ab. „Ich gehe duschen", sage ich und werfe einen Blick auf mein Handy, um zu sehen, ob Amber mir zurückgeschrieben hat. Und tatsächlich, da sind ein paar Nachrichten, die darauf warten, gelesen zu werden.

Ich klicke auf ihre Nachricht, als ich ins Bad gehe, Kyler schenkt mir keine Aufmerksamkeit, was eine Erleichterung ist, denn sonst könnte er mich fragen, wozu ich mein Handy im Bad brauche. Das ist eine Erklärung, die ich ihm nicht geben will. Genauso wenig wie der Teil, in dem ich Amber zurückschreibe.

Ich öffne ihre Nachricht, und ein breites Lächeln kommt über meine Lippen.

Das Abendessen war köstlich, alle zwölf Mahlzeiten.

Ich versuche, über ihre Bemerkung nicht zu lachen. Ich weiß, dass sie nicht alles gegessen hat, aber das ist ihre Art, mir dafür zu danken. Nach dem ersten Text kommt ein zweiter.

Du hast dich selbst übertroffen. Wenigstens kann ich jetzt für den Rest der Woche essen. Ich verspreche, ich werde es nicht verkommen lassen.

Ich schließe die Badezimmertür und lehne mich dagegen. Ich tippe weiter und schreibe ihr zurück.

Schön, dass du zur Vernunft gekommen bist.

Ein Grinsen kommt auf meine Lippen, als ich drei Punkte sehe, die anzeigen, dass sie zurückschreibt. Mein Herz hämmert in meiner Brust und ich warte auf ihre Antwort. Ich dachte, das Training im Fitnessstudio und die Übungen auf dem Eis hätten mich ausgelaugt. Aber wenn es um Amber geht, fühle ich mich lebendiger denn je.

Du hast mir keine große Wahl gelassen.

Ich kichere leise vor mich hin und schalte den Ventilator im Bad ein. Ich ziehe mich aus, schiebe die Glastür der Dusche auf und stelle den Wasserstrahl an.

Du bist kein guter Befehlsempfänger.

Ich klicke auf „Senden" und ziehe dann eine Grimasse, in der Hoffnung, dass das nicht zu hart rüberkam. Ich habe ihr Bargeld und einen Zettel hinterlassen. Ich wollte, dass sie das Geld für Essen ausgibt, aber ich weiß, dass sie verdammt stolz ist.

Ich nehme keine Bestellungen auf. Ich bin kein Kellner. Was hast du vor?

Ich kichere über ihre Antwort. Ich bin mir nicht sicher, ob sie das wirklich wissen will, aber ich schicke es ihr trotzdem.

Ziehe dich aus.

Sie schreibt sofort zurück.

Dies ist das einzige Mal, dass du ein Pimmel Bild schicken kannst. Beweise es.

Ich schnaube und denke darüber nach, ins andere Zimmer zu gehen und ein Foto von meinem Bruder Kyler zu schießen, der manchmal ein Schlappschwanz ist, nur um mit Amber herumzualbern. Aber wenn sie tatsächlich meinen Schwanz sehen will, wer bin ich, nein zu sagen.

Bist du sicher? Das ist doch nicht etwa eine Falle, oder? Wo du es über das ganze Internet an ahnungslose Frauen schickst, die meinen Schwanz nicht sehen wollen?

Mein Telefon klingelt, und es ist Amber, die mich anruft. Ich gehe sofort ran. Im Hintergrund plätschert die Dusche und der Ventilator im Bad, aber ich schalte beides nicht aus. Wenigstens habe ich ein kleines bisschen Privatsphäre vor meinem Bruder, während ich eingesperrt bin.

„Schwanzbilder sind okay, wenn sie angefordert werden", sagt Amber. „Aber schicke einem Mädchen niemals unaufgefordert eins. Wenn sie nicht darum bittet, will sie es auch nicht sehen."

„Zur Kenntnis genommen", sage ich und lächle. Ich hoffe, sie spricht nicht aus Erfahrung, denn ich würde denjenigen umbringen, der ihr unaufgefordert ein Schwanzfoto schickt. „Willst du meinen Schwanz sehen?"

Sie kichert, und ich wünschte, wir würden dieses Gespräch per Videochat führen, denn ich bin mir verdammt sicher, dass ihre Wangen knallrot sind und sie wahrscheinlich den Kopf in den Händen hält. Nervosität steht ihr gut. Es schmeichelt ihr und ist bezaubernd, auch wenn sie mir widersprechen würde.

„Nur wenn du dafür kein Foto erwartest", sagt sie und kichert. „Ich sehe nicht sexy aus."

„Du bist immer sexy", sage ich. Ich kann mir nicht vorstellen, dass sie anders als begehrenswert aussieht.

„Ich liege in Jogginghose und T-Shirt auf dem Sofa", sagt Amber.

„Bist du allein?", frage ich. Es gibt Hintergrundgeräusche, aber ich nehme an, es ist der Fernseher, den sie eingeschaltet hat.

„Warum? Wärst du eifersüchtig, wenn ich jemanden zu Besuch hätte?", fragt sie.

Meine Kehle schnürt sich zu, und mein Magen verknotet sich. Wen zum Teufel unterhält sie um *diese Zeit*? „Hast du jemanden zu Besuch?"

Ich schwöre, ich höre Rascheln und Bewegungen. Zwingt sie jemanden, still zu sein, hält sie ihm den Mund zu, damit er nicht lacht oder spricht? Die Stille zieht sich hin, und ich weiß genau, dass ich mir das nicht einbilde.

„Was zum Teufel ist, hier los, Amber?" Ich knurre.

„ICH HABE DIR DOCH GESAGT, dass er leicht eifersüchtig wird", zwitschert Charlotte, und ich stoße sie mit dem Ellbogen an, damit sie die Klappe hält, schnappe mir ein Kissen und bedecke damit ihr Gesicht.

Ich versuche nicht, meine beste Freundin zu ermorden, aber bring sie verdammt noch mal zum Schweigen, bevor sie die flirtenden Schwingungen zwischen Jasper und mir ruiniert.

„Ist das Charlotte?", fragt Jasper, und ich schwöre, ich kann die Erleichterung in ihm hören.

„Das ist es", sage ich, „und sie wollte gerade gehen."

„Bin ich nicht!", meldet sich Charlotte. Ich bin nicht auf Freisprechen, aber Jasper ist laut am

Telefon, und mit dem Geräusch des Ventilators und der Dusche im Hintergrund habe ich die Lautstärke voll aufgedreht, um ihn deutlich zu hören. „Mädels Abend. Wir machen eine Pyjamaparty. Stell dir das mal vor, Jasper. Nackte Kissenschlachten!"

Er knurrt, und dieses Mal ist es unverkennbar. Es ist nicht aus Wut oder Eifersucht. Er ist erregt. Ich lächle, als ich sein Geräusch höre, und stelle mir vor, wie seine Hände über seinen Schaft streichen.

„Geh in dein Schlafzimmer. Schließ deine Tür ab", befiehlt Jasper.

Ich winke Charlotte zu, während ich vom Sofa aufspringe und in mein Schlafzimmer eile.

„Du lässt mich für einen Jungen sitzen?", ruft Charlotte mir hinterher. Als ob sie das nicht schon unzählige Male auf Partys oder in der Bar mit mir gemacht hätte.

„Rache ist eine Schlampe." Ich grinse und salutiere vor ihr, bevor ich die Schlafzimmertür zuknalle. Nur, dass ich nicht in mein Schlafzimmer gegangen bin.

Ich ging direkt zu Jasper und schloss die Tür.

„Zieh dich aus", befiehlt Jasper mit Autorität, und ich schließe die Schlafzimmertür ab und schlüpfe aus meiner Jogginghose und meinem Höschen.

„Ja, Boss", necke ich und lege das Telefon nur kurz weg, während ich mein T-Shirt ausziehe. „Ich bin nackt."

Seine Stimme ist rau, angeheizt durch das Verlangen. „Ich will es sehen", flüstert Jasper.

„Ich mache kein Foto." Ich vertraue nicht darauf, dass es nicht im Internet landet.

„Videochat mit mir."

„Ernsthaft?", frage ich, und er schickt eine Videoanfrage.

Ich seufze und richte die Kamera so aus, dass er auf dem Video nichts von mir sehen kann. Ich hebe meinen Kopf und taste mich rückwärts zu seinem Bett vor.

„Ist das mein Schlafzimmer?", fragt Jasper, als ich mich auf die Matratze lege und zum Kopfende des Bettes rutsche.

„Ich habe es nicht bemerkt", antworte ich frech. „Ist es das?"

„Du bringst mich noch um", sagt er und schüttelt mit einem schiefen Lächeln den Kopf. Eine Hand hält das Telefon, und ich bin mir ziemlich sicher, dass seine andere Hand seinen Schaft streichelt, oder zumindest seinen Schwanz neckt.

Ohne Hemd sieht er verdammt gut aus und gibt mir einen weiteren Blick auf sein Gesicht und seine

Brust frei. „Richte die Kamera tiefer", sage ich, und er kichert.

„Willst du meinen Schwanz sehen?" Er legt den Kopf schief und starrt ins Telefon, als würde er mir direkt in die Seele blicken.

Es ist nicht so, dass ich seinen Schwanz nicht schon gesehen hätte. Meine Zunge und mein Mund waren gestern nach der Campus-Party mit ihm beschäftigt. Aber es fühlt sich an, als wäre es eine Ewigkeit her, und es wird Tage dauern, bis wir uns körperlich wieder nahe sind.

„Ich will", sage ich, und mein Mund ist trocken. Ich fahre mir mit der Zunge über die Lippen, und er lächelt und zieht seine Augenbrauen hoch.

„Verdammt, ist das heiß, wenn du das mit deiner Zunge machst."

Ich bin mir sicher, dass ich rot werde, und ich rümpfe die Nase und versuche verzweifelt, nicht auszuflippen oder eine Panikattacke wegen der Tatsache zu bekommen, dass ich Telefonsex mit Jasper habe. Wenn ich in meinem Kopf feststecke, neige ich dazu, auszuflippen.

„Lässt du mich dich sehen, *Babe*, oder genießt du nur die Show, die ich dir biete?", fragt er.

Ich genieße jede Minute seines nackten Körpers, und als er mir einen kurzen Blick auf seinen Schwanz gewährt, schwöre ich, dass meine Eierstöcke explodieren. Der Mann könnte mir ein Baby einpflanzen, und ich wäre einverstanden, und ich bin ein Mädchen, das nie Kinder haben wollte.

„Du bist ein Scherzkeks", sage ich und gehe zurück aufs Bett, wobei ich mich auf den Kissen abstützte.

„Oh, ein Ausrutscher!" stichelt Jasper, als ich es mir bequem mache. „Du hast tolle Brüste. Du solltest sie mir öfter zeigen."

Ich lache leise vor mich hin. „Gut, ich werde dich und das Team bei eurem nächsten Spiel anfeuern, um meine Unterstützung zu zeigen."

„Du zeigst deine Titten besser niemandem außer mir", knurrt Jasper. „Aber ein feierlicher Titten-flash nach einem Spiel klingt wunderbar. Solange ich der Einzige bin, der in den Genuss dieser Titten kommt."

„Diese Titten?", frage ich und zeigte ganz kurz mit dem Handy auf meine Brüste, bevor ich die Kamera wieder auf mein Gesicht richte.

„Verdammt, Mädchen. Mach das noch mal."

Ein dumpfes Klopfen kommt von der anderen Seite des Telefons. Jasper schreit: „Geh weg!" Ich kann die Antwort nicht hören, aber er stöhnt, unzufrieden mit der Situation. „Ich schwöre, mein Bruder versucht, mich zu blockieren."

Ich höre ein paar gedämpfte Worte aus der anderen Leitung, wie *„Dusche"* und *„Freundin"*, aber ich bin mir nicht ganz sicher, was zum Teufel gerade gesagt wurde.

„Ich kann nichts dafür, dass du keinen Sex hast!", erwidert Jasper, und sein Bruder murmelt noch etwas Unverständliches ins Telefon.

„Musst du gehen?", frage ich und spüre seine Frustration.

Charlotte klopft an die Schlafzimmertür. „Ich störe nur ungern, aber seid ihr beide bald fertig? Ich warte darauf, dass wir uns den Film ansehen."

Es ist klar, dass diese Unterbrechung die Stimmung trübt.

„Und jetzt versucht deine beste Freundin, mich zu blockieren?"

„Sie ist deine größte Unterstützerin, gleich nach mir", sage ich. „Aber ich glaube nicht, dass das heute Abend ist."

Er knurrt und hält das Telefon wieder an sein Gesicht. „Ja, du hast recht. Verschieben wir es?"

„Ja, aber kann ich es einlösen, wenn du wieder zu Hause bist, und es ist dann kein Telefonsex?", frage ich.

Jasper gluckst. „Ich nehme dich beim Wort. Du, ich, ein heißes Date und eine Nacht, die du nie vergessen wirst", sagt er.

Er kennt die richtigen Worte, um mein Herz zu erobern. „Hals- und Beinbruch morgen!" sage ich und ziehe eine Grimasse, weil mir klar wird, dass das vielleicht nicht der beste Satz ist, den man zu einem Sportler sagen kann.

Jasper schnaubt und schüttelt den Kopf. „Wenn ich das tue, gebe ich dir die Schuld."

„Tritt ihnen in den Hintern. Wir sehen uns dann in ein paar Tagen?" Ich will nicht übermäßig eifrig klingen und so tun, als würde ich erwarten, täglich von ihm zu hören. Wir sind nicht offiziell zusammen. Obwohl ich es noch nie getan habe, will ich ihn nicht verjagen oder verängstigen.

„Wir sind Zimmergenossen", sagt Jasper und lacht. „Das kann man wohl sagen."

Wir legen beide auf, und so enttäuscht ich auch bin, dass unser kleines Telefonsex-Stück nicht geklappt hat, aber der Gedanke, dass er mich zu einem echten Date ausführt, lässt mich innerlich kribbeln. Ich klettere von der Matratze und gehe zu Jaspers Kommode. Ich stehle ein T-Shirt, das mir bis zu den Knien reicht, und ein Paar seiner Boxershorts und gehe ins Wohnzimmer.

Charlotte schreibt jemandem eine SMS, während sie auf dem Sofa liegt und sich ausstreckt. Sie bewegt ihre Beine, als ich zu ihr ins Wohnzimmer komme.

„Fertig?", frage ich, greife nach der Fernbedienung und stelle den Film in die Warteschlange. Es ist eine Liebeskomödie, die ziemlich neu ist und die keiner von uns im Kino gesehen hat. Ich erwarte nicht viel, da er an der Kinokasse floppte, aber es ist etwas Neues, das keiner von uns beiden gesehen hat.

Sie deutet auf die Schüssel Popcorn auf dem Wohnzimmertisch, die sie gemacht hat, und ich nehme sie und bringe sie zum Sofa, um sie zu teilen. „Ich sollte uns etwas zu trinken holen, bevor der Film beginnt." Ich schiebe ihr die Schüssel auf den Schoß, während ich zwei Mädchenbiere aus dem Kühlschrank hole.

Am Kühlschrank hängt ein Magnet in Form eines Hockeyschlägers, mit einem Flaschenöffner als Teil des Designs. Ich benutze ihn, um die Korken der Bierflaschen zu öffnen und die Getränke zurück zum Sofa zu bringen.

„Danke", strahlt Charlotte und stößt mit ihrem Bier auf mich an. „Hattest du Spaß mit deinem neuen Freund?"

Ich kichere. Es hat Spaß gemacht, aber es endete nicht so, wie ich es mir erhofft hatte. „Klar, bis sein Bruder uns unterbrochen hat."

„Autsch. Weiß er immer noch nichts von euch beiden?"

Ich zucke mit den Schultern. „Was gibt es da zu wissen?"

Charlotte dreht sich zu mir um, die Schüssel mit Popcorn auf dem Schoß. „Sag du es mir."

Ich habe Charlotte noch nicht erzählt, was gestern Abend zwischen Jasper und mir passiert ist, nachdem er mich abgeholt hatte. Ich habe mich vage ausgedrückt und nur gesagt, dass er mich nach Hause gefahren hat.

Das Mädchen kann in mir lesen wie in einem offenen Buch. „Habt ihr zwei euch geprügelt?" Sie wackelt anzüglich mit den Augenbrauen.

Ich lache nervös und nippe an meinem Getränk, in der Hoffnung, dass es meine Nerven beruhigt. „Wir haben weder geknallt noch etwas zusammengestoßen."

„Aber du leugnest nicht, dass etwas passiert, ist", sagt sie und zeigt auf mich. „Details, Mädchen. Ich erzähle dir immer alles von mir."

Noch ein Schluck Bier, und ich lache. „Ja, aber ich verlange es nicht."

Sie ignoriert meine Bemerkung. „Also, was habt ihr beide gemacht, wenn ihr nicht auf Böses gestoßen seid? Arschgeweih?"

Ich rümpfe die Nase, nehme ein Stück Popcorn aus der Schüssel und werfe es ihr ins Gesicht. „Nein!"

„Oral?", fragt sie, und meine Augen weiten sich. Ich kann nichts vor Charlotte verbergen, auch wenn ich versuche, das, was wir gemacht haben, zwischen Jasper und mir geheim zu halten.

„Das hast du!" Charlotte ist viel zu schwindlig vor Aufregung. „Ach du meine Güte. Hat er dich geleckt? Oder hast du ihm einen geblasen? Sag mir, dass es gut war. Ich wette, er hat einen riesigen Schwanz."

Ich nehme ein weiteres Stück Popcorn, um es ihr ins Gesicht zu werfen, aber sie fängt es in der Luft auf. Verdammt noch mal!

„Und?", fragt Charlotte und wartet darauf, dass ich etwas sage.

Ich greife nach der Fernbedienung und will aufhören, bevor es zu einem regelrechten Erschießungskommando wird, und ich fühle mich dem im Moment ziemlich nahe.

„Ich küsse und erzähle nicht", sage ich und hoffe, dass ihr Verhör damit beendet ist.

Charlotte reißt mir die Fernbedienung aus den Händen und hält sie außerhalb meiner Reichweite. Sie ist ein paar Zentimeter größer als ich, es bringt also nichts, wenn ich versuche, mit ihr um die Fernbedienung zu kämpfen. Aber das bedeutet nicht, dass ich ihr alle Details über die Ereignisse von gestern Abend erzählen werde.

„Richtig. Also, er hat dich von der Party abgeholt. Was ist danach passiert?" Charlotte sieht aufrichtig interessiert aus, aber sie will nur die schmutzigen Details erfahren.

„Ich wurde von diesem Idioten angemacht, mit dem ich in einer Klasse bin, und ich wollte weg. Ich konnte dich nicht finden, also habe ich auf dem Weg zur U-Bahn Jasper angerufen, um jemanden zum Reden zu haben, da es ein langer Weg ist."

„Und?"

„Er hat angeboten, mich abzuholen." Es ist nichts Skandalöses daran, dass er mich abholt. Wir sind Mitbewohner und Freunde. Ich würde Jasper definitiv als einen Freund betrachten. „Ende der Geschichte."

„Blödsinn!" Charlotte lacht. „Das ist nicht alles, was passiert ist. Also, komm schon, spuck's aus."

Ich lächle, schaue aber weg. „Nicht wirklich. Wir sind nur Freunde."

„Richtig", sagt Charlotte mit einem wissenden Blick. „Freunde, die Telefonsex haben und sich in sein Schlafzimmer schleichen und seine Kleidung tragen, während er weg ist?"

Ich werfe einen Blick auf die Kleidung, die ich trage. „Meine Wäsche ist schmutzig."

„Was ist mit dem Outfit, das du anhattest, als ich vorbeikam?" Charlotte ist voller Fragen, und nichts scheint ihr entgehen zu können.

„Sehen wir uns den Film an oder bleiben wir die ganze Nacht auf und tratschen über mein mangelndes Sexleben?"

Charlotte verzieht das Gesicht zu einem Grinsen. „Ja, ich glaube nicht mehr an diese unschuldige Scharade, aber wenn du es mir nicht sagen willst, gut. Ich werde es aus deinem Freund herausbekommen, wenn er zu Hause ist."

„Er ist nicht mein Freund", sage ich, aber selbst ich klinge nicht überzeugt.

———

Für den Rest der Woche bin ich mit Unterricht und Arbeit beschäftigt. Da Jasper mit dem Team nicht in der Stadt ist, bitte ich um ein paar Extra-Schichten im *Mad Tea House*. Ich brauche das Geld, und die

Wohnung fühlt sich leer an, wenn ich abends allein nach Hause komme.

Ich habe Charlotte nicht gesehen, außer beim Mittagessen auf dem Campus zwischen den Vorlesungen. Sie schickt mir täglich SMS und fragt, ob es irgendwelche heißen Neuigkeiten von meinem Eishockeyfreund gibt, und schickt mir Schnipsel, die sie online von ihm beim Eishockeyspielen findet, Clips vom Spiel, das er am Vortag gespielt hat.

Ich schwöre, dass sie ihn mehr stalkt als ich – jedenfalls mehr als ich es tat.

Aber ich sehe mir gerne die Videos von ihm an, und wenn er wieder in der Stadt ist, möchte ich ihn überraschen und zu einem seiner Spiele kommen. Und vielleicht werde ich dieses Mal sogar *sein* Trikot tragen. Obwohl es Spaß macht, ihn zu ärgern.

In der Abendschicht im Teeladen herrscht Hochbetrieb, und ich bin überrascht, als Emerson auftaucht und Bristol mitbringt.

„Ist das der Ort für den verrückten Tee?", fragt Bristol mit großen Augen. Sie löst sich von der Hand meiner Schwester und läuft durch den Teeladen, um sich die Wände und die Dekoration im Stil von Alice im Wunderland anzuschauen. Das meiste davon ist unerreichbar, bis auf den Kindertisch, den wir in der Ecke aufgestellt haben, mit einem Wandgemälde einer Teegesellschaft an der Wand.

„Ja", sagt Emerson. „Welche Geschmacksrichtung wollt ihr denn?" Sie liest Bristol die Beschreibungen vor, während ich darauf warte, dass die beiden eine Bestellung aufgeben. Es war den ganzen Tag über viel los, aber in der letzten Stunde ist es endlich ruhiger geworden.

Ich bereite die Getränke für Emerson und Bristol vor und frage mich, ob es einen anderen Grund gibt, warum meine Schwester ausgerechnet im Teeladen auftaucht. Sie war noch nie hier, zumindest nicht, während ich hinter dem Tresen gearbeitet habe.

Emerson wohnt nicht in der Nähe des Campus. Es scheint so, als ob sie einen Umweg gemacht hat, um mich zu sehen.

„Ist das deine Schwester?", fragt Maggie. Sie arbeitet heute mit mir am Tresen, weil Samantha mal wieder ihre Schicht versäumt hat.

„Das ist sie, und ihre baldige Stieftochter."

„Das ist nett. Du kannst eine Pause machen und ein paar Minuten mit ihr verbringen. Es ist ruhig hier. Ich mach' das schon."

„Danke", sage ich, ziehe meine Schürze aus und setze mich zu Emerson und Bristol an einen Tisch.

„Was macht ihr denn hier?", frage ich.

Bristol trinkt ihren Tee und kaut auf den Fruchtstückchen in dem Getränk, das sie bestellt hat. Sie hat ein breites Grinsen im Gesicht. Ich schwöre, sie hat das süßeste Getränk auf der Speisekarte bestellt.

„Am Freitag gibt es ein Spiel in der Stadt. Ich kann uns Plätze besorgen, wenn du kommen und die Mannschaft unterstützen willst."

„Das klingt lustig. Ich muss nachmittags arbeiten, aber es ist doch ein Abendspiel, oder?"

„Ja, ein Abendspiel. Du musst das Trikot von Greyson tragen, wenn du kommst."

Ich kann nicht umhin, mich zu fragen, ob sie von den beiden anderen Vorfällen gehört hat, bei denen ich ein *Island Bruisers*-Trikot getragen habe. Ich spreche es nicht an und frage auch nicht, welchen Greyson ich eigentlich repräsentieren soll.

„Ich glaube, ich kann in seiner Kommode eins finden."

„Du hast die Kommode deines Mitbewohners durchwühlt?", fragt Emerson und hebt eine Augenbraue.

Bristol kichert, und ich schaue das Kind an, weil ich mir nicht sicher bin, ob es versteht, wovon Emerson spricht.

„Ich leihe mir ab und zu ein Trikot aus", sage ich abweisend.

„Wie das, das du letztes Wochenende auf der Party getragen hast?", fragt Emerson.

Bristol nippt an ihrem Getränk und starrt Emerson mit einem süffisanten Lächeln an. „Du hast dir eines von Daddys Trikots geliehen."

„Das habe ich getan, und ich bereue jede Sekunde", sagt Emerson.

Bristol strahlt stolz, als hätte sie einen verrückten Plan ausgeheckt, um Emerson in Schwierigkeiten zu bringen. Ich traue es einer Sechsjährigen zu, einen Plan auszuhecken und meine Schwester darauf hereinfallen zu lassen.

„Das klingt interessant", sage ich und warte darauf, dass Bristol etwas dazu sagt.

Emerson blickt sie an, damit sie den Mund hält, und ich fühle mich völlig außen vor. „Du kannst es mir später erzählen", flüstere ich Bristol zu.

Meine Schwester schnaubt und rollt die Augen. „Das werden wir nicht tun", schnauzt Emerson.

Bristol streckt ihren kleinen Finger aus, als wolle sie mir versprechen, dass sie es mir später erzählen wird, und alles ist gut. Ist das die neue Bedeutung eines Versprechens mit dem kleinen Finger?

Kinder heutzutage. Ich verbinde meinen kleinen

Finger mit ihrem, bevor ich aufstehe. Meine Pause ist längst vorbei, und Maggie war so freundlich, mich nicht darauf hinzuweisen, dass ich eigentlich arbeiten sollte.

Ist Emerson vorbeigekommen, um mich zu dem Spiel einzuladen, oder wollte sie etwas anderes? Sie hätte mir genauso gut eine SMS schicken können. „Danke für die Einladung. Ich werde da sein."

————

Die Woche zieht sich hin. Jasper und ich tauschen ein paar kurze SMS aus, nichts Skandalöses oder Heißes. Er lässt mich wissen, dass er am späten Donnerstag zu Hause sein wird, aber ich nicht auf ihn warten soll, weil sich ihr Flug aufgrund von Stürmen in North Carolina verspätet.

Am Donnerstagabend höre ich ihn nicht einmal nach Hause kommen, und am Freitagmorgen ist er schon wieder weg, bevor ich zum Unterricht aufstehe. Aber ich weiß, dass er gestern Abend nach Hause gekommen ist. In seinem Schlafzimmer steht ein Koffer, die Tür ist offen, und im Wohnzimmer riecht es nach ihm und frisch gebrühten Kaffee.

Bevor er geht, setzt er eine Kanne auf, und ich

schwöre, der Mann kennt den Weg zu meinem Herzen.

Mein Tag fängt gut an, perfekt, bis ich in den Statistikkurs gehe, mich hinsetze und Atlas Storm beschließt, den Stuhl neben mir zu nehmen. Ich schwöre, sein Name ist so aufgeblasen wie er selbst.

Als wäre es nicht schon schlimm genug, dass ich die Klasse hasse, drückt der Umgang mit Atlas auf meine Stimmung. Aber ich will nicht, dass es mich stört. Er ist ein Niemand – ein College-Sportler, der hofft, auf den Namen und das Vermögen seines Bruders bauen zu können.

Er könnte ein anständiger Spieler sein. Ich habe ihn noch nie spielen sehen.

„Kommst du heute Abend zum Spiel der *Bruisers*, *Eiskönigin*?", fragt Atlas.

„Du bist ein Arschloch", sage ich und weigere mich, seine Frage zu beantworten.

Ich sollte erleichtert sein, dass er mich nicht zu *seinem* Spiel auf dem Campus einlädt, denn die Wahrscheinlichkeit, dass ich dabei sein und ihn auf der Tribüne anfeuern würde, ist gleich null.

Die *Ice Dragons* spielen heute Abend gegen die *Island Bruisers*, allerdings nicht in ihrem Heimstadion. Da beide Teams in New York beheimatet sind, haben die *Ice Dragons* keine weiten

Wege vor sich. Ohne die Unterstützung der Fans ist es praktisch wie zu Hause.

Deshalb hat Emerson vorgeschlagen, dass ich komme und die *Ice Dragons* anfeuere. Sie brauchen jede Unterstützung, die sie bekommen können. Zumindest nehme ich an, dass das der Grund für die Einladung ist.

Atlas dreht sich zu mir um. „Ich kann euch Plätze besorgen, direkt hinter der Glasscheibe. Mein Bruder hat Beziehungen, was bedeutet, dass ich auch Beziehungen habe."

„Ich habe bereits Karten für heute Abend", sage ich und ziehe eine Grimasse, weil ich wünschte, ich hätte nicht mit ihm gesprochen. Ich möchte ihm nicht gestehen, dass ich Pläne habe und zum Spiel gehen werde.

„Gehst du mit Freunden oder mit einem Date?", fragt Atlas.

Versucht er ernsthaft herauszufinden, ob ich Single bin? Was zum Teufel ist los mit ihm?

Ich muss dem ein Ende setzen, was auch immer er denkt, dass dies zwischen uns ist, weil ich null Interesse an ihm habe. Wer zum Teufel gibt einem Mädchen, mit dem er flirtet, den Spitznamen Eiskönigin?

Niemand. Schon gar nicht Atlas Storm.

Wie kommt es, dass die Mädchen hinter ihm her sind?

Nun, nicht alle Mädchen.

„Mein Freund spielt bei den *Ice Dragons*", sage ich.

„Dein Freund?", wiederholt Atlas, und er setzt sich aufrechter hin, sein Kiefer ist angespannt. „Ich wusste nicht, dass du dich mit jemandem triffst. Er war letztes Wochenende nicht mit dir auf der Party."

„Er geht nicht auf alberne Campus-Partys", sage ich, um das Ganze zu entschuldigen, und wende meine Aufmerksamkeit dem Professor zu, der mit zerzaustem Haar ins Klassenzimmer stolziert. So fühle ich mich auch, aber ich versuche, ruhig zu bleiben. Ich kann es nicht gebrauchen, dass Atlas Storm mich aus der Fassung bringt.

Atlas lacht leise vor sich hin, lehnt sich zurück und verschränkt die Arme vor der Brust. „Wer auch immer dein kleiner Schwarm ist, er ist nicht dein fester Freund. Du gehst auf keinen Fall mit einem NHL-Spieler aus", sagt er.

Bin ich verrückt, weil ich ihm von Jasper erzählt habe?

Wir sind zwar nicht zusammen, aber wir sind Mitbewohner, und ich glaube, er würde mir einen Gefallen tun, wenn ich ihm sagen würde, dass Atlas

Storm mich in der Klasse belästigt und ich einen Gefallen brauche.

Atlas kauft mir meine Geschichte nicht ab, aber ich bin mir auch nicht sicher, ob ich selbst überzeugt bin, und das ist schon die halbe Miete.

Obwohl es offensichtlich ist, hat Jasper Gefühle für mich. Ich bin ein wenig besorgt, wie lange diese Gefühle anhalten werden. Er konzentriert sich auf seine Karriere, und was ist, wenn der Sex mittelmäßig oder geradezu furchtbar ist? Was passiert dann?

„Es ist mir egal, was du glaubst", sage ich achselzuckend und schlage mein Lehrbuch auf. Eigentlich bin ich erleichtert, als der Professor mit seiner Vorlesung beginnt. So sehr ich Statistiken auch hasse, Atlas Storm verachte ich noch mehr.

Er ist nicht überzeugt, und ich zeige ihm für den Rest der Stunde die kalte Schulter. Kaum ist die Statistik vorbei, schnappe ich mir meine Tasche und verlasse fluchtartig die Schule, die Bücher immer noch in der Hand. Normalerweise packe ich meine Sachen weg, bevor ich gehe, aber ich muss hier raus, bevor ich etwas Bedauerliches sage.

„Hey, warte mal", ruft Atlas mir hinterher.

Ich beeile mich, aber Atlas ist größer und macht große Schritte, sodass er mich leicht einholen kann.

Ich fluche leise vor mich hin, aber das Geräusch ist in dem Getümmel der Studenten, die aus den Hörsälen strömen, kaum zu hören.

„Ich werde heute Abend mit ein paar Freunden beim Spiel sein. Da dein Freund heute Abend spielt, solltest du uns einander vorstellen." Ist das seine Version eines Friedensangebots? Ein Waffenstillstand?

Ich drehe mich um und sehe ihn an. „Und warum sollte ich das tun?", frage ich. Atlas und ich sind keine Freunde. Ich weiß nicht, warum ich überhaupt zulasse, dass ein Wort von dem, was er sagt, mich beunruhigt. Aber ich kann es nicht einfach so stehen lassen.

„Weil ich glaube, dass du nur Scheiße erzählst."

ICH HABE AMBER KAUM GESEHEN. Nicht, weil ich nicht wollte, sondern weil sich unsere Zeitpläne nicht miteinander vereinbaren lassen. Ich möchte sie ausführen und sie mit einem schicken Abendessen beeindrucken, aber ich war die ganze Woche auf Reisen, und jetzt, wo ich zu Hause bin, stehe ich früh auf, um ins Fitnessstudio zu gehen, und sie liegt noch im Bett und schläft.

Ich habe diskret versucht, einen schönen Ort zu finden, an den ich sie mitnehmen kann, ohne jemanden, den ich kenne, um eine Empfehlung zu bitten, denn das würde auch viel zu viele Fragen mit sich bringen.

Ich schiebe mein Handy in mein Schließfach.

Ich kann nicht ständig meine Nachrichten auf Nachrichten von Amber überprüfen. Die letzte Mitteilung, die sie geschickt hat, ist eine Stunde her.

Viel Glück! Brich dir kein Bein. Brich das eines anderen.

Ich versuche, nicht zu lachen, aber ich bin mir sicher, dass ich das dümmste Grinsen aufsetze. Ich muss es abstellen. Ich kann es nicht gebrauchen, dass die Jungs mich belästigen oder Kyler mich anpöbelt, wenn er herausfindet, was zwischen mir und Amber vor sich geht.

Ich stehe mit dem Rücken zu Kyler und er räuspert sich. „Du bist sehr ruhig gewesen. Bist du heute Abend mit dem Kopf bei der Sache?", fragt er. Wir sind in der Umkleidekabine und bereiten uns auf das Spiel heute Abend gegen das von mir am meisten verachtete Team, die *Island Bruisers*, vor.

„Warum sollte ich das nicht sein?"

Das ist eine Mannschaft, die dafür bekannt ist, schmutzig zu spielen. Sie gingen sogar so weit, dass einer ihrer Spieler einen von uns bedrohte, neben anderen in der Liga. Er wurde verhaftet, aus dem Eishockey geworfen und anschließend hinter Gitter gebracht.

Die Liga hat versucht, den Skandal zu

vertuschen, aber ich kenne alle Einzelheiten, weil meine Nichte das Ziel einer der Drohungen war.

Meine Abscheu gegenüber Atlas Storm reicht sogar noch weiter zurück. Wir spielten im frühen Teenageralter zusammen, in einer Eishockeyliga.

Der Wichser hat mir meine Freundin, Bridget Malister, gestohlen und den Namen seines Bruders benutzt, um an ihre Hose zu kommen. Die Tatsache, dass Knox Storm in der ersten Runde des Aufgebots ausgewählt wurde, brachte ihre Augen zum Leuchten. Außerdem versprach Atlas ihr Karten für die Spiele der *Island Bruisers* und dass sie in der Ice Box sitzen könnte.

Da konnte ich nicht mithalten, und ich habe es nicht einmal versucht.

Ich habe sie so gut wie möglich gemieden, da wir auf dieselbe Schule gingen. Wir hatten sogar ein paar Klassen zusammen. Ich wünschte, ich könnte sagen, dass ich nicht weiß, was mit ihr passiert ist.

Oh, ich weiß. Ich sehe sie sogar von Zeit zu Zeit.

Sie ist ein *Puck Bunny*.

Es wird gemunkelt, dass sie mit Knox Storm geschlafen hat, als sich die Gelegenheit bot. Das ist keine große Überraschung. Ich schenke ihr nicht einmal eine Sekunde meiner Aufmerksamkeit , wenn sich unsere Wege kreuzen. Sie ist für mich gestorben.

„Ich freue mich auf ein gutes Spiel heute Abend. Ich habe gehört, dass Em und Amber auf der Tribüne sitzen werden, um uns anzufeuern", sagt Kyler.

Er schnürt seine Schlittschuhe, und wir gehen aus der Umkleidekabine in den Flur, wo wir auf die Ansage mit unserer Vorstellung warten.

Ich atme scharf ein. Mir gefällt der Gedanke an Amber auf der Tribüne, die mich anfeuert. Ich hoffe, dass sie zur Vernunft gekommen ist und ein *Ice Dragons*-Trikot mit meiner Nummer trägt.

„Ich wette, es ist der Bereich der billigen Plätze", sage ich. Wir sind nicht in unserem Heimstadion, wo wir einen Bereich mit guten Sitzen haben, den wir mit unserem Team teilen.

„Nein, ich habe ihr meine schwarze AMEX gegeben", sagt Kyler.

„Du hast die Tickets nicht direkt gekauft?"

„Ich bin kein kontrollsüchtiger Idiot." Er wirft mir einen Blick zu. „Ich habe sie die Sitze aussuchen lassen, die sie wollte."

„Sie wird nicht das Geld ausgeben, um Plätze in der Nähe zu bekommen", sage ich. Ich kenne Emerson zwar nicht so gut wie er, aber wenn sie so ist wie ihre Schwester, wird sie in der ersten Reihe sitzen, weil sie sein Geld nicht ausgeben will.

„Wir werden sehen", sagt Kyler und lässt das Wort verstummen, als wir vorgestellt werden und auf dem Eis einlaufen.

Sofort werden wir ausgebuht und angeschrien, weil wir die gegnerische Mannschaft im Stadion sind. Das stört mich nicht. Ich bin daran gewöhnt und neige dazu, die Geräusche zu übertönen, wenn ich mich auf das Spiel einlasse.

Die Menge ist ein Meer aus Blau. Ihre Trikots und Hemden sind wie der Ozean, mit goldenen Sprenkeln wie der Wellenkamm der Handvoll Fans, die uns unterstützen. In New York sind mehr Fans im Stadion als in North Carolina, aber die Sitze, die dem Eis am nächsten sind, sind alle in Blau getaucht.

Keine Spur von Amber oder Emerson. Zumindest nicht von dem, was ich sehen kann. Aber wenn Kyler sagt, dass sie heute Abend beim Spiel ist, werde ich meine Augen nach ihr offen halten.

Die Lichter blinken und die Musik dröhnt, während wir auf dem Eis laufen, bevor wir auf die Spielerbank zurückkehren und uns für das erste Drittel vorbereiten.

„Deine Verlobte ist nicht aufgetaucht", sage ich.

„Oder ich habe recht, und sie sitzt im billigen Bereich."

Kyler murmelt leise vor sich hin, aber das Gebrüll der Menge macht es schwer, ihn zu verstehen.

Das erste Drittel ist hart. Die Mannschaft scheint nicht richtig bei der Sache zu sein, ich eingeschlossen. Knox hat auf dem Eis nur Scheiße erzählt. Nicht, dass das etwas Neues bei ihm wäre, aber ich bin nicht in der Stimmung, mir seinen Schwachsinn anzuhören.

Wir spielen nicht so gut, wie wir spielen sollten, und wir haben keine Entschuldigung dafür.

Abgelenkt, vielleicht.

Aber das ist kein plausibler Grund, um schlecht zu sein. Aber genau das tun wir – wir werfen den Puck, geben ihn an den Gegner ab und lassen ihn punkten.

Und die Bastarde brüsten sich damit, dass sie die verdammten Könige auf dem Eis sind.

Wenigstens hat unser Torwart Aiden heute Abend alles im Griff, sonst wäre der Spielstand dreimal so hoch wie jetzt, und wir würden mit vier Toren verlieren. Es ist nicht schön, und wir haben nicht ein einziges Tor gemacht.

Kyler, Owen und ich werden aus der vordersten Reihe abgezogen.

„Was zum Teufel?" Coach Malone wirft die Arme in die Luft und wartet auf eine Erklärung von uns.

Wir haben keine Antwort, aber der Coach hat ein Auge auf Kyler geworfen.

„Willst du mir etwas sagen?" Kyler knirscht mit zusammengebissenen Zähnen.

„Was sagst du mir?" Malones Augen verdichten sich, und ich schwöre, ich kann sehen, wie ihm der Dampf entweicht. Er ist sauer, und dann legt man sich noch, mit dem Coach an, aber das ist kein Ort, an dem man jemals sein möchte.

Kyler presst die Lippen zusammen und schüttelt wortlos den Kopf.

Man muss kein Genie sein, um die Körpersprache zwischen den beiden zu erkennen. Angespannt ist eine Untertreibung.

Ich stupse Kyler an. „Wir kriegen unseren Scheiß schon auf die Reihe."

Kyler wirft einen Blick auf die Tribüne, ohne mich zu beachten.

„Was ist?", frage ich und folge seinem Blick. Die Mädchen sitzen nicht in der schlechtesten Reihe, aber mir dreht sich der Magen um, als ich Atlas

Storm neben Amber sitzen sehe, und ich möchte am liebsten über das Glas springen und ihm die Scheiße aus dem Leib prügeln.

Kennen sie sich?

Vielleicht ist es nur ein Zufall, dass sie neben ihm auf der Tribüne sitzt, aber ich bezweifle es.

Mein Mund ist trocken und mit Galle gefüllt bei den Worten, die meine Lippen verlassen. „Sind sie Freunde?"

„Ist das nicht der Typ, der dir deine erste Freundin weggeschnappt hat?", fragt Kyler und erkennt den Trottel wieder.

Ich huste und räuspere mich. „Er ist ein Arschloch, aber er hat mich vor Bridget Malister bewahrt.""

Ein Lächeln streift Kylers Züge. „Ja, ich kann nicht glauben, dass der Teenager, mit dem du dich getroffen hast, ein *Puck Bunny* ist."

„Wir waren dreizehn, als wir das erste Mal ausgingen", korrigiere ich ihn. „Und ich kann es nicht glauben, dass sie mich wegen ein paar Eishockeykarten verlassen hat." Sie hatte vor meinen Augen unverhohlen mit Atlas geflirtet. Und an den Tagen, an denen Knox seinen kleinen Bruder vom Training abholte, ging sie aufs Ganze.

Kyler schnaubt. „Wenn du dich das nächste Mal für ein Mädchen entscheidest, wollen Em und ich sie kennenlernen und entscheiden, ob sie gut genug für dich ist."

„Machst du dir Sorgen, dass sie mich wegen meines guten Aussehens und meines sportlichen Talents ausnutzt?"

Kylers Augen weiten sich. „Du sprichst in der Vergangenheitsform, als ob du jemanden kennengelernt hättest?"

Meinem älteren Bruder scheint nichts zu entgehen. Ich hatte gehofft, ich könnte ein paar Jahre warten, bevor ich die Geschichte erzähle, wie Amber und ich zum ersten Mal zusammenkamen. Obwohl wir nicht miteinander geschlafen haben. Wir haben nur herumgealbert, und das war vor fast einer Woche.

Selbst Telefonsex ist schwierig, wenn ich mir ein Hotelzimmer mit meinem älteren Bruder teile. Aber jetzt, wo ich wieder zu Hause bin, hoffe ich, mit Amber in Stimmung zu kommen, mit ihr auszugehen, ihr eine schöne Zeit zu bereiten. Ich will sie nicht zu irgendetwas drängen, aber verdammt, allein der Gedanke an ihre Lippen auf meinem Schwanz lässt mich platzen.

„Jasper?"

Ich antworte ihm nicht schnell genug, und schon ist er im Verhörmodus des großen Bruders.

„Ist es jemand, den ich kenne?", fragt er.

„Es ist nicht jemand, den du nicht kennst", antworte ich mit einer doppelten Verneinung und vermeide es, ihm ein klares Ja zu sagen.

„Wer?", fragt Kyler. „Ist es ein Mädchen aus einer anderen Stadt, dass du getroffen hast, als wir für ein Spiel unterwegs waren? Diese rothaarige Tussi in Atlanta, oder war es in Chicago? Sie hat dich in der Bar verfolgt, als du uns Drinks holen wolltest."

Ich habe *dieses* Mädchen vergessen. Sie war kokett und furchtbar betrunken. Ich kann mir nur vorstellen, was für massive Kopfschmerzen sie hatte, weil sie verkatert war. Ich musste sie auf einen Hocker setzen und dem Barkeeper sagen, er solle ihr ein Taxi rufen.

„Ja, sie lebt in einer anderen Stadt", sage ich. Die Worte gleiten mir mit Leichtigkeit von der Zunge.

Amber und ich haben noch nicht darüber gesprochen, was wir unseren Geschwistern über das, was zwischen uns passiert, sagen würden. Und da wir nicht einmal wissen, was diese neue Sache ist, scheint es eine schlechte Idee zu sein, es ihnen zuerst zu sagen.

„Ich wusste, dass ihr neulich im Hotel Telefonsex hattet!", sagt Kyler ein wenig zu laut.

Owen blickt uns beide mit großen, ungläubigen Augen an. „Erzähl doch mal", sagt Owen. „Das klingt nach einer pikanten Geschichte."

„Ist es nicht", sage ich und schaue Kyler an. „Du hast mich unterbrochen. Außerdem küsse ich nicht und erzähle es weiter." Das ist alles, was sie aus mir herausbekommen. Hoffentlich reicht das aus, um die Biester zu beruhigen und sie in Schach zu halten, während Amber und ich erkunden, was zwischen uns aufblüht.

„Stört es deine Freundin, dass du eine weibliche Mitbewohnerin hast?", fragt Kyler. „Ich meine, du hast es nicht erwähnt, als ich vorgeschlagen habe, dass Amber bei dir einzieht. Übrigens habe ich vor, ihre Miete zu übernehmen."

„Warum willst du das tun?", frage ich.

„Ich habe dich gebeten, sie zu übernehmen, damit Em und ich etwas Freiraum haben."

„Ich nehme dein Geld nicht. Amber zahlt ihren Anteil an der Miete."

Kyler sieht verblüfft aus, als ich andeute, dass ich sie für alles bezahlen lasse. „Du erwartest, dass sie die Hälfte bezahlt? Du weißt doch, dass sie auf dem

College ist und als Barista in irgendeinem Laden auf dem Campus arbeitet."

„Sie arbeitet in einem *Mad Tea Shop*", sage ich, wohl wissend um ihre Situation. „Und ich lasse sie nur einen kleinen Teil dessen zahlen, was sie bereits an Miete in der letzten Wohnung gezahlt hat, die abgebrannt ist."

Mein Bruder klopft mir auf den Rücken. „Du bist ein guter Kerl. Sie kann sich glücklich schätzen, dich als Freund und Mitbewohner zu haben. Aber ich zahle immer noch die andere Hälfte ihres Anteils."

„Ich brauche ihre Almosen nicht."

„Nein, aber du bist scheiße da draußen, und wenn du weiter wie ein Fisch umherschwimmst, wirst du keinen neuen Vertrag bekommen, wenn du ein freier Agent bist."

„Es ist ein lausiges Spiel", sage ich. Ich habe noch Zeit, meine Karriere zu perfektionieren, alles zu regeln, bevor ich auf Angebote warte und hoffe, dass ich einen neuen Vertrag bekomme. Ich grummele vor mich hin: „Und ich hasse die *Bruisers.*"

„Ich auch", brummt Kyler. „Knox ist der größte Idiot von allen."

„Ich bin auch kein Fan", sagt Owen. „Aber ich

meine, ich mag kein Team, gegen das wir spielen. Sie sind alle Rivalen. Also, was hast du da gesagt, Jasper, über eine Freundin?"

Ich stöhne und richte meine Aufmerksamkeit wieder auf das Spiel. „Nichts. Ich habe nichts gesagt." Ich weigere mich, ihnen Munition zu geben, die sie gegen mich verwenden können, denn sie werden es nicht auf sich beruhen lassen.

Im zweiten Drittel gibt Trainer Malone Owen, Kyler und mir eine weitere Chance, uns auf dem Eis zu beweisen. Wir arbeiten besser zusammen, konzentrieren uns und schießen drei Tore.

Wir liegen zwar immer noch mit einem Punkt zurück, aber zumindest haben wir den Rückstand aufgeholt, und als wir auf der Bank saßen, haben unsere Mitspieler verhindert, dass jemand gegen uns punktet.

Es gibt wohl schlimmere Situationen, in denen man sein kann.

Im dritten Drittel macht Kyler das Tor zum Ausgleich, und ich schieße das Tor, das uns einen Vorsprung verschafft.

Ich werfe Amber auf der Tribüne einen Kuss zu und zeige auf sie, damit sie weiß, dass der Siegtreffer für sie war.

„Jasper, warum zum Teufel machst du meine Verlobte an?" knurrt Kyler, der den Kuss falsch interpretiert hat. Er schreit mich über das Eis an, und einen Moment lang denke ich, dass er mich verprügeln will, aber Knox Storm kommt mit einem widerlichen Grinsen auf dem Gesicht wieder hoch.

„Zwei Brüder, die es mit demselben Mädchen treiben", sagt Knox mit einem verschmitzten Grinsen. Er versucht, zu mir durchzudringen und ist so unausstehlich, dass ich schwöre, dass Kyler ihn auch hören kann.

Emerson und Amber sitzen nebeneinander. Der Kuss war hundertprozentig für Amber bestimmt. Aber wenn ich meinem dummen Bruder erzähle, für wen er bestimmt war, bin ich mir nicht sicher, ob er so nachsichtig sein wird.

„Schieb dir den Schläger in dein Puck-Loch, Storm." Ich stoße mit der Schulter gegen seinen Körper und drücke ihn an die Scheibe, während ich um den Puck kämpfe, der zu unseren Füßen über das Eis gleitet.

„ Kannst du dir keine eigene Freundin suchen, musst du die deines älteren Bruders stehlen?", sagt Knox und schubst mich nach hinten.

Ich werfe meinen Schläger auf das Eis. „Sagt der Loser, der mit meiner dreizehnjährigen Freundin geschlafen hat."

„Whoa!" Knox grunzt, als ich ihm einen Aufwärtshaken an den Kiefer verpasse und sein Helm abfliegt. „Sie war volljährig, als ich sie gefickt habe."

Da fühle ich mich nicht viel besser. „Wirklich? Ich war dreizehn. Sie ist verschwunden, um deinen Schwanz zu lutschen."

So war das nicht. Sie war mit seinem jüngeren Bruder Atlas zusammen, bevor sie schließlich mit Knox vögelte, als sie achtzehn war, wie ich gehört habe. Sie lief ihm wie ein Groupie hinterher und bettelte wahrscheinlich darum, von ihm gefickt zu werden. Ekel erfüllt mich wie ein Bleiballon, mein Magen ist schwer und übel, als ich Knox meine Faust ins Gesicht schlage. Er schlägt so hart zurück, dass ich nachgebe.

„Und es waren fantastische Lippen, Arschloch", grunzt Knox und schlägt mit den Fäusten gegen meine Brust.

Der Schweiß rinnt mir die Stirn hinunter, und schließlich gehen ein paar Spieler dazwischen und ziehen uns beide auseinander, damit wir uns nicht gegenseitig in Stücke reißen.

Wir beide werden auf die Strafbank gesetzt, und

ich weigere mich, in die Richtung zu schauen, in der Amber und *dieses Arschloch* sitzen.

Warum zum Teufel ist sie bei ihm?

Sie weiß nichts über Atlas und über unsere Vergangenheit als Kinder. Wie sollte sie auch? Darüber spreche ich nicht. Wer will schon seinen ersten Herzschmerz und Verrat noch einmal erleben?

Es ist Jahre her und sollte keine Rolle spielen, aber ihn neben *meinem Mädchen zu* sehen, bringt mich zum Kochen. Ich vertraue Amber. Auch wenn ich nicht weiß, was wir sind, vertraue ich ihr. Es hilft auch, dass wir eine Wohngemeinschaft sind, und ich habe noch nie gesehen, dass sie Atlas mitgebracht hat.

Es kann auch sein, dass sie Tickets gekauft haben und durch einen Zufall nebeneinandersitzen.

Ich hasse mich dafür, dass ich mit Knox gekämpft habe, und ihn dadurch an mich herangelassen habe. Zur Strafe werfe ich einen Blick auf Atlas auf der Tribüne. Vielleicht ist es auch ein bisschen Sehnsucht, die mich dazu bringt, in diese Richtung zu Amber zu schauen.

Aber sie ist weg. Sie sitzt nicht auf ihrem Platz. Emerson ist allein, und Atlas ist auch weg.

Jede Faser meines Wesens schmerzt. Ich könnte

es leicht auf die Schläge auf meine Brust, meinen Hals und sogar ein paar Schläge auf mein Gesicht schieben.

Das ist es nicht, was schmerzt. Es ist der Schmerz, dass Amber und Atlas zusammen sind.

Ich vertraue ihr, aber ich vertraue *ihm* nicht.

Ich vertraue nicht darauf, dass er sie nicht anfassen wird. Sie benutzt, um an mich heranzukommen.

Er war schon immer eifersüchtig. Die Tatsache, dass ich jetzt in der NHL bin und er nie in die Endrunde gewählt wurde, muss weh tun.

Ich will runter von der Strafbank. Zur Hölle werft mich aus dem Spiel, damit ich nach Amber sehen und sicherstellen kann, dass es ihr gut geht.

Jede Sekunde ist die Hölle, während ich darauf warte, entlassen zu werden. Noch nie ist die Zeit so langsam verstrichen. Der Strafraumwächter schenkt mir keine Aufmerksamkeit, sondern konzentriert sich auf seine Aufgabe und schaut auf die Uhr.

„Psst", flüstere ich und versuche, seine Aufmerksamkeit zu erregen. „Hast du dein Handy dabei?"

Er wirft einen Blick über die Schulter zu mir. „Ernsthaft? Ihr Typen lernt nie etwas über Disziplin." Er dreht mir wieder den Rücken zu. Es ist weit hergeholt, Amber eine SMS zu schreiben, um sich zu vergewissern, dass es ihr gut geht.

Es gibt immer noch kein Zeichen von ihr, und je länger ich warte, desto mehr füllt sich mein Magen mit Angst. Emerson wird nicht zulassen, dass Amber etwas zustößt, was mir sagt, dass sie freiwillig mit diesem Arschloch Atlas gegangen ist.

ICH MAG EISHOCKEY WIRKLICH.

Nun, ich sehe mir das Spiel gern an, wenn Jasper auf dem Eis steht. Es ist nicht annähernd so aufregend, wenn er auf der Bank sitzt oder auf der Strafbank, wo er ziemlich oft zu finden ist.

Das Spiel ist interessant, aber alles, was ich spüre, ist die Anwesenheit von Atlas Storm, der sich neben mich gesetzt hat. Irgendwann zu Beginn des ersten Drittels steht der Mann neben mir auf, wahrscheinlich um noch ein Bier zu holen, und Atlas nimmt seinen Platz ein.

„Du weißt, dass der Platz besetzt, ist", sage ich. Ich hätte ihn gar nicht erst ansprechen dürfen, aber wahrscheinlich bin ich bereit, sozialen Selbstmord zu begehen, falls es so etwas gibt.

Ich habe den Eindruck, dass er vorhat, den guten Ruf, den die *NYU* hat, zu zerstören, weil er ein Dreckskerl ist.

„Dein Freund?", fragt Emerson und blickt kurz zu Atlas.

„Nein", antworte ich schnell.

Aber Atlas antwortet gleichzeitig mit einem schallenden „Ja".

Emerson schenkt dem keine große Beachtung. Sie konzentriert sich vollkommen auf das Spiel, was ich zu schätzen weiß. Die Menge ist ebenfalls sehr laut und feuert die *Island Bruisers* an. Wir beide in unseren goldenen Trikots fallen auf, als wir unserem Team von den Plätzen aus zujubeln.

„Das sind beschissene Plätze. Du hättest auf mein Angebot eingehen sollen", sagt Atlas. Zumindest ist seine Aufmerksamkeit auf die Eisbahn gerichtet, aber ich will trotzdem nicht, dass er neben mir Platz nimmt.

„Ich will nichts von dir", sage ich.

Ich spüre seinen grüblerischen Blick, als er sich in seinem Sitz umdreht. „Warum?" Ich tue alles, was ich kann, um ihn zu ignorieren, aber er lässt nicht locker. Als ich nicht antworte, legt er mir eine Hand auf den Arm, und ich ziehe sie zurück.

„Fass mich nicht an", schnauze ich.

„Es ist ja nicht so, dass dich jemand anderes berührt", sagt Atlas. „Ich kaufe dir nicht ab, dass du dich mit einem Eishockeyspieler triffst, *Eiskönigin*."

Ich atme scharf ein und bete, dass meine Schwester ihn nicht belauscht hat. Die Menge ist laut, aber Atlas ist noch lauter.

„Mit wem ich ausgehe, geht dich verdammt noch mal nichts an."

„Du bist eine Lügnerin", sagt Atlas und wendet sich dem Spiel zu. „Du hast nicht den Hauch einer Chance, es mit einem der Jungs da draußen aufzunehmen. Du könntest nicht einmal als *Puck Bunny* durchgehen."

„Fick dich", sage ich und stoße ihn mit dem Ellbogen.

„Aua."

„Geh zurück auf deinen eigenen Platz." Ich konzentriere mich weiter auf das Spiel. Jasper scheint abgelenkt zu sein, als er den Puck praktisch an die *Island Bruisers* übergibt.

„Du bist scheiße, Greyson!" Atlas springt auf und schreit Jasper an. Nicht, dass einer der Spieler ihn hören könnte, aber das lässt mich Atlas noch tausendmal mehr hassen.

„Verpiss dich", sage ich und starre Atlas an.

„Oh, einen Nerv getroffen", kichert er. „War nicht

schwer herauszufinden, welchen." Er nickt in Richtung meines Trikots und der Nummer 45 auf der Vorderseite. Die Nummer von Jasper Greyson.

Emerson bewahrt die Ruhe. Sie sagt kein Wort, aber ich kann sehen, dass sie den ganzen Austausch beobachtet.

„Geh zurück auf deinen Platz", wiederhole ich und werfe einen Blick über die Schulter auf den 1,80 m großen Mann, der vorhin auf diesem Platz gesessen hat.

„Das ist mein Platz. Ich habe mit diesem Kerl Tickets getauscht. Es besteht keine Chance, dass er auf diesen beschissenen Platz zurückkommt", sagt Atlas.

„Warum sollte er das tun?" Ich verstehe ihn nicht. Welchen Grund hat er, sich neben mich zu setzen? Ist es ihm so wichtig, mein Leben auf ewig unglücklich zu machen?

„Wie ich schon sagte, glaube ich nicht, dass du mit einem der Spieler zusammen bist."

„Wir sind uns noch nicht begegnet", wirft Emerson ein, und ich bin mir nicht sicher, ob sie versucht, den letzten Rest an Würde zu zerstören, den ich noch habe, oder mich zu verteidigen. Ich bezweifle Letzteres. „Mein Verlobter ist Kyler Greyson."

Er legt den Kopf schief und starrt meine Schwester an. „Ich wusste, dass du mir bekannt vorkommst. Er hat dich aufs Eis gebracht und dir einen Antrag gemacht. War das ein Werbegag?" Atlas geht mir mit seinen Anschuldigungen auf die Nerven.

„Und du gehst mit Kylers Bruder aus?" Atlas blickt von Emerson zu mir, immer noch nicht überzeugt.

„Wir leben zusammen", sage ich. Das ist keine Lüge. Wir teilen uns eine Wohnung.

Er schnaubt leise vor sich hin. „Genau." Atlas verschränkt die Arme vor der Brust und blickt von Emerson zurück zu mir. „Wenn du wirklich Verbindungen zu den Eisdrachen hast, beweise es."

„Beweise du es", wiederhole ich, unsicher, was für ein verdammtes Spiel er spielt.

„Familienangehörige, Lebensgefährten, sie haben VIP-Zugang. Wo ist dein Ausweis?", fragt er. Sein VIP-Ausweis baumelt um seinen Hals.

Emerson meldet sich zu Wort, und ich halte kurz den Atem an. „Das hier ist nicht unser Heimstadion. Wir haben keinen Frauenraum, wenn wir unterwegs sind, oder einen VIP-Ausweis für jedes Spiel, vor allem, wenn wir die Jungs überraschen wollen, indem wir zu ihren Auswärtsspielen kommen."

„Ich wette, es ist eine Überraschung", murmelt er. „Und du hast eine Einladung für das Zimmer der Frauen?", fragt Atlas und blickt von meiner Schwester zu mir.

„Ja", antwortet Emerson. Ich bin mir nicht sicher, ob sie für sich selbst oder für mich antwortet. Ist das eine Lüge, oder hat sie Zugang zum Zimmer der Ehefrauen? Gibt es so etwas überhaupt?

„Scheiße, wo ist Jasper hin?", frage ich und stelle fest, dass er nicht mehr auf dem Eis ist. Er sitzt auf der Spielerbank, und die *Ice Dragons* sind dabei, sich den Arsch aufzureißen.

„Er und Kyler wurden auf die Bank gesetzt", sagt Emerson.

Ich bin überrascht, dass das Puck-Loch, das neben mir sitzt, nicht schadenfroh ist. Aber er konzentriert sich auf seinen Bruder Knox, der versucht, ein Tor zu schießen.

Die *Ice Dragons* leisten gute Arbeit, um die *Island Bruisers* in Schach zu halten, was das Spiel spannend macht.

In der dritten Halbzeit scheint Jasper wieder konzentriert zu sein, und er wirft mir auf die Tribüne sogar einen Kuss zu, der mein Herz und mein Höschen zum Schmelzen bringt.

„Siehst du, ich habe dir gesagt, dass er mein Freund ist." Ich starre Atlas an.

Ich kann spüren, wie Emersons Blick brennt, weil sie auf eine Erklärung wartet. Ich bin überrascht, dass sie mich nicht in die Mangel nimmt, aber sie ist gut darin, Menschen zu lesen, und mein Unbehagen gegenüber Atlas ist inzwischen offensichtlich.

„Er hätte jedem auf der Tribüne einen Kuss zuwerfen können", sagt Atlas achselzuckend. „Das kaufe ich ihm nicht ab."

„Wie viele Ice Dragon Fans siehst du hier?", frage ich.

Atlas presst die Lippen zusammen, aber er antwortet nicht auf meine Frage. Er muss wissen, dass ich recht habe.

„Das bedeutet gar nichts, Amber", sagt Atlas. „Ich halte dich immer noch für eine Lügnerin."

„Ich werde es dir beweisen." Ich stehe auf, gehe durch die Reihe und den Gang entlang, weg von der Eisbahn.

„Wohin gehst du?" Er rennt mir hinterher.

Ich bin mir nicht sicher, was ich tun werde. Es ist nicht so, dass ich einfach in die Umkleidekabine spazieren kann und Jasper Greyson in die Arme schließe, auch wenn ich das gerne tun würde, um Atlas zu beweisen, dass er Unrecht hat.

„Um meinen Freund zu sehen."

„Das kann ja heiter werden", sagt er mit einem schiefen Grinsen, während er mir durch das Stadion folgt.

Nur weiß ich nicht, wie ich zur Umkleidekabine komme oder wie ich überhaupt auf das Parkett komme. Wir haben keine Sitzplätze am Glas, und wir können nicht einfach in den Gang gehen, ohne dass jemand unsere Tickets kontrolliert.

Am Eingang zu einem der langen Gänge stehen zwei Wachen. Der Wachmann nickt Atlas zu. Kennen sie sich?

„Die Umkleidekabine der *Island Bruisers* befindet sich hinter Ihnen", sagt der Wachmann und notiert sich Atlas' VIP-Ausweis.

„Ich war eigentlich auf der Suche nach den Eisdrachen", sage ich, während ich mich näher heranpirsche und versuche, den Gang hinunterzuspähen.

„Amber!" Jaspers Stimme hallt an den Wänden wider. „Lasst sie durch."

Der Wachmann tritt zur Seite und gibt uns ein Zeichen, einzutreten.

„Nur das Mädchen!", schreit Jasper.

„Tut mir leid", sage ich mit einem verschmitzten Lächeln und einem Achselzucken, während ich zu Jasper schlendere.

„Hör auf, ihr auf den Hintern zu gucken!" Jasper starrt Atlas an, während ich auf ihn zukomme. Hinten ist Tumult; das Spiel ist noch nicht vorbei.

„Was machst du denn hier draußen?", frage ich kopfschüttelnd und schaue zu ihm hoch.

„Diese Frage sollte ich dir stellen, und zwar mit ihm!" Er reißt die Tür zum Umkleideraum auf und gibt mir ein Zeichen, ihm zu folgen. Ich erwarte offene Spinde und eine Bank, aber da ist ein langer Flur. Ist das der Ort, an dem die Presse wartet, um die Spieler nach einem Spiel zu belästigen?

Auf der rechten Seite sind Dutzende von Nummern an die Wand geklebt, und die Hockeyschläger der Spieler sind fein säuberlich aufgereiht. Ich schaue mir jedes Detail an, von den Nummern, die mit den Trikots der Spieler übereinstimmen, bis hin zu den Farben der *Island Bruisers* überall und ihrem Logo auf dem Boden.

„Er ist in einem meiner Kurse, Statistik", sage ich und ziehe eine Grimasse.

„Und du hast ihn zu einem Date zu *meinem Spiel* mitgebracht?"

„Ich habe ihn nirgendwo eingeladen. Sein Bruder spielt in der anderen Mannschaft."

„Das weiß ich", sagt Jasper. „Aber er hat bei *dir* gesessen."

„Nochmals, ich habe ihn nicht eingeladen. Ich glaube, er hat einen Kerl dafür bezahlt, dass er mit ihm die Plätze tauscht oder die Karten tauscht." Ich schlurfe mit den Füßen und fühle mich unter seiner Beobachtung etwas unwohl. „Bist du eifersüchtig?"

„Atlas ist ein Arschloch."

Ich kann Atlas nicht ausstehen, aber ich habe Jasper nie von der Party erzählt, und es ist unmöglich, dass er ein Wort von der Tribüne aus hören konnte.

„Wie kommst du darauf?" frage ich.

Kennen sich die beiden?

Ich stimme zwar zu, dass Atlas ein Idiot ist, aber ich werde Jasper nicht meinen Unmut darüber kundtun. Ich habe den Eindruck, dass er auf ihn losgehen könnte, und der Kampf würde nicht auf dem Eis ausgetragen werden.

„Das ist nur die Vorgeschichte mit ihm", murmelt Jasper und starrt mich dann an. „Was hast du mit ihm da unten gemacht, wenn ihr beide nicht zusammen beim Spiel wart?"

Ich stoße einen schweren Seufzer aus. „Lange Geschichte."

„Ich habe Zeit."

„Solltest du nicht auf dem Eis oder bei deinem Team sein?"

„Ich wurde aus dem Spiel geworfen, was du gesehen hättest, wenn du auf der Tribüne gesessen hättest." Er starrt mich an, und ich rutsche unbeholfen auf meinen Füßen herum. Ich brauche nicht zu fragen, warum er rausgeschmissen wurde. Er hat sich wahrscheinlich mit Knox gestritten. Die beiden hatten sich vorhin auf dem Eis gestritten.

„Ich habe ihm vielleicht eine kleine Notlüge erzählt", flüstere ich und wende den Blick ab. Ich möchte nicht spüren, wie Jaspers intensiver Blick mich von innen heraus verbrennt.

„Und welche Lüge war das?"

„Dass ich mit einem Eishockeyspieler der *Ice Dragons* zusammen bin."

Seine Wut verschwindet, und er lacht, lässt die Schultern hängen, während er mich in eine Umarmung zieht. „Du hast von *uns* gesprochen, oder?" Jasper zieht sich zurück und starrt mir in die Augen.

Mein Herz rast und mein Mund wird trocken. Ich nicke. Das ist alles, was ich ihm geben kann. In der Umkleidekabine ist es heiß und stickig, vielleicht sind es seine warmen Arme, die sich um mich legen, sodass es sich wie hundert Grad anfühlt.

„Gut", sagt Jasper und drückt seine Lippen auf meine.

Ich sehne mich nach ihm, und meine Finger ziehen an seinem Trikot, bringen ihn näher und fester an mich heran. Jede Faser meines Wesens kribbelt vor Erregung.

„Das sollten wir öfter in der Öffentlichkeit tun", flüstert er an meinen Lippen.

Ich nicke und bin bereit, alles zu tun, was dieser Mann von mir verlangt. „Ich glaube, Emerson weiß es", flüstere ich. Wenn sie es nicht weiß, wäre sie eine schlechte FBI-Agentin gewesen.

Jasper zuckt mit den Schultern. „Kyler wird es herausfinden, aber das ist mir egal. Ich habe mich in dich verliebt, Amber."

Ich beiße mir auf die Unterlippe und zerquetsche sie zwischen den Zähnen. Ich will ihm nicht sagen, dass ich mich bereits heftig in den Mann verliebt habe, der mich gerade anschaut. Ich bin nicht gut darin, meine Gefühle zu gestehen. Ich fürchte, das könnte ihn abschrecken.

„Dein Bruder sollte sich für uns freuen", sage ich

und stelle mich auf meine Zehenspitzen, um Jasper zu küssen.

„Das sollte er auch, aber du bist die kleine Schwester seiner Verlobten." Er zieht die Stirn in Falten, und auf dem Flur entsteht ein Tumult. Das Spiel muss gerade beendet worden sein. „Bro-Code", sagt er.

„Ernsthaft? Es ist nicht so, dass ich mit deinem Bruder zusammen war. Wenn er sich nicht für uns freut, dann soll er sich doch zum Teufel scheren." Ich kann mir das Grinsen nicht verkneifen, die Tatsache, dass Jasper mit mir zusammen sein will, und das Einzige, was zwischen uns steht, ist seine alberne Sorge um den *Bruderkodex*. Ich sehe das Problem nicht.

Er zieht mich fester an sich, und seine Lippen finden meine, als sich die Türen öffnen und das Team in die Umkleidekabine strömt. Jasper bricht den Kuss nicht ab. Seine Lippen liegen auf meinen, sodass jeder sehen kann, dass wir zusammen sind.

Jasper hält sich nicht zurück, seine Zunge schiebt sich an meinen Lippen vorbei, und ich gehorche bereitwillig, trete rückwärts aus dem Weg gegen die Wand, während er mich an den weiß gestrichenen Backstein drückt.

„Nehmt euch ein Zimmer!" Noah lacht, als er in die Umkleidekabine geht.

Eine raue Stimme räuspert sich. „Greyson!"

Jasper löst sich aus dem Kuss, aber er hat immer noch seine Hände um meine Taille gelegt. Seine Finger kitzeln meine Hüften, streifen über meine Haut und entfachen ein Feuer in mir.

Sein Trainer sieht nicht gerade erfreut aus, mich zu sehen.

„Du wurdest aus dem Spiel geworfen und knutschst mit einem Puck Hasen?"

Meine Schultern spannen sich an, und Jasper wirbelt herum und knurrt den älteren Mann an. „Sie ist kein *Puck Bunny*, Malone. Amber ist meine Freundin."

„Freundin?" Kylers Stimme hallt durch den Flur, und er blickt von seinem jüngeren Bruder zu mir.

Ich halte kurz den Atem an und hoffe, dass in der Umkleidekabine nicht schon wieder ein Streit ausbricht.

SECHSUNDZWANZIG
JASPER

„WARTE HIER", sage ich zu Amber und hoffe, dass sie auf mich hört, während ich den Flur entlang und mit den Jungs in die Umkleidekabine gehe.

Sie sagt kein Wort, starrt nur auf ihre vor sich gefalteten Hände, die sie an die Wand gelehnt hat.

Ich gehe in die Umkleidekabine, setze mich vor meinen Spind auf die Bank und löse meine Schnürsenkel. Mein Helm habe ich bereits abgenommen, und hänge ihn in der Nähe an einen Haken.

„Wie lange vögelst du schon die kleine Schwester meiner Verlobten?" Kylers Stimme hallt durch den Umkleideraum. Es ist unmöglich, dass Amber die Anschuldigung nicht hört.

„Wir sind nicht – nicht, dass es dich etwas

angehen würde."

„War das bevor oder nachdem ich dir angeboten habe, für sie zu bezahlen?"

Ich spotte über seinen Vorschlag. „Du hast mich angefleht, sie dir abzunehmen, sie sei eine Last, wenn sie bei dir lebt ..." Ich schnüre meine Schlittschuhe auf, ziehe sie aus und lasse sie auf dem Boden liegen.

„Ich wollte, dass du ihr eine Unterkunft gibst und nicht, dass sie von dir gefickt wird!"

„Ich bumse sie nicht! Und du kannst mich mal, wenn du mir vorschreiben willst, mit wem ich rummachen darf und mit wem nicht." Ich stehe auf und gehe auf Kyler zu. Er hat jetzt auch seine Schlittschuhe ausgezogen, aber wir haben beide noch unsere Schützer und unsere Ausrüstung an, abgesehen von unseren Helmen.

„Hörst du dir selbst zu!", schreit Kyler. „Du kannst nicht mit ihr zusammenziehen. Sie ist deine Mitbewohnerin! Was wird passieren, wenn du es versaust?"

„Ich habe nicht vor, es zu vermasseln", sage ich und schlage ihm ins Gesicht.

Er schubst mich nach hinten. „Ich versuche, dir zu helfen. Kannst du das nicht sehen?" Kyler weicht nicht zurück, und ich auch nicht.

„Hilf mir, indem du mein Leben kontrollierst? Ich bin dabei, mich in sie zu verlieben! Und wir gehen es langsam an, nicht dass es dich *etwas* angeht."

„Gut, denn sie ist noch Jungfrau. Sie hat es nicht nötig, es an dich zu verlieren."

Ich schlage mit der Faust zurück, und Noah ist auf mir, bevor ich Kyler verprügeln kann.

„Das reicht jetzt!" Malone stellt sich zwischen uns. Noah und Owen reißen mich einige Meter zurück. „Duschen, sofort!" Der Trainer weist mich an, zu duschen, während er mit Kyler spricht.

Nach einer schnellen Dusche gehe ich Kyler für den Rest des Abends aus dem Weg. Er geht duschen, während ich mich in die Umkleidekabine zurückziehe und mich anziehe.

Coach Malone wartet auf mich, die Arme vor der Brust verschränkt. „Das wird doch kein Problem sein, deine neue Freundin, oder?"

„Warum sollte das ein Problem sein? Warum ist es für irgendjemanden außer mir wichtig, mit wem ich ausgehe?"

Malone nickt. „Das sollte es nicht, aber wenn du diese Sache zwischen dir und dem Mädchen öffentlich zugeben willst, kann sie nicht das Trikot der gegnerischen Mannschaft tragen."

„Ich dachte, es gibt keine schlechte Presse", sage ich schmunzelnd.

„Ich meine es ernst", sagt Malone, tritt näher heran und legt mir eine Hand auf die Schulter. Manchmal denke ich, dass er sich wie ein Vater für die jüngeren Spieler fühlt, der ihnen Ratschläge gibt. „Du hast noch ein Jahr Vertrag. Du musst kein Aufsehen erregen ..."

Ich unterbreche ihn, bevor er noch mehr ungerechtfertigte Ratschläge geben kann. „Amber hat heute Abend mein Trikot getragen, falls du es nicht bemerkt hast."

„Habe ich nicht", sagt er. „Sei einfach vorsichtig. Du willst nicht, dass ein Mädchen zwischen euch Brüder kommt."

„Ein Mädchen, mit dem er noch nie ausgegangen ist! Warum gehen alle davon aus, dass ich etwas falsch gemacht habe?"

Malone seufzt. „Niemand sagt das. Lass sie nur nicht zwischen dich und das Team kommen. Okay?"

„Das würde sie nie tun, Coach."

Ich ziehe mich fertig an und eile zurück in den Flur, wo Amber gewartet hat.

Sie ist verschwunden.

Ich fahre mir mit der Hand durchs Haar und werfe einen Blick auf mein Handy. Es gibt keine verpassten Anrufe oder SMS von Amber. Ich eile zurück in die Umkleidekabine und suche Noah.

„Ich muss Amber finden. Sie könnte etwas davon mitbekommen und falsch interpretiert haben. Wenn du sie noch siehst, schreibst du mir? Ich fahre zurück zu unserer Wohnung."

„Ja, ich werde nach ihr Ausschau halten. Viel Glück." Noah klopft mir auf die Schulter.

Ich verlasse eilig die Umkleidekabine. Die Menge im Stadion hat sich gelichtet, und ein paar Nachzügler halten mich auf dem Weg nach draußen an, um ein Foto oder ein Autogramm zu bekommen. Ich bin überrascht, dass wir überhaupt Fans in der *Bruisers*-Arena haben, aber beide Teams sind in New York.

Als ich nach draußen gehe, ärgere ich mich, dass ich nicht versucht habe, mich mit Kyler zu versöhnen. Ich bin immer noch sauer, aber wenn Amber bei Emerson ist, dann weiß ich wenigstens, dass sie in Sicherheit ist.

Mir gefällt der Gedanke nicht, dass sie allein mit der U-Bahn fährt oder im Dunkeln zurück zur Wohnung läuft.

Ich versuche Amber auf ihrem Telefon zu erreichen, aber nach dem ersten Klingeln geht die Mailbox an. Ihr Telefon ist an. Sie lehnt meinen

Anruf ab. Ich eile zur U-Bahn. Es ist unwahrscheinlich, dass sie ein Taxi nach Hause nimmt; es besteht die Möglichkeit, dass ich sie treffe.

Ich schicke ihr eine Textnachricht. *Ich muss mit dir reden.*

Keine Antwort.

Vielleicht ist das gut. Wenigstens sagt sie nicht, ich solle mich verpissen.

Oder sie hätte meine Nummer einfach sperren lassen können.

Wie viel hat sie gehört? Kyler und ich waren nicht gerade leise, und ich weiß nicht, wann sie verschwunden ist. Jedenfalls dreht sich mir der Magen um, während ich nach Hause eile.

Der Zug ist voll, einige Fans erkennen mich, und ein paar machen Fotos und Videoaufnahmen von mir für ihre Social-Media-Konten. Wahrscheinlich ist es gut, dass Amber nicht hier unten in der U-Bahn-Station ist.

Ich brauche diese Art von Aufmerksamkeit nicht.

Ich schaue auf mein Handy, immer noch keine Antwort. Wenigstens kann ich sehen, dass sie die SMS gelesen hat. Sie hat meine Nummer noch nicht blockiert. Ich tippe eine weitere Nachricht und drücke auf Senden.

Bitte sag mir, dass du nicht bei Atlas bist.

Diesmal tippt sie. Ich kann die drei blinkenden Punkte sehen und halte kurz den Atem an, während der Zug in den Bahnhof einfährt. Ich steige schnell ein, mache mir aber nicht die Mühe, einen Sitzplatz zu ergattern. Der Zug ist überfüllt, und es gibt noch viel mehr Leute, die einen Sitzplatz brauchen. Ich halte mich an der oberen Schiene fest, während ich auf ihre Antwort warte.

Es dauert eine Weile, aber schließlich kommt die Nachricht an, und ich fühle mich, als ob ich gerade erstochen worden wäre.

Vielleicht sollte ich mit ihm zusammen sein. Niemand bezahlt ihn dafür, mit mir zusammen zu sein.

Ich zucke bei ihren Worten auf dem Bildschirm zusammen. Sie hat allen Grund, mich zu hassen.

Es ist nicht so, wie du denkst.

Ich schreibe ihr zurück und warte auf ihre Antwort. Vielleicht sollte ich meinen Hintern aus dem Zug bewegen und ein Taxi nehmen. Dann könnte ich wenigstens schneller bei ihr sein, wo auch immer sie ist.

Die Türen der U-Bahn haben sich jedoch bereits geschlossen, und der Zug ruckelt vorwärts.

Sie antwortet mir nicht. Sie tippt. Sie löscht. Die

drei Punkte erscheinen. Verschwinden. Erscheinen wieder. Dann sind sie verschwunden.

Ich weiß nicht, was schlimmer ist, der Kampf mit ihr oder die Stille, während ich auf ihre Antwort warte. Die Tatsache, dass sie nicht bereit ist, für uns zu kämpfen.

Zehn Minuten später antwortet sie mir endlich. Ich wünschte fast, sie hätte es nicht getan.

Das spielt keine Rolle, Jasper. Wir sind fertig. Es ist vorbei. Ich ziehe aus. Ich werde den Schlüssel in der Wohnung lassen.

Eine SMS wird das nicht in Ordnung bringen. Sie zu sehen, ist der einzige Weg, um aus diesem Desaster kein weiteres Chaos zu machen. Aber sie ist wahrscheinlich zu Hause, und ich sitze immer noch in der U-Bahn fest. Ich rufe sie erneut an und bin überrascht, als sie abnimmt.

„Ich schicke dir meinen letzten Mietscheck, sobald ich bezahlt werde."

„Verdammt, Amber!" Ich zucke zusammen, als ich merke, dass mich mehrere Leute beobachten. Ist es, weil sie wissen, wer ich bin, oder ist es mein Tonfall, der ihre Aufmerksamkeit erregt? „Ich liebe dich. Kannst du es mich bitte erklären lassen?"

„Da gibt es nichts zu erklären", sagt sie. Sie schnieft, und an ihrer Stimme erkenne ich, dass sie geweint hat, was meinen Magen noch tiefer sinken lässt.

„Ich habe das Geld nie angenommen."

„Was?"

„Das Geld, das mein Bruder angeboten hat, damit du bei mir wohnen kannst, um deine Miete zu bezahlen. Ich habe es nie angenommen."

Sie spottet über meine Worte. Vielleicht hat sie in der Umkleidekabine doch nicht so viel gehört, wie ich dachte. Es hat keinen Sinn, mich noch tiefer zu vergraben, wenn sie schon sauer auf mich ist.

„Das war wirklich nobel von dir, Geld von deinem Bruder zu nehmen, um die Miete zu bezahlen, die ich dir bereits zahle. Ich weiß, es ist nicht viel im Vergleich zu dem Anteil, den du zahlst, aber ich hasse dich", es bricht aus ihr heraus.

„Das meinst du nicht ernst", sage ich. Wenn sie mich hassen würde, hätte sie schon aufgelegt. Sie ist immer noch in der Leitung, ihr Atem wird lauter.

Auf der anderen Seite des Telefons herrscht Bewegung und Aufregung. Ich kann mir nur vorstellen, dass sie ihre Sachen zusammenpackt, was nur einige Minuten dauern wird, da sie nicht viel hat.

Der Zug hält am Bahnhof, und ich steige eilig aus, jogge die Treppen der U-Bahn-Station hinauf und die Straße hinunter, rase zu meiner Wohnung. Ich muss sie sehen, sie aufhalten, sie davor bewahren, den größten Fehler ihres Lebens zu begehen.

„Ich liebe dich", sage ich, und die Worte entschlüpfen mir, bevor ich sie zurücknehmen kann, nicht dass ich das gewollt hätte.

„Das tust du nicht. Du liebst nur dich selbst, Jasper." Sie legt den Hörer auf und ich möchte schreien. Sie versteht es nicht. Sie kennt nicht die ganze Geschichte.

Ich laufe die Straße hinunter, einer der Vorteile, wenn man ein Athlet in Topform ist. Ich eile in das Haus hinein, drücke immer wieder auf den Aufzugsknopf. Ich hoffe, dass es nicht zu spät ist. Ich habe sie nicht weggehen sehen, aber sie könnte ein Taxi genommen haben, bevor ich das Gebäude betreten habe.

Charlotte kommt durch den Vordereingang hereingestürmt und geht zum Aufzug, während ich darauf warte, nach oben zu fahren. „Du", sagt sie und blickt mich mit angespanntem Gesicht an. Sie verschränkt die Arme vor der Brust und mustert mich von oben bis unten. „Wirklich charmant, so zu tun, als wolltest du, dass sie bei dir lebt, obwohl es die ganze Zeit die Idee deines Bruders war."

Ich stoße einen Seufzer aus. „Das hat sie gehört."

„Wow. Du leugnest es nicht einmal", sagt Charlotte. Sie ist laut, macht eine Szene, und ein paar Blicke wandern zu uns herüber.

Der Aufzug klingelt, und ich eile hinein. Charlotte ist mir dicht auf den Fersen.

„Glaub nicht, dass du ohne mich nach oben gehst."

Selbst wenn ich die Fahrstuhltür vor ihr schließen wollte, würde mir das nichts nützen. Charlotte ist die beste Freundin von Amber. Wenn ich nicht zu Amber durchdringen kann, kann Charlotte vielleicht meine Fürsprecherin sein.

„Das würde mir im Traum nicht einfallen", sage ich. Ich drücke den Knopf für den vierundzwanzigsten Stock.

„Du musst Amber davon überzeugen, mir zehn Minuten Zeit zu geben, um mit ihr zu reden."

Charlotte schüttelt unbeeindruckt den Kopf. „Warum? Du hast ihr bereits das Herz gebrochen. Sie hat es nicht nötig, dass du ihr einredest, dass du das Opfer bist ..." Sie schwenkt ihre Hand zwischen uns. „Für mich bist du ein Idiot, weil du Geld von deinem Bruder nimmst, während sie die Miete bezahlt. Wer zum Teufel tut so etwas?"

„Ich habe keinen Cent von Kyler genommen",

sage ich. „Und ja, er hat mich angefleht, sie bei mir einziehen zu lassen, aber ich habe nicht seinetwegen eingewilligt. Ich habe es aus eigennützigen Gründen getan, weil ich sie um mich haben wollte."

Charlotte presst ihre Lippen aufeinander.

„Ich liebe sie, Charlotte. Und wenn sie weggeht, will ich nicht, dass sie zu diesem Trottel Atlas geht, nur um sich an mir zu rächen."

Sie legt den Kopf schief und starrt zu mir hoch. „Atlas Storm, du meinst den Typen von der Party?"

Mir bleibt der Atem im Hals stecken. „Hat er ihr etwas angetan?" Meine Hände ballen sich zu Fäusten, als wir die Etage erreichen und sich die Fahrstuhltüren öffnen. Ich würde ihm zutrauen, dass er der Grund dafür ist, dass sie in dieser Nacht so überstürzt gegangen ist und mich auf dem Weg zur U-Bahn angerufen hat.

Charlotte eilt zuerst hinaus, nicht, dass sie einen Schlüssel hätte, aber Amber wartet anscheinend schon und öffnet ihr die Tür, sobald wir auf dem Gang sind.

Aber ihre Augen weiten sich, als sie mich sieht. „Du hast ihn hochgelassen?", fragt sie und starrt Charlotte an.

„Es *ist* seine Wohnung", sagt Charlotte. „Hast du alles gepackt?"

Charlotte bittet sich selbst hinein, und ich bin gleich hinter ihnen, schließe die Tür und verriegele sie. Ich kann Amber nicht davon abhalten zu gehen, noch würde ich sie zwingen zu bleiben. Aber ich möchte, dass sie die ganze Geschichte hört, nicht nur die Bruchstücke, die sie im Gang zu den Umkleidekabinen mitbekommen hat.

„Können wir reden?", frage ich.

Sie ist immer noch in meinem Trikot. Das ist ein gutes Zeichen.

Oder sie war zu sehr mit dem Packen beschäftigt, um zu merken, dass sie meine Sachen trägt. Was wahrscheinlicher ist, so wie ich Amber kenne. Abgelenkt.

„Ich habe alles gesagt, was zu sagen ist", sagt Amber und greift nach dem schwarzen Müllsack mit ihren Sachen.

„Lass mich dir wenigstens einen Koffer oder eine Reisetasche geben", sage ich, und ich würde ins andere Zimmer gehen und sie aus meinem Schrank holen, wenn ich wüsste, dass sie nicht verschwindet.

Sie wirft einen Blick auf ihre Freundin Charlotte.

„Er soll dir eine Tasche geben. Solange er nicht erwartet, dass du sie zurückbringst", sagt Charlotte.

„Ich will nichts von ihm. Und ich will ihn *nie* wieder sehen."

„Ich bringe die Tasche zurück, okay?" sagt Charlotte zu ihrer Freundin.

Amber seufzt. „Gut." Sie blickt mich an. „Du kannst mir eine Tasche leihen, damit es nicht so aussieht, als würde ein obdachloses Mädchen deine Wohnung verlassen. Ich will deinem Image nicht schaden."

Ich atme scharf ein und beiße mir auf die Zunge. Sie versucht, einen Streit anzuzetteln, um es ihr leichter zu machen. Nun, ich werde nicht nachgeben und ihre Feindseligkeit als etwas anderes akzeptieren, als dass sie von ihren Gefühlen ablenkt.

„Ich helfe dir beim Packen. Nimm den Müllsack mit rein", sage ich und gebe ihr ein Zeichen, mir in mein Schlafzimmer zu folgen.

Sie wirft einen Blick über ihre Schulter auf Charlotte.

„Ich bin gleich hier. Wenn du etwas brauchst, ruf einfach", sagt Charlotte.

Amber murmelt leise: „Eine Freundin", und folgt mir in mein Schlafzimmer.

Das Bett ist immer noch ungemacht von letzter Nacht. Ich bin spät nach Hause gekommen und war heute Morgen schon früh unterwegs. Ich ziehe die Decke hoch, um das Bett zu richten, und gehe dann zum Schrank, um mich zu entscheiden, welche Tasche ich ihr geben soll. Ich nehme eine mit Rädern, um es ihr leichter zu machen. Auch wenn ich nicht will, dass sie geht, will ich mich nicht wie ein Idiot aufführen. Außerdem hat sie auch nicht so viele Sachen. Ihre Tasche wird nicht so schwer sein.

Ich nehme einen mittelgroßen Hartschalenkoffer und öffne ihn für sie. Sie wirft den Inhalt des Müllsacks direkt in den Koffer, die Kleidung ist verknotet und verdreht.

„Wie wäre es, wenn ich die für dich falte?"

„Wie wäre es, wenn du mich in Ruhe lässt und mich gehen lässt?" Amber schnappt zu.

Ich ziehe eine Grimasse und hebe kapitulierend die Hände. „Wenn du gehen willst, weißt du, wo die Tür ist", sage ich.

Sie klappt den Deckel des Koffers zu und zieht hastig am Reißverschluss. Er klemmt, und ich greife über das Bett, verschiebe den Kofferdeckel, um den Reißverschluss einzustellen und ihn zu schließen. „Damit das klar ist: Ich will nicht, dass du gehst, aber ich werde dich auch nicht als Geisel nehmen.

Amber grinst nicht einmal. Sie schnappt sich den Koffer vom Bett. Er landet mit einem schweren Aufprall auf dem Boden. Sie dreht sich um und sieht mich an, und in ihren Augen brennt es. „Kyler hat gesagt, er hat dich dafür bezahlt, mich zu ficken! Kannst du mir das erklären?"

Sie hatte die Wut und den Hass zurückgehalten, und jetzt kocht alles über.

„Was?", frage ich und versuche zu verstehen, wie sie das Gesagte so interpretieren kann, dass mein Bruder mich dafür bezahlt, mit Amber zu schlafen, denn das ist das Gegenteil von dem, was passiert ist.

„Er hat gefragt, wie lange du mich schon vögelst, und dann hat er gefragt, ob es war, bevor oder nachdem er dich bezahlt hat."

Ich atme aus und merke, wie es sich anhört, aber sie hat es missverstanden. „Kyler hat mich gebeten, dich hier wohnen zu lassen, damit er und Em eine Familie gründen und sich an ihr neues Leben als Ehepaar gewöhnen können."

„Sie sind noch nicht verheiratet, und das ist auch gar nicht wichtig", sagt sie.

„Nein, das *ist* der Punkt", wiederhole ich. „Deine Schwester hat dich eingeladen, bei ihnen zu wohnen, aber er wollte dich nicht dabeihaben."

Amber zuckt bei meinen Worten zusammen. Ich wollte nicht, dass sie ihr wehtun, aber das ist nun mal passiert. War es ein dummer Zug von Kyler? Ja, und ich helfe der Sache auch nicht mit meinem Versuch der unverhohlenen Ehrlichkeit.

Sie schnaubt, reißt am Griff des Koffers und hebt ihn hoch. „Anscheinend wollen die beiden Greysons mich nicht dabeihaben."

„Verdrehe nicht meine Worte", sage ich. „Von dem Moment an, als er mich bat, dich aufzunehmen, war ich begeistert."

„Mich aufnehmen? Als wäre ich eine Art Haustier zum Adoptieren oder ein verlorenes Hündchen? Ich brauche dein Mitleid nicht."

Ich trete einen Schritt näher, und sie weicht einen Schritt zurück, aber sie lässt ihr Gepäck fallen. Ich möchte das als ein gutes Zeichen werten, aber ich bin mir nicht sicher, ob es das ist, zumindest noch nicht.

„Du bist weder für mich noch für irgendjemanden sonst etwas von diesen Dingen", sage ich. „Du kannst Kyler nicht vorwerfen, dass er nur seine Verlobte und seine Tochter im Haus haben will. Sie sind praktisch frisch verlobt und müssen ihre Beziehung erst noch finden."

Sie rümpft die Nase. „Wenn du über ihr Sexleben sprichst, ekelhaft."

Ich kichere, erleichtert, dass sie sich wenigstens die Zeit nimmt, mir zuzuhören. „Ich habe dich immer gewollt, Amber. Lange bevor du bei mir eingezogen bist. Ich hielt es für keine gute Idee, weil ich in dich verknallt war, und meine Teamkollegen haben alle darauf bestanden, dass ich damit den *Bro-Code* brechen und möglicherweise die Teamdynamik durcheinanderbringen würde."

„Das ist eine Ausrede", sagt Amber. „Dein Bruder hat dir Geld angeboten, und du hast es angenommen."

„Ich habe es nie genommen", sage ich, trete näher und greife mit meiner Hand nach ihrer. „Ich wollte es nie nehmen. Das war nicht der Grund, warum ich dich als Mitbewohnerin eingeladen habe. Er hat es mir zwar vorgeschlagen, aber ohne seinen Vorschlag hätte ich nie gefragt."

„Wunderbar", murmelt sie und wehrt sich gegen meine Berührung.

„Nein, hör zu", sage ich und versuche zu erklären. „Ich wollte meinen Bruder nicht verletzen. Auch wenn es nicht immer so aussieht, als ob du Emerson nahestehst, weiß ich, dass du ihr nicht verheimlichen willst, dass du mit mir zusammenlebst."

Sie seufzt. „Ja, du hast recht. Das kann ich nicht verheimlichen, wenn sie mir eine Weihnachtskarte schicken will und nach meiner Adresse fragt."

Ich kichere und ziehe sie fester an mich. „Ich liebe dich."

„Ich bin immer noch wütend auf dich", sagt Amber, aber die Wut scheint sich in ihrem Körper zu verflüchtigen. „Du hättest ehrlich sein sollen. Du hättest mir sagen sollen, dass es Kylers Idee war, dass ich hierherziehen soll."

„Und riskieren, dass deine Schwester herausfindet, dass er dich rausgeworfen hat? Damals kannte ich dich noch nicht so gut. Emerson, na ja, sagen wir mal, sie hat mir schon einmal in den Hintern getreten."

„Was? Ernsthaft? Wann?" fragt Amber und ihre Augen leuchten auf, weil sie die Geschichte hören will. Ihre Schultern sinken, und die Anspannung verschwindet.

„Als wir uns das erste Mal trafen, und es war verdient, denn ich habe sie ausgetrickst."

„Sie ausgetrickst, wie?", fragt Amber. Sie löst meine Hand und geht einen Schritt zurück, setzt sich dann aber an den Rand des Bettes und starrt zu mir hoch. Sie geht nirgendwo hin, zumindest nicht im Moment.

Endlich kann ich aufatmen. „Hast du jemals die Geschichte gehört, wie Kyler deine Schwester als Leibwächterin angeheuert hat, um seine Tochter Bristol zu schützen?"

Ihre Augen leuchten auf. „Nein!", keucht sie

lachend und zerrt an meinem Hemd, um mich näher zu sich zu ziehen.

Ich möchte sie küssen, sie schmecken, sie genießen und ihr zeigen, wie viel sie mir bedeutet, aber stattdessen starre ich tief in ihre blauen Augen, beobachte sie, merke mir jedes Detail, jeden Farbfleck in ihrer Iris, weil ich sie fast verloren hätte.

Meine Hände drücken gegen die Matratze, halten sie fest, überragen sie.

Sie stützt sich abwartend auf ihre Ellbogen und starrt zu mir hoch, wobei ihr Atem leise ausströmt, während der Moment sich hinzieht.

„Willst du mich jetzt schon küssen?", fragt Amber, aber sie rührt sich nicht. Sie macht nicht den ersten Schritt.

Zögert sie, weil sie nervös ist und die Schlafzimmertür weit offensteht? Ihre Freundin ist im Wohnzimmer und wartet auf sie.

„Das kommt darauf an", sage ich und schließe langsam den Abstand zwischen uns.

Ihr Atem stockt, und ihre kirschroten Lippen spitzen sich.

„Hast du vor, die Tasche auszupacken?"

SIEBENUNDZWANZIG
AMBER

ICH SCHWÖRE, der Mann ist ein Plagegeist. Seine Lippen schweben über meinen. Sein Körper berührt mich nicht ganz, als er mich gegen die Matratze drückt, und ehrlich gesagt ist das im Moment der perfekteste Ort.

Er will wissen, wie es weitergeht, und ich wünschte, ich könnte ihm einfach sagen, dass ich ihm verzeihe.

Wäre das nicht die einfachste Lösung?

„Hast du vor, die Tasche auszupacken, oder muss ich das für dich tun?" Diesmal grinst er, und ich schwöre, mein Höschen schmilzt auf der Stelle.

Ich ziehe meine Unterlippe zwischen die Zähne. Dieser Tanz, den wir seit Monaten spielen, hat seit dem Moment, in dem wir uns geküsst haben, nicht aufgehört. Die Bindung zwischen uns ist nur noch intensiver geworden.

Das macht mir Angst.

Vor allem, weil ich noch nie eine richtige Beziehung hatte. Ich habe noch nie solch eine Verbindung zu jemandem gespürt, wie ich sie zu Jasper habe.

„Du kochst, putzt und packst aus? Du bist wirklich perfekt", sage ich und starre zu ihm hoch, während ich mich auf meine Ellbogen stütze und seinen Körper bewundere. Er riecht sauber. Er hat eindeutig nach dem Spiel geduscht, und der Duft von frischem Shampoo und Seife haftet an seiner Haut, vermischt mit seinem eigenen irdischen Aroma.

Ich möchte aufstehen und ihm den Hals lecken, aber ich fühle mich nicht mutig genug, so etwas zu tun. Nicht nach unserem Streit. Aber sagt man nicht, dass Versöhnungssex erstaunlich sein kann?

Das würde natürlich voraussetzen, dass wir Sex haben, und das haben wir nicht, zumindest noch nicht.

„Sag das noch mal", flüstert Jasper und krabbelt über mich, aber er drückt seinen Körper noch nicht auf meinen. Und ich sehne mich verzweifelt nach dieser Berührung.

Ich wünschte auch, die Schlafzimmertür würde sich von selbst schließen, denn meine beste Freundin ist nur den Flur hinunter, und sie könnte uns jederzeit stören.

Ich lehne mich zurück, sodass mein ganzer Körper auf der Matratze liegt und meine Beine nicht mehr vom Bett baumeln.

Jasper grinst, als er meine Ungeduld bemerkt. „Was glaubst du, wo du hingehst?", er neckt mich, packt mich an den Hüften und rollt mich auf den Bauch.

„Jasper!" Ich keuche, und er drückt mich gegen das Bett. Er packt meine Arme, hebt meine Handgelenke an und hält sie über mir fest.

Ich schließe die Augen, als ich spüre, wie die Wärme seines Körpers meinen streift. Er lässt seine Hüften sinken, und ich schwöre, der Mann kann mich bis zum köstlichen Rand bringen, indem er mich einfach zurückhält.

Scheiße.

Ich atme scharf ein, und schon kommt mein Atem rasselnd und schwer. Wenn er mich so leicht zum Orgasmus bringen kann, wie wird es dann erst sein, wenn wir tatsächlich Sex haben? Ich könnte tatsächlich sterben.

„Du hast meine Frage nicht beantwortet",

flüstert er mir ins Ohr. Sein Atem kitzelt meinen Nacken, und ich keuche bei dem plötzlichen Kontakt seiner Lippen mit meiner nackten Haut.

„Welche?" Ich kann mich nicht daran erinnern, was er nur Sekunden zuvor gefragt hat. Mein Verstand ist vernebelt, der Raum ist warm, und er vernebelt meine Gedanken.

Jasper gluckst. „Ich kann mich ehrlich gesagt auch nicht erinnern." Er küsst meinen Hals und knabbert an meiner Haut, leckt und schmeckt mich, während ich mich unter ihm winde.

„Ich will dich", flüstere ich und reibe meinen Hintern an seinem Schwanz, um ihn zu reizen.

„Fuck", knurrt er in mein Ohr. Er löst seinen Griff um meine Arme und hält seine Hüften an meine gepresst. „Schick deine Freundin nach Hause."

Er hebt seine Hüften lange genug an, damit ich mich herumdrehen kann, aber er gibt seinen Griff um mich nicht ganz auf. Ich spüre, wie sein Schwanz gegen seine Hose drückt und darum bettelt, losgelassen zu werden. Mein Blick wandert an seinem Körper hinunter.

„Die Dinge, die ich mit dir machen werde, muss sie nicht hören, wenn du meinen Namen schreist."

Ich schnappe nach Luft und starre staunend zu ihm auf.

Jasper beugt sich zu mir hinunter und küsst mich mit seiner Zunge auf den Mund und schiebt sie über meine Lippen. Ich drücke meine Hüften gegen ihn, ziehe ihn fester und fester an mich. Ich will ihn, sehne mich nach ihm, will das Gefühl seiner Haut auf meiner.

Auf dem Flur sind Schritte zu hören. „Sag mir einfach, wenn ich mich verlaufen soll", kichert Charlotte, und ich weiß genau, dass sie Jasper belauscht haben muss.

„Verschwinde!", schreien wir beide unisono.

„Ruf mich morgen an, Amber! Ich will alle schmutzigen Details wissen."

Ich bedecke mein Gesicht mit der Hand, und Jasper packt meinen Arm und drückt ihn zurück gegen die Matratze. Die Haustür klickt, und mein Magen verkrampft sich.

Wir sind allein.

Ich ziehe meine Unterlippe zwischen die Zähne.

Jasper schwebt von oben herab, seine Lippen umspielen mich und warten nur darauf, dass ich mich in seinen Kuss hineinbeuge.

Mein Magen macht einen Bauchklatscher, aber es sind meine Nerven, die meine Stimme zittern

lassen. „Ich möchte, dass du mein Erster bist,",
flüstere ich und schaue zu ihm auf.

„Und ich würde nichts lieber tun als das", sagt er
und streicht mir eine Haarsträhne hinters Ohr. Ich
lehne mich an seine Hand, seine Wärme, seinen
Körper und wünsche mir so viel Kontakt wie
möglich.

„Aber?"

Ich fürchte mich vor dem, was er sagen könnte,
und die Schmetterlinge im Bauch werden unruhig.

Jasper schüttelt den Kopf. „Ich will dich mehr,
als du denkst. Ich möchte, dass du dir sicher bist,
und ich wollte dich wirklich zu einem Date
ausführen, bevor wir das hier tun", sagt er und streift
mit seinen Lippen über meine.

Ich lasse mich von ihm berühren, seine Hände
lassen von mir ab, sodass ich meine Arme um ihn
schlinge, ihn berühre und seinen Körper erkunde.
Ich greife nach dem Saum seines schwarzen T-Shirts
und fahre mit den Fingern über seine Haut.

Er ist warm, und je mehr ich seine Hüften
berühre, desto mehr möchte ich jeden Teil von ihm
berühren. „Zieh das T-Shirt aus", befehle ich.

Jasper setzt sich auf, seine Hände verbinden sich
mit meinen, während er mir hilft, sein T-Shirt

auszuziehen und es auf den Boden zu werfen, bevor er wieder an meinem Körper herunterklettert.

„Ich habe das mit dem Date ernst gemeint", flüstert er gegen meine Lippen, sein Mund streift meinen Hals, seine Finger gleiten unter das Trikot, das er mir geschenkt hat, und streicheln meine nackte Haut. Seine Berührung ist federleicht, und sie lässt meinen Magen flattern und mein Herz rasen.

„Unsere Zeitpläne stimmen nicht überein", sage ich. Das ist weder seine noch meine Schuld. Er ist beschäftigt mit der Mannschaft, der Liga, seinen Spielen. Ich werfe ihm nicht vor, dass er nicht da ist, um mit mir auszugehen. Das wäre ihm gegenüber nicht fair. „Ich nehme, was ich kriegen kann." Ich grinse zu ihm hoch.

„Aber das ist nicht genug. Dein erstes Mal sollte mit jemandem sein, den du liebst", sagt er und starrt mich an. „Nicht nur mit jemandem, der in dich verliebt ist."

Mir stockt der Atem in der Kehle. Er hat die Worte vorhin gesagt, in der Eile, während wir uns stritten, und ich habe mein Bestes getan, um sie zu ignorieren.

Aber mit seinem intensiven Blick, der sich in

meinen bohrt, ist es schwer, so zu tun, als hätte er diese Worte nicht gerade gesagt.

„Du kennst mich kaum", sage ich und versuche, Vernunft in das Gespräch zu bringen. Denn ich liebe Jasper, aber das Gefühl macht mir Angst. Ich habe noch nie so etwas für jemanden empfunden, und ich will nicht zu tief fallen und verletzt werden.

„Ich weiß, wenn du nervös bist, lachst du und schaust weg", sagt Jasper. Er drückt mir einen winzigen Kuss auf die Nase. „Ich weiß, dass du bedingungslos liebst und vor nichts zurückschreckst, um zu bekommen, was du willst. Du bist entschlossen."

Er drückt mir einen weiteren Kuss, diesmal auf die Wange. „Du bist sexy, und du merkst gar nicht, wie schön du bist, was noch viel heißer ist. Obwohl ich dir in der Küche nicht traue, bist du so liebevoll und nett, dass du dir nicht nimmst, was du nicht verdient hast."

Ich lache, ohne zu wissen, wovon er spricht. Er hat mich richtig eingeschätzt, das ich lache, wenn ich nervös bin, aber ich erwidere seinen Blick und weigere mich, ihm recht zu geben, indem ich wegschaue.

Er rutscht zu meinem Bauch hinunter, schiebt mein Hemd über meine Taille hoch, sein Atem ist warm, als er meinen Bauchnabel küsst. „Du hast dir alles verdient, was du hast, Amber. Du verdienst es, glücklich zu sein, geschätzt und geliebt zu werden."

Stück für Stück zieht er mein Hemd hoch, seine Lippen und seine Zunge kitzeln mich, wärmen mich, während ich mich aufsetze, zieht er mir das Trikot aus, und lässt es auf den Boden fallen.

„Kein BH?", grinst er, und ich kichere.

„Auch kein Höschen", sage ich und greife nach seiner Hand, führe seine Finger in meinen Hosenbund und lasse ihn die Wahrheit selbst entdecken.

Seine Augen weiten sich und das Lächeln auf seinem Gesicht wird breiter. „Wenn ich das gewusst hätte, dann hätte ich mich schon viel früher aus dem Spiel werfen lassen ", flüstert Jasper und bedeckt meine Lippen, wobei seine Zunge in meinen Mund dringt.

Wir rollen uns herum, während ich meine Hüften hebe und aus meiner Hose schlüpfe.

„Langsam, Tiger", sagt er und rollt mich auf den Rücken. „Ich habe es nicht eilig, du etwa?" Jasper hebt seine Hüften und zieht seine Hose und Boxershorts aus, und ich atme scharf ein.

Er drückt mich gegen die Matratze, seine Hüften sind über meinen, er reizt mich. Je länger ich ihn anstarre, desto mehr beginnen meine Nerven wieder aufzutauchen.

Ich erwarte nicht, dass er darauf gewartet hat, dass ich seine erste Frau bin, aber ich kann nicht anders, als mir Gedanken darüber zu machen, mit wie vielen Mädchen er vor mir zusammen gewesen ist. Was, wenn ich etwas nicht richtig mache? Oder noch schlimmer, was, wenn er den Sex mit mir nicht mag?

Sein Daumen streift meine Wange und fährt sanft an meiner Unterlippe entlang, bis ich sie zwischen meinen Zähnen freigebe. „Sprich mit mir", flüstert er und starrt mich an.

Er ist warm, und seine Augen strahlen vor Fröhlichkeit, und alles, woran ich denken kann, ist, was, wenn ich schlecht darin bin, und was, wenn er es hasst?

„Ich bin nervös", gebe ich zu und hoffe, dass ich meine Ängste irgendwie überwinden kann, wenn ich sie ausspreche, und dass er mich aus meinen Gedanken reißen kann.

„Ich bin's nur", sagt Jasper und rollt sich auf die Matratze. Er zieht mich an sich, während wir auf der Seite liegen und uns gegenseitig in die Augen sehen. Seine Hand zieht weiche Kreise an meiner Hüfte. „Wir können so lange warten, bis du bereit bist.

Wenn du nicht bereit bist ..." Er setzt sich im Bett auf, und ich ergreife seinen Arm. Sein Bizeps ist enorm, und er lächelt, als er sieht, wie ich ihn anstarre.

„Was ist, wenn ich schlecht im Bett bin?"

Er kichert und setzt sich auf, seine Finger verheddern sich in meinem Haar und streicheln meinen Kopf. „*Babe*, du kannst gar nicht so schlecht beim Sex sein. Vertrau mir, und wenn du der absolut Schlechteste bist, dann verspreche ich dir, dass wir einfach weiter versuchen müssen, es besser zu machen. Das erste Mal ist sowieso immer unangenehm."

„Meinst du das erste Mal, oder nur das erste Mal mit einem neuen Partner?"

„Hast du Angst, Jungfrau zu sagen?", fragt Jasper und neigt seinen Kopf zu mir. „Es ist kein Schimpfwort. Es hat nichts Schändliches oder Peinliches an sich."

„Ich bin zwanzig!"

Er zuckt nur mit den Schultern. „Und wenn du noch nicht so weit bist, können wir warten, bis du einundzwanzig oder zweiundzwanzig bist.

„Ich liege nackt in deinem Bett. Ich glaube, ich bin bereit", erwidere ich. Versucht er, mich vor Verlegenheit sterben zu lassen?

„Meinst du?", fragt er, während seine Finger sanft über meine Arme streichen. „Ich muss deine begeisterte Zustimmung hören."

Ich schließe meine Augen und lehne mich näher heran. „Ich will, dass du mich fickst, Jasper."

„Sieh mir in die Augen und sag das noch einmal", flüstert er, und ich spüre die Hitze, die von uns ausgeht wie ein Vulkan, der kurz vor der Explosion steht.

Ich bewege mich auf der Matratze, klettere auf Jasper und spreize ihn. Ich schaue ihm in die Augen und flüstere: „Ich will, dass du mich fickst, Jasper".

Seine Hände ruhen auf meinen Hüften, und er grinst und dreht uns herum. „Sag mir, wenn du deine Meinung änderst", und er ist auf mir wie ein läufiger Löwe. Sein Mund ist auf meinem, sein Körper schmiegt sich an mich. Er holt ein Kondom aus dem Nachttisch und legt die Folienpackung auf die Matratze neben uns.

„Das werde ich nicht."

Er zieht sich zurück, und ein Stirnrunzeln zeichnet sich auf seinen Zügen ab. „Du willst es mir nicht sagen?"

„Ich werde meine Meinung nicht ändern", sage ich.

„Sag mir, wenn du etwas nicht magst oder nicht

willst, was ich tue", flüstert er und küsst eine Spur über meine nackte Haut. Er lässt sich zwischen meinen Schenkeln nieder, und dieses Mal halte ich ihn nicht auf. Ich will das mit ihm, erforschen und entdecken, was ich mag.

Wie kann ich das wissen, ohne es jemals erlebt zu haben?

Ich bin sicher, dass ich rot werde. Das Zimmer ist warm, und ich wende meinen Blick ab, als er auf meine Muschi starrt.

„Sieh mich an", flüstert er, und ich atme nervös ein und begegne seinem Blick.

Es fühlt sich an, als ob er mir direkt in die Seele blickt. Er schaut nicht weg, nicht einen Moment lang.

Seine Finger führen meine Lippen auseinander, und ich keuche schon bei der bloßen Berührung. Er ist sanft, aber bestimmt, während er gegen meine Falten drückt. „So ist es brav", lobt er.

Ich schnappe nach Luft und atme leise, während ich mich noch weiter auf die Matratze lege und meine Beine für ihn spreize. Ich will, dass er mich berührt.

Er lächelt und bringt seine Lippen näher an meine Muschi. „Ich werde dich jetzt küssen und lecken", sagt er. „Willst du das?"

„Ja", flüstere ich, und der Raum fühlt sich an, als würde er sich in dem Moment drehen, in dem seine Zunge an meinem Schlitz entlangfährt. Er taucht in meine Nässe ein und fährt um meinen Kitzler herum, um mich zu necken.

Meine Finger verheddern sich in seinen Haaren, und ich habe Mühe, meine Augen auf ihn zu richten, als sie zufallen. Seine Zunge kitzelt meine Klitoris, und er gleitet mit einem Finger in meine Wärme, streichelt und reizt mich.

Schon jetzt krampfe ich mich zusammen, und mein Inneres beginnt zu zittern von der Berührung und der Wärme, die mich durchflutet.

„Wie viele Finger benutzt du, wenn du dich berührst?", fragt er.

Ich presse meine Lippen aufeinander.

„Amber?" Er zieht sich zurück, und ich wimmere aus Protest. „Sei jetzt nicht so schüchtern." Er kichert, während er mich mit einem Finger streichelt.

„Deine Finger sind größer als meine", sage ich, als ob das kein fairer Vergleich wäre.

„Eins? Zwei? Drei?"

Ich schließe meine Augen und halte zwei Finger hoch.

„Braves Mädchen", sagt er und streichelt mich

weiter mit einem Finger. Er neckt meine Klitoris mit seiner Zunge und lässt dann einen zweiten Finger in meine Wärme gleiten.

Ich stöhne auf, weil ich spüre, wie er mich ausfüllt. Seine Finger sind dicker als meine. Das ist kein Vergleich, denn mein Kopf wiegt sich zurück und mein Rücken wölbt sich, ich will mehr.

Jasper streichelt mich weiter, steckt seine Finger in mich hinein, reizt mich. Ich winkle meine Beine an und gebe ihm mehr Zugang. „Ich will deinen Schwanz", sage ich, als ich endlich in der Lage bin, seinen beiden Fingern Platz zu machen.

„Wie wäre es mit einem weiteren Finger", sagt er, klettert meinen Körper hinauf und küsst mich, während er einen dritten Finger in meine Muschi führt.

Ich drücke die Augen zu, als er mich dehnt, und mein Mund weitet sich durch den anfänglichen Schmerz, aber es fühlt sich gut an.

Ich wölbe mich von der Matratze, meine Hüften arbeiten im Rhythmus gegen seine Hand, ich will, dass er mich fickt. Ich bin atemlos von den Empfindungen, die mich durchströmen. Sein Daumen umkreist meine Klitoris, während seine Finger tief in mir vergraben sind, mich reizen und mich an den Rand des Abgrunds treiben.

Das erste leichte Zittern durchströmt mich, und der Atem stockt mir im Hals.

„Halte dich nicht zurück. Komm zu mir", befiehlt er.

Seine Finger wiederholen dieselben Bewegungen, und der anfängliche Schmerz wird zum Vergnügen, als sich mein Inneres an seine Finger klammert und sich um ihn herum zusammenpresst und festzieht.

Wärme strahlt aus, mein Körper kribbelt und zittert unter seiner Berührung. Meine Zehen krümmen sich, und mein Rücken hebt sich von der Matratze. Wie bei einer Explosion sind meine Augen zugekniffen, doch ich sehe ein Feuerwerk.

Jasper zieht seine Finger zurück, während er nach dem Kondom auf dem Bett greift. Er zeigt mir die Folienpackung. „Willst du noch eine Runde?", fragt er.

Sein Schwanz droht vor Erregung zu platzen, aber es geht nicht um ihn.

Ich greife zwischen uns hindurch. Meine Finger streifen den Kopf seiner Erektion, und er keucht zwischen zusammengebissenen Zähnen. „Ich brauche eine mündliche Bestätigung", sagt er.

„Bist du etwa mein Arzt?" scherze ich, und als er immer noch wartet, nicke ich. Für einen Mann, der auf dem Eis sehr wenig Geduld hat, ist es beeindruckend, wie viel er mir im Schlafzimmer gibt. „Ja, ich will, dass du mich fickst, Jasper. Und jetzt komm her und hör endlich auf, mich zu ärgern."

„Wie du wünschst", sagt er lächelnd, reißt das Folienpaket auf und schiebt es auf seine Erektion.

Ich beobachte mit allen Sinnen, wie er sich an meinem Eingang positioniert und alles in sich aufnimmt. Er reizt mich, indem er die Spitze seines Schwanzes über meinen Schlitz zieht.

„Fuck", knurre ich und greife zwischen uns nach seinem Schwanz. Bevor ich ihn fassen kann, gleitet er Zentimeter für Zentimeter in mich hinein.

„Beuge deine Knie mehr", befiehlt er, und ich tue, was er mir sagt, während er mich ausfüllt.

Das Stöhnen, das mir über die Lippen kommt, überrascht selbst mich. Jasper starrt nach unten und konzentriert sich. Seine Arme liegen an beiden Seiten des Bettes, gegen die Matratze gepresst, während er tiefer in mich eindringt. Er bewegt sich nicht, und ich kann die Kraft und Konzentration spüren, die er braucht, um nicht loszulassen.

Er streicht mir langsam über die Lippen, schmeckt mich, während ich mich an seine Größe gewöhne. „Geht es dir gut?", flüstert er, starrt mich an und wartet auf meine Antwort.

Es dauert eine Sekunde, bis ich antworten kann, weil mir das Blut aus dem Kopf zu rinnen scheint. „Ja", sage ich und nicke.

Seine Lippen sind wieder auf meinen und küssen mich leidenschaftlich, während er seine Hüften in mich stößt und dann anfängt zu stoßen. Er lässt sich Zeit, sein Blick ist fest und konzentriert auf mich gerichtet.

Mit jedem flachen Stoß wird mein Atem heftiger, und ich schlinge meine Beine um ihn, ziehe ihn tiefer und fester an mich, will ihn auf mir spüren.

„Scheiße", stöhnt er.

Meine Hände sind unruhig, krallen sich in seinen Rücken, seinen Hintern und berühren jeden Zentimeter von ihm. Ich klammere mich an ihn, als wäre er die Oberfläche des Ozeans, und ich ertrinke in dem tiefen blauen Meer.

Ich spüre, dass er in der Nähe ist. Seine Atemzüge sind ausgeprägter. Sein Stöhnen hallt durch den Raum, während Schweiß auf seiner Stirn glitzert. Seine Stirn zieht sich zusammen, und ich spüre, wie er anschwillt, während ich unter ihm zittere.

„Komm mit mir", raspelt er in mein Ohr, und

seine Hand gleitet bei jedem Stoß zwischen uns hindurch und reizt meine Klitoris.

Die Luft verlässt meine Lungen, mein Atem wird mir gestohlen, während sich mein Inneres an seinen Schwanz klammert, ihn aussaugt, ihm alles nimmt, was er hat, und ihn zu meinem macht.

Meine Zehen krümmen sich, und mein Rücken wölbt sich von der Matratze, ich verheddere mich, klammere mich an ihn, als wäre er mein Lebensretter.

Ich zittere und schaudere, der Orgasmus zerreißt mich. Sein Körper über mir bringt ein neues Bewusstsein – eine Wärme, die mich wie nie zuvor umgibt - als er über mir zusammenbricht.

Jasper zieht sich zurück, steht auf und zieht das Kondom aus, während er ins Bad geht.

Ich ringe immer noch nach Luft, als ich mich auf die Seite drehe und ihn aus der Ferne beobachte. „Ist Sex immer so gut?", frage ich schwer atmend, mein Herz rast immer noch in meiner Brust.

„Die meiste Zeit." Er kichert und beugt sich hinunter, um mir einen Kuss auf die Lippen zu drücken. Seine Finger verheddern sich in meinem Haar und ziehen meinen Mund näher heran. „Es wird noch besser werden."

Mein Blick verengt sich, als ich seine Worte

analysiere. „Was meinst du mit besser?" Ich kann mir nicht vorstellen, dass Sex besser sein kann als das, was wir gerade erlebt haben, es sei denn, ich habe etwas falsch gemacht. „Warte, war es schlecht für dich?" Ich setze mich im Bett auf und ziehe die Decke um mich herum hoch.

„Ich hatte nur ein- oder zweimal schlechten Sex", gesteht er und klettert auf die Matratze. Er streckt sich neben mir aus und zieht die Decke von meinen Hüften, damit er etwas davon haben kann.

„War das gerade eben einer dieser Momente?" Meine Stimme bleibt mir im Hals stecken, und ich versuche, nicht in Panik zu geraten, aber seine Antwort hat mein Herz zum Rasen gebracht und meine Gedanken in eine Spirale.

„Natürlich nicht." Er zieht mich zu sich herunter, rollt mich auf den Rücken und drückt mich an sich. „Ich verspreche dir, dass es immer fantastisch sein wird."

„So ein Versprechen kann man nicht geben", sage ich mit einem nervösen Lachen.

„Sicher kann ich das. Es geht um dich und mich. Du bist das schärfste Mädchen der Welt, und, na ja, ich bin auch verdammt heiß."

Ich beuge mich vor und küsse Jasper. „Ich mag

es, wie selbstbewusst du mit deiner Geilheit umgehst", sage ich und lächle zu ihm hoch.

Er rollt sich auf den Rücken und zieht mich mit sich, seine Arme sind um meine Taille geschlungen, während mein Bein auf seinem liegt. „Ich habe mehr Vertrauen in deines", sagt er. „Weißt du, dass ich, als ich dich das erste Mal in der Bar sah, wusste, dass ich dich will?"

„Was?" Ich lache. „Als ich nach deinem Spiel aufgetaucht bin?" Ich war schon seit Monaten in ihn verknallt, nicht dass ich ihm jemals dieses peinliche Geheimnis verraten würde, wie ich ihn online gestalkt habe.

„Nein, das erste Mal. Erinnerst du dich an dein Date in der Bar?"

Meine Augen weiten sich, und ich kneife sie fest zusammen, als ob ich dadurch die Erinnerung an Tripp loswerden könnte, der ein ziemlicher Trip war. „Ich wünschte wirklich, ich könnte ihn vergessen."

Jasper gluckst. „Dann entschuldige ich mich dafür, dass ich ihn erwähnt habe, aber an dem Abend, als ich dich in der Bar beobachtet habe, habe ich mich immer wieder gefragt, ob er dein Freund ist oder nur ein Date, bis du mich auf dem Flur angerempelt hast und um meine Hilfe gebeten hast."

„Ich habe nicht gebettelt."

„Oh, du hast gebettelt", sagt Jasper. „Das war süß und auf eine Art ‚rette mich' ganz bezaubernd." Er zieht mich fester an sich und hält mich in seinen Armen.

Ich entspanne mich, kichere und lächle bei der Erinnerung an meine erste Begegnung mit Jasper. „Ich wusste nicht, dass du einen Heldenkomplex hast."

Jasper starrt mich an. „Ich weiß nicht …", flüstert er, aber ich merke, dass er darüber nachdenkt. „Aber ich gebe zu, dass ich manchmal eifersüchtig bin."

„Wie bei Atlas?"

„Er ist ein Trottel. Meine Eifersucht ist bei *ihm* hundertprozentig gerechtfertigt. Er hat mir meine erste Freundin ausgespannt, als wir dreizehn waren."

Mir war nicht klar, dass euer Hass so weit zurückreicht. Ich war mir nicht ganz sicher, ob sie sich überhaupt kannten. Ich wusste, dass Knox für ihre Rivalen spielte, aber ich war mir nicht sicher, woher er Atlas kannte. „Im Ernst?"

„Ich versuche, keinen Groll zu hegen", sagt er und krault meinen Nacken, wobei sein warmer Atem eine weitere Runde Kribbeln durch meinen Körper schickt. „Vor allem, weil ich dich habe. Und glaub mir, wenn ich sage, dass du eine Million Mal heißer bist, als sie es je war."

Ich lächle und schüttle den Kopf. „Sie war auch noch ein Kind. Du hast sie seit Jahren nicht mehr gesehen. Sie könnte erwachsen geworden sein."

„Sie ist ein *Puck Bunny*, und glaub mir, du bist ohne Zweifel die heißeste Frau der Welt."

Moment, ich verziehe das Gesicht vor Abscheu. „Heißt das, dass du dich zu ihr hingezogen fühlst? Gibt es etwas, das du mir nicht sagst?"

Sein Körper vibriert vor Lachen, als er mich auf den Rücken rollt und seine Finger leicht über meine Hüften streifen. Ich wackle unter seiner Berührung, und er hebt eine Augenbraue, weil er weiß, was das bedeutet.

„Da ist aber jemand kitzlig", sagt er und beobachtet, wie ich versuche, mich zu befreien, während er mich auf die Matratze drückt. Aber es macht mir ehrlich gesagt nichts aus. Ich winde mich und versuche, mich zu befreien, da klingelt sein Handy und bewahrt mich vor einer weiteren quälenden Folter, die ich ein bisschen zu sehr genieße.

Er nimmt das Telefon vom Nachttisch und schaut auf die Anrufer-ID. „Es ist mein Bruder", murrt er und lehnt den Anruf ab.

„Wirst du nie wieder mit ihm reden? Denn das wird schwer sein, wenn du jeden Tag mit ihm Eishockey spielst."

„Es kommt nicht jeden Tag vor, dass wir uns streiten. Wie auch immer", sagt er abweisend und setzt sich im Bett auf.

Das Telefon klingelt wieder.

„Er ist hartnäckig", sage ich.

„Willst du rangehen?", fragt er und drückt mir das Telefon in die Hand.

Ich zucke mit den Schultern und drücke auf Akzeptieren. „Jasper ist im Moment etwas beschäftigt", antworte ich, bevor ich auch nur einen herzlichen Gruß oder ein Hallo erwidere.

Ein leiser, weiblicher Seufzer ist zu hören. „Ich habe nicht Jasper angerufen", sagt Emerson. „Ich habe nach dir gesucht. Du bist nicht an dein Telefon gegangen. Ich dachte, ich versuch's mal bei deinem Mitbewohner."

Jasper beobachtet mich aufmerksam. „Sag meinem Bruder, dass er mir einen blasen kann", ich bedecke seine Lippen mit meiner Hand.

„Es ist meine Schwester", sage ich zu Jasper und sehe ihn an, um seinen Mund und seinen Tonfall zu beobachten.

Seine Augen leuchten auf, und seine Schultern

entspannen sich. „Oh, gut, dann grüßen sie von mir und sage ihr, dass ihr Verlobter ein …"

Ich schnappe mir das nächstgelegene Kissen und schlage ihn damit, um ihn zum Schweigen zu bringen.

„Du hast mich nicht nur mit einem Kissen geschlagen", sagt Jasper tonlos.

Emerson räuspert sich. „Muss ich auflegen? Du hörst dich beschäftigt an mit deinem Mitbewohner." Die Art und Weise, wie sie Jasper immer wieder meinen Mitbewohner nennt, nervt mich wie ein lästiger Mückenstich, der nicht aufhört zu jucken.

Jasper setzt sich im Bett auf und beobachtet mich aufmerksam.

„Hör zu", sage ich und presse die Lippen zusammen, um zu überlegen, wie ich das formulieren soll, ohne mich vor Jasper lächerlich zu machen.

„Wir sind zusammen!", schreit Jasper, ohne auch nur einen Hauch von Schuldgefühlen zu haben. Sein Ton wird ruhiger, aber er ist immer noch unausstehlich laut. „Hat sie mich gehört?"

Ich schnaube. „Natürlich, sie hat dich gehört. Ich glaube, der halbe Wohnkomplex hat dich gehört."

„Nur die Hälfte? Soll ich raus auf den Balkon gehen und es der ganzen Stadt zurufen?", fragt Jasper.

Er wackelt mit den Augenbrauen, und ich greife nach dem Kissen. Aber er ist schneller als ich und schnappt es sich, bevor ich mich wehren kann. Außerdem hat er zwei freie Hände, und ich halte sein Handy immer noch mit der rechten Hand fest. Er ist also im Vorteil.

„Nun, ich freue mich für dich, aber kann ich mit ihm reden?"

Ich atme tief durch meine Nase ein. „Warum?", frage ich. Ich zögere, das Telefon aus der Hand zu geben. Wird sie die „Große Schwester, wenn du ihr wehtust, bringe ich dich um"-Rede halten?

„Jasper und Kyler müssen sich versöhnen. Wir dürfen nicht zulassen, dass es ihr Training oder ihr Spiel beeinträchtigt."

„Was schlägst du vor?", frage ich.

„Wer schlägt was vor?", fragt Jasper. „Willst du mir einen Heiratsantrag machen? Denn ich denke, ich sollte derjenige sein, der den Antrag macht."

Ich reiße ihm das Kissen zwischen den Händen weg. „Mach dich fertig fürs Bett", sage ich und zeige auf das Badezimmer. Er ist immer noch nackt von unseren früheren Festivitäten, genau wie ich, was mir nichts ausmacht, aber ich versuche zu verhindern, dass er mitbekommt, was meine Schwester vorhat.

„Gut, aber wenn du mir einen Antrag machst, erwarte ich Blumen, einen Ring und dass du auf die Knie gehst. Ich will das ganze Paket, *Babe*." Er klettert vom Bett, und ich verdrehe die Augen, als er ins Bad schlendert und mir seinen Hintern zeigt. Ich bin mir sicher, dass das Absicht ist.

Und ich liege nicht falsch oder bin enttäuscht, denn als er sich umdreht, wirft er mir einen Kuss zu, bevor er die Badezimmertür schließt. Ich höre das Waschbecken laufen und nehme an, dass er sich gerade die Zähne putzt. Er hat keine Kleidung mit ins Bad genommen, was bedeutet, dass er in ein oder zwei Minuten wieder im Schlafzimmer sein wird und ich nicht viel Zeit haben werde, um mit Emerson unter vier Augen zu reden.

„Beeil dich", sage ich. „Er ist nicht mehr zu hören."

„Die Jungs haben morgen frei. Du bringst Jasper mit, und wir werden dafür sorgen, dass sich beide Jungs entschuldigen und versöhnen."

„Und wenn er nicht zustimmt?", frage ich. Ich weiß nicht, wie ich ihn davon überzeugen soll, mich zu Kylers Haus zu begleiten, nicht wenn sie immer noch streiten.

„Setze deinen weiblichen Charme ein. Er hat

überdeutlich gemacht, dass er etwas für dich empfindet."

Ich ziehe eine Grimasse. „Hast du das gehört?"

„Wie er sagte, die Wohnungen um euch herum haben ihn alle gehört. Er ist laut, und wenn er so ist wie Kyler, wird er diese Fehde zwischen ihm und seinem Bruder nicht auf sich beruhen lassen. Tu, was du tun müsst, aber vermassle es nicht."

Ich schnaufe leise vor mich hin. „Das ist nicht meine Schuld."

„Sie streiten sich deinetwegen. Jasper hat heute Abend auf dem Eis nicht sein bestes Spiel gemacht, und laut Kyler war er bei mehreren Spielen, die du in letzter Zeit besucht hast, abgelenkt."

Ich klettere von der Matratze, schleiche über den Boden und reiße eine von Jaspers Kommodenschubladen auf. Ich ziehe ein T-Shirt heraus und schlüpfe hinein, während Emerson mich anschnauzt, als wäre das alles meine Schuld. Was es nicht ist.

„Darf ich nicht zu seinen Spielen gehen?"

Die Badezimmertür schwingt auf, und Jasper legt die Stirn in Falten. „Gib mir das Telefon." Er hält mir die Hand hin und wartet darauf, dass ich es in seine Handfläche lege.

„Wie viel davon hast du gehört?", frage ich und

starre ihn an. Er ist unerschütterlich und kommt näher.

Ich lege das Telefon aus der Hand – schließlich ist es seins – und trete einen Schritt zurück. Die Hitze, die Jasper ausstrahlt, ist überwältigend.

„Warum sagst du meiner Freundin, dass sie nicht zu meinen Spielen kommen darf?" Eine Hand ist zu einer Faust geballt, aber sein Tonfall ist höflicher, als ich erwarten würde. Er versucht, seine Fassung zu bewahren. Vielleicht findet er, dass er eine Dame nicht anschreien sollte. Nun, meine Schwester hat eine Tracht Prügel verdient, wenn sie glaubt, dass sie etwas über meine Beziehung zu Jasper zu sagen hat.

ACHTUNDZWANZIG
JASPER

ICH HABE NICHT DIE ABSICHT, zu lauschen, als Amber mich ins Bad schickt, um mich bettfertig zu machen. Es ist klar, dass sie mit ihrer Schwester allein reden will, und ich kann ihr diesen Freiraum geben. Ich vertraue ihr, und außerdem ist es ihre Schwester, mit der sie spricht, nicht Atlas Storm.

Aber wenn ich höre, wie sie sich geschlagen gibt und sagt: „Darf ich nicht zu seinen Spielen gehen?" Mein Inneres kocht.

Ich putzte mir die Zähne. Ich starre mein Spiegelbild schon viel zu lange an. Ich habe versucht, mich um meine eigenen Angelegenheiten zu kümmern, wirklich, aber es gefällt mir nicht, wie Ambers Schwester sie behandelt.

„Gib mir das Telefon", befehle ich, und wenn sie

es mir nicht gleich gibt, nehme ich es ihr weg. Ich versuche, ruhig und geduldig zu bleiben, aber ich mag den Gedanken nicht, dass Emerson ihre Nase in unsere Angelegenheiten steckt, wo sie nicht hingehört.

Ich habe nie über sie und Kyler mit ihren seltsamen Beziehungsmätzchen geurteilt. Wer zum Teufel tut so, als wäre er ein Paar und belügt sein Kind über seine Beziehung? Ich habe meine Gedanken zu diesem Thema für mich behalten, und das ist genau der Punkt, an dem Emerson ihre Meinung für sich behalten sollte – raus aus unserem Leben.

„Wie viel davon hast du gehört?" Amber macht diesen nervösen Tick, bei dem sie auf ihrer Unterlippe kaut. Ich dringe in ihren persönlichen Bereich ein und will ihr das Telefon abnehmen, als sie es mir in die Hand drückt.

„Warum sagst du meiner Freundin, dass sie nicht zu meinen Spielen kommen darf?" Ich koche vor Wut. Die Tatsache, dass Emerson denkt, dass sie Amber herumkommandieren kann, ist verrückt.

„Sie ist eine Ablenkung für dich. Kyler hat mir erzählt, dass du dich mehr mit den Gegnern streitest, aus Spielen rausgeschmissen wirst und nicht nur auf die Strafbank musst."

Ich spotte über ihre Worte. „Es ist Eishockey. Da gibt es immer wieder Schlägereien", sage ich. Sie hat keine Ahnung, wovon sie redet. Amber war bei den letzten Spielen gar nicht dabei, weil sie außerhalb des Staates waren. Ich habe auch in North Carolina beschissen gespielt.

„Das ist eine Ausrede, und das weißt du ganz genau", sagt sie.

Amber kaut auf ihrer Unterlippe herum, und ich streiche ihr mit dem Daumen über die Lippe, während sie sie zwischen ihren Zähnen herauszieht. „Du und dein Verlobter werdet nicht über mein oder Ambers Leben bestimmen."

„Ich tue das für dich", sagt Emerson. „Kannst du mir ehrlich sagen, dass du in letzter Zeit mit dem Kopf bei der Sache warst?"

Sie hat keine Ahnung, wovon sie redet, und Kyler auch nicht, der ihr wahrscheinlich nur Unsinn einredet.

„Mein Kopf ist genau da, wo er hingehört, und mein Herz auch, falls du oder mein Bruder sich dafür interessieren."

„Ich versuche nicht, mit dir zu streiten", sagt Emerson.

„Nun, du hättest mich täuschen können." Ich beiße mir auf die Zunge. Es ist, als würde ich auf dünnem Eis gehen, und ich spüre, wie der Boden unter meinen Füßen knackt und sich verschiebt, kurz bevor ich in das eiskalte Wasser unter mir stürze.

„Ich versuche, mich um euch beide zu kümmern. Sie hatte noch nie einen Freund. Was glaubst du, wie sie mit den Medien umgehen wird, wenn sie kommen und euer Leben auseinandernehmen und jedes pikante Detail wissen wollen?"

Im Gegensatz zu Kyler, der sich immer um die Aufmerksamkeit der Medien bemüht hat, ziehe ich es vor, nicht auf der Titelseite des Sportteils zu stehen.

Ambers Augen sind mürrisch, als sie zu mir hochschaut. Sie zupft am Saum des Hemdes, das sie trägt, *mein Hemd*. Mit einer Hand greife ich nach ihren Fingern und verschränke sie, während ich mit Emerson am Telefon spreche. „Ich weiß. Wir werden es gemeinsam herausfinden. Du musst deine kleine Schwester nicht beschützen."

„Ich bin nicht klein", protestiert Amber und stellt sich auf die Zehenspitzen, um sicherzugehen, dass ihre Schwester sie am Telefon hören kann.

Sie ist gewiss nicht klein, aber ich bin 1,90 m groß, und Amber ist knapp über 1,80 m groß. Ihre

Hartnäckigkeit ist bewundernswert, und ich beuge mich hinunter und drücke ihr einen Kuss auf die Nase. „Ich habe genug darüber geredet. Es ist spät, wir gehen ins Bett." Ich beende den Anruf und stelle mein Telefon auf stumm, weil ich nicht unterbrochen werden will.

„Und jetzt siehst du, warum ich meiner Schwester nicht besonders nahe stehe", sagt Amber und lässt sich am Rand der Matratze nieder.

„Sie passt auf dich auf, aber sie ist ein bisschen überfürsorglich", sage ich und stimme Amber zu, dass Em sich in diesem Fall um ihre eigenen Angelegenheiten kümmern sollte.

„Das ist noch milde ausgedrückt."

„Willst du duschen?", frage ich. Sie ist bereits in meinem T-Shirt im Bett, aber nach unserem kleinen Spiel in den Laken könnte ich eine weitere Dusche gebrauchen, und das gibt mir die Gelegenheit, eine von vielen Fantasien mit ihr zu erfüllen.

Lächelnd neigt sie ihren Kopf zur Seite. „Versuchst du, mich nackt zu machen? Es funktioniert nämlich."

„Du siehst für mich immer noch ziemlich bekleidet aus", sage ich und greife nach dem Saum des T-Shirts, das sie trägt. Sie hebt ihre Arme, und ich lasse meine Finger über ihre Hüften und an ihren Seiten hinauf tanzen, während ich ihr das Shirt langsam über den Kopf ziehe. Ich werfe das ausrangierte Hemd auf den Boden. „So ist es besser."

Meine Finger wandern über ihren Po. „Wie wund bist du?", frage ich, weil ich vermute, dass sie immer noch Schmerzen hat von dem, was wir vorhin gemacht haben.

„Es pocht", sie lacht an meinen Nacken, „Ich glaube, du hast mich gequetscht."

„Scheiße." Ich spanne mich an und fahre mir mit der Hand durch die Haare. Meine Finger gleiten ihren Rücken hinauf, als ich mich leicht zurückziehe, um ihrem Blick zu begegnen. „Du musst mir sagen, ob ich zu schnell oder zu grob mit dir umgehe."

„Ich mache nur Spaß", sagt Amber und ihre Finger streichen über meinen Bauch. Mein Schwanz erwacht zum Leben. „Es war perfekt, aber ich habe ein bisschen Schmerzen da unten."

„Wie wäre es, wenn wir einfach duschen, uns frisch machen und uns zusammen ins Bett legen?" schlage ich vor und streiche mit meinen Lippen über ihren Hals.

„Das hört sich gut an, aber wenn du diese Stelle weiter küsst und mit deiner Zunge machst, werde ich nass, bevor wir überhaupt unter die Dusche gehen."

Ich stöhne bei ihren Worten. Sie wird mich mit ihrem sexy Gerede umbringen, aber zumindest werde ich als glücklicher Mann sterben.

———

„Wohin fahren wir?", frage ich, als sie mich zur U-Bahn zerrt, ohne mir auch nur einen Hinweis auf unser Ziel zu geben.

„Das kann ich nicht sagen." Sie grinst breit und ich kann nicht anders, als mich zu fragen, was sie vorhat.

„Ein Date?" Ich bin zuversichtlich. Heute ist mein freier Tag, der Erste seit einer ganzen Weile. Obwohl ich den Vormittag unten im Fitnessstudio im Gebäude verbracht habe, musste ich mich nicht mit der Mannschaft zum Training treffen.

Sie schiebt ihre Zunge aus dem Mundwinkel heraus, und ich möchte sie küssen und schmecken und der Welt zeigen, dass sie *mir* gehört.

Aber die Worte ihrer älteren Schwester gehen mir immer wieder durch den Kopf, und sie hat recht. Amber war noch nie in einer Beziehung, und ihr erster richtiger Freund steht im Rampenlicht. Ich möchte sie vor ungerechtfertigter Aufmerksamkeit abschirmen, sie beschützen wie eine unschuldige kleine Taube, die sie ist. Aber unsere Beziehung vor den Medien und den Nachrichten zu verstecken, wird sie nur noch dramatischer machen.

Ich nehme ihre Hand und drücke sie. „Du weißt schon, dass eine Beziehung mit mir nicht anonym ist. Ein Foto, das in den sozialen Medien gepostet wird, und jeder wird über uns tratschen", sage ich, beuge mich vor und stoße ihren Arm mit meinem an.

Ich muss wissen, dass sie mit diesem Teil meines Lebens einverstanden ist. Es ist nicht immer glänzend und perfekt.

„Lass sie reden." Sie stellt sich auf die Zehenspitzen und küsst mich. „Ich habe nichts zu verbergen."

„Gut, dann kannst du mir ja sagen, wo wir hinfahren", sage ich, während sie mich die Treppe zur U-Bahn-Station hinunterführt. Wir durchqueren das Drehkreuz, und sie wirft einen kurzen Blick auf die Karte, bevor sie mich zum richtigen Bahnsteig führt.

„Solange du mir sagst, was in der Tasche ist, die du unter deinem Bett versteckt hast." Sie grinst nur allzu wissend.

Hat sie einen Blick hineingeworfen und das Kleid gesehen, das ich ihr gekauft habe?

Ich habe es ihr immer noch nicht gegeben, hauptsächlich, weil ich den Gedanken nicht ertragen kann, dass ein anderer Mann sie ansieht, während sie es trägt.

„Hast du in der Tasche nachgesehen?", frage ich.

„Nein, ich respektiere deine Grenzen."

„Aber du wusstest doch, dass die Tasche unter meinem Bett ist."

Sie rümpft die Nase, als sie lacht, und blickt schuldbewusst weg. Ich nehme an, sie wird mir nicht sagen, wohin sie mich bringt. Wie ich Amber kenne, wird sie wahrscheinlich einen langen Umweg machen, um mich zu verwirren.

Als wir uns dem Bahnsteig nähern und ich den Zug erkenne, den wir nehmen, habe ich plötzlich einen Stein in der Magengrube. „Wir fahren zu Kylers Haus, nicht wahr?", frage ich und fixiere Amber mit meinem Blick.

Sie schürzt die Lippen und überlegt, ob sie antworten soll.

„Verdammt", schimpfe ich. „Ich gehe nicht dahin, um mich zu entschuldigen."

„Ich weiß. Ihr seid beide zu stolz", sagt sie, und ich öffne den Mund, um sie zu korrigieren, dass er vielleicht stolz ist, aber ich habe recht. Sie legt einen Finger auf meine Lippen. „Wir gehen nur zum Mittagessen, außerdem, wann warst du das letzte Mal bei deiner Nichte?"

„Ich kann nicht glauben, dass du Bristol damit reinziehst."

Der erste Zug fährt ein, aber es ist nicht der, den wir nehmen. Unserer ist ein paar Minuten später dran. „Hast du vielleicht Lust, die Stadt zu erkunden? Wir könnten ins Kunstmuseum gehen oder Eintrittskarten für eine Ausstellung kaufen?" Ich bin bereit, im Moment alles andere zu tun.

„Verlockend, aber ich habe schon Pläne gemacht, und deine Teamkollegen kommen in ein paar Stunden zum Grillen vorbei."

Das ist eine bessere Überraschung. „Kyler ist der Gastgeber?", frage ich, in der Hoffnung, dass es vielleicht bei einem der anderen Jungs stattfindet und mein älterer Bruder die Veranstaltung absagt.

„Er ist es, und wir gehen früher hin, um bei der Essensvorbereitung zu helfen und euch beide eure Differenzen klären zu lassen."

„Differenzen? Wenn du damit meinst, dass Kyler zu weit geht und seine Nase in Dinge steckt, die ihn nichts angehen, dann ja, solange er sich bei uns beiden entschuldigt.

„Er entschuldigt sich bei uns beiden", wiederholt Amber langsam. „Ich bin nicht böse auf ihn."

Sie müsste wütend sein, und wenn sie nur die Hälfte von dem Mist wüsste, der gesagt wurde, wäre sie noch wütender, aber ich will nicht, dass diese Feindseligkeit auf mich gerichtet wird.

Ich gehe nicht näher darauf ein. Es macht keinen Sinn, verletzte Gefühle zu verursachen oder eine größere Kluft zwischen uns allen zu schaffen. Ich bin nicht begeistert, dass Amber diese Zusammenkunft hinter meinem Rücken geplant hat, aber ich weiß, dass sie versucht, das Richtige zu tun.

Und wenn das nicht funktioniert, dann muss ich mich morgen beim Training mit seinem Arsch herumschlagen. Wenigstens kann ich meinen aufgestauten Frust und meine Wut irgendwo auf dem Eis loswerden.

„Wenn Kyler der Gastgeber ist, bedeutet das, dass ich dich heute Abend nicht zu deinem lang ersehnten, heißen Date ausführen kann." Ich möchte nicht zugeben, dass ich enttäuscht bin. Ich will mit Amber ausgehen und sie erleben lassen, wie es ist, meine Freundin zu sein. Nichts von diesem Versiecken-hinter-geschlossenen-Türen-Mist.

„Wir können nach der Party mit dem Team

ausgehen. Ein Nachtisch oder etwas anderes, wenn wir genug von der Geselligkeit haben.

Ich bin mir nicht sicher, ob die Jungs mich früher gehen lassen, aber morgen ist ein Trainingstag, also werden sie auch nicht vor den frühen Morgenstunden draußen sein. Und die Party ist im Haus meines Bruders, der ein Kind hat. Er wird uns wahrscheinlich um neun Uhr rausschmeißen.

Ich schlinge meine Arme von hinten um ihre Taille, meine Lippen kitzeln ihren Hals, während ich ihre langen Locken zur Seite streiche. „Ich will mehr als nur ein Dessert mit dir", sage ich.

Sie gluckst und dreht sich in meiner Umarmung herum. „Das hört sich gut an." Sie stellt sich auf die Zehenspitzen und drückt mir einen Kuss auf die Lippen. „Der Zug ist fast da."

Als wir beim Haus meines Bruders ankommen, hat ihr ansteckendes Lachen meine Laune verbessert, und ich bin nicht mehr gestresst und habe keine Angst mehr vor dem Umgang mit Kyler.

Ich drücke den Summer des elektrischen Tores und warte darauf, dass uns jemand hineinlässt. Ich kenne zwar den Code, aber da mein Bruder und ich uns nicht gut verstehen, möchte ich nicht einfach uneingeladen eintreten.

„Bist du schon mal auf so einen geklettert?" Ich zeige mit meinem Daumen auf den Metallzaun und lächle Amber an.

„Nein, und das habe ich auch nicht vor", sagt sie und grinst. „Aber ich fordere dich heraus, es zu tun."

Nun, in diesem Fall kann ich nicht nein sagen, und ich will es auch nicht.

Ich passe auf, dass ich nicht über das Tor klettere, denn oben befinden sich spitze Pfeile darauf. Es macht keinen Sinn, ein Manöver zu riskieren, das mich für eine Weile außer Gefecht setzen könnte.

Kylers Stimme dröhnt durch die Gegensprechanlage, und er scheint nicht im Geringsten erfreut zu sein, uns zu sehen. „Was zum Teufel macht mein Bruder?"

„Er lässt sich selbst herein", sagt Amber.

„Du weißt doch, dass ich nie eine Wette ablehne", scherze ich und springe in den umzäunten Hof.

„Ich schwöre, wenn du vor unserem nächsten Spiel verletzt, wirst", murmelt Kyler und drückt auf den Knopf, um die Sperre zu lösen und das Tor zu öffnen.

Amber geht durch die Einfahrt hinein, wo das Tor sich öffnet.

Wir gehen zum Haupteingang, und die Tür fliegt auf. „Onkel Jasper!" kreischt Bristol, und als wir hineingehen, wirft sie sich auf mich, wie ein Fußballspieler seinen Gegner angreift. Nur, dass sie das nicht tut, um mich zu Fall zu bringen. Das ist ihre spielerische Version der Begrüßung.

„Lange nicht gesehen, Kleines", sage ich, und nehme sie für eine Umarmung in die Arme.

„Papa sagt, dass du in Schwierigkeiten steckst. Er ist böse auf dich."

Ich habe Kyler noch nicht gesehen, aber er ist zu Hause, da er das Tor geöffnet hat. Ich nehme allerdings an, dass er das auch von einem anderen Ort aus getan haben könnte.

„Wo ist dein Vater?", frage ich.

Sie zuckt mit den Schultern und zappelt, um herunterzukommen. Ich setze ihre Füße fest auf den Boden, bevor ich sie loslasse. Bristol eilt durch den Flur in Richtung Küche. „Sie sind da!", kreischt sie vor Freude.

Ich ziehe meine Schuhe aus und reiche Amber die Hand, während sie ihre ebenfalls im Foyer auszieht, bevor wir gemeinsam in die Küche gehen.

Ich lächle sie an. Heute ist es ganz anders als beim ersten Mal, als wir gemeinsam das Haus betraten. Wir kannten uns kaum, aber wir waren gekommen, um Kylers Antrag zu unterstützen.

Ambers Blick ist auf mich gerichtet, ein Lächeln zerrt an ihren Mundwinkeln. „Wir sollten uns mit ihnen anlegen."

„Was hast du vor?" Ich verarsche Kyler bei jeder sich bietenden Gelegenheit.

„Wir sollten ihnen sagen, dass wir verlobt sind", sagt sie und gibt mir einen spielerischen Klaps auf die Brust. Ich ergreife ihre Hand und verschränke unsere Finger ineinander.

„*Babe*, ich will mich nicht verstellen."

Sie presst ihre Lippen aufeinander und ihre Augen weiten sich vor Schreck. „Ich schwöre, wenn du mir einen Antrag machen willst, bringe ich dich um. Wir haben uns gerade endlich eingestanden, dass wir uns mögen. Das ist kein Wettlauf bis zur Ziellinie, um zu sehen, wer zuerst heiraten darf."

Ich kichere, beuge mich vor und küsse sie auf die Wange. Kyler und Emerson sind schon seit ein paar Monaten verlobt und haben noch kein Datum festgelegt. Aber ich bin sicher, wenn sie so weit sind, werden sie es tun. „Ich mag einen kleinen Wettbewerb", sage ich und denke spielerisch darüber nach, während ich meinen Kiefer streichle. „Aber zuerst muss ich den Ring besorgen."

Sie zwickt mich in den Arm. „Du nimmst Emerson und Kyler nicht mit zum Ring kaufen. Und du machst jetzt besser Witze mit mir."

„Wir leben zusammen", scherze ich und lege einen Arm um ihre Taille, während ich sie durch den Flur in Richtung des Trubels in der Küche begleite.

„Ja, ein Schritt nach dem anderen." Sie tätschelt mir die Brust, während wir uns zu meinem Bruder, seiner Verlobten und meiner Nichte in die Küche begeben.

„Ich backe Kekse!", verkündet Bristol. Sie schnappt sich den Tritthocker in Kindergröße und stellt ihn an die Theke. Sie hat sich bereits eine gerüschte Schürze umgebunden, die ganz bezaubernd ist.

Emerson hilft Bristol, die Ärmel hochzukrempeln, während Kyler die Zutaten aus der Speisekammer holt.

„Du weißt schon, dass es Keksteigrollen gibt", sage ich mit einem Schmunzeln.

„Selbstgebackene Kekse schmecken besser", sagt Bristol und deutet auf mich. „Ich esse deine, wenn du keine willst."

„Willst du helfen?", fragt Kyler.

Die Spannung zwischen meinem Bruder und

mir scheint sich aufgelöst zu haben. Liegt es daran, dass Bristol im Raum ist?

„Ich denke, drei Personen reichen für eine Ladung Kekse", sage ich.

„Wer hat etwas von einer Charge gesagt?", fragt Emerson, während sie zum Ofen geht und ihn zum Vorheizen einschaltet. „Bristol hat uns für einen Kuchenverkauf in der Schule angemeldet und vergessen, uns zu sagen, dass sie bis morgen dreihundert Kekse braucht."

Bristol kichert und rümpft die Nase mit einem breiten Grinsen. „Du hättest nein gesagt."

Amber krempelt ihre Ärmel hoch und geht zum Waschbecken, um sich die Hände zu waschen. „Hast du noch eine Schürze?", fragt sie.

„Keine, die ich vorschlagen würde zu tragen." Emerson grinst und zwinkert Kyler zu.

„Ekelhaft", sage ich. Ich liebe meinen Bruder, aber ich will nicht daran denken, wie er und Em es treiben. Ich habe sie dabei erwischt, wie sie seinen Schwanz gelutscht hat, und ich wünschte, ich könnte dieses Bild aus meinem Kopf streichen.

„Was ist eklig? Kekse sind gut", sagt Bristol und blickt verwirrt zwischen uns hin und her. Zum Glück ging diese Bemerkung völlig über ihren kleinen Kopf hinweg.

Mein älterer Bruder räuspert sich und nickt mir in Richtung des Flurs zu. „Hast du einen Moment Zeit?", fragt er.

Ich bin mir nicht sicher, ob er auf Entschuldigung aus ist oder mir sagen will, was für ein Versager ich bin, weil ich mit Amber zusammen bin.

„Hätte ich meine Hockeyausrüstung mitnehmen sollen?", frage ich, weil ich wissen will, ob ich mich auf einen Kampf vorbereiten sollte.

„Das habe ich verdient", sagt Kyler, während er mich in den Flur führt, weg von der Küche. „Ich wollte nicht, dass die Mädchen uns belauschen, vor allem mein kleines Krümelmonster, das uns beide beschimpfen und alles aus dem Zusammenhang reißen wird."

Ich lache leise vor mich hin. „Genau wie du als Kind. Rebellisch und eine Nervensäge für Mama."

Kyler reibt sich die Stirn. Keiner von uns beiden spricht oft über unsere verstorbenen Eltern. Allein das Erwähnen dieses Themas erfüllt den Raum mit Spannung und Angst. „Jetzt bin ich eine Nervensäge", sagt er grinsend. Er lenkt ab, und ich weiß das eigentlich zu schätzen.

„Das kann ich nicht bestreiten", sage ich.

Er ist alles, was ich habe, zumindest war er das,

bis ich es ins Team geschafft habe, und sie wurden zu meiner erweiterten Familie. Aber jetzt habe ich auch noch jemanden, ein Mädchen, für dessen Schutz ich alles tun würde.

„Hast du das ernst gemeint, was du in der Umkleidekabine gesagt hast? Dass du dich in sie verliebt hast?", fragt Kyler.

Ich presse meine Lippen zusammen. „Was geht es dich an, für wen ich Gefühle habe?"

„Amber gehört praktisch zur Familie, und du bist mein Bruder", sagt er. „Außerdem dachte ich, du hättest eine Freundin in einem anderen Staat? Du hattest Telefonsex im Hotel ..." Seine Stimme verstummt, und das Grinsen, das sich auf meinen Lippen ausbreitet, ist der offensichtlichste Hinweis auf das Mädchen, mit dem ich gesprochen habe.

Er starrt mich entsetzt an, als ihm klar wird, dass wir diese Vereinbarung zwischen uns verheimlicht haben.

„Wie lange?"

„Das geht dich wirklich nichts an", sage ich und lehne mich zurück an die Wand. Ich verschränke die Arme vor der Brust. Er sieht verwirrt aus, und ich bin mir nicht sicher, warum es ihn interessiert. Glaubt er wirklich, dass diese Sache zwischen Amber und mir eine Affäre ist?

„Habt ihr zusammengelebt, als sie eingezogen ist?"

„Ich war ein perfekter Gentleman, und nein, wir hatten damals kein Verhältnis. Wir waren Freunde. Das sind wir immer noch. Wir erforschen nur diese neue Entwicklung zwischen uns, die wir beide wollen. Es ist einvernehmlich, und das ist alles, was ich dazu sage." Ich stecke meine Hände in die Taschen meiner Jeans und schlendere in die Küche.

Kyler packt mich am Arm und zieht mich zu sich heran.

Ich habe das Manöver schon einmal gesehen. Normalerweise macht er es auf dem Eis, wenn er gerade dabei ist, seinen Gegner zu verprügeln. Ich halte meinen Arm hoch, um ihn abzuwehren, und er lacht vor sich hin.

„Für einen Mann, der Sex haben will, bist du sehr angespannt", sagt Kyler.

„Du bist ein Arschloch", murmle ich, als er mir die Schulter drückt.

„Sind wir wieder im Reinen?"

„Das kommt darauf an. Wirst du Amber und mich in Ruhe lassen und uns unsere Beziehung selbst finden lassen, ohne dass du und deine Verlobte sich einmischen?"

Kyler löst seinen Griff um mich, aber ich ziehe

mich nicht zurück. „Du weißt, dass ich über Em genauso viel Kontrolle habe wie du, über Amber", sagt er.

Seufzend nicke ich. „Ja, wir sind gut." Das ist die beste Entschuldigung, die ich von meinem Bruder erwarten kann. Wir haben es nicht so mit Gefühlen, wenn es um unsere Dynamik geht. Und Entschuldigungen bedeuten, dass jemand verletzt ist, und keiner von uns mag es, schwach zu erscheinen. Ich schiebe es auf all die Jahre Eishockey, die wir gespielt haben, wir haben gelernt, unsere Gefühle gut und fest zu verpacken.

„Komm, wir helfen den Mädchen mit den Keksen", sage ich und gehe zurück in die Küche.

Kyler grummelt. „Wir sollten warten, bis der Rest des Teams hier ist. Sie sollen uns helfen."

Lachend bezweifle ich, dass es funktionieren würde. „Und sobald du es vorschlägst, werden sie verschwinden. Es sei denn, Ava und Kate kommen mit Parker und Asher."

„Das ist sexistisch!" ruft Amber, die uns belauscht hat, als wir zurück in die Küche gehen. „Nur weil sie Mädchen sind, heißt das nicht, dass sie gerne backen."

„Oder Know-how", sage ich mit einem verschmitzten Grinsen. Ich glaube nicht, dass

Amber vorhatte, über sich selbst zu sprechen, aber sie ist nicht die geschickteste Bäcker - oder Konditormeisterin.

Sie mischt jedoch nicht die Zutaten, was wahrscheinlich das Beste ist. Sie rollt die Teigkugeln aus und drückt sie auf das Backblech.

Sie stößt mich mit dem Ellbogen an, als ich mich ihr nähere, und ich stelle mich hinter sie, lege meine Arme um ihren Körper und helfe ihr, die Kekse zu formen, damit sie ein wenig gleichmäßiger werden.

Amber schmiegt sich an mich, und ich schaue mich um, um zu sehen, ob uns jemand Aufmerksamkeit schenkt. Sie tun es nicht. Kyler schnappt sich einen Hocker und blickt auf sein Handy, während Emerson die Zutaten abmisst und Bristol den Teig anrührt.

„Du kommst besser her und hilfst", sagt Em und blickt Kyler spielerisch an.

„In der Küche gibt es viele Köche." Kyler deutet auf uns.

„Daddy, hilf uns!" zwitschert Bristol und zeigt auf den Ofen. „Jemand muss den Keksen beim Backen zusehen."

„Ich kümmere mich darum", scherzt Kyler und steigt vom Hocker, um zum Ofen zu gehen. Er wirft einen Blick auf die Zeitschaltuhr über dem Ofen.

„Wir haben noch viel Zeit." Er grinst und wendet seine Aufmerksamkeit wieder seinem Handy zu.

„Was hat dich so begeistert?", fragt Emerson. Sie klingt nicht verärgert, sondern nur interessiert daran, was ihm die Aufmerksamkeit raubt.

„Ich lese gerade ein paar Artikel über die *Ice Dragons*", sagt Kyler.

„Irgendetwas Gutes?", frage ich. Normalerweise vermeide ich es, alles zu lesen, was in den Medien über uns steht, denn es ist nie korrekt.

„Nur das", sagt er und zeigt uns die Schlagzeile, die da lautet: *Greyson-Brüder streiten um ein Mädchen.*

„Ich wusste nicht, dass die Presse uns gehört, hat", murmele ich.

Bristol blickt uns an. „Was gehört?", fragt sie mit großen, erschrockenen Augen.

Kyler räuspert sich. „Das sage ich dir, wenn du älter bist."

Amber blickt weg und versucht verzweifelt, nicht laut zu lachen. Sie beißt sich auf die Unterlippe. Ich verstehe nicht, was so lustig ist, aber Emerson grinst auch.

„Ich bin älter!", scherzt Bristol.

Das haben sie beide kommen sehen.

EPILOG

AMBER

Meine Schwester ist eine Idiotin. Emerson hat mir klargemacht, dass sie mich nicht in den Frauenraum einladen wird. Offenbar ist das eine Sache nur für Mitglieder, und da ich der jüngste Neuzugang bin, hält sie es nicht für ihre Aufgabe, die Einladung auszusprechen. Außerdem sind wir eine Familie.

Es ist Pause, und sie steht auf, um Bristol von der Tribüne zu führen. „Wir sehen uns gleich", sagt sie mit einem wissenden Grinsen. Während das Kind wegschaut, zeige ich Emerson einen Vogel.

Charlotte gluckst neben mir. „Ist schon gut.

Wenn du eingeladen wärst, säße ich allein", sagt sie und stupst mich an.

Ich trage Jaspers Trikot, eines von vier, die ich in meinem Schrank in der Wohnung hängen habe. Bei dem Spiel heute Abend war er sehr konzentriert, und ich schwöre, die meiste Zeit des ersten Drittels dachte ich, er hätte mich auf der Tribüne gar nicht bemerkt.

Das war, bis er ein Tor schoss und auf mich zeigte. Ich schwöre, wenn er keine Handschuhe tragen würde, hätte er wahrscheinlich seine Hände in Herzform hochgehalten, um mich zu beschämen.

„Ich muss dir etwas sagen, und ich möchte nicht, dass du ausflippst", sage ich.

„Ach du meine Güte. Bist du schwanger?", quiekt sie und ich halte ihr die Hand vor den Mund. Die Presse könnte alles mitbekommen, und ich will nicht, dass Jasper im Mittelpunkt eines Skandals steht.

„Nein", sage ich und blicke kurz zu Boden. „Wenn du mir sagst, dass ich in diesem Trikot fett aussehe, bist du tot."

„Natürlich nicht", sagt Charlotte. „Ich dachte mir nur, Ankündigung, ausflippen, das ist die naheliegendste Antwort."

„Das hat nichts mit mir zu tun", sage ich und

stupse sie mit dem Finger in den Arm. „Einer der Jungs von den *Ice Dragons* hat Jasper gefragt, wer bei den Spielen immer bei mir sitzt."

„Wenn du Witze machst, könnte ich tatsächlich sterben." Ihr Mund steht offen, ihre Augen sind weit aufgerissen und sie starrt mich ehrfürchtig an.

„Nimm dich zusammen." Ich lache über sie. „Es ist nur eine kleine Schwärmerei."

„Er oder ich?", fragt sie. „Bitte sag mir, dass es Noah ist. Ich bitte dich." Sie hält ihre Hände zusammen, als ob sie betteln würde.

Ich bin mir nicht sicher, ob ich es ihr sagen soll, aber Jasper hat es erwähnt, und sogar Noah hat ein paar Mal beiläufig nach meiner Freundin gefragt, die mit mir zu den Spielen kommt. Ich dachte, er wollte sich nur unterhalten und freundlich sein. Es hat sich aber herausgestellt, dass es etwas mehr war.

„Es ist ein Mann."

„Offensichtlich, und du hast ihm gesagt, dass ich Single bin. Stimmt's? Denn ich bin so sehr Single, dass ich glaube, mein Intimbereich ist mit Spinnweben bedeckt."

Ich schnaube bei ihrer Beschreibung.

„Nun, spuck's schon aus, Mädchen. Was hast du Jasper erzählt?"

„Ich habe Jasper nichts gesagt. Dem

Hockeyspieler, der gefragt hat, habe ich gesagt, dass du vielleicht zu haben bist, wenn er dich umwirbt und sich anstrengt. Du hast eine Menge Männer, die an dir interessiert sind, und du bist wählerisch."

„Fick dich." Charlottes Augen weiten sich. „Ich habe seit Wochen keinen Sex mehr gehabt."

„Ach du meine Güte, armes Baby", spotte ich. „Entspann dich. Wir treffen uns nach dem Spiel auf ein paar Drinks, und ich glaube, er wird heute Abend mit dir seinen besten Schuss abgeben."

„Über wen reden wir? Ist er groß, dunkelhaarig und gutaussehend?" Charlotte lehnt sich bei jedem meiner Worte nach vorn. „Ich brauche Details, und ich schwöre, wenn du mir sagst, dass es der Typ ist, der die Klingen der Schlittschuhe schärft",

„Es ist ..." Ich öffne meinen Mund und schließe ihn wieder, um sie zu ärgern.

„Mädchen, die Spannung macht mich verrückt. Wenn du so weitermachst, werde ich bis nach dem Spiel warten müssen."

„Ich sollte dich warten lassen", sage ich mit einem verschmitzten Grinsen. „Aber ich kann nicht länger ein Geheimnis bewahren. Ich heiße Noah Reece."

Sie quiekt und ballt ihre Hände zu Fäusten und schüttelt sie aufgeregt. Das Mädchen hat keinen

Filter und kein Maß an Selbstbeherrschung. Früher habe ich sie darum beneidet, dass sie keine Ängste hat, aber ich vermute, dass ihr Mundwerk sie zu oft in Schwierigkeiten bringt.

———

Vielen Dank für das Lesen von „*Wagnis mit dem Eishockeyspieler*". Ich hoffe, dass Ihnen die Liebesgeschichte von Amber und Jasper gefallen hat. Setzen Sie die Serie mit Charlotte und Noah in „*Verhaftung des Eishockeyspielers*" fort.

Er hätte nie gedacht, dass das Mädchen, dessen Herz er gestohlen hat, ihn hinter Gitter bringen würde ...

Jeder hat Geheimnisse. Meins hätte mit einem Warnhinweis versehen werden müssen: *Kann Herzschmerz und emotionales Trauma verursachen.*

Ich war bisher nur einmal verliebt. Sie riss mir das Herz aus der Brust, als sie mich verließ und einen anderen Spieler aus der Liga heiratete.

Nach einer perfekten Nacht mit Charlotte und einem unglaublichen ersten Date steht meine verrückte Ex-Freundin mitten in der Nacht vor meiner Tür.

Ich sollte sie nicht hereinlassen. Ich sollte sie wegjagen, aber es ist der etwa einen halben Meter große, blauäugige kleine Junge, der mich in Ehrfurcht erstarren lässt.

Und er könnte mein Sohn sein.

Profi-Hockeyspieler, ja.

Vater?

Ich warte auf den Vaterschaftstest, um das Ergebnis zu erfahren.

Keiner weiß von ihm. Nicht einmal meine besten Freunde. Nicht mein Team.

Und schon gar nicht meine neue Freundin Charlotte. Sie ist perfekt. Zumindest wirkt sie so, bis sie die Polizei ruft und mich ins Gefängnis bringen lässt.

Und jetzt kann ich ihr nicht verzeihen.

Verhaftung des Eishockeyspielers ist das dritte Buch der *Ice Dragons*-Reihe, kann aber auch als eigenständiges Buch gelesen werden. Kein Schummeln. Kein Cliffhanger. Happy End für alle.

EXKLUSIVE BUCHBOXEN & MERCHANDISE KAUFEN

Vielen Dank, dass Sie *Schwindel mit dem Milliardär* gelesen haben! Ich hoffe, der Roman hat Ihnen gefallen. Ich habe ihn sehr gerne geschrieben.

Wenn Sie signierte Taschenbücher und exklusive Inhalte lieben, sollten Sie auf jeden Fall meine Webseite besuchen: https://shopwillowfox.com

Willow Fox liebt das Schreiben seit ihrer Highschoolzeit (vor vielen Jahren). Ihre Kleinstadtromane spiegeln das Leben in einer Kleinstadt im ländlichen Amerika wider.

Egal, ob sie Liebesromane schreibt oder draußen am Lagerfeuer sitzt und ein gutes Buch liest, Willow liebt die Magie des geschriebenen Wortes.

Sie träumt davon, von den Füßen gerissen zu werden und hofft, dass sie das auch bei ihren Lesern erreichen kann!

Besuche ihre Website unter:
https://shopwillowfox.com

AUCH VON WILLOW FOX

Eagle Tactical Serie
Enthüllt: Jaxson
Verheimlicht: Mason
Versteckt: Lincoln
Verborgen: Jayden

Mafia-Ehen
Geheimes Gelübde
Gefangenschafts Gelübde
Wildes Gelübde
Widerwilliges Gelübde
Rücksichtsloses Gelübde

Gebrüder Bratva
Brutaler Boss

Böser Boss

Besitzergreifender Boss

Zwanghafter Boss

Ruppige Single Papas

Milliardär Muffel

Berg Muffel

Bachelor Muffel

Eisige Romantik auf dem Spielfeld

Schwindel mit dem Milliardär

Wagnis mit dem Eishockeyspieler

Verhaftung des Eishockeyspielers